CYRYL SONE

WSZYSTKO, CO WIDZIAŁEŚ

Kraków 2024

Copyright © 2024 by Cyryl Sone
All rights reserved.

Projekt okładki
Wojciech Krosnowski

Fotografie na okładce
© Cyryl Sone; © Mariusz Gierz; © Utkamandarinka, Adobe Stock; © Drobot Dean, Adobe Stock

Fotografia autora
© Sylwia Zaręba-Gierz

Redaktor inicjujący
Robert Medina

Redaktorki prowadzące
Anna Michalik, Katarzyna Homoncik

Redakcja
Magdalena Świerczek-Gryboś

Adiustacja
Magdalena Białek

Korekta
Dorota Ponikowska, Magdalena Wołoszyn-Cępa

Skład
Dawid Kwoka

Opieka redakcyjna
Natalia Hipnarowicz

Opieka promocyjna
Paulina Sidyk

ISBN 978-83-240-9452-3

Wszelkie podobieństwo do zdarzeń i osób jest przypadkowe i niezamierzone.

Książki z dobrej strony: www.znak.com.pl
Więcej o naszych autorach i książkach: www.wydawnictwoznak.pl
Społeczny Instytut Wydawniczy Znak
ul. Kościuszki 37, 30-105 Kraków
Dział sprzedaży: tel. 12 61 99 569, e-mail: czytelnicy@znak.com.pl

Wydanie I, Kraków 2024
Druk: OZGraf

CZĘŚĆ PIERWSZA

DZIECIAKI ZE STRZYŻY

ROZDZIAŁ 1 | **CZERWIEC**

NORBERT

Wrzeszczański Garnizon był jednym z tych modnych osiedli, na których chciał mieszkać prawie każdy. Edyta Volker codziennie rano pokonywała jego brukowane uliczki, spoglądając z zazdrością na dopracowane, rdzawoczerwone elewacje, zadbaną zieleń, wypełnioną nowoczesnością i szykiem przestrzeń, która każdym najmniejszym fragmentem manifestowała, jak ważna jest równowaga między odpoczynkiem a pracą; która udowadniała, jak cudownie lekkie potrafi być życie, kiedy tylko nie żyje się za ledwie starczającą na czynsz i niezbyt wyszukane jedzenie z dyskontu średnią krajową, ze stale rosnącymi cenami leków, kolejkami do lekarza, widmem głodowej emerytury, mężem na rencie, dziećmi na Wyspach, bólem w kolanie, ratami za pralkę, rozczarowaniem za starość, żalem za młodość i pustką za wszystko to, co pomiędzy.

O piątej czterdzieści osiem dało się jakoś znieść ten cały nonszalancki popis beztroski, kiedy kawiarnie i knajpki wciąż jeszcze spały, kiedy młodzi i zdolni wygrzewali pościel, kiedy jogging o poranku, brunch z przyjaciółmi lub kolacja na mieście nie zdążyły przetoczyć się szturmem przez szare światy tych-pozostałych. Kiedy ich do bólu zachodnie życie nie przypomniało, że spośród wszystkich środków fotograficznej ekspresji najbardziej widoczny jest jednak kontrast, że my-i-oni to w głównej mierze różnice, a nie podobieństwa. Że wakacje na Bali w styczniu to nie to samo co lipcowy parawaning w Mielnie, że laczki z marketu i klapki z Vitkaca dzieli nie tylko cena, ale i lekkość, z jaką stąpają po chodniku, że lodówka Smeg chłodzi lepiej niż Electrolux, tesla jeździ szybciej niż skoda; że iphone to nie huawei, joga to nie gimnastyka ortopedyczna; prywatne sesje z coachem są bardziej na czasie niż spowiedź w kościele, a dźwięki tybetańskich mis koją lepiej niż zwykłe „weź się w garść". Że chcieć to móc jedynie wtedy, kiedy mamy za co, po co i z kim.

Edyta Volker pracowała jako nauczycielka geografii w jednym z gdańskich liceów ogólnokształcących. Od kilkunastu lat cierpiała na bezsenność, skutkiem której każdej doby przesypiała jedynie dwie niepełne godziny. Przez większą część nocy kręciła się w łóżku, z rozpaczą spoglądając na zegarek. Owa dolegliwość najbardziej nasilała się z początkiem lata, kiedy świergot ptaków i natarczywe promienie słońca szybciej niż zwykle pukały do jej mieszkania, zupełnie nieproszone uchylały balkonowe drzwi i niczym ci młodzi-beztroscy-z-akapitu-wyżej bezczelnie gościły w dużym pokoju, gdzie na rozkładanej kanapie dojrzała kobieta walczyła o choć odrobinę zasłużonego wytchnienia.

Pani Volker nauczyła się żyć ze swoją przypadłością, poddała się jej z pokorą. Chwilę przed piątą kończyła pić kawę, pół godziny później ściągała szlafrok, za kwadrans szósta wychodziła na klatkę schodową. Mieszkała w czteropiętrowym peerelowskim bloku z betonu przy ulicy Grunwaldzkiej, gdzie tuż za miedzą wzniesiono Garnizon. Garnizon, od którego zaczęła się nasza opowieść i na którym znaleźć miała ona swój finał.

Kobieta wyszła z domu, minęła eleganckie budynki i pokonując zatłoczoną niedbale zaparkowanymi autami ulicę Zamenhoffa, wyszła na plac generała Maczka zwany powszechnie „kwadratem". Czuła się tu o wiele bardziej u siebie niż na nowoczesnym osiedlu. Wracając z pracy, zawsze bawiła chwilę na urokliwym skwerku. Zakupy w Dominiku, przybory papiernicze w Teli, truskawki w warzywniaku. Polecony na poczcie. Tej, na której zawsze były kolejki. Po drodze zachodziła do kiosku, jednego z nielicznych ocalałych, by kupić gazetkę. Teraz jednak i kwadrat jeszcze spał, zegary wybijały szóstą, pani Volker zmierzała prosto do szkoły, pierwsza spośród całej kadry pedagogicznej, o dobrą godzinę wcześniej niż wicedyrektorka, sto dwadzieścia minut przed pierwszym dzwonkiem, młodzieżą, plecakami, majzą, biolą i gegrą.

Ulica rosyjskiego kompozytora Glinki wyprowadziła ją tuż przed główne wejście budynku dziewiątego liceum. To tam dyrygent dał znak, by zagrać pierwsze takty najbardziej przejmującej opery w kryminalnej historii Gdańska. Śpiew krzyku i bezsilności.

– *Kyrie eleison* – szepnęła kobieta, omal nie upadając na kolana.

W bramie oddzielającej oba skrzydła gmachu wisiały ciała trzech uczniów.

– Chryste, zmiłuj się! – powtórzyła pani Volker, czując, jak coraz bardziej miękną jej nogi.

W ostatniej chwili chwyciła się barierki odgradzającej chodnik od jezdni. Jej dłonie zrosił pot.

Trzy nastoletnie ofiary. Trzy ślady zbrodni. Dyrygent poprawił batutę.

– Halo! – krzyknęła zupełnie bez sensu nauczycielka.

Wiedziała, że coś musi zrobić. Że nie może tak stać, kiedy tam w bramie skończyło się życie. Podeszła bliżej.

Trzech uczniów. Ich nogi zwisały bezwładnie ledwie kilkanaście centymetrów ponad schodami, nienaturalnie wykrzywione plecy ocierały się o metalową kratę.

– Ja was… O Boże…

Pamiętała ich z lekcji. Za kilkanaście dni mieli skończyć pierwszą klasę.

– Dzieci... moje dzieci...

Zawsze tak do nich mówiła. Do wszystkich, bez wyjątku. „Moje dzieci". Bo przecież w gruncie rzeczy byli tylko dziećmi. Zagubionymi, wrażliwymi, przeżywającymi najbardziej newralgiczny rozdział swoich nienapisanych biografii. U progu dorosłości, na skraju dzieciństwa.

To nie była piękna śmierć.

– Jezu.

Pani Volker zakryła dłońmi twarz. Po jej pokrytych zmarszczkami policzkach płynęły łzy. Oparła się o mur wschodniego skrzydła i pokonując powolutku schody, doszła do spocznika.

Śmierć rzadko kiedy jest piękna.

– Dzieci... – załkała.

Dwóch chłopców i jedna dziewczyna. Zsiniałe policzki, nabrzmiałe krwią kończyny. Wytrzeszczone oczy wyglądały, jakby ofiary wciąż chciały o coś zapytać: dlaczego my, dlaczego teraz, dlaczego nikt nam nie pomógł?

Pani Volker próbowała sobie przypomnieć, jak się nazywali. Bo przecież dobrze ich znała – wrzesień, październik, listopad, grudzień... dziewięć miesięcy wspólnej edukacji... planety, klimat, rzeki... litosfera, kolonializm, PKB... Norbert, Sara i Tomek.

– Moje dzieci...

Musiała wezwać pomoc. Obudzić woźnego, zadzwonić po pogotowie, wezwać policję, odwołać lekcje. Raz jeszcze spojrzała na ciała ofiar.

Wszystko, co widziała przez całe swoje życie, przez długie pięćdziesiąt osiem lat, czego doświadczyła jako dziewczyna, kobieta, żona i matka, nie dało jej siły, by stawić czoła tej śmierci, tym trzem odebranym życiom, tym trzem skrzywdzonym przez diabła duszom.

Wszystko, co dotychczas widzieli Edyta Volker czy Patryk Skalski, wszystko, co widział Konrad Kroon, przypominało ledwie wstęp do krwawej lekcji o prawdziwej naturze zgubionego człowieka, psychopatycznego umysłu, zbrodniczego serca. Które ciągle krzyczy, nigdy nie wybacza i za nic w świecie nie pozwala uciec.

Wszystko, co widzieli powiewający na wietrze Norbert, Sara i Tomek, było niczym w porównaniu do zbrodni, które miały dopiero nadejść. Bo jest takie zło, które nigdy nie gaśnie. I raz zaprószone tli się aż po kres czasu.

ROZDZIAŁ 2 | **CZERWIEC**

PATRYK

Szczerze nie znosił wstawać o świcie, zwykle kładł się przed drugą, z imprez wracał nad ranem, pracował i tak głównie z domu. Był dziennikarzem Trójmiasta – największego na Pomorzu portalu informacyjnego. Trzydzieści sześć lat, trochę na frilansie, trochę na etacie, wystrzegał się trwałych zobowiązań równie mocno jak nudy, poza tym dorabiał na prawo i lewo. Czasem robił zdjęcia, niekiedy grał po klubach. Nocny marek.

– Proszę, proszę – powiedział wciąż nieco zaspany, przepuszczając w drzwiach przychodni sędziwe małżeństwo, które przyszło do lekarza dobre czterdzieści pięć minut przed umówioną godziną. Ostrożności nigdy za wiele.

– Szybciej, no szybciej, Heniu!

– Idę już, idę! – odparł mężczyzna wspomagający się laseczką.

Patryk wyszedł na zewnątrz i wyciągnął papierosy. Musiał zbadać sobie krew, oczywiście na czczo, teraz mógł się posilić. Wybrał nikotynę.

Wziął kilka odświeżających dymków, po czym spokojnym krokiem ruszył w dół ulicy. Wciąż bił się z myślami, czy wracać na chatę, czy może jednak wszamać coś na mieście.

Doszedł do skrzyżowania. Na Wilka-Krzyżanowskiego przed budynkiem liceum zaparkowały dwa policyjne auta. Decyzję podjął właściwie bez zastanowienia. Skręcił w prawo.

– A co to? Ktoś przebiegł przez pasy? – zagaił młodego funkcjonariusza blokującego przejście.

– Proszę na drugą stronę – odparł poważnie mundurowy.

Patryk nie ruszył się ani o krok. Dopalił papierosa i spoglądając na ustawiony w bramie szkoły policyjny parawan, wskazał palcem na schody.

– Kogoś załatwili?

Sprawa wydawała się oczywista. Dwa radiowozy, wczesna godzina, za niebieską płachtą kręciło się pełno osób.

– Pan przejdzie na tamten chodnik – polecił funkcjonariusz.

– Czyli tak – odparł Patryk, rzucając niedopałek na ziemię. Zazwyczaj nie śmiecił.

Zgodnie z poleceniem zajął miejsce po drugiej stronie jezdni. Wyciągnął telefon, pstryknął kilka fotek, później zaczął rozglądać się po okolicy. Spojrzał na zegarek.

Dłuższa wskazówka muskała szóstkę, krótsza goniła ósemkę. Siódma trzydzieści rano.

Ulica raczej nie tętniła życiem.

– Będziemy mieli newsa – szepnął Patryk. – O ile będziemy chcieli go mieć.

Na skraju zachodniego skrzydła szkoły stała jakaś kobieta. Na oko coś pod sześćdziesiątkę, ubrana skromnie, wolno przestępowała z nogi na nogę.

Chłopak okrążył miejsce, w którym zatrzymały się radiowozy, przekroczył ulicę i podszedł do nieznajomej.

– Przepraszam, co tu się stało? – spytał bez ogródek.

Kobieta była wyraźnie roztrzęsiona. Nerwowo ściskała dłonie, miała mokre od łez oczy, nie wiedziała, co z sobą zrobić.

– Boże… – szepnęła.
– Kogoś zamordowali? – pomógł jej dziennikarz.
– To byli moi uczniowie – zapłakała.
Należało grać empatią. Patryk spuścił wzrok, złapał się za twarz, pokręcił głową.
– Cholera… wypadek?
Wiedział, że to nie wypadek. Nie o siódmej rano w tygodniu, nie na schodach szkoły. Wypadek mógłby wydarzyć się na pasach. Ale wtedy parawan ustawiono by znacznie niżej.
– Och, nie wiem. – Nauczycielka usiłowała stłumić łkanie. – Ja nie wiem, naprawdę nic nie wiem. Przecież oni…
Znów użyła liczby mnogiej. To nie mogło być przejęzyczenie.
– Zamordowali pani ucznia?
Nie odpowiedziała. Spojrzała na niego przekrwionymi oczyma, jakby szukała wytłumaczenia, jakby czuła winę, osobistą odpowiedzialność za to, co się stało.
– My naprawdę próbowaliśmy ich słuchać – wyjąkała. – Ich wszystkich. Ale… ale… my jesteśmy tylko nauczycielami. Kiedyś te dzieci nie były takie wrażliwe. Nic sobie nie robiły, nie miały depresji, nie było samobójstw…
A więc to. Któryś z licealistów odebrał sobie życie. W sumie smutny temat. Może lepiej o tym nie pisać.
– Ech… – westchnął Patryk.
– …a tu troje. Troje naraz – dokończyła kobieta i znów zalała się łzami.
„O kurwa" – pomyślał chłopak. „No nie. No to jednak trzeba pisać".
Trafi na pierwszą stronę. Do pierwszego wersu linijki wiadomości. Ludzie będą klikać jak oszalali. Jarać się cudzym nieszczęściem jak Rzym za Nerona.
– Troje uczniów? Zabiło się?
– Taaak! – wyryczała pani Volker.

– Ja pierdolę... – zaklął. – Tabletki?

Zbiorowe samobójstwo. Może byli członkami jakiejś sekty? Albo oglądali za dużo TikToka...

– Na... na... – Trzymała się za szyję. Jakby te słowa, ten opis śmierci nie mógł przejść jej przez usta.

– Powieszenie? Powiesili się? Wszyscy troje?

– Tak... O mój dobry Boże...

Straciła przytomność.

*

W ów ciepły czerwcowy poranek zło rozprzestrzeniało się szybciej niż myśl. Na spoczniku schodów prowadzących do budynku dziewiątego liceum ogólnokształcącego leżały trzy martwe ciała. Odarte z godności i człowieczeństwa, skalane śmiercią, zniszczone żmudną resuscytacją. Pracownicy karetki wiedzieli, że muszą podjąć akcję ratunkową; jednocześnie zdawali sobie sprawę z beznadziei sytuacji. Kiedy przyjechali na miejsce, trójka nastolatków po prostu nie żyła.

Mimo wszystko zdecydowano się rozciąć wisielcze pętle, rozerwać koszule, przykleić do skóry elektrody, wpuścić w nie prąd, pobudzić serce, obudzić umysł, przywołać dusze.

Większość śmierci przez powieszenie następuje nie z powodu przerwania rdzenia kręgowego, lecz na skutek uduszenia. Człowiek stosunkowo szybko traci świadomość, by następnie przez kilkanaście minut konać. Komórki ciała obumierają powoli, mózg traci tlen, stopniowo przestaje funkcjonować. Śmierć człowieka to śmierć mózgu.

Ratownicy pogotowia rozumieli, że to nie jest zwykła akcja. Że o sprawie dowiedzą się gazety, prokuratura, wszyscy święci. Każdy spojrzy im na ręce. Będą pytać, maglować, męczyć. Ale dlaczego nie zrobiliście tego? Dlaczego zapomnieliście o tamtym?

Uciski, udrożnienie dróg, rurki ustno-gardłowe, defibrylacja. Dwa wkłucia, adrenalina. Wszystko na nic. Dla Norberta, Sary i Tomka po prostu było za późno.

Kiedy odjeżdżali do szpitala na Zaspie, z przeciwnej strony granatowym passatem nadjeżdżała już młoda asesorka z Prokuratury Rejonowej Gdańsk-Wrzeszcz. Ona, w odróżnieniu od ratowników, nie musiała troszczyć się o to, by przywrócić czyjeś życie. Musiała jedynie ustalić, w jaki sposób owo życie zostało odebrane.

– Halo! Pomocy! Potrzebuję pomocy! – zawołał Patryk, pochylając się nad nieprzytomną panią Volker.

Dwoje policjantów natychmiast pospieszyło jej na ratunek.

– Co się stało?

– Rozmawialiśmy i nagle zemdlała – wyjaśnił mężczyzna.

– To ta nauczycielka – zauważył funkcjonariusz. – Proszę pani, proszę pani!

Dziennikarz widział, że kobieta oddycha. A jak oddycha, to znaczy, że żyje. Chłopaki sobie poradzą.

Korzystając ze zniknięcia mundurowych, Patryk ruszył w stronę schodów. Minął parawan i cichutko niczym mysz, zupełnie nienachalnie oparł się o ścianę szkoły.

Nad ciałami klęczał właśnie lekarz medycyny sądowej, doktor Storek. Technik wykonywał fotografie, policjant w kamizelce odblaskowej sporządzał protokół. Tuż za nim stała młoda dziewczyna. Mogła być w wieku Patryka, mogła być młodsza lub starsza. Starsza raczej nie.

– Ktoś jeszcze od was przyjedzie? – spytała dochodzeniowca.

– A kto ma przyjechać?

– No nie wiem. Tu jest kupa roboty.

– Pani prokurator, u nas we Wrzeszczu już prawie nie ma żadnych policjantów. Robić nie ma komu. Flarę zabrali do wojewódzkiej, Lipski na zwolnieniu…

Spojrzała na Patryka.

– A pan nie jest z dochodzeniówki?

Dziennikarz pokręcił głową.

– Kryminalny?

Patryk zrobił głupią minę. Niedbale pochylił głowę w stronę prawego ramienia.

– On nie jest od nas – mruknął policjant.

Młoda asesorka zmrużyła oczy.

– Pan pracuje w szkole?

Nie... nie wyglądał na belfra. Może nauczyciel WF-u?

– Ja ten... Coś więcej wiadomo? O co poszło?

Dziewczyna zorientowała się, że ktoś jej mydli oczy.

– Pan jest z rodziny?

Nie był z rodziny. Nie płakał, nie wzruszał się. W ogóle ich nie znał.

– Panie Marku! – krzyknęła asesorka. – No niechże pan go stąd wyprowadzi! Wylegitymuje i wyprowadzi! Co to, do cholery, ma być?! Tu nie mogą się kręcić osoby postronne! Mieliście tego pilnować!

„Kurwa, co za osa" – pomyślał Patryk.

– Dobra, coś ty za jeden? – spytał Łopiejko, odkładając teczkę z protokołem na torbę technika.

Chłopak uniósł ręce w obronnym geście.

– Spokojnie! Jestem z prasy... – Wyciągnął legitymację.

– Nie, no świetnie! – wydarła się przyszła prokuratorka. – Proszę go stąd natychmiast wyprowadzić! To jest miejsce zbrodni!

Zbrodni. Niewątpliwie zbrodni.

– Ej, ej – bronił się Patryk, kiedy dochodzeniowiec zaczął kierować go za parawan. – Opinia publiczna ma prawo wiedzieć, co tu się stało!

Palnął bez zastanowienia. I tak udało mu się zobaczyć całkiem sporo.

– Słuchaj, zmykaj stąd, koleżko – polecił policjant.

– A jakaś podstawa prawna? Jakiś paragraf? – dopytywał na odchodne.

Funkcjonariusz sprowadził go ze schodów.

– Ej, chłopaki! – krzyknął na policjantów z prewencji. – No weźcie, kuźwa, bez takich cyrków, że tu każdy właził, kto chce!

– Ta kobieta zemdlała – bronił się kolega.

Pani Volker siedziała na chodniku i trzymała się za głowę.

– To weźcie jeszcze wydzwońcie po kogoś, żeby przyjechał! Przecież tu zaraz dzieciaki do szkoły będą szły! Trzeba wszystkich odprawić, teren zabezpieczyć!

Patryk przyglądał się sytuacji. Nachylił się nad Łopiejką.

– Pan mi powie, co się dokładnie stało. Może się kiedyś odwdzięczę.

Funkcjonariusz zmierzył go wzrokiem.

– To się stało, że się zesrało. Spieprzaj mi stąd!

KONRAD KROON

Zbliżała się czternasta, czerwcowe słońce podpiekało na wolnym ogniu kierowców, którzy stali w spodziewanym o tej porze dnia zwyczajowym korku na Hucisku. Grube mury starego budynku Prokuratury Okręgowej zapewniały względnie znośne termicznie warunki do pracy, chiński wentylator z marketu ścigał się sam ze sobą.

Konrad Kroon kończył właśnie pisać wstępny projekt aktu oskarżenia w sprawie Drugiego Domu. W oknie internetowej przeglądarki miał otwarty artykuł, który tuż przed południem wskoczył na pierwszą stronę lokalnego portalu informacyjnego. TRAGEDIA NA STRZYŻY.

W drzwiach gabinetu stanął jego przełożony, prokurator Krzysztof Kieltrowski.

– No, co tam, kolego? Dłubiesz jak kornik…

– Nie wiem, czy korniki dokopują się równie głęboko jak ja – mruknął Kroon, ani na chwilę nie odrywając oczu od ekranu komputera.

– Prawda. Tak głęboko jak ty to nikt nie kopie. Dlatego cię tu ściągnąłem – przyznał naczelnik.

Konrad obrócił się w fotelu.

– Sam się tu ściągnąłem – rzucił, rozprostowując ramiona.

– No niby tak. Bo przecież z tobą nie można nic na siłę. Zawsze robisz wszystko na odwrót. Jak pierdolony Japoniec. – Kieltrowski podszedł do jego biurka. Spojrzał na gruby stos akt. – Kiedy to wreszcie skończysz?

– Za jakiś kwadrans.

Krzysiek usiadł naprzeciw niego.

– I bardzo dobrze. Bo mam dla ciebie nową sprawę. – Położył na blacie cieniutką obwolutę.

Tekturowa teczka już wkrótce miała urosnąć do kilkunastu opasłych tomów.

Konrad zerknął w stronę tajemniczej przesyłki. Na okładce wypisano pozornie nieistotną liczbę. Artykuł sto pięćdziesiąty pierwszy kodeksu karnego.

– Dzięki.

– Spodoba ci się – zapewnił naczelnik. – Ciekawe, medialne śledztwo. Potrójne samobójstwo. Trzy dzieciaki powieszone na bramie szkoły. Zbrodnia jak z filmu.

Kroon nie odrywał wzroku od zapisanej zielonym mazakiem wstępnej kwalifikacji czynu.

– Skąd wiesz, że to było samobójstwo? – spytał po chwili.

– No wisielcy…

Czytał o tym do porannej kawy. Troje uczniów gdańskiego ogólniaka, których powieszone ciała ujawniono chwilę przed szkolnym dzwonkiem. Od rana trąbili o tym w radiu.

– Samobójstwo – powtórzył Kroon. – Tak to może wyglądać z zewnątrz. Ale ja się nauczyłem, że nie wszystko jest tym, czym się wydaje. O której będzie sekcja?

– Kuźwa, koleżko! Co to za szarża? – zdziwił się Kieltrowski.

– Tylko się z tobą droczę.

Konrad przekartkował szybko akta.

– Nie wiem, o której sekcja. Wrzeszcz ją miał ogarnąć, ale jak chcesz, możesz sam jechać.

– A kto to prowadzi?

– Teraz ty. – Naczelnik wyszczerzył zęby.

Kroon obrócił się w fotelu.

– A przedtem? – Odczytał nazwisko pierwszego referenta z okładki „podręcznych". – Cieślak. Nobliwe nazwisko. Przynajmniej w Gdańsku. To z tych Cieślaków?

– Skąd, do chuja wafla, mam wiedzieć? – odparł szef. – Nie znam jej. To ty jeszcze przed chwilą robiłeś we Wrzeszczu.

– Się minęliśmy. No ale sprawdźmy, co to za jedna. – Konrad chwycił za telefon, z pamięci wybrał numer do właściwej prokuratury rejonowej. – Cześć, Magda. Nie, nie zapominam o starych znajomych. A o tobie to już w ogóle nie mógłbym zapomnieć. Słuchaj... dostałem te wasze dzieciaki z dziewiątki. Kto tam był na miejscu? Cieślak, Aleksandra Cieślak. To jakaś krewna? Nie? Szkoda. Z kieleckiego? No to daleko ją wywiało. Przyślij ją tu do mnie. Co? No potrzebuję. Pogadać. Medialna sprawa nam się kroi. Masa roboty? Skarbie, spodziewam się, że ma masę roboty w czerwcu, ale musi tu przyjechać. Na jednej nodze. Czy to polecenie z góry? No z góry, a skąd? Z najwyższej góry. – Zaśmiał się, po czym odłożył słuchawkę.

Kieltrowski zrobił wielkie oczy.
– Serio wezwałeś ją do siebie? Ale po cholerę?
– Dla sportu – odparł Kroon.

PATRYK

– No i zajebistą robotę odwaliłeś, Skalski – chwalił szef. – Statystyki nam wybiły jak szambo w sylwestra!
– Się gra, się ma – odparł Patryk.
Siedzieli w budynku redakcji przy Heweliusza osiemnaście.
– Trzeba będzie jeszcze trochę z tego wycisnąć. Tak więc masz temat, pilnuj, pisz, dzwoń...
– Patrykowi nie trzeba dwa razy powtarzać – wtrącił Filip, kolega z portalu. – Jakby mógł, zatrudniłby się w Pudelku i stał z aparatem pod chatą Górniakowej.
Skalski tylko się zaśmiał.
– Owinięty folią aluminiową...
– W masce dinozaura.
Szef wstał z blatu biurka.
– Jadę z dzieckiem do lekarza. Jakby coś tam nowego się w międzyczasie urodziło, to weź to ogarnij.
– Spoko – odparł Patryk, po czym zwrócił się do kolegi: – Fajeczka?
– Fajeczka.
Wyszli na zewnątrz. Skalski wyciągnął papierosy i poczęstował Filipa. Wielbłąd opuścił paczkę, obrócił się w palcach i zręcznie wskoczył do ust.
– Ludzie lubią tragedie, co? – rzucił kolega. – Nic się tak dobrze nie klika jak cudze dramaty.
– Takie życie. Ale wiesz, ja nie chcę z tego zrobić kolejnego szmatławego newsa. Planuję napisać serię artykułów o problemach

psychicznych współczesnych nastolatków, przytoczyć statystyki, pogadać z jakimiś specjalistami…

Filip Roj pogładził się po gęstej brodzie – masce skrywającej połowę jego twarzy przed wzrokiem ciekawskich.

– …czyli wyprodukować trochę znaków, które i tak trzy czwarte naszych czytelników ominie wzrokiem, żeby zescrollować tekst na dół i trzasnąć jakiś nienawistny komentarz.

– Siedzisz w sporcie, to jest czysta rozrywka, kumam. Ale ja chciałbym robić prawdziwe dziennikarstwo.

Kolega niemal udławił się własną śliną.

– Prawdziwe dziennikarstwo? Człowieku… przespałeś ostatnich dwadzieścia lat?

– Słuchaj, wiem, jakie mamy czasy, ale i tak uważam, że da się trochę kształtować gusta. Odrobinę edukować naszych czytelników…

Filip wydawał się wyraźnie rozbawiony.

– Oj, kurwa, stary… Tych ludzi nie da się edukować. Można ich tylko napierdalać kijami po twarzy. Tępe bydło.

– Piękne, progresywne poglądy – podsumował Patryk.

Stali na nowoczesnym patio, kryjąc się w cieniu przed skwarem dnia.

– Są jednostki i jest szara masa.

– Trzy dychy na karku i już straciłeś wiarę w ludzkość?

– Nigdy jej nie miałem.

Skalski zaciągnął się dymem.

– Statek idzie na dno, to pewne. Ale może uda się kogoś uratować.

– Najlepiej samego siebie – odpowiedział Filip, spoglądając z namysłem w stronę kościoła Świętej Katarzyny.

Skończyli palić.

– To co, napierdalamy wierszówkę?

– *Si*. Tylko jeszcze zadzwonię do prokuratury… – Patryk wyciągnął telefon. – Przydałby się jakiś komunikat.

– Powiem ci, jaki będzie komunikat: ze względu na tajemnicę postępowania nie udzielamy żadnych informacji.

– Może się zatrudnisz w Okręgowej? Tekst masz już przećwiczony. – Skalski wybrał numer do rzecznika Otrębińskiego. – Dzień dobry, panie prokuratorze, z tej strony Patryk Skalski, portal Trójmiasto. Ja chciałem spytać o... Aha, tak... tak... No ale chociaż jakiś krótki komunikat? A śledztwo wszczęto? Która prokuratura? No nie pytam o jakieś ważne szczegóły, chociaż kto to prowadzi... No jutro, ale serio żadnego komentarza? No dobrze, dziękuję bardzo. Będę czekał.

Filip spojrzał na kolegę z redakcji.

– Nie płacz, maluszku. Zamiast wypowiedzi rzecznika wkleisz do artykułu ankietę: „A ty jak często masz ochotę pieprznąć se w łeb?".

KONRAD KROON

Asesor Aleksandra Cieślak stawiła się przed Kroonem w ciągu pół godziny od telefonu. Była absolwentką KSSiP-u, Krajowej Szkoły Sądownictwa i Prokuratury, egzamin zdała z wynikiem celującym, praca w „firmie" stanowiła spełnienie jej marzeń.

– Proszę, pani wejdzie – powiedział Konrad po tym, jak w drzwiach gabinetu stanęła niewysoka, dwudziestoośmioletnia prawniczka.

Dziewczyna nieśmiało wkroczyła do środka.

– Dzień dobry – powiedziała.

– Dla jednych dobry, dla drugich martwy. Nazywam się Konrad Kroon, to pan prokurator Kieltrowski.

– Cieślak Ola, bardzo mi miło. Z panem naczelnikiem miałam już przyjemność.

– Na obiegu... – dodał Kieltrowski.

Konrad zmierzył asesorkę wzrokiem.

– A pani po szkole krakowskiej?
– Tak – odparła Cieślak.
– No to, Krzysiu – kontynuował Kroon – pani nie była na obiegu. Aplikacje ci się pomyliły.
– Robiła przecież praktyki u...
– Ustawę se otwórz i doczytaj.
Kieltrowski machnął ręką.
– A czy to ważne? Nie po to tu przyszła.
– Detale zawsze są ważne, przyjacielu. Proszę spocząć. – Konrad wskazał ręką na stolik z krzesłami. – Napije się pani czegoś?
– Nie, dziękuję.
Asesorka usiadła.
– Była pani na miejscu zdarzenia. A my nie. I to jest pani nad nami przewaga.
Dziewczyna poprawiła spódnicę.
– Rozumiem, że mam opowiedzieć...
– Od początku do końca – wszedł jej w słowo Kroon.
Musiała zebrać myśli. Planowała zdać fachowy referat.
– Około godziny siódmej rano zostałam poinformowana telefonicznie przez dyżurnego o ujawnieniu zwłok trojga uczniów liceum przy ulicy Wilka-Krzyżanowskiego. Niezwłocznie udałam się pod wskazany adres. Ciała zwisały z metalowej kraty umieszczonej w bramie budynku. W momencie, w którym przyjechałam na miejsce, były już odcięte. Poleciłam wykonać fotografie miejsca zdarzenia i przystąpiłam do przeprowadzenia zewnętrznych oględzin ciała. Znaczy... – poprawiła się – ciał.
– Trzech ciał – sprostował Konrad.
– Trzech ciał. Razem ze mną na miejscu był doktor Storek...
– Z termometrem doodbytniczym w pakiecie. – Kieltrowski zarechotał.
– Krzysiek! – zganił go Kroon.

– Śladów działania osób trzecich nie ujawniliśmy – dokończyła asesorka. Sprośny żart naczelnika nie zdołał wybić jej z rytmu.

Konrad poprawił się na krześle.

– Oglądałaś monitoring? – spytał, skracając dystans.

– Oczywiście, panie prokuratorze – odparła Cieślak, zachowując urzędową powagę.

– I co?

Dziewczyna przełknęła ślinę.

– Woźny przyznał, że poszedł spać około pierwszej nad ranem. Na nagraniu widać, jak chwilę po czwartej na schodach szkoły pojawia się trójka pokrzywdzonych. Przywiązali uprzednio przygotowane liny do górnego szczebla kraty, założyli pętle na szyje, no i…

– …skoczyli – dokończył prokurator.

– Tak. Kamery zarejestrowały drżenie ciał, moment duszenia…

– A jakieś inne osoby? – spytał Kielrowski.

Asesorka zaprzeczyła.

– Z tego kąta widać było jedynie schody i niewielki fragment ulicy, ale… nie. Nikogo poza nimi nie udało się nagrać.

– Czyli przyszli sami – podsumował naczelnik.

– Czyli nikogo więcej nie udało się nagrać – poprawił go Kroon. – Rozmawiała pani z kimś ze szkoły?

– Kryminalni przepytali nauczycielkę, która wezwała pogotowie.

– Coś o nich wiedziała?

Dziewczyna pokręciła głową.

– Mówi, że niczym szczególnym się nie wyróżniali. Nie byli specjalnie przebojowi. Grzeczne, ułożone dzieciaki.

– Z nieleczoną depresją – skwitował Kieltrowski. – My nie byliśmy tacy miękcy. Zbierało się wpierdol i głowa do góry. A teraz wszyscy na terapiach…

– Gratuluję wrażliwości, Krzysiu. Ale jak robiłeś w sprawie Malickiej, to ci ten maczyzm jakoś nie pomógł.

Naczelnika zabolał ów zawodowy docinek.

– Sraczyzm – odburknął.

– Czy coś jeszcze?

Asesorka wzruszyła ramionami.

– Chyba nic. Poleciłam przeprowadzić sekcję. Nie wiem, czy to ja mam na nią jechać, czy pan...

– Miałbym sobie odmówić wizyty w prosektorium u Jaworskiego? Za żadne skarby!

– Prokuratura Okręgowa przejmie tę sprawę do prowadzenia? – spytała prawniczka.

– Przejmie, bo inaczej Regionalna mi łeb urwie – mruknął Kieltrowski.

– Rozumiem.

Konrad wstał od biurka.

– Bardzo dziękuję za wizytę. Proponuję nie wracać na Piekarniczą, tylko zrobić sobie wolne.

– Nie mogę, jest czerwiec...

– Co roku jest czerwiec. A potem lipiec, sierpień, wrzesień... i tak w kółko. Jeszcze się pani napracuje. Proszę wziąć do serca moją radę i dać sobie chwilę wytchnienia.

Dziewczyna się uśmiechnęła.

– Do widzenia – powiedział Kieltrowski.

– Do widzenia – powtórzyła, znikając za drzwiami.

Koledzy spojrzeli na siebie.

– Myślisz, że pójdzie do domu? – zagaił Krzysiek.

Kroon machnął ręką.

– W życiu. Wróci na Piekarniczą i będzie tam siedzieć aż do zachodu słońca.

– Też mi na taką wygląda.

– A sprawa? Na jaką ci wygląda? – spytał Konrad.

– Na dwa tygodnie medialnej nagonki, wizytę z kuratorium, później wyjdzie, że dzieciaki miały zryte berety. I świat zajmie się czymś innym. A tobie? Jak to wygląda?

Mężczyzna podszedł do okna. Auta w dalszym ciągu próbowały pokonać Hucisko.

– Wezmę Flarę, każę jej zrobić parę rzeczy i się dowiem.

– Serio chcesz angażować wojewódzką do sto pięćdziesiąt jeden? – zdziwił się szef. – Z armaty do komara?

– Będę brał tych, z którymi najlepiej mi się pracuje. A najlepiej pracuje mi się z Flarą.

FLARA

Podkomisarz Justyna Flarkowska, zwana powszechnie Flarą, była jednym z bardziej doświadczonych dochodzeniowców pomorskiej policji. Na skutek kilku nieostrożnych decyzji życiowych i niesprzyjającego splotu okoliczności przez wiele lat pracowała jako szeregowa funkcjonariuszka wrzeszczańskiego komisariatu. Od niedawna, za sprawą wstawiennictwa Kroona, awansowała do samej Komendy Wojewódzkiej Policji w Gdańsku.

Gabinet dyrektora Kowalczyka wyścielał bordowy dywan, przez zasunięte firanki przebijały się promienie czerwcowego słońca. Flara siedziała przy stoliku z plikiem dokumentów i ręcznie spisywała protokół.

– Wie pani, nawet trudno powiedzieć, czy się nie mogę otrząsnąć. Do mnie to po prostu cały czas nie dociera.

– Chyba rozumiem, o co chodzi – przyznała policjantka.

Dyrektor spojrzał za okno.

– Kiedyś tego nie było. To jest pokolenie motyli. Dotkniesz skrzydełka i zaraz przestaje latać.

– Wykazywali jakieś trudności? W nauce, relacjach...

– Byli całkiem przeciętni. Prawdę powiedziawszy, do wczoraj ledwo ich kojarzyłem. Nie wyróżniali się z tłumu.

– Chyba do dzisiaj – zauważyła Flara. – Do dzisiejszego poranka.

Mężczyzna pokręcił głową.

– Przyszli do mnie wczoraj. Tu, do gabinetu.

– W jakiej sprawie?

Wzruszył ramionami.

– W żadnej. Teraz, po fakcie, kiedy dodaję jeden do jednego, wszystko zaczyna mi się jakoś łączyć.

– Może pan jaśniej?

Dyrektor pogładził dłonią blat biurka.

– Wczoraj, jakoś koło południa, przyszli w trójkę. – Spojrzał na dokumenty. – Brylczyk, Jonka i Kostrzewska. Akurat nie było sekretarki, zajrzeli przez drzwi, a potem weszli i coś zaczęli gadać.

– Co konkretnie?

– Głupoty totalne. Robiłem tu w papierach, a oni stanęli na środku i zaczęli odgrywać jakąś pantomimę.

– Czyli że jednak nic nie mówili...

Kowalczyk się zamyślił.

– Mówili. Na pewno mówili. Ale to było kilka urwanych wyrazów, w dodatku mruczeli coś pod nosem.

– Prosiłabym jednak, żeby pan sobie przypomniał – nalegała Flarkowska.

Mężczyzna zagryzł wargę.

– Coś o prawdzie. Prawda na stół, karty na stół, naga prawda...

Policjantka starannie zaprotokołowała słowa dyrektora.

– Prawda – powtórzyła.

– Siedziałem zawalony papierami, weszli tu, stanęli we trójkę na środku, no może tak trochę bliżej drzwi do sekretariatu, mówili, że prawda na stół...

– Kto zaczął?

– Gadali jedno przez drugie. Poprosiłem, żeby nie wszyscy naraz. Tak, to ten z pryszczami, jak on tam, Jonka, Tomek Jonka, mruknął, że oni i tak mówią co innego.

Flara zerknęła w protokół. Z tego, co zapisała, nie wynikało nic konkretnego.

– Co innego?

– Jakoś tak to ujął. Nie potrafię powtórzyć dokładnie jego słów. „Mówimy coś innego". Potem wyszli.

Funkcjonariuszka skrzętnie zapisała wszelkie informacje. Kroon polecił jej być nad wyraz dokładną.

– I to tyle?

– Tak. Potem wyszli z gabinetu.

– No a pan nie zareagował?

– Na co miałem reagować? – obruszył się dyrektor.

– Że odwalają jakąś chorą akcję – odpowiedziała Flara, ścierając ze stolika niewielką warstwę kurzu.

Kowalczyk zauważył ten gest.

– Pani wybaczy, strasznie tu pyli od ulicy. Trzeba codziennie sprzątać, a i tak wszędzie lata pełno paprochów.

– Nic nie szkodzi. Ale proszę odpowiedzieć na pytanie.

– Jakie pytanie?

– Że pan nie zareagował – powtórzyła policjantka.

Dyrektor poczuł się przyparty do muru. Bo przecież o to tu w gruncie rzeczy chodziło. Trójka zaburzonych dzieciaków targnęła się skutecznie na własne życie, a on nie zareagował. Jakby miał pieprzoną szklaną kulę i wiedział, co się zdarzy następnego dnia.

– Droga pani, oni nie są ubezwłasnowolnieni. Nie zakładamy, że każdy nasz uczeń to potencjalny samobójca.

– Nie o to mi chodzi.

– Chodzi pani o to, żeby znaleźć winnego.
Wzruszyła ramionami.
– Zasadniczo tak.
– Ja nie zamierzam zostać kozłem ofiarnym. Pani wie, co to za cholernie niewdzięczna praca?! – wzburzył się.
– Proszę się tak nie unosić. Pytam, dlaczego nie zareagował pan, jak weszli do gabinetu, przerwali panu pracę, a potem tak po prostu wyszli.
– Zawalony robotą byłem! Miałem ich ścigać za to po korytarzach?! Weźcie się, ludzie, opamiętajcie! To jest liceum ogólnokształcące, a nie szkoła wojskowa!

PATRYK

Prokurator Otrębiński odchrząknął. Cierpiał na przewlekłe zapalenie zatok, przejawiające się między innymi uciążliwą chrypką.
– Proszę państwa, rozpoczniemy konferencję w sprawie zdarzenia, do którego doszło w dniu wczorajszym na terenie jednego z gdańskich liceów.
Patryk przesunął się nieco w przód, próbując przebić się przez tłum dziennikarzy. Wokół rzecznika prasowego utworzył się wianuszek reporterów wszystkich najważniejszych mediów. Skalski nie mógł liczyć na pomoc operatora i dźwiękowca. Wszystko musiał nagrywać, a później montować samodzielnie.
– We wczesnych godzinach porannych zostaliśmy poinformowani o ujawnieniu ciał trzech małoletnich pokrzywdzonych. Na miejsce niezwłocznie udał się prokurator. Przeprowadzono oględziny miejsca zdarzenia oraz zewnętrzne oględziny ciał. Celem wyjaśnienia wszelkich okoliczności zdarzenia wszczęto śledztwo w kierunku artykułu sto pięćdziesiąt jeden kodeksu karnego...

– Czy na obecnym etapie istnieją podejrzenia, że to nie było samobójstwo? – spytała niecierpliwa dziennikarka TVN-u.

– Jak wspomniałem, śledztwo wszczęto w kierunku artykułu sto pięćdziesiąt jeden kodeksu karnego, a więc tak zwanej pomocy do samobójstwa.

– Czyli że ktoś im pomógł – kontynuowała kobieta.

– Wszelkie okoliczności zdarzenia wyjaśni prowadzone postępowanie. Sprawa, z uwagi na jej medialny charakter, została przejęta do prowadzenia przez Prokuraturę Okręgową w Gdańsku i objęta nadzorem Prokuratury Regionalnej.

– A kiedy będzie sekcja? – spytał reporter *Wydarzeń*.

Otrębiński spojrzał na zegarek.

– Dokładnie w tej chwili w Zakładzie Medycyny Sądowej trwają z udziałem wyznaczonego prokuratora oględziny ciał.

– Czy poznamy wyniki jeszcze dziś?

– O wszelkich ustaleniach będziecie państwo informowani na bieżąco – odparł rzecznik.

– Zabezpieczono monitoring? Czy widać coś na nagraniach? – spytała przedstawicielka TVN-u.

– Z uwagi na dobro postępowania nie udzielamy takich informacji.

– A czy…

– Tego też nie możemy zdradzić…

– Może ktoś…

Patryk wyłączył mikrofon i odszedł kilka metrów dalej. Sprawdził, czy wszystko zostało dokładnie nagrane, schował sprzęt do plecaka, po czym skręcił w kierunku Ratusza Staromiejskiego.

„Gówno więcej powiedzą" – pomyślał. Wyciągnął komórkę.

– Siemasz, Patryczku, co tam?

– A jak myślisz? – rzucił do słuchawki.

– No nie wiem, zaskocz mnie.

– Sprawę mam. Chodzi o te dzieciaki z dziewiątki.
– Te, co się powiesiły? – zagaił rozmówca.
– *Si*.
– Wiem tyle, co ty. Z artykułu. I to zresztą twojego.
– Pierdolisz. Gliną jesteś.
– I co z tego – burknął kolega.
– Potrzebuję jakichś informacji. Może być anonimowo.
– Zawsze jest anonimowo – przypomniał policjant.
Patryk minął pomnik znanego astronoma. Na ławeczce dwóch starszych panów spożywało alkohol.
– Misiak, dowiedziałbyś się czegoś? Byłem na konferencji w prokuraturze, ale nic nie powiedzieli.
– Nigdy nie mówią. Wiesz, to są powieszone dzieciaki... Głupio, jakby jakieś wrażliwe informacje wyciekły do mediów.
– Masz mnie za palanta? – obruszył się Skalski.
– Chlapniesz coś, a potem będę miał problemy...
– Wojtuś, proszę, weź poogarniaj. Browarka ci postawię.
– Chyba całą zgrzewkę – mruknął kolega.
– Może być i karton.

KONRAD KROON

Budynek prosektorium Gdańskiego Uniwersytetu Medycznego wyglądał jak z filmu. I to nie taniego horroru, rzeźni klasy B, lecz porządnego amerykańskiego kina: czyściutkie kafelki, stal nierdzewna, słowem wszystko, co trzeba, by w cywilizowany sposób kroić zwłoki.
Trójka nastolatków ułożona na stołach.
– Od którego zaczynamy? – spytał doktor Jaworski.
– Pan tu rządzi – odparł Konrad.

Lekarz spojrzał na Kroona z ukosa.

– Obaj wiemy, że to nieprawda.

– Próbuję być uprzejmy.

– Jakoś nigdy to panu dobrze nie wychodziło – stwierdził biegły.

– Nie można być mistrzem w każdej dziedzinie.

Jaworski się zaśmiał.

– Teraz lepiej.

Wybór padł na Norberta Brylczyka. Laborant, pan Sławomir, przygotował skalpel, po czym przystąpił do dzieła.

Zazwyczaj zaczyna się od głowy. Sławek naciął skórę, chwycił za włosy i oskalpował chłopaka.

Doktor spojrzał na czaszkę.

– Zgodnie z przewidywaniami? – spytał Kroon.

– Czyściutko – odparł lekarz.

Zewnętrzne powłoki twarzy zawinięto do środka, tak by nie poniszczyć ich podczas krojenia kości. W tym momencie zmarły przestał przypominać człowieka; pozbawiony koloru, z naciągniętym na oczy czołem, brodą niemal dotykającą końcówki nosa sprawiał wrażenie pustej skorupy – pacynki, z której sztukmistrz wyciągnął swoją rękę i odłożył rekwizyt niedbale na półkę.

– Będzie chlapać – ostrzegł laborant.

Konrad odsunął się kilka kroków w głąb prosektorium.

– Panie Sławku… – zaczął Jaworski. – Zresztą nieważne. Pan robi swoje.

Laborant włączył szlifierkę. Zapach palonej kości przywodził Kroonowi na myśl lekko słodką woń, która wypełnia każdy gabinet dentysty. Tarcza powoli, niczym radełko, pokonywała kolejne centymetry okręgu, drobiny pyłu unosiły się w powietrzu. Należało uważać, by nie wejść zbyt głęboko, by nie naruszyć tego, co w środku, miąższu owocu, rzeczywistego celu patomorfologicznej wyprawy do wnętrza Ziemi.

– No i jesteśmy – podsumował pan Sławomir. Delikatnie ściągnął nasadę czaszki.

Doktor zajrzał do środka.

– Żadnych zmian o charakterze przyżyciowym, żadnych wybroczyn...

– Czysta śmierć – podsumował prokurator.

– O ile śmierć może być czysta.

Biegły sięgnął po strzykawkę. Kroon zlecił przeprowadzenie badań fizykochemicznych krwi; należało pobrać materiał. Doktor wypełnił ampułkę, po czym umieścił na niej odpowiednią naklejkę z kodem. Drugi egzemplarz wkleił do zeszytu.

– Na koniec podam panu hurtem numery.

– Jasne.

Krew pobierano dwukrotnie: zazwyczaj z zatok opony twardej oraz serca.

– Jedziemy dalej – powiedział Jaworski po zanotowaniu najważniejszych informacji w swoim kajecie.

– Jeszcze momencik – wtrącił specjalnie wezwany technik kryminalistyki. W poważnych sprawach dbano o to, by dokładnie utrwalić czynność.

– Oczywiście – odparł doktor. – Nigdzie nam się nie spieszy.

Policjant podkręcił czułość na aparacie, przekręcił pokrętło przysłony. Służbowy nikon, stary i niezawodny. Pstryknął kilka zdjęć.

– Już. Możemy kroić.

– Panie Sławku, proszę otwierać! – polecił lekarz.

Otrzewna. Żołądek, wątroba, jelita. Ułożone w miednicy, przyciśnięte przeponą najważniejsze organy.

– Zaczyna się – stęknął Kroon, zatykając chusteczką nos.

Sekcja zwłok to obraz i zapach. Odrealniony widok martwego ciała, wyprutej z ducha powłoki ułożonej na metalowym stole, oraz woń. Gryząca, nieprzyjemna, trudna do pomylenia z czymkolwiek innym. Zapach śmierci.

W momencie otwarcia otrzewnej ciało opuszczały te wszystkie aromaty, które towarzyszyły pracy przewodu pokarmowego oraz kilku innych układów. Fabryka, która właśnie przestała działać. Niestrawione resztki pożywienia, fermentujące płyny ustrojowe, komórki, tkanki, narządy w rozkładzie.

– Wątroba niepowiększona, żołądek nieotłuszczony... – mruczał pod nosem lekarz.

Norbert Brylczyk był typowym piętnastolatkiem. Raczej szczupłym, bez jakichkolwiek dolegliwości zdrowotnych. Mógłby spokojnie przeżyć kolejnych siedemdziesiąt lat. Tyle że leżał właśnie martwy.

– I to by było na tyle – podsumował Konrad.

– Tak. Panie Sławku, pan się postara bardziej niż zwykle – polecił doktor.

Laborant posłusznie schował wyjęte, zważone i zbadane organy do środka, po czym zabrał się za zszywanie denata. Zwłoki miały wrócić do kostnicy i przejść lekki lifting, tak by pogrążeni w żałobie rodzice nie zauważyli, że na ostatniej prostej ktoś zbezcześcił ciało ich pierworodnego. *Summa summarum* co za różnica, w jakiej postaci te wszystkie martwe tkanki trafią do ziemi, by tam zgnić?

A jednak... szacunek. Zmarłemu należał się szacunek. Trochę pudru i szminki, eleganckie buty, czarny garnitur i piękna dębowa trumna. *Dobry Jezu, a nasz Panie, daj mu wieczne spoczywanie.*

Po pierwszym z chłopaków przyszła kolej na dziewczynę. Sara Kostrzewska. Dłuższe włosy, wydatne policzki. Zaszklone oczy.

– Proszę pamiętać o zdjęciach – powiedział Kroon, spoglądając na technika.

– Oczywiście, panie prokuratorze.

Procedura wyglądała dokładnie tak samo. Pan Sławek naciął, a następnie ściągnął twarz, oskalpował nieboszczkę, zdjął czaszkę, zajrzał do mózgu. Doktor zbadał organy, serce i płuca, nie zapomniał o pobraniu próbek. Wyniki oględzin skrzętnie notował w kajecie; po tym, jak weźmie prysznic, postara się przelać te wszystkie myśli na druk protokołu, pismo maszynowe, bo przecież tych kulfonów, które sadził w pożółkłym zeszycie w kratę, i tak nikt by nie rozczytał.

– Bidulka – westchnął Konrad.

– Męczyła się najbardziej ze wszystkich – ocenił lekarz. – Kiepska pętla.

Kroon zastanawiał się, jak on by to zrobił. Bo na pewno nie w ten sposób. Żeby dobrze powiesić ciało, trzeba mieć farta. I trochę umiejętności. W dawnym Gdańsku kat był jednym z lepiej opłacanych zawodów. Jego fach wymagał solidnej wiedzy oraz sporej dawki praktyki.

„Nałykałbym się piguł" – podsumował w myślach. „Wziąłbym trochę tabletek od Maciejewskiego, zażył wszystkie naraz. Do tego jakaś flaszka. Muzyka, koniecznie na cały głos. Najlepiej Penderecki. Albo Zeppelini".

– No i *last but not least* – zaczął biegły. – Tomasz Jonka. Wszyscy z tej samej klasy?

– Jonka chodził do równoległej. Profil matematyczno-informatyczny – wyjaśnił prokurator.

– Stąd te pryszcze – zażartował Jaworski.

Kroon milczał.

Pan Sławek przystąpił do dzieła. Z czoła kapał mu pot: praca laboranta to przede wszystkim ciężka fizyczna harówka. Chwycił za czaszkę i naciął skórę.

– Ten jeden miał szczęście – ocenił doktor. – Przełamał kręgosłup.

– Szybka śmierć – dodał Konrad.

Po czterdziestu minutach ostatnie z ciał trafiło z powrotem do lodówki.

– Jeśli o mnie chodzi, prosta sprawa. Może badania krwi coś wykażą, ale... jak tylko będzie pan miał sprawozdanie, proszę dryndnąć.

Kroon zapatrzył się na pustą, brudną od krwi salę prosektorium.

– Oczywiście, że przedzwonię. Ale coś czuję, że to nie będzie prosta sprawa.

PATRYK

Stoczniowe dźwigi KONE odcinały się od intensywnego szafranu nieba. W wiadomościach mówili o niecodziennej anomalii pogodowej: wietrze znad Sahary, który barwił powietrze drobinami złotego pyłu. Ale Patryk Skalski czuł w kościach, że ten piasek pielgrzymujący do Gdańska z samego serca Afryki musiał oznaczać coś więcej.

Sprawa potrójnego samobójstwa stała się najgorętszym tematem medialnym początku wakacji. Przynajmniej tak się wtedy wydawało. Bo przecież nikt nie wiedział, co miały przynieść kolejne tygodnie kanikuły. A planowały obrodzić w naprawdę wiele dramatycznych wydarzeń; zaanonsować kryminalną epopeję, znaczony krwią, zagadką i podstępem mroczny poemat o nieskończonej, nieludzkiej zbrodni.

– A wczoraj, kuźwa, oddałem samochód na myjnię – warknął szef. – Takie moje szczęście.

– Czas się przesiąść na rower – odpowiedział Patryk.

– Na rower. Z dwójką dzieciaków. Pogadamy, chłopie, jak sam dorobisz się szczeniąt.

– Możemy się tego nie doczekać.

Siedzieli w redakcji. Za oknem szalało właśnie coś na kształt burzy piaskowej.

– Jak tam sprawa tych wisielców? – spytał naczelny.
– Właśnie skrobię ci nowy artykuł. Rano była druga konferencja prasowa, po sekcji, ale niczego nie powiedzieli. Otrębiński powtórzył wszystko to, co mówił wczoraj.
– A w ZMS-ie pytałeś? – zagaił szef.
Skalski był przygotowany na taki rozwój wydarzeń. Postawił gardę.
– Pytałem. Ale odesłali mnie z kwitkiem.
– Oj, dzieciak, dzieciak – stęknął naczelny.
– Odesłali mnie z kwitkiem, więc zadzwoniłem do kumpeli ze szkoły, która pracuje na GUMedzie.
Mężczyzna wyszczerzył zęby.
– Młody, a do tego zdolny. Co ci powiedziała?
– Że oddzwoni, jak się czegoś dowie.
W tym momencie, jak na zawołanie, Patrykowi zadzwonił telefon. Wyciągnął z kieszeni komórkę.
– Siemasz, Agatka, no i co tam? Tak, odwdzięczę się. Nie będzie za co? Aha… no… tak. Że złamany kręgosłup? Uduszenie? W sensie że ktoś… aha. Czyli że zawsze tak jest? Szkoda. To znaczy w sumie dobrze. Głupio zabrzmiało. O tym to chyba nie wypada pisać. Jasne. Kumam. Nie no, i tak jestem megawdzięczny. Spoko. Musimy coś kiedyś na jakiegoś browarka… Tak, najlepiej na Ele. Pewka. No buziaki, pa, pa.
Rozłączył się.
– I co tam, kolego?
Patryk wywalił nogi na biurko.
– Lipa. Zapytała kumpelę, która robi w prosektorium. Podobno podczas sekcji nic nie wyszło.
– A złamany kręgosłup? Coś tam przebąkiwałeś…
Skalski spoglądał na telefon. Wyskoczyło mu powiadomienie o czyichś urodzinach.

– Jak ktoś się dobrze powiesi, to kręgosłup się łamie i śmierć następuje szybko. Jak spierdoli, to się dusi. No i dwójka dzieciaków się udusiła, a jeden połamał se plecy. W sumie nic istotnego.

– O tym lepiej nie pisz.

– Wiadomo... – odparł dziennikarz.

Szef wstał od stołu.

– Ale jakiś artykuł i tak mi musisz skrobnąć. Ludzi interesuje wszystko, cokolwiek wiąże się z tą sprawą.

– Się wymyśli, kierowniku.

– Weź zrób wywiad z jakimś policjantem. Albo psychologiem. Coś, żeby wypełnić stronę tekstem. I dorzuć kilka zdjęć ze stocka.

Patryk wyciągnął fajki. Musiał pilnie wyskoczyć na zewnątrz.

– Zrobię taki materiał, że ci stanie.

Naczelny machnął ręką.

– Już dawno mi nie staje.

KONRAD KROON

– Pan prokurator Kroon? – spytał policjant w mundurze.

– Niestety tak.

– Przyniosłem materiały z komendy.

Konrad przejął od funkcjonariusza szarą kopertę bąbelkową, na której ktoś odręcznie skreślił jego nazwisko oraz umieścił dopisek: DO RĄK WŁASNYCH.

– Odmaszerować! – rzucił jakby od niechcenia, zabierając się do otwierania przesyłki. W środku znajdowała się płyta CD.

Umieścił nośnik w komputerze i włączył głośniki. Na ekranie monitora wyskoczyło nowe okienko. Kroon kliknął w ikonkę pierwszego z plików.

– Jak to format nieobsługiwany? – szepnął pod nosem.

Nacisnął prawy klawisz myszki i wybrał komendę: „Otwórz za pomocą". Zadziałało.

Prokurator przewinął film do krytycznego momentu. Dojrzał trójkę nastolatków uchwyconych kamerą monitoringu, którzy wchodzą po schodach, przyczepiają liny do zamontowanej w szkolnej bramie kraty, wspinają się na przęsło, zaciskając uprzednio zawiązane pętle, i... skaczą. Jak na komendę, w jednym tempie, bez chwili wahania. Zupełnie jakby ktoś ich zahipnotyzował.

– Ja pierdolę... – mruknął, cofając nagranie o kilka minut.

Raz jeszcze wcisnął „play".

Wszystko wyglądało dokładnie tak samo. Nadeszli od strony tramwaju, powoli wkroczyli na schody, stanęli w bramie na spoczniku. Później krata, lina, skok.

Zapis był dość kiepskiej jakości.

– Przynajmniej nie zrobili tego w nocy – podsumował, ponownie przesuwając wskaźnik wstecz. – Wtedy w ogóle gówno bym zobaczył.

Oglądał filmik dobre kilkanaście razy. Coś nie dawało mu spokoju. Wyciągnął telefon, przekręcił do Flarkowskiej.

– Dzień dobry, panie prokuratorze... – Gorąca linia. Od wielu lat miała zapisany jego prywatny numer.

– Dostałem monitoringi. Ty to oglądałaś?

– Oglądałam.

– I co?

Policjantka nie bardzo wiedziała, do czego zmierza Konrad.

– I jajco? – odpowiedziała trochę w jego stylu. Zazwyczaj starała się być jednak poważna.

– Właśnie chyba nie. Jesteś w pracy?

– Jestem.

– Przed komputerem? – dopytywał Kroon, wyraźnie podniecony.

– Mogę być przed komputerem.

– A zgrałaś sobie te pliki?

Wiedział, że zgrała. Na pulpit, żeby w każdej chwili móc do nich zajrzeć.

– Jo – palnęła, w tym samym momencie odblokowując ekran. Kliknęła we właściwą ikonkę.

Konrad poprawił słuchawkę.

– Odpal sobie nagranie.

– Odpaliłam siedem sekund temu – powiedziała Flara.

Uwielbiali ze sobą pracować.

– Przewiń do szesnastej minuty.

Zrobiła to, o co prosił.

– Już.

– Widziałaś?

– Co miałam widzieć?

Konrad triumfował. Albo osuwał się w szaleństwo. Tak czy inaczej, był święcie przekonany, że znalazł ślad.

– Oni się patrzą.

– No patrzą – powtórzyła, nie rozumiejąc istoty problemu.

– Zauważyłaś?

Mógłby wyrażać się nieco jaśniej.

– Co miałam zauważyć?

– Że patrzą – powiedział, wyjątkowo mocno akcentując drugą sylabę.

– Panie prokuratorze… nie kumam. Gdzieś patrzą, to oczywiste.

Zaśmiał się pod nosem.

– Nie, Flara, oni nie patrzą gdzieś. Przez krótką chwilę, tuż po czterdziestej trzeciej sekundzie, spoglądają przed siebie. Cała trójka, w ten sam punkt.

Funkcjonariuszka kolejny raz obejrzała wskazany fragment.

– Ja tak tego nie odbieram. Nagranie jest słabej jakości, obraz przeskakuje…

– Justyna. – Konrad zawiesił głos. – Tuż przed skokiem ta trójka nienormalnych dzieciaków zerknęła w tę samą stronę. W miejsce, którego nie objęły kamery. To musi coś znaczyć. I ja chcę wiedzieć co.

ROZDZIAŁ 3 | **CZERWIEC**

FLARA

„Dobry Boże, broń nas od medialnych spraw" – powiedział niegdyś pewien stary glina tuż przed tym, zanim wyrzucili go z roboty. Każdy doświadczony pracownik organów ścigania zdaje sobie sprawę, że rozgłos w śledztwie cieszy równie mocno, jak śnieg w kwietniu. Najlepiej pracuje się w ciszy: systematycznie kompletuje dowody, bez poganiania, patrzenia na ręce, tłumaczenia się wszystkim świętym z każdej zaplanowanej czynności.

Sprawa samobójczej trójki stała się medialna właściwie od razu i każdy, kto miał z nią do czynienia, doskonale rozumiał, jaka była tego cena. Telewizja, radio i prasa od rana do nocy trąbiły o nastolatkach z gdańskiego liceum ogólnokształcącego. Należało trzymać fason: dokładnie przestrzegać procedur, działać szybko i w koordynacji, skrupulatnie wypełniać kolejne punkty przemyślanego planu śledztwa. Medialność sprawy stanowiła naturalną przyczynę zwiększonej czujności organów ścigania. Ale nie jedyną.

Główny powód, dla którego wszyscy dookoła stawali na rzęsach, by jak najlepiej wykonać powierzone im zadania, był jednak zupełnie inny. Kroon się wkręcił. A gdy Konrad Kroon łapał prokuratorskiego bakcyla…

– Czy to jest potrzebne? – spytała pani Brylczyk.

– Jest potrzebne – wyjaśniła Flara. – Prokurator mi kazał.

– Dobry Boże, wchodzicie tu, jakby on był jakimś oprychem…

– Teresko, oni tak muszą. Muszą się wszystkiego dowiedzieć – powiedział mąż, biorąc zrozpaczoną kobietę pod ramię.

Wyprowadził ją do kuchni.

– Komputery zabieramy? – spytał przybrany do czynności funkcjonariusz.

– Taaa – mruknęła Flarkowska, pobieżnie kartkując zeszyty Norberta Brylczyka.

Pokrzywdzony mieszkał w domku jednorodzinnym na ulicy Hubala, spacerkiem jakieś pięć minut od szkoły. Pokój nie wyróżniał się niczym szczególnym: ot łóżko, regał, szafa, pod oknem duże biurko.

– Koleś lubił szatana – zauważył policjant, wskazując na powieszone na ścianie plakaty.

Rysunki przedstawiały mroczne, półnagie postacie. Skąpane w karmazynie krwi, o płonących oczach, diabelskie stwory opętane żądzą mordu.

Flara podeszła do półki z książkami. Wyciągnęła jedną z pozycji.

– Lubił gry. Jak każdy piętnastolatek.

– No kuźwa, mówię. Siedzą z głowami w tych ekranach, sieczkę z mózgów sobie robią… – Podniósł z szafki zdjęcie pokrzywdzonego. – Ten gówniarz pewnie w życiu w piłkę nie kopał.

Flarkowska zabrała mu fotografię. Odstawiła ją na miejsce.

– Mój syn harata w gałę, a też zalega przed komputerem. Dokładnie przed czymś takim jak to.

Kolega ciężko pokręcił głową.

– To ty na niego lepiej uważaj, kochana.

Chciałaby uważać. Ale zamiast tego całymi dniami siedziała w pracy. Samotna matka. Wiedziała, że powinna poświęcić mu więcej uwagi. A jednak nie potrafiła się zmienić.

– Dzięki za radę. Wsadzę ją sobie w dupę, Majewski.

– Wsadzaj sobie w dupę, co tylko chcesz, Flara – odparł kolega. – Ja po prostu się o ciebie martwię.

Justyna z każdym rokiem stawała się coraz bardziej zgorzkniała. Kiedyś przez wiele lat tkwiła na komisariacie, jej zawodowe życie stało w miejscu. Teraz dostała podkomisarza i pracę w wojewódzkiej, ale... zupełnie jej to nie cieszyło. W dalszym ciągu była sama, a syn coraz bardziej się od niej oddalał.

– Kończymy z tym i jedziemy dalej – powiedziała, pakując do kartonu telefon i kilka pendrive'ów.

– Oni wszyscy mieszkali tu gdzieś w okolicy, co? – spytał Majewski.

– Jo. Pieprzone dzieciaki ze Strzyży.

PATRYK

Nie dowiedział się niczego od prokuratury ani policji. Mimo usilnych prób również pociągnięcie za sznurki w Zakładzie Medycyny Sądowej nie obrodziło w jakiekolwiek informacje. A Patryk Skalski cholernie potrzebował informacji.

Trochę poszperał w necie, obczaił, kto kogo obserwuje na Facebooku, przeleciał wzrokiem po LinkedIn. I tak namierzył Natalię Rosik.

– To było moje pierwsze wychowawstwo.

– Zawsze chciałaś zostać nauczycielką? – spytał Patryk.

Czy chciała zostać nauczycielką? Trudno powiedzieć. Kilka lat temu zamierzała się po prostu bawić, poznała grupkę fantastycznych młodych ludzi, przeżyła najbardziej szalone wakacje swojego życia. Po tamtym lecie zostały tylko wspomnienia oraz minimalistyczny tatuaż: „Krzycz, jeśli żyjesz".

Natalia była już mężatką. Zachowała swoje panieńskie nazwisko, wiodła spokojne, dość przewidywalne życie. Czasem myślała o Soni.

O tym, jak wyglądałaby ich wspólna przyszłość, gdyby zdecydowały się zostać parą. Gdyby Natalia jej nie porzuciła.

– *Hard to say* – odpowiedziała. – Musiałam wybrać jakąś specjalizację, w Trójmieście brakowało romanistów…

– Podobnie jak kafelkarzy – zauważył Skalski.

– Kiepsko układam płytki – odparła ze śmiechem dziewczyna.

Mieli rozmawiać na poważne tematy. O życiu i śmierci. Lecz najpierw należało się poznać.

– To tak jak ja – przyznał dziennikarz, wyciągając papierosy. – Palisz?

– Nie, dzięki.

Czekał na nią pod „dziewiątką". Zaproponował, że odprowadzi ją do domu. Głupio gadać o samobójstwie przy kawie; dziesiątki ciekawskich, przypadkowych par uszu czekały na jakąkolwiek poufną informację. Nie wypadało spotkać się w domu, nie mogli rozmawiać w szkole. A więc spacer. Pustymi chodnikami, wzdłuż tramwaju, trzy przystanki: Zajezdnia, Zamenhoffa, Wojska Polskiego. Ze Strzyży na Zaspę.

– Co to były w ogóle za dzieciaki?

Natalia wzruszyła ramionami.

– Ciche, spokojne, wycofane.

– Jakieś problemy?

Zastanawiała się, jak wiele wolno jej zdradzić. Norbert i Sara niepokoili ją od dłuższego czasu. A jednak czuła pewną lojalność. Nie mogła się wysypać.

– W tym wieku każdy ma problemy.

– No ja w liceum nie byłem jakimś tam specjalnym świętoszkiem – przyznał Patryk.

Rosik pomyślała o sobie. Szkołę średnią przeszła względnie spokojnie. Dopiero na początku studiów zaczęła eksperymentować.

Ale Brylczyk i Kostrzewska... Wydawali się zwykłymi kujonami. Przynajmniej w pierwszym semestrze. Później im odbiło.

– Grali w jakieś gry, siedzieli w tylnej ławce, trochę im dokuczano.

– Nerdy?

– Można tak powiedzieć.

Doszli do skrzyżowania z Grunwaldzką.

– Strasznie cię muszę ciągnąć za język – westchnął Patryk.

– A co miałabym powiedzieć? Pikantne szczegóły tego, jak ich kocono? Tylko po co? Żeby narobić jeszcze większego gnoju? Obsmarować po śmierci? – obruszyła się Natalia.

Skalski położył jej rękę na ramieniu.

– Ej, to nie tak!

– Długo biłam się z myślami, czy ci w ogóle odpisać. Niepotrzebnie zgodziłam się na tę rozmowę.

Przeszli na drugą stronę jezdni.

– A jednak dałaś mi zielone światło.

– Zupełnie bez sensu – mruknęła.

Patryk musiał zmienić strategię.

– Słuchaj, ja wiem, jaka to lipa być teraz nastolatkiem. I nie chodzi mi tylko o tę trójkę dzieciaków.

– To o co ci chodzi?

Przez chwilę nie odpowiadał. Bardzo ważył słowa, wiedział, że jeden nieostrożny wyraz może wrzucić go na minę.

Weszli na schody kładki.

– O innych. Chcę uderzyć na alarm. Opowiedzieć o problemach polskiej psychiatrii dziecięcej. Że wszyscy mają ten temat w dupie, a ludziom wali się życie. I nikt im nie pomaga. Ty wiesz, jak trudno jest się dziś dostać do specjalisty?

Bingo. Skalski poruszył czuły punkt.

– No okej... – wydusiła Natalia.

Sama przez wiele lat uczęszczała na terapię. Kiedy rodzice się o tym dowiedzieli, ukręcili jej grubą awanturę. Uznali, że jest zwyczajną świruską. Zupełnie nie kumali tematu.

– Możesz wypowiedzieć się anonimowo. O tych nastolatkach, w ogóle o tym, jak wyglądają współczesne dzieciaki. Bo przecież ci wszyscy boomersi, którzy decydują o życiu w naszym kraju, nie mają o niczym bladego pojęcia.

Zatrzymali się nad torami. W stronę Gdyni pomykał właśnie żółto-niebieski skład kolejki.

– Żadnej taniej dramy – podsumowała nauczycielka.

– W życiu Warszawy!

Natalia spojrzała w kierunku centrum. Panorama Wrzeszcza ciemniała na tle żółtawego, przesyconego piaskiem nieba. Na horyzoncie rysował się kontur stoczni.

– Zdradzę ci, co wiem – powiedziała po dłuższym czasie.

Ale nie zamierzała dotrzymać słowa. Bo pewne informacje postanowiła zatrzymać wyłącznie dla siebie.

FLARA

Komputery i dyski zawiozła do prywatnego biegłego, który zgodził się zajrzeć do nich od ręki. Flara została z kilkoma kartonami rzeczy osobistych: głównie notatek, zeszytów, jakichś rodzinnych pamiątek.

Sara Kostrzewska prowadziła swoje zapiski najstaranniej ze wszystkich. Norbert Brylczyk pisał, gdy musiał, Tomasz Jonka wydawał się analfabetą. Jedynie skoroszyty od przedmiotów ścisłych zawierały jakiekolwiek własnoręcznie skreślone treści.

„Mogli prowadzić pamiętniki. Którekolwiek z nich. Byłoby trochę łatwiej" – pomyślała Flara.

Po przeszukaniu mieszkań pokrzywdzonych wzięła na spytki kilkoro uczniów, rówieśników z klasy. Nie bawiła się w sporządzanie protokołów: niczym rasowa kryminalna chciała zdobyć wyjście na kogokolwiek, kogo dałoby się przesłuchać. Ale nie dowiedziała się zbyt wiele.

„Oni byli freakami".

„Nie wiem, nie gadaliśmy".

„Mówiliśmy sobie tylko cześć".

„Grali w te gry".

„Trzymali się jeszcze z tym Jonką z mat-fizu".

„Ja nic nie wiem".

„Teraz każdy ma depresję".

„Role Playing Games. Nie, nie na komputerze. Na papierze".

Flara odnalazła wśród rzeczy osobistych różne dziwne symbole, kartki, kości. Szybko wpisała w przeglądarkę hasło „gry fabularne".

Gra fabularna (inaczej RPG, z ang. role-playing game, *nieraz zwana grą wyobraźni (...) – gra towarzyska oparta na narracji, w której gracze wcielają się w role fikcyjnych postaci. Cała rozgrywka toczy się zazwyczaj w fikcyjnym świecie, istniejącym tylko w wyobraźni grających*[1].

– No wyobraźnię to oni mieli – stwierdziła Flara, scrollując okienko Wikipedii.

Cała rozgrywka toczy się w ramach spotkań – sesji – odbywających się w odpowiednich pomieszczeniach. Rozgrywka jest konstruowana prawie wyłącznie w oparciu o słowne opisy (...). Mistrz gry opisuje graczom ich otoczenie i akcje wykonywane przez bohaterów niezależnych, gracze natomiast opisują czynności wykonywane przez ich postaci.

– Czyli zupełnie jak na komputerze. Tylko że bez komputera.

Do zadań mistrza gry należy również decyzja, które akcje podejmowane przez graczy osiągną zamierzone efekty, a które nie.

1 Hasło: *Gra fabularna*, Wikipedia, https://pl.wikipedia.org/wiki/Gra_fabularna, dostęp 20.11.2023.

– Zabawa w bóstwa – podsumowała policjantka.

Stopień dozwolonej identyfikacji między graczami a odgrywanymi przez nich postaciami – wypowiadanie się w pierwszej osobie, wykorzystanie rekwizytów, kontakt fizyczny z pozostałymi graczami – jest kwestią umowną i zależy wyłącznie od stopnia zanurzenia graczy w opisywany świat gry.

Funkcjonariuszka spojrzała na zapiski w zeszycie, pojedyncze kartki przedstawiające rysunki demonicznych humanoidów. W kilkunastu miejscach zauważyła wypisane odręcznie, powtarzające się ciągi liczb.

W tym momencie zadzwonił jej telefon. Zerknęła na wyświetlacz. Kroon. Bo któżby inny.

– Tak, panie prokuratorze?

– I co? Masz coś?

Miała aż za dużo.

– Komputery pojechały do Wąsewicza, obiecał się z tym sprężyć. A ja przeglądam ich zeszyty.

– Niech zgadnę: znalazłaś list samobójczy – rzuci Konrad.

– Chciałabym.

– Nie może być za prosto.

– Dzieciaki grały w gry, ale nie takie komputerowe, tylko – spojrzała na ekran z otwartą stroną Wikipedii – fabularne. To jest taka gra wyobraźni, gdzie...

– Wiem, co to jest. Dużo ludzi w to gra.

Policjantka postanowiła sprostować informacje.

– Nie chodzi o gry komputerowe...

– Flara, dobrze wiem, czym są erpegi. Ale to, że dzieciaki interesowały się fantastyką, jest, że tak powiem, średnio gorącą informacją. Coś jeszcze wyszperałaś?

Mimowolnie wzruszyła ramionami.

– Mam ich pobazgrane zeszyty. Ale też nic konkretnego.

– A co pisali?
– Jakieś cyferki. To pewnie do tych gier.
Kroon wziął łyka kawy.
– Pogoń Wąsewicza. Życie dzisiejszych nastolatków toczy się głównie w onlinie. Musimy się dowiedzieć, jak wyglądał ich wirtualny świat.
– Szybciej niż na jutro się nie da.
– A szybciej niż na wczoraj?

PATRYCJA RADKE

– Przez ciebie wyląduję na bezrobociu – rzuciła Patrycja, stając pośrodku korytarza.
Od niedawna pomieszkiwali razem; oczywiście nieoficjalnie, oboje wystrzegali się zobowiązań. Konrad, bo sparzył się na Zuzie; Patrycja, bo sparzyła się na Konradzie. Zaklęty krąg.
– Co znowu zrobiłem?
Kroon wyłożył się w salonie na wygodnej rogówce, na jednej nodze miał pysk Fendera, drugą niedbale opierał o kawowy stolik.
– Przepędziłeś mi klientów – odparła, ściągając buty.
Postawiła torebkę na szafce i delikatnie stąpając, zbliżyła się do kanapy. Konrad pogładził ją dłonią po tylnej części uda.
– Niech zgadnę: postawiłaś w kancy moje zdjęcie i każdy, kto wejdzie do środka, spierdala, gdzie pieprz rośnie?
– Coś w ten deseń.
Pociągnął ją do siebie. Kroon był dość dobrze zbudowany, sporo ćwiczył. Dziewczyna momentalnie poleciała na sofę.
– Konrad… – chciała zaprotestować, ale zamiast tego jedynie zbliżyła usta do jego ust.
Trzymał ją w ramionach i przeszywał wzrokiem.

– Coś chciałaś powiedzieć – wyszeptał swoim niskim głosem.
– Ja... to chyba nie było nic ważnego.
Zaczęli się całować. Fender zeskoczył z kanapy i poczłapał w kierunku legowiska.
– Co z tymi twoimi klientami? – spytał Kroon, tylko na chwilę przestając ją pieścić. Niepostrzeżenie drugą ręką rozpiął jej stanik.
Patrycja jęknęła.
– Ta opowieść może poczekać.
– Kiedyś byłaś nieco bardziej niecierpliwa – zauważył.
– Dojrzewam przy tobie.
Ugryzła go w ucho.
– Czyli to moja zasługa? – mruknął.
Radke zaczęła rozpinać mu koszulę. Lubiła umięśniony tors i lekką opaleniznę kochanka.
– Oczywiście, staruszku.
Choć rzeczywiście dzieliło ich dobre kilkanaście lat, Konrad wcale nie wydawał się stary. Mimo że już dawno przekroczył czterdziestkę, na jego głowie wciąż próżno było szukać choćby jednego siwego włosa. Jedynym, co zdradzało wiek Kroona, były oczy. Ciemnoorzechowe tęczówki wydawały się należeć do kogoś całkiem innego. Zupełnie jakby ta para ludzkich ślepi żyła kolejno w ciałach kilku osób, przekazywana z pokolenia na pokolenie, wzbogacana przez każdą generację o pokaźny zasób nowych doświadczeń. Trudnych doświadczeń.
– Czyli że kiedyś będziesz dokładnie tak samo zgorzkniała jak ja?
– Ostatnio nie wydajesz się zgorzkniały.
– To przez słońce – odparł, delikatnie muskając ustami jej piersi.
Leżeli nadzy na kanapie w nowoczesnym apartamencie Kroona. Za oknem mieniło się morze.
– Rozumiem – pisnęła, wyginając plecy.
– Powiesz w końcu, o co biega z tymi klientami?

Dotknęła dłonią lekko zarośniętej twarzy mężczyzny.
– Wrócimy do tej rozmowy później. – Usiadła mu na brzuchu.
Czerwcowe słońce wpadało do salonu, wskazując właściwy kierunek podróży. Ale oni nie zamierzali się nigdzie ruszać.

*

Dwie godziny później siedzieli otuleni prześcieradłem na tarasie i spoglądali w zadumie na zatokę. Po lewej Gdynia i Sopot, przed nimi skryty za gęstą warstwą żółtego pyłu Półwysep, na prawo port, stoczniowe dźwigi, gdzieś dalej starówka i Główne Miasto.
– Widziałeś kiedyś takie niebo? – spytała Radke.
– Tylko na kwasie.
– Nigdy nie brałeś kwasu.
– Nie brałem. Po prostu kozaczę – odparł z rozbrajającą szczerością.
– Zauważyłam.
Kroon spojrzał w stronę Bałtyku.
– Ten piasek znad Sahary... to zły omen.
Wtuliła się w niego mocniej.
– Wierzysz w takie rzeczy?
– Od dziecka.
Drzewa nadmorskiego lasu delikatnie kołysały się na wietrze.
– Przyszła dziś do mnie dwójka rodziców, którym zginął syn – zaczęła Patrycja. – Powiesił się.
– Sprawa mojego potrójnego samobójstwa?
Dotknęła bosą stopą balkonowej szyby.
– A jakby inaczej.
– Tak się poznaliśmy, jesienią, trzy lata temu – przypomniał Konrad. – Do twojej kancelarii przyszli rodzice Weroniki Zatorskiej. Przyjęłaś to śledztwo.

Obróciła głowę w jego stronę.

– Udajesz drania, ale tak naprawdę pieprzony z ciebie romantyk.

– Bardziej pieprzony niż romantyk.

– To już mamy za sobą – zauważyła.

Kroon objął ją mocniej ramieniem.

– Myślałem, że jesteśmy w trakcie.

– Och... W każdym razie musiałam im podziękować.

Na tarasie pojawił się Fender. Wychylił głowę na zewnątrz, po czym wrócił do klimatyzowanego pomieszczenia. Srebrzysty husky niezbyt dobrze znosił czerwcowe upały.

– Związałaś się z prokuratorem. Nie możemy oboje prowadzić tego samego postępowania. A ja go nikomu nie oddam.

– Rzeczywiście coś w tobie pękło. Tamtej jesieni nie byłeś taki zawzięty. Ani wkręcony w pracę.

– Zawsze byłem zawzięty – przyznał. – Ale to drugie się zgadza. W końcu wróciłem na tory.

– Na właściwe tory – poprawiła go.

– Po prostu na tory. Czy na właściwe... o tym przekonamy się za kilka lat.

Na redzie rysowały się kształty trzech dużych statków, oczekujących na wejście do portu. Patrycja przesunęła stopę tak, by dużym palcem dotknąć dzioba jednego z nich.

– Jonka. Tomasz Jonka – kontynuowała Radke.

– Mieliśmy przyjemność. Z akt sprawy. I z sekcji zwłok. Zajrzałem do jego wnętrza.

– Wspaniały sposób na poznanie drugiej osoby.

– Dogłębny.

– Obiecaj, że jakby kiedyś coś mi się stało, nie ty będziesz mnie kroił. – Wstała z leżaka, po czym trzymając prześcieradło, przesunęła się bliżej balkonowych drzwi.

Konrad się zaśmiał.

– A jakie to wtedy będzie mieć znaczenie?
– Po prostu chcę, żebyś zawsze pamiętał mnie taką.
Kroon oparł się na łokciu i spojrzał za siebie.
– Jaką?
Radke puściła prześcieradło.
– Pokażę ci w sypialni.

KONRAD KROON

– Jak to: nic?
– No nic – opowiedziała Flara. – Dyski zostały wymazane.
– Ale wszystkie?
– Wszystkie.
Konrad wiedział, że to nie będzie proste śledztwo.
– Wąsewicz musi odzyskać dane – rzucił do słuchawki.
– Domyślam się. Tylko to chwilę potrwa. I będzie sporo kosztować.
– Nieważne, ile to będzie kosztować. Mam tylko nadzieję, że zrobili prosty format i nie nadpisywali danych.
Flara westchnęła. Siedziała w budynku na Okopowej, Kroon kilometr dalej na Wałach Jagiellońskich. Teoretycznie mogli przyjść do siebie spacerkiem i pogadać w cztery oczy.
– Pieprzy nam się to śledztwo – powiedziała policjantka.
– Jak cholera. I co najgorsze, czuję, że to dopiero początek. Kontynuuj przesłuchania.
– Wiadomo.
– Bez odbioru – uciął krótko Kroon.
Rozłączył się. Sprawa samobójczej śmierci trójki nastolatków nie dawała mu spokoju. Ale nie było to jedyne postępowanie, jakie prowadził. Musiał uzbroić się w cierpliwość i pozwolić policjantom pracować.

Podszedł do szafy, wyciągnął kilka ostatnich tomów dotyczących zorganizowanej grupy przestępczej. Piętnastu podejrzanych, tysiące stron dokumentów. Przeniósł akta na biurko i zaczął czytać.

*

Około piętnastej zadzwoniła do niego pani z ochrony.

– Prokuratorze, jakaś kobieta przyszła.

– Adwokat?

– Nie, nauczycielka...

– Pokrzywdzona? – dopytał.

– Mówi, że ona w sprawie tych dzieciaków, co się powiesiły.

Na twarzy Konrada mimowolnie pojawił się uśmiech. Nieznajoma była tą ręką przypadku, która miała mu pozwolić odkryć zaginione przesłanki. Jeszcze tego nie wiedział. Ale czuł w kościach, że zdarzy się coś ważnego.

– Proszę ją wpuścić.

*

– Nazywam się Edyta Volker. Pracuję w dziewiątym liceum ogólnokształcącym jako nauczycielka geografii.

– To pani ujawniła zwłoki – przypomniał Kroon. Miał diabelnie dobrą pamięć.

– Taak – odpowiedziała z wahaniem.

Nigdy wcześniej nie była w prokuraturze ani nawet na komisariacie. Tuż po zdarzeniu przesłuchiwała ją policja. Wszystko jednak odbyło się w zaciszu pokoju nauczycielskiego.

– Proszę się nie denerwować – polecił ten, który miał prowadzić sprawę śmierci Norberta, Sary i Tomka.

Ale jak tu zachować spokój? Wizyta w prokuraturze stanowi wyjątkowo stresujące przeżycie. Strach nie wybrzydza, każdemu po równo, bez względu na płeć, wiek czy zajęcie.

– Ja po prostu nie wiem... Nie wiem, czy dobrze zrobiłam, ale pomyślałam... Nie wiem, czy to ważne. Ale te dzieci...

– Spokojnie. Proszę usiąść.

Nieśmiało podeszła do krzesła.

– To jest...

– Może się pani czegoś napije? – spytał Kroon.

Miała cholernie sucho w ustach. Zupełnie jakby ten afrykański piasek oblepił jej język, zęby i podniebienie. Właził do krtani, drażnił gardło, zatykał ślinianki. A jednak odmówiła.

– Nie, dziękuję.

– Na pewno?

W takim miejscu nie wypadało prosić o szklankę wody.

– Na pewno – odpowiedziała Edyta Volker.

Konrad zajął miejsce naprzeciwko niej.

– Proszę powiedzieć, w czym rzecz.

– Ech... – Próbowała zebrać myśli.

– Spokojnie – powiedział Kroon, delikatnie się uśmiechając. Całkiem nie tak, jak powinien uśmiechać się prokurator. Ot, zwykły uśmiech normalnego człowieka, którego można spotkać na ulicy, w sklepie, tramwaju.

Nauczycielka poprawiła tweedową spódnicę.

– Może to wydać się głupie, ale ja po prostu musiałam się tym z kimś podzielić. Dyrektor mnie wyśmiał, powiedział, że nie będzie nikomu zawracał głowy takim nieistotnym szczegółem...

– Trudno przecenić wartość pozornie nieistotnych szczegółów.

Nie wiedziała, czy żartuje. Pewnie tak.

– Kiedy tak teraz o tym myślę... – Chciała wstać z krzesła. – Chyba się wygłupiłam.

Konrad powstrzymał ją gestem.
– Pani Volker, nie jest głupią rzeczą mieć wątpliwości. A teraz proszę spokojnie mi o wszystkim opowiedzieć.
Wzięła głęboki wdech.
– Pani Dorotka, która zajmuje się utrzymaniem czystości w naszej szkole, zabrała się do sprzątania gabinetu dyrektora. I zauważyła w nim wydrapany na stole niewielki znaczek. Liczbę szesnaście.
Nauczycielka wyciągnęła z torebki telefon. Odblokowała ekran, włączyła odpowiednią aplikację i przesunęła urządzenie w stronę prokuratora.
– Szesnaście – powtórzył Kroon, spoglądając na ciekłokrystaliczny wyświetlacz.
– No więc pani Dorotka sprzątała gabinet rano przed lekcjami. Znaczy się poprzedniego dnia, zanim to się stało.
– Czyli w dzień, w którym Norbert, Sara i Tomek odwiedzili dyrektora i zamienili z nim kilka zdań.
– Tak – przyznała nauczycielka. Musiała przełknąć ślinę.
– Proszę kontynuować – polecił mężczyzna.
– Pani Dorotka zarzeka się, że żadnego znaczka wtedy nie zauważyła. I teraz, kiedy sprzątała gabinet już po tej całej tragedii...
– On się niespodziewanie pojawił – dokończył Konrad.
Kobieta przytaknęła.
– Dorotka jest pewna, że został wydrapany podczas tej wizyty. Opowiedziała o tym mi i dyrektorowi Kowalczykowi, ale on uważa tę całą opowieść za humbug.
– Humbug? – powtórzył prokurator.
– Tak się wyraził.
Kroon przyglądał się fotografii. Na ciemnym froncie mebla ktoś, najprawdopodobniej spinaczem, wyrył niewielką liczbę szesnaście. Znaczek był dość koślawy, zwłaszcza jedynka z trudem trzymała pion. Bez wątpienia jednak był to jakiś symbol.

– Pani mi prześle to zdjęcie. Na mój prywatny telefon.

Edyta Volker wzięła komórkę, by nadać wiadomość z załącznikiem. Lekko drżały jej ręce, poza tym zapomniała okularów.

– Na jaki numer?

– Proszę wbić osiem, osiem, osiem…

Po chwili iPhone Konrada delikatnie zawibrował.

– Doszło?

– Tak.

Kroon wpatrywał się w wyświetlacz, nie odzywając się do nauczycielki ani słowem. Kobieta poczuła się nieswojo.

– To pewnie głupota. Przepraszam, że zajęłam panu czas, ale te biedne dzieci… Ja w ogóle jestem w szoku, nie mogę spać po nocy. To znaczy i tak kiepsko sypiam, no a teraz to już zupełnie, nic, *kaputt*…

– Pani Edyto – prokurator spojrzał jej głęboko w oczy – bardzo się cieszę, że pani przyszła. W takich sprawach nie należy bagatelizować żadnych przesłanek. W przeciwnym wypadku równanie nigdy nie będzie prawidłowe.

*

Po tym, jak świadek opuściła gabinet, Kroon od razu przedzwonił do Flary.

– Wyślij mi zdjęcie tych zeszytów.

– Mam fotografować całe zeszyty? – zdziwiła się policjantka.

– Albo wiesz co… podejdę tam do ciebie. Będę za kwadrans. I tak chciałem wyskoczyć na zupkę.

Kroon chwycił klucze, po czym wybiegł z pokoju. Na korytarzu spotkał Kieltrowskiego.

– A ty dokąd, koleżko?

– Na zupkę. I na chwilę do wojewódzkiej.

– To teraz my do nich latamy? – zdziwił się naczelnik.

– Po drodze wrzucę coś na ruszt.

Krzysiek posępnie spuścił głowę. Chwycił się za brzuch.

– Też bym z tobą poszedł. No ale siedzę na pudełkach. Trener kazał mi liczyć kalorie.

– Więcej się ruszaj, to nie będziesz musiał.

– Wspaniała rada, misiu.

Konrad wybiegł na zewnątrz. Ominął budynek prokuratury i skręcił w Elżbietańską. Kwadrans później witał się z podkomisarz Flarkowską.

– Takie odwiedziny... prokurator, w naszych skromnych progach... A cóż to za okazja? Justynka mogła się przelecieć – zażartował kolega Flary z pokoju.

– Damom należy się szacunek – rzucił Kroon, chcąc jak najszybciej zajrzeć do pudła z dowodami rzeczowymi.

– Wiadomo, wiadomo – kontynuował policjant. – A wie prokurator, jaka jest różnica między kobietą a cytryną?

– Waldek, proszę cię – stęknęła Flarkowska.

Konrad wyciągnął z kartonu pierwszy z zeszytów. Pospiesznie zaczął go kartkować.

– No bo cytrynę się najpierw rżnie i potem ściska. No a kobietę...

– WALDEK! – krzyknęła Flara.

Kroon w ogóle ich nie słuchał. Spoglądał na liczby skreślone w skoroszycie Brylczyka. Od razu wychwycił pewną prawidłowość. Wszystkie zaczynały się od jedynki i składały z dwóch do trzech cyfr.

– Spójrz na to. – Pokazał Justynie zeszyt, a później zdjęcie w telefonie.

– Taka sama krzywa jedynka. Trochę jak haczyk. Co to?

– Znaczek, który sprzątaczka znalazła wydrapany w gabinecie dyrektora Kowalczyka – wyjaśnił Kroon.

– Myśli pan, że to przypadek?

Konrad wręczył jej zeszyt.

– Nie wierzę w przypadki.

PATRYK

Niemal cała redakcja zgromadziła się przed komputerem naczelnego.

– Co za pojeb wrzucił do sieci ten filmik?

– Jakiś patus...

– Rozumiem zanieść to na policję. Ale tak walnąć to do internetu, żeby każdy mógł sobie popatrzeć?

– Pewnie zaraz usuną.

– A YouTube nie blokuje takich treści?

– To nie YouTube, tylko jakaś rosyjska strona. Popatrz na nazwę domeny.

– A faktycznie. Chociaż przypomina YouTube'a.

– Ej, Filip, weź to zgraj, zanim ktoś to wykasuje!

– A ciebie też pogrzało? Karmisz się cudzym nieszczęściem?

– Może Patrykowi się przyda do artykułu.

Skalski odszedł kilka kroków w tył.

– Popierdoliło cię, Dorota?

– No co, zrobisz przekierowanie do tamtej witryny. Nie my to pierwsi udostępniliśmy. Szef będzie miał kliki.

Spojrzeli na naczelnego.

– Niczego takiego nie zrobię – powiedział twardo Patryk.

– W idealnym świecie nie... ale nie żyjemy w Disneylandzie... – mruknął przełożony.

– Chyba nie mówisz poważnie – obruszył się Skalski.

– Trzeba o tym napisać, to jasne.

– Może napisać, ale nie publikować! – zaprotestował młody dziennikarz.

Naczelny podniósł z blatu długopis. Zaczął stukać wkładem w podkładkę do myszki.

– Po pierwsze, to ja mówię, co robimy w redakcji. Jak się komuś nie podoba, to nikt tu nikogo na siłę nie trzyma. Zawsze możecie dorabiać jako copywriterzy i trzaskać teksty pod SEO, trzy dyszki za dziesięć tysięcy znaków.

– Bekę se kręcisz – palnął wyraźnie zmieszany Patryk.

– Niczego nie kręcę. Poza tym nie skończyłem.

Pracownicy ucichli.

– Dajesz, szefie – szepnęła Olka. – Słuchamy.

– Po drugie… – Odkaszlnął. Nie lubił takich sytuacji, ale jako doświadczony kierownik wiedział, że czasem po prostu trzeba tupnąć nogą. Tak w domu, jak i w pracy. – Po drugie, piszesz ten tekst najszybciej, jak możesz. Ale niczego udostępniać nie będziemy.

Skalski odetchnął z ulgą.

– Już myślałem…

– Nie przerywaj mi – warknął naczelny. – Nie skończyłem. Po trzecie, piszesz, że w sieci pojawiło się nagranie. Że z szacunku do śmierci tych trzech gówniarzy go nie publikujemy. Wrzucić kilka zblurowanych screenów. A filmik zgraj se na dysk, zanim te Ruskie go usuną.

– Okej, ale…

– POWIEDZIAŁEM: NIE PRZERYWAJ! TERAZ JA MÓWIĘ!

Zgromadzeni w pokoju pracownicy redakcji spuścili po sobie uszy. Rzadko widzieli go w takim stanie.

– Jasne – mruknął Patryk.

– Po czwarte, zdobędziesz jakiś komentarz policji. Albo prokuratury. Ta sprawa to tania sensacja. Bulwarowy materiał idealny na sezon ogórkowy. Ale ma wyglądać, że się przejmujemy. Że nam zależy. Że jesteśmy społecznie odpowiedzialni. – Podniósł się ciężko na nogi. – A teraz spierdalać mi do roboty. Nie płacę wam za oglądanie filmików w internecie.

KONRAD KROON

Siedzieli w gabinecie i razem z Kieltrowskim oglądali filmowy zapis samobójczego zamachu. Dowiedzieli się o nim oczywiście z Trójmiasta.

– Jeśli myślałeś, że ucichnie, to nie ucichnie – podsumował naczelnik.

– W żadnym momencie nie zakładałem, że ucichnie – odparł Kroon.

Krzysiek obrócił w swoją stronę ekran komputera.

– Przynajmniej dowodowo zrobiło się prościej.

– Gdzie ci się zrobiło prościej?

Kieltrowski spojrzał na Konrada.

– Masz nagranie całego zdarzenia. Widać znacznie więcej niż na szkolnym monitoringu. Nie tylko samą bramę, ale i kawałek ulicy, kadr szeroki jak sam skurwysyn.

– I to jest twoim zdaniem prościej?

– Żadnych osób trzecich. – Krzysiek bezradnie rozłożył ręce. – Czego nie rozumiesz?

– Nie rozumiem, jak możesz nie kumać.

Naczelnik czuł, że młodszy kolega wjeżdża mu na ambicję. Zaczynali w tym samym czasie, ale teraz… to on był naczelnikiem, a Kroon jego podwładnym.

– Artykuł sto pięćdziesiąt jeden, mądralo: kto namową lub przez udzielenie pomocy doprowadza człowieka do targnięcia się na własne życie, podlega karze – zacytował z pamięci szef, wyraźnie triumfując. – Masz tu jakąś pomoc? Albo, kuźwa, namowę? Widzisz, żeby ktoś im kazał włazić na te schody albo wiązać linę?!

W prokuraturze najważniejsza jest hierarchia. Nawet jeśli twój przełożony to...

– Debil. Jesteś skończonym debilem, Krzysiek.

– Ty sobie nie pozwalaj! – Kieltrowski poderwał się na równe nogi. – Nie zapominaj, kto tu jest szefem!

– Choćbym chciał zapomnieć, cały czas mi przypominasz. Jakbyś od tego miał większego.

– Zaraz ci wypierdolę!

Kroon wskazał palcem na monitor.

– Widzisz, skąd wykonano nagranie?

– Z góry. Taki jesteś, kurwa, sprytny? Myślisz, że tego nie zauważyłem? Nagranie zrobił ktoś z bloku z naprzeciwka.

– Właśnie – mruknął Konrad.

Naczelnik wstał z krzesła. Nie miał ochoty siedzieć koło Kroona. Całe życie sobie dogryzali.

– No właśnie. No, kurwa, właśnie, właśnie. Więc nie pajacuj i nie zgrywaj cholernego Arsène'a Lupina, bo za długo się znamy, żebyś mi mydlił oczy jakimś tanim suspensem. Widzę dokładnie to samo co ty, głąbie. I uważam, że tylko umacnia to wersję o samobójstwie.

Kroon stuknął palcami w blat biurka.

– Tylko że nikt nie zamierzał wykluczyć wersji o samobójstwie.

Krzysiek niczego już nie rozumiał.

– To po chuja wafla się ze mną droczysz? Patrycja cię wnerwiła rano czy co?

– Patrycji w to nie mieszaj.

– No bo już, kurwa, nie wiem, o co ci chodzi. Jak ci w związku nie idzie, to bez kija nie podchodź; jak w końcu masz kogoś, kto ci nie rozwala życia, to też jesteś jak pierdolony szerszeń...

Konrad otworzył w drugim oknie inny plik. Ten z zapisem szkolnego monitoringu.

– Sprawy się skomplikowały, kolego, a nie wyprostowały. Spójrz.

Naczelnik niechętnie doczłapał do komputera.

– Na co?

– Kto twoim zdaniem zrobił to nagranie, o którym pisze Trójmiasto?

Kieltrowski wzruszył ramionami.

– Jakiś ciekawski podglądacz.

– Przypadkowa osoba? – Kroon nie dawał za wygraną.

Szef skrzyżował ręce na piersiach.

– A bo ja wiem...

Konrad włączył pierwszy z filmików.

– Patrz uważnie.

– Widziałem to tysiąc razy...

Kroon zastopował nagranie.

– Zobacz. Dokładnie w tym momencie dzieciaki patrzą w jakiś punkt.

Dla naczelnika nie było to tak jasne.

– Może patrzą, może nie patrzą – prychnął.

Jego podwładny cofnął nagranie o dwie sekundy, następnie klikał klatka po klatce.

– Zapis pozostawia wiele do życzenia. To fakt. Ale ja nie mam wątpliwości. Zwłaszcza teraz. – Kroon włączył filmik, który dziś rano niespodziewanie pojawił się w sieci. – Widzisz ten kąt?

– Że niby wiedzą, że są nagrywani.

– Moim zdaniem tak.

– Tylko, kurwa, po co? Żeby lajki zdobyć? – spytał Kieltrowski, wyraźnie już spokojniejszy. Zazwyczaj dochodził do siebie równie szybko, jak dawał się wytrącić z równowagi.

Konrad obrócił się w fotelu.

– Żeby się tego dowiedzieć, muszę zrobić pilnie jedną rzecz.
– Niby jaką?
– Wejść do tego cholernego mieszkania.

FLARA

Na polecenie Kroona kryminalni niezwłocznie ustalili numer właściwego bloku.

– Wilka-Krzyżanowskiego piętnaście – rzuciła funkcjonariuszka do słuchawki. – Mamy tam wchodzić na legitymację?

Flara musiała się chwilę zastanowić.

– A ludzie was po prostu nie wpuszczą?

– W bloku jest jeden pusty lokal. Sąsiedzi mówią, że właściciel siedzi gdzieś za granicą. Czasem słyszeli różne odgłosy, ale nie wiedzieli, kto ma klucze.

– Dzwoniliście? – spytała Flarkowska.

– Dzwoniliśmy. Nikt nie otwiera.

Trudna decyzja. Wejście z drzwiami to potencjalna odpowiedzialność odszkodowawcza. W postępowaniu, które już się toczy, lepiej takie rzeczy robić z nakazem.

– Zostańcie na miejscu, Majka – zdecydowała podkomisarz. – Za chwilę wydzwonię Kroona i zdobędę nakaz.

*

– Jadę z wami – zdecydował prokurator, wyciągając z drukarki świeży druk postanowienia.

– Serio?

– Cholernie serio. Najlepiej, jakbyś skołowała po drodze jeszcze technika.

– Tak od ręki będzie trudno. Może jak na miejscu coś wyjdzie...

– Zobaczysz, że wyjdzie. – Zabrał z biurka klucze i telefon. – Skoczymy do sekretariatu po „okrągłą" i lecimy robić przeszukanie.

Flara grzecznie przesunęła się w stronę drzwi.

– Niech będzie.

– Masz jakieś „ale"?

Zaprzeczyła.

– Po prostu nie pamiętam, kiedy jakiś prokurator brał osobiście udział w takiej czynności.

– A pamiętasz taką sprawę?

Nie pamiętała. Podobnie jak Kroon, Kieltrowski czy Skalski. Podobnie jak Edyta Volker. Bo nigdy wcześniej w Trójmieście nie doszło do popełnienia podobnej zbrodni. Ani tej, ani żadnej kolejnej, która dopiero miała się wydarzyć.

– No nie – odpowiedziała Justyna.

– Więc widzisz.

W tym momencie do gabinetu weszła sekretarka.

– A pan prokurator nie na rozprawie?

– Jakiej znowu rozprawie? – odburknął.

– Dzwonili z sądu okręgowego, że czekają. Zastępstwo za Michowską...

– Kurwa mać! – wrzasnął Kroon. Wrzucili mu to na półkę wczoraj na fajrant. Awaryjna wokanda. Na śmierć zapomniał. – A nie możesz tego dać komu innemu?

Kobieta spojrzała na zegarek.

– O tej porze?

Rozprawę wywołano pięć minut temu. Sąd czekał i się niecierpliwił. Grube, poważne śledztwo. Niestawiennictwo oskarżyciela blokowało rozpoznanie sprawy.

– Szlag! – krzyknął Kroon.

– Czyli nici z przeszukania? – spytała Flara.

– Jedziesz sama. Ale pisz mi SMS-y. Nie będę mógł odebrać, ale chcę o wszystkim wiedzieć. A jak się skończy to posiedzenie, od razu do ciebie dzwonię!

– Okej…

MAJA

Maja Gan była niewysoką jasną brunetką o lekko piegowatej twarzy i dość grubych, zaczesanych do góry brwiach. Urodziła się w roku tysiąc dziewięćset dziewięćdziesiątym dziewiątym; tuż po obronieniu „inżyniera" na polibudzie przywdziała mundur. Od dziecka marzyła o tym, by biegać z bronią po ulicy i łapać oprychów. Pracowała w pionie kryminalnym komendy wojewódzkiej i w odróżnieniu od Flary robiła w policji błyskawiczną karierę.

– Myślisz, że musimy tak tu siedzieć? – spytał jej kolega.

Czekali na klatce, pilnując, by nikt niepowołany nie dostał się do wytypowanego mieszkania.

– Możesz stać, jak wolisz.

– Śmieszek z ciebie.

W tym momencie na schodach pojawiła się Flarkowska.

– Pani podkomisarz… – zaczął kryminalny, dworując z niedawnego awansu Justyny.

– Nie komisarzuj mi tutaj, tylko otwieraj drzwi.

Maja podniosła się na nogi.

– Mamy nakaz?

– Mamy. Dawajcie.

Policjant dotknął badawczo klamki.

– Iść do auta po taran?

– Taki bydlak jak ty? Nie dasz rady z bara?

Wjechały mu na ambicje. Dwie niepozorne kobietki i on, napakowany testosteronem samiec alfa.

– Z grzeczności pytałem – bąknął, biorąc lekki rozmach. – Raz, dwa...

Na „trzy" drzwi wpadły do środka.

– Pięknie – podsumowała Flara.

– Możesz sobie montować zamek Gerdy, ale jak drzwi są z dykty...

Z mieszkania dobył się nieprzyjemny zapach stęchlizny. Pomieszczenie było dawno niewietrzone. Wkroczyły do środka.

– Policja! – krzyknęła dowodząca akcją Flarkowska.

Majka odruchowo chwyciła za broń.

– POLICJA! – powtórzył znacznie donośniej kolega.

Lokal składał się z niewielkiego korytarza, łazienki oraz salonu z aneksem kuchennym. Jedyne okna wychodziły na ulicę Wilka-Krzyżanowskiego. Po przeciwnej stronie piętrzył się monumentalny gmach dziewiątego liceum.

– Pusto – oceniła Justyna.

Weszli do dużego pokoju. Pod parapetem ustawiono samotny statyw do aparatu.

– Mamy to – powiedziała Maja Gan.

– Ale kamerę zabrali – stwierdził funkcjonariusz.

Flara stanęła przy szybie i zaniemówiła. Wiedziała, że Kroon siedzi w tej chwili w sądzie, ale... Najwyżej nie odbierze. Wyciągnęła telefon.

– No co jest, Justynka? – szepnął do słuchawki prokurator, specjalnie z tej okazji nurkujący pod stołem dla oskarżyciela. – Na wokandzie siedzę.

– Wiem – odparła policjantka, spoglądając przed siebie. Na drewnianej ramie okna ktoś wydrapał liczbę szesnaście. – Po prostu muszę panu pilnie o czymś powiedzieć...

ROZDZIAŁ 4 | **WRZESIEŃ**

NORBERT

Ostatni dzień wakacji niebezpiecznie trącił zapachem września, a choć do rozpoczęcia tegoż wciąż brakowało kilku długich godzin, świat zdawał się powoli godzić z tym, co nieuchronne. Przyjaciele ze Strzyży siedzieli na zboczu stromego kolejowego nasypu, tuż nieopodal zburzonego mostu Weisera, i obserwowali, jak srebrzysty skład PKM-ki mknie pośród porośniętego drzewami wąwozu, wioząc do miasta ostatni turnus zagranicznych turystów. Delikatny wiatr, zmęczony widokiem słońca, podsycał ową melancholijną atmosferę: roztwór tymczasowości dodany do popołudniowej herbaty, esencja nostalgii zanurzona w szklance z szybko stygnącym wrzątkiem.

– Trochę lipa, że już koniec – mruknął Tomek Jonka.

– Za cztery lata będziesz miał trzy, a jak się dobrze postarasz, nawet trochę więcej miechów wakacji – stwierdziła Sara.

Tomek podrapał się po pokrytej krostami twarzy.

– Jak przeżyję te cztery lata.

– Wszyscy mówią, że liceum to najlepszy czas – wtrącił Norbert.

Jonka spojrzał na niego z ukosa.

– Wszyscy to znaczy kto?

Piętnastolatek poprawił tenisówkę.

– Rodzice.

– No to jak starzy ci tak mówili, to na pewno się sprawdzi.

Norbert puścił tę uwagę mimo uszu.

– Rozmawiałem z ojcem. W liceum poznał swojego najlepszego przyjaciela. Mieli też taką fajną zgraną paczkę. Jeździli razem na kajaki, pod namiot…

– I opychali się kremówkami – zażartowała Sara.

– Pili wino pod chmurką, biegali na koncerty…

– Twój ojciec chodził kiedyś na koncerty? – zdziwił się Tomek Jonka.

– Też nie wiedziałem – odparł chłopak. Wyciągnął komórkę, by odpalić folder ze zdjęciami. – Zobaczcie.

Przyjaciele spojrzeli w ekran.

– Co to za typy? – spytała Sara.

– To mój ojciec – odpowiedział z dumą Norbert. – Z T.Love.

– Z kim?

– No taki zespół.

Dziewczyna wzruszyła ramionami.

– Nie kojarzę.

– A tego gościa poznajesz? – spytał Brylczyk.

Nastolatka pokręciła głową.

– *Nope*.

– To mój tato.

Raz jeszcze spojrzeli na obrazek starej foty z polaroidu. Szał wczesnych lat dziewięćdziesiątych, otoczona białą ramką odbitka ułożona na koronkowym obrusie.

– On nie był zawsze łysy?

– I gruby? – dodała Sara.

Norbert szturchnął dziewczynę w bok. Ojciec niemal od zawsze stanowił dla niego wzór.

– Był naprawdę luźnym gościem.

– Spoko – burknął Tomek.
– A tutaj patrzcie – kontynuował Brylczyk. – Zdjęcie z koncertu Hey, Wilków…
Kostrzewska wyłożyła się na trawie.
– Skąd ty w ogóle znasz te cringe'owe nazwy?
– Musicie kiedyś posłuchać. To naprawdę spoko muzyka…
– Pewnie. Jak będę miała ochotę umrzeć z żenady, to poproszę cię o linka – mruknęła Sara.
Od strony kościoła zmartwychwstańców dobiegły dźwięki dzwonów. Ludzie powoli zbierali się na niedzielne nabożeństwo.
– Lipa, że już koniec – powtórzył Jonka.
– Ja tam się trochę jaram – odparł Norbert.
– Czym niby? Szkołą?
– Dorosłością.
Tomek znów zaczął drapać się po twarzy. Jego policzki przypominały wyboistą powierzchnię Marsa.
– Jak szliśmy do ósmej klasy, mówiłeś to samo.
– Ale liceum to co innego.
– Sądzisz?
Norbert podniósł z ziemi niewielki kamyczek i cisnął nim w stronę torów.
– Taką przynajmniej mam nadzieję.
– Gorzej niż w naszej starej klasie na pewno nie będzie – wtrąciła Sara.
Zaśmiali się całą trójką.
– Nie ma takiej opcji. – Tomek zarechotał.
– Więc w sumie jest to dość mocny plus – kontynuowała nastolatka. – Chociaż wiecie… ja tam obstawiam jak zawsze *rocky start*.
Na horyzoncie pojawił się kolejny pociąg.
– Będzie zajebiście – orzekł Norbert. – Bez tych wszystkich głąbów z podstawówki, bez patologii.

– W końcu próg ustawili całkiem wysoko – przypomniał Tomek, nieświadomie wchodząc na górny rejestr. Wciąż walczył z mutacją.

– Grunt to nie pokazać, że jest się nerdem – podsumowała Sara. – Będziesz o tym pamiętał, Jonka?

Nastolatek wyszczerzył zęby.

– Ale ja jestem nerdem. I ty zresztą też.

Zarechotali we trójkę.

– W dziewiątce będą same nerdy – rzekł z nadzieją w głosie Brylczyk. – To spoko szkoła. Słyszałem od...

– ...taty? – dokończyła Sara.

Chłopak zagryzł wargę.

– Też chodził do dziewiątki. Cały czas musiał zakuwać. Wszyscy zakuwali.

Natura obdarzyła Sarę, Norberta i Tomka dość wysokim ilorazem inteligencji. Lubili się uczyć, w podstawówce łapali same wysokie oceny. Ale rówieśnicy nie doceniali ich talentów. Rejonizacja skazała trójkę przyjaciół na osiem długich lat męki – obśmiewania za to, że są inni, że czytają książki, że mają coś do powiedzenia. Że nie są tak samo bezmyślni jak pozostałych dwadzieścioro dzieciaków w klasie. W liceum planowali w końcu trafić do podobnych sobie.

PKM-ka przejechała pod wiaduktem i pomknęła w stronę Brętowa.

– No dobra – powiedziała Sara, z wolna wypuszczając kolejne sylaby. – Tak naprawdę ja też się trochę jaram.

– *Whatever.* Mnie tam jest obojętne – mruknął Jonka. – Walą mnie inni ludzie. Wystarczy, że mam was.

Znali się od dziecka. Mieszkali na Strzyży, niewielkiej dzielnicy zawdzięczającej swą nazwę mętnej, niepozornej rzeczce, tuż pod sosnowo-bukowym lasem, kilka minut spacerem od nowej szkoły.

Nieopodal nich zanurkował czarno-żółty motyl, zbłąkany świadek ostatnich niewinnych wakacji, zamykających drzwi do piętnastu bezpiecznych lat dzieciństwa. Norbertowi Brylczykowi, Sarze Kostrzewskiej i Tomaszowi Jonce kolejne miesiące miały przynieść przede wszystkim burze; pasmo gwałtownych sztormów, niebezpieczny rejs z szalonym kapitanem, który kierował swój okręt prosto na skałę. Ale jeszcze dziś nie wiedzieli o tej psychotycznej, zakończonej tragiczną śmiercią wyprawie; żyli marzeniami o lepszym jutrze, rówieśniczej akceptacji, swoim miejscu w podstępnym świecie ocen, iluzji i wirtualnych wzorów.

– Porzygam się od tego romantyzmu – powiedziała Sara. Wyciągnęła z plecaka wielościenne kostki. – Chodźcie, pogramy trochę.

NATALIA

Pierwsza rocznica ślubu. Pierwsza dorosła praca. Pierwsze wychowawstwo.

– Puść mnie, proszę, do tyłu – powiedziała pani Volker. – Nie mogę na tym słońcu.

– Jasne – odparła świeżo upieczona nauczycielka.

Natalia Rosik była młodą absolwentką romanistyki. Właściwie trudno powiedzieć, dlaczego zdecydowała się na taki właśnie zawód. Kilka lat temu planowała się po prostu zakochać i wyjechać do Paryża. Niby zawsze uciekamy na zachód, ona jednak rejterowała przed życiem, zwyczajnie stojąc w miejscu.

Z Gustawem to nigdy nie była miłość, co najwyżej przelotny romans, chociaż przecież na dobrą sprawę nawet nie poszli ze sobą do łóżka. Sonię kochała naprawdę. A mimo to przestraszyła się wspólnego szczęścia z inną dziewczyną. Poznała Michała, przyjęła jego oświadczyny. Czuła się przy nim dobrze, bezpiecznie. I rezygnując z nastoletnich ambicji czy naiwnych planów, takie właśnie przewidywalne życie wybrała.

Ale nie wszystkie koleje losu da się zawczasu przewidzieć.

– Raz, dwa, trzy... – odliczył pan Janusz, szkolny woźny, sprawdzając działanie sprzętu nagłaśniającego.

Podał mikrofon dyrektorowi.

Natalia spojrzała po swoich uczniach. Chwilę temu sama kończyła ogólniak, a teraz niespodziewanie stanęła po drugiej stronie barykady. Nie czuła dzielącej ich różnicy wieku; w każdym razie nie czuła jej zbyt mocno.

„Nawet nie mogłabym być ich matką" – pomyślała, szybko odejmując daty. „A przecież muszę im trochę matkować".

– Drodzy uczniowie Dziewiątego Liceum Ogólnokształcącego w Gdańsku, szanowna kadro, koledzy i koleżanki. Jak co roku pierwszy września...

Natalia przestała go słuchać. Wszystkie apele brzmią zawsze tak samo. *Hej! ramię do ramienia! spólnymi łańcuchy / Opaszmy ziemskie kolisko! / Zestrzelmy myśli w jedno ognisko / I w jedno ognisko duchy!...*[2]

– ...wielka szansa, ale i trud pracy! Pracy od świtu do zmierzchu! Potu, łez i wyrzeczeń!

„Jakiej pracy od świtu do zmierzchu? Ty stary dziadersie..." – fuknęła w myślach debiutująca psorka.

– Nasza szkoła słynie z ambicji. Ambicji swoich uczniów, którzy wiedzą, czym jest ciężar edukacji. Którzy rozumieją, że żadne technologiczne nowinki nie zastąpią solidnej wiedzy, wpojonej długimi godzinami spędzonymi nad podręcznikiem! – kontynuował dyrektor.

Natalia przestąpiła z nogi na nogę.

---

2 A. Mickiewicz, *Oda do młodości*, [w:] tegoż, *Wybór poezyj*, t. 1, oprac. Czesław Zgorzelski, Wrocław 1997, s. 63–67.

„Jezu, ja też im będę coś musiała powiedzieć. I nie mogę pieprzyć tak jak on" – przestraszyła się. Spojrzała na panią Volker. Starsza koleżanka wachlowała się tekturową teczką.

– ...a teraz zapraszam do klas! – zaordynował dyrektor.

*

Stała pośrodku sali, właściwie to bliżej okna, tuż przed tablicą, wspierając się nogą o skraj biurka, zwanego zwyczajowo „katedrą".

– Dzień dobry – zaczęła nieśmiało.

Spoglądało na nią trzydzieści nastoletnich twarzy. Prawdziwa plejada osobliwości. Niewyrośnięte, nieprzepoczwarzone ciała, gąsienice, które jeszcze nie stały się motylami. Dziwaczni, nieproporcjonalni chłopcy, właściwie wciąż jeszcze bardziej dzieci niż nastolatki. Przetłuszczone włosy, łojotokowa cera, śmieszne fryzurki. No i płeć piękna. Dziewczyny, które wyglądały jak małe kobietki: miniaturowe damy w dorosłych ciałach, nieprzystające do piętnastoletnich umysłów korpusy dojrzałych niewiast, powłoki ofiarowane nieco na wyrost.

Kilka naprawdę brzydkich facjat, szesnaście zupełnie nijakich lic i grupka przystojniaków obojga płci, skupionych w przedostatnim rzędzie, jakby ta ich uroda wzajemnie się przyciągała i garnęła sama do siebie.

– Nazywam się Natalia Rosik. Jestem nauczycielką francuskiego, a dla was będę również wychowawczynią.

Wypadałoby odpowiedzieć. Ale nikt nie odpowiedział.

– Jeśli chodzi o zajęcia z języka, o tym porozmawiamy na pierwszej lekcji. A dziś... No, dziś warto by się przede wszystkim lepiej poznać. W ogóle poznać. Spędzimy razem cztery lata. Ja chodziłam jeszcze do gimnazjum, wtedy szkoła średnia trwała krócej.

Zrobiła pauzę, naiwnie licząc, że ktoś przejmie pałeczkę. Nigdy nie była jakąś wybitną mówczynią. Ale nie o to tu chodziło. Nikt jej nie wyręczył. Klasa w dalszym ciągu milczała.

– Dobrze, w takim razie może ja zacznę. Powiem kilka słów o sobie, a potem każdy z was się przedstawi.

Cisza.

– Jak już mówiłam, nazywam się Natalia Rosik, urodziłam się w Gdańsku, na Klinicznej... Pewnie większość tu obecnych zaczynała od porodówki GUMedu. – Luźny wtręt na przełamanie pierwszych lodów. Skała ani drgnęła.

Młoda nauczycielka przełknęła ślinę.

– Ktoś tu jest spoza Trójmiasta?

Trzydzieści par oczu obserwowało jej każdy ruch. Trzydzieści ściśniętych ust nie zamierzało wydać jakiegokolwiek głosu.

– Mogę to sobie sprawdzić w dzienniku... – zażartowała Natalia. – No więc urodziłam się w Gdańsku, tu studiowałam, mieszkam na Zaspie. Mam męża Michała, który jest informatykiem, i kota Filemona, który jest... kotem.

Kilka kącików ust nieznacznie drgnęło. To było coś na kształt uśmiechu. Nastoletnia mimika skryta pod grubą warstwą „nie wypada".

– No dobrze. Tyle o mnie. Teraz przekazuję pałeczkę. Czy ktoś chciałby zacząć?

NORBERT

Wciąż pamiętał, co przykazał mu ojciec. Dobra rada zatroskanego rodzica. „No i postaraj się tam trochę wyjść do ludzi. W podstawówce siedziałeś taki skryty, a tu spróbuj inaczej. Wiesz, to już jest liceum, poważna sprawa. Nikt cię nie będzie ciągle oceniał. Wyjdź z cienia. Pokaż, jaki jesteś fajny".

– Nazywam się Norbert Brylczyk – zaczął, ratując nauczycielkę od kolejnej fali niezręcznej ciszy. – Urodziłem się też na Klinicznej, mieszkam niedaleko, na Hubala, jakby ktoś zapomniał skarpetek na WF, to chętnie pożyczę. Interesuję się książkami, głównie fantastyką, ale nie tylko, grami RPG, trochę modelarstwem.

Wystrzelił jak z pepeszy. Chwilę zastanawiał się, co ma powiedzieć, powiedział zupełnie co innego. „Skarpetki na WF", co za siara. Po cholerę to gadał? Czuł, jak pocą mu się pachy.

– Dzięki, Norbercie – rzekła nauczycielka. – W nagrodę za odwagę możesz wybrać kolejną osobę, która się przedstawi.

Szybko looknął po sali. Mógł wskazać na Sarę – bezpieczna decyzja. Z drugiej strony może należało wypłynąć na głębię? Od razu podbić do jakichś fajnych dzieciaków?

Ona czy on? Przystojny blondyn z fryzurą „na grzybka" czy ładna brunetka po jego lewej?

„Aż tak odważny nie jestem" – pomyślał.

– To może ten kolega tu. – Wskazał na blondasa.

Kolega uniósł wysoko brwi. Zupełnie jakby chciał mu dać do zrozumienia, że uważa kaskaderski popis Brylczyka za kwintesencję chujozy.

– Igor Wójcicki. Mieszkam w Sopocie, imprezuję na stoczni, słucham trapów.

Wychowawczyni spojrzała na aroganckiego ucznia. Jako jeden z nielicznych nie wyglądał na piętnaście lat. Był dobrze zbudowany, miał zdrową cerę i niski głos.

– *Très bien* – odparła nauczycielka. – Zobaczcie, jak się pięknie rozkręciliście. To kto następny?

Sara Kostrzewska była drobną szatynką. Nosiła się przeważnie na czarno, mroczna dziewczyna zakochana w książkach i psychodelicznej muzyce. Ciemny ubiór dodatkowo podkreślał jej wyjątkowo bladą cerę.

– Pożyczysz skarpetki na WF? – zganiła Norberta.

– Wiem, zawaliłem. No ale chodziło mi o to, że mieszkam blisko. I jakby ktoś czegoś zapomniał z domu…

Wyszli przed budynek szkoły. Na ulicy kręciły się dziesiątki nastolatków. Uczniowie starszych klas organizowali się w większe grupy, by tak jak co roku po swojemu świętować rozpoczęcie kolejnych dziesięciu miesięcy edukacji.

– Ej, wy! Pierwsza „be" – krzyknął Wójcicki. – Idziemy na browara do lasu!

– Chyba na korzenie – wtrącił Norbert.

Igor spojrzał na niego spode łba.

– Co tam gadasz?

– Nie próbuj być fajny… – szepnęła Sara.

– Tu się zawsze chodziło „na korzenie", nie do lasu. Tam za torami PKM-ki.

– Kurwa, na żadne korzenie z tobą nie pójdę, Skarpeta! Będziesz mi stopy lizał, zboczeńcu – wrzasnął Wójcicki.

Kilkanaście osób zaczęło się śmiać. Tymczasem potok uczniów skierował się w stronę nasypu kolejowego.

– Popatrz – rzuciła Sara, chcąc jak najszybciej uratować przyjaciela. – Oni wszyscy idą na korzenie. Tak tutaj się na to mówi. To jest właśnie pod lasem.

Igor wzruszył ramionami.

– Luźno. Tylko najpierw jakieś browarki skołujemy.

– Ocaliłam ci tyłek, Norbi – mruknęła pod nosem dziewczyna. – Ale błagam, nie wyskakuj już więcej z takimi tekstami.

– No i jak tam, synku, pierwszy dzień szkoły? – zagaił tato.

– W porządku... – odpowiedział Norbert.

– A co to? Czy ty coś piłeś? – spytała zaniepokojona mama.

Podeszła do syna i zaczęła go obwąchiwać.

Chłopak się zawstydził.

– Jedno piwo tylko...

– Jak to piwo?! Przecież ty masz piętnaście lat, za młody jesteś...

– Teresa, przestań! – wtrącił się ojciec. – Sami w tym wieku piliśmy. A on się musi zintegrować. Pokazać, że jest fajny. Ty wiesz, co oni by mu zrobili, jakby odmówił?

Kochany tato. Zawsze na posterunku, zawsze wszystko rozumiał.

– Franek, a jak mu będą dawać jakieś narkotyki, to też ma nie odmawiać?

– Nie sprowadzajmy wszystkiego do absurdu...

– Ja nie sprowadzam do absurdu, tylko uważam, że piętnaście lat to jednak nie jest odpowiedni wiek na alkohol.

Pan Brylczyk ciężko westchnął.

– Tereska, on się musi zaaklimatyzować w nowej szkole.

– Ale chyba nie udając kogoś, kim nie jest. Przecież złożył ślubowanie harcerskie, zresztą tak samo...

– Tak samo jak ja – dokończył ojciec. – I ja też w jego wieku robiłem różne głupie rzeczy.

Matka otworzyła drzwi do ogrodu. Mieszkali w domu jednorodzinnym przy ulicy Hubala. Przez dobrą połowę roku pani Brylczyk spędzała czas na pieleniu, podlewaniu i sadzeniu.

– Naszym zadaniem jako rodziców jest go uchronić od robienia głupich rzeczy. Jeszcze będzie miał czas na alkohol.

Kobieta wyszła na zewnątrz. Szukała wzrokiem konewki.

– Oczywiście, że będzie miał czas. – Ojciec nachylił się nad Norbertem. Zniżył głos. – Powiedz mi, dużo tego wypiłeś?

– Jedną puszkę…

Mężczyzna machnął ręką.

– Synu, jak ci następnym razem zaproponują, to też nie odmawiaj. Pamiętaj, musisz pokazać się jako fajny, luźny gość. Tylko matce nie mów.

I jak tu nie kochać takiego rodzica? Większość „starych" żyje w totalnie innym kosmosie; jakby zupełnie nie pamiętali, co to znaczy być nastolatkiem. Franciszka Brylczyka ulepiono z nowoczesnej gliny. Wiedział, ile w tym wieku znaczy rówieśnicza akceptacja.

– Dzięki – odparł chłopak.

– A ogólnie jak ci się podoba w „dziewiątce"? Jak nowa klasa?

– Chyba spoko…

Ojciec obrócił się na krześle.

– Początki są zawsze najtrudniejsze. W podstawówce miałeś ciężko, przykleiła się do ciebie taka łatka… Sam zresztą wiesz. Ten incydent z tamtym chłopcem… – Odpłynął w myślach. – Nie wracajmy do tego. Za bardzo ci się kazaliśmy z matką uczyć. Za bardzo napieraliśmy.

Norbert spuścił wzrok. Do dziś pamiętał, jak w piątej klasie podstawówki odbiła mu szajba. Szkolna pedagog chciała go wysłać na leczenie, dyrektor zastanawiał się, czy nie wydalić nadpobudliwego ucznia ze szkoły. Rodzice przekonali jednak wychowawczynię, że chłopak przeżył po prostu krótkotrwałe załamanie nerwowe i w gruncie rzeczy jest zwyczajnym, zdrowym dzieciakiem.

– Nauka ważna sprawa, wiadomo, ale… – Ojciec się na chwilę zawiesił. – Nie można wyjść na takiego kujona. Ja rozumiem, że ty kochasz książki i te wszystkie swoje magiczne światy… Tylko żebyś tak też z innymi. Bo Sara i Tomek… Bardzo lubię Tomusia. Ale oni są takimi trochę…

– Nerdami – wszedł mu w słowo Norbert.

– Tak to się teraz mówi? Chodziło mi o kujonów... Czy to to samo?

– Z grubsza.

Ojciec zajrzał do szklanki po herbacie.

– W tym właśnie rzecz. Bo mi się marzy, żebyś ty miał takich fajniejszych znajomych. Odrobinę bardziej normalnych.

– Tato, ja też jestem nerdem.

– Norbi... bądź sobie, kim chcesz. Po prostu czasem trzeba poudawać.

– To w życiu nie chodzi o to, aby być sobą? – spytał z ironią.

Pan Brylczyk wyciągnął z szuflady łyżeczkę. „Zmywarka nie domywa" – pomyślał.

– Nie za wszelką cenę.

SARA

Nowa wuefistka okazała się wyjątkowym dzbanem. Zajęcia sportowe były pierwszą tego dnia lekcją, a ona zarządziła test sprawnościowy. Najpierw skoki w dal, rzut kulą, no i jakby tego było mało, zwieńczyła wszystko biegiem na dwanaście minut.

– Formy to wy nie macie! – krzyknęła, nie wypuszczając z ust gwizdka. – Tylko telefon i te TikToki. Nastolatki w ciałach siedemdziesięciolatków. Przed trzydziestką będziecie jeździć na wózkach.

Sara klęczała na bieżni, z trudem łapiąc oddech. Pot lał się z niej strumieniami.

– Mam wezwać karetkę, Kostrzewska? – rzuciła w stronę uczennicy.

„Jak, do cholery, zapamiętała moje nazwisko?" – zdziwiła się dziewczyna.

– Nawet nie będę zapisywać twojego wyniku – kontynuowała nauczycielka. – Ale pamiętaj, że z WF-u też można oblać. Jak się nie postarasz, to cię nie puszczę do następnej klasy.

Sara nie odpowiedziała.

– W poprzedniej szkole nie mieliście wychowania fizycznego?

– Mieliśmy…

– I pewnie cały rok siedziałaś na zwolnieniu. Wrastający paznokieć?

Nastolatka uznała, że lepiej nie wdawać się w bezcelowe dyskusje. Szybko wyrobiła sobie zdanie o kobiecie w neonowym dresie, z przyspawanym do twarzy gwizdkiem.

Nauczycielka ponowiła atak:

– Języka w gębie zapomniałaś?

– Ja…

Od bezsensownej potyczki uratował ją szkolny dzwonek, który rozbrzmiał na całym dziedzińcu.

– Na dziś koniec! – wrzasnęła belferka. – I pamiętajcie o prysznicu! Żebyście mi potem nie śmierdziały przez cały dzień!

*

– Nie wzięłaś ręcznika? – zdziwiła się Marysia.

– No nie…

– Grubo – odparła koleżanka z klasy.

Faktycznie nie spakowała ręcznika. Ani klapek, mydła czy dezodorantu. W poprzedniej szkole nikt tak nie robił.

Dziewczyny tłoczyły się w łazience. Natrysków było naturalnie za mało, na domiar złego przerwa pomiędzy pierwszą a drugą lekcją trwała jedynie pięć minut.

– Jak my mamy wszystkie zdążyć?! – panikowała urodziwa brunetka.

– Chuj. Najwyżej się spóźnię. Ale taka śmierdząca nie pójdę.
– No raczeeeej – odpowiedziała brunetka.
Sara przetarła się koszulką od WF-u i gdybała, co ma teraz zrobić. W podstawówce żadna z dziewczyn nie brała nigdy prysznica. Nie było takiego zwyczaju.
– O kurwa, Laura! – krzyknęła blondynka o mocno zadartym nosie. – Dzwonek!
– Jebie mnie to – palnęła brunetka. – Muszę poprawić makijaż.
Kostrzewska rzadko kiedy robiła makijaż. Spojrzała na długą kolejkę do prysznica. Nie miała czasu, nie miała ręcznika, nie miała po co tu stać. Pospiesznie wciągnęła ciuchy na zmianę i opuściła szatnię.

*

– Laura, co tu tak capi?
Brunetka uniosła brwi z niesmakiem, patrząc w stronę Sary.
– Nasza Wednesday Addams…
Dziewczyny zachichotały.
– Może poprosisz ją, żeby się przesiadła?
– Najlepiej na korytarz – rzuciła ciemnooka Wiola.
– Albo do wiaty śmietnikowej…
Sara poczuła mocne ukłucie w sercu. W poprzedniej szkole też się raczej nie dogadywała z żadnymi dziewczynami. Liczyła, że w liceum sprawy zaczną wyglądać inaczej.
– Kupię jej dziś w Rossmannie mydło. Mydło dużo nie kosztuje…
– I jakiegoś antyperpa – dodała Laura.
– A ja zrobię zrzutkę na pralnię chemiczną.
W tym momencie wszystkie trzy dziewczyny spojrzały na Sarę. Nastolatka nie przywiązywała wielkiego znaczenia do wyglądu.

Ciemne trampki, legginsy, bluza z logo jakiegoś koreańskiego zespołu.

– Jakby to wyciągnęła z kosza z darami dla Ukraińców.

– Może ona jest z Ukrainy? W sumie prawie się nie odzywa...

Mogły się z niej brechtać. Właściwie przywykła do bullyingu. Ale jazda po biednych ludziach, których życie runęło w gruzach przez wojnę?

– Nie wolno się z tego śmiać – powiedziała przez zaciśnięte zęby. Sara lekko sepleniła, logopeda zalecił ćwiczenia, ale dziewczyna je olała.

– Słyszałyście? Nie wolno się z tego śmiać – powtórzyła Laura, przedrzeźniając wymowę nowej koleżanki. – Nie wolno się z tego śmiać. Nie wolno się z tego śmiać. Nie wolno się z tego śmiać...

Cała trójka wybuchnęła śmiechem.

– Pożałujecie – odparła gniewnie nastolatka, odruchowo zaciskając dłoń na długopisie.

W tym momencie pani Volker wymownie przerwała swój wykład. Salę wypełniła grobowa cisza.

– Jak się nazywasz, moja panno? – Nauczycielka spojrzała w stronę Sary.

– Kostrzewska – szepnęła pierwszoklasistka.

Profesorka zajrzała do elektronicznego dziennika. Jedynka i szóstka. Szesnasty numer na liście uczniów.

– Sara Kostrzewska – wyrecytowała Edyta Volker. – Może zdradzisz nam, Saro, z czego się tam chichracie? Wszyscy się pośmiejemy.

I co miała powiedzieć? Wkopać te trzy wredne zdziry? Miała wielką ochotę. Ale co by jej to dało? Jeszcze więcej hejtu...

– Nic takiego – wysepleniła.

– Nic takiego – powtórzyła niemal niesłyszalnie Laura, naśladując manierę koleżanki.

Naturalnie nauczycielka tego nie zarejestrowała.

– Chyba jednak coś takiego, skoro rozśmieszyłaś cały rząd za sobą. Może przyjdziesz tu do mnie i powiesz wszystkim na głos? Całej klasie?

Sara miała ochotę zapaść się pod ziemię.

– Nie…

– Nie? Na pewno? – Profesorka podniosła głos.

– Na pewno – odparła nastolatka.

– No dobrze. W takim razie na następną lekcję przygotujesz referat o kartograficznych metodach przedstawiania informacji geograficznej na przykładzie map naszej dzielnicy. Po zajęciach podam ci konieczną bibliografię.

Nieszczęścia chodzą parami. Najpierw tamte laski, teraz podstarzała belferka.

– Tylko ja…

– Chciałabyś sobie dobrać kogoś do pomocy? Z wielką chęcią. – Wskazała dłonią na Laurę. – Ty, koleżanko, jej pomożesz.

Oliwa sprawiedliwa. Przynajmniej w połowie.

– Numer szesnaście i numer dwadzieścia trzy – powtórzyła nauczycielka, ponownie zerkając do dziennika. – Pamiętajcie, że w dzisiejszych czasach praca grupowa to podstawa.

NORBERT

– I raz, dwa, trzy! WIOSŁUJEMY! – krzyknął chłopak z czwartej klasy.

Norbert siedział na odwróconej do góry nogami ławce i udawał, że płynie smoczą łodzią. Jego twarz zdobiły skreślone niezmywalnym markerem wąsy.

– Dajesz, kocie, dajesz! – ponaglał inny z maturzystów.

W tym momencie na korytarzu pojawił się Igor.

– Jest kolejny! Będziesz miał towarzystwo, Mruczuś!

– EJ, TY! – zawołali na młodego Wójcickiego. – Dajesz tutaj!

– Spierdalaj – burknął Igor.

– Co powiedziałeś? Dajesz tu, młody! DAJESZ!

Pierwszoklasista podszedł do maturzysty.

– Twoja stara daje.

– Kurwa, jaki kozak! – stwierdził przyszły abiturient.

Norbert nie przestawał wiosłować.

– Dosiadasz się na ławce i machasz razem z nim – polecił drugi z czwartoklasistów.

Igor klepnął Norberta w plecy.

– Wstawaj.

Maturzysta wszedł między nich.

– On się nigdzie nie wybiera. Podobnie jak ty, kocie. To jest nasza szkolna tradycja. Siadasz i wiosłujesz.

Igor złapał czwartoklasistę za dłoń, po czym wykręcił mu rękę.

– Tradycja jest taka, że spierdalasz. I zostawiasz w spokoju mojego kolegę. – Zwrócił się bezpośrednio do Norberta. – Chodź, Skarpeta. Idziemy stąd!

SARA

– Serio, mówią na ciebie Skarpeta? – spytał Tomek.

Norbert kopnął butem w ziemię.

– Raz ktoś tak powiedział…

– Raz? – zaoponowała Sara. – Cała klasa na ciebie tak woła. Od tej akcji, jak powiedziałeś Rosikowej, że mieszkasz niedaleko i chętnie pożyczysz zapasowe skiety na WF.

– Co za siara. – Tomek zarechotał, zupełnie nie kontrolując swojego głosu.

– Zaraz zapomną – pocieszał się Norbert. Jakby kiedykolwiek ktoś zasłużył sobie na swoją szkolną ksywę.

Siedzieli na nasypie kolejowym, nieopodal kościoła zmartwychwstańców. Słońce znikało właśnie gdzieś za brętowskim laskiem.

– Szkoła to jednak jeden wielki syf. Obojętnie jaka. Podstawówka, liceum... Dobrze, że nie chodziliśmy do gimnazjum.

– Eee tam, nie jest tak źle – zapiał Norbert. – Po prostu trzeba się dotrzeć.

– Powiedział koleś, którego przezywają „Skarpeta".

Nastolatek nerwowo obgryzał paznokieć wskazującego palca.

– Ale gadamy. Chłopaki mnie lubią.

Tak sobie wmawiał. Nie ignorowali go, a to już wiele. Spora różnica pomiędzy tą a poprzednią szkołą. Kilka razy ktoś spytał go, w której sali następna lekcja.

– Serio? – zdziwiła się Sara. – Tak to odbierasz? Masz zdecydowanie zaburzoną percepcję.

Która piętnastolatka używa takich wyrazów jak „percepcja"? Kostrzewska wyraźnie odstawała od swoich rówieśniczek.

– Igor mi dziś pomógł. Maturzyści mnie kocili, a ten się za mną wstawił.

– Ściemniasz – mruknęła dziewczyna, wyjątkowo mocno sepleniąc.

Norbert podrapał się po głowie.

– Spytaj go, jak mi nie wierzysz. Przywołałem pieprzonego championa!

Nastolatka wzruszyła ramionami.

– *Whatever*. Przynajmniej tobie jednemu wyjdzie. Mnie laski nienawidzą.

– Słuchaj, ułoży się. A ty, Tomek, jak?

Jonka trzymał w dłoniach podręcznik do gry. Nie miał ochoty wspominać szkoły. Planował uciec do bezpiecznego świata wyobraźni. Tam, gdzie coś znaczył, tam, gdzie miał wpływ na własne życie.

– Nie zauważają mnie. Więc chyba dobrze.

– Gramy? – spytała Sara.

Norbert wyciągnął kości.

– Tak. Ale słuchajcie. Nie możemy się tak łatwo poddawać.

– Jesteśmy nerdami, Norbi – stwierdziła smutno Kostrzewska. – I nic tego nie zmieni.

Chłopak miał wyraźnie inne zdanie.

– Rozmawiałem z tatą. Wiem, co musimy zrobić.

Sarze momentalnie skoczyło ciśnienie.

– Boże, znowu ten twój idealny ojciec!

– Świat jest w naszych rękach. W naszych głowach. Jesteśmy mądrzejsi od większości rówieśników, w ogóle od większości ludzi. Sprytniejsi. Przebieglejsi. Czas to wykorzystać. Sprawić, żeby zaczęli grać według naszych reguł.

Dziewczyna prychnęła.

– Jakoś nigdy nam to specjalnie nie wychodziło.

– Bo źle kombinowaliśmy – sprzeciwił się Norbert. – Ale teraz wymyślimy jakiś plan. Diabelski, podstępny spisek, jak zawładnąć ich umysłami.

Chłopak rzucił kością. Oczko zatrzymało się na szesnastce.

CZĘŚĆ DRUGA

MANE, TEKEL, FARES

ROZDZIAŁ 5 | **CZERWIEC**

KONRAD KROON

Pokryta marmurowym wzorkiem kość kolejny raz uderzyła o twardy blat biurka i wylądowała nieopodal wysokiej kupy akt.

– Długo będziesz tak robił? – palnął Kieltrowski. – Wkurwia mnie to.

– Aż wypadnie szóstka – odparł Konrad, ponownie wypuszczając z dłoni kostkę.

Naczelnik błyskawicznie przechwycił przedmiot i sam wykonał rzut. Wylosowanie szóstki było niemożliwe, gdyż kostka miała jedynie cztery ścianki.

– Dwójka – mruknął Krzysiek. Spojrzał na kostkę. – Do chuja wafla... Przecież tu nie ma tylu cyfr!

– No właśnie – odparł Kroon.

– Co właśnie?

– Brakuje mi wszystkich cyfr. Na razie mam tylko jedną.

– Brakuje ci piątej klepki – ocenił twardo przełożony.

Konrad tylko się uśmiechnął.

– Nie robię z tego jakiejś wielkiej tajemnicy. Ale ostatnio mi lepiej.

Sprawnie zmienili temat.

– Widzę. Zuza cię rozpierdalała.

Kroon poprawił mankiet koszuli.

– Już ci dawno mówiłem, żebyś ją pogonił – kontynuował Krzysiek.

Prokurator nie odpowiedział.

– Wolałbym, żeby to wyglądało inaczej – ciągnął swój monolog Kieltrowski. – Wiesz, żebyś sam pokazał jej faka, wywalił za drzwi, a nie... W każdym razie dobrze, że stało się tak, jak się stało. Czasem życie nas dojeżdża, ale ostatecznie wszystko wychodzi na dobre. A Zuza to była prawdziwa suka. Sorry, stary, taka prawda. Nie mówiłem ci tego wcześniej, bo nie obrabia się dupy lasce kumpla, ale teraz, jak już masz kogo innego... Zwykła szmata i tyle. Miała nierówno z deklem. Kurwa, z takim gościem jak ty... Złapała Pana Boga za piętę, a i tak nie umiała tego docenić. No czemu tak milczysz?

Konrad spojrzał mu głęboko w oczy.

– Nie lubię mówić źle o kobietach. A zwłaszcza o kobietach mojego życia.

Kolega zrobił wielkie oczy.

– Kobietach twojego życia? No a Patrycja?

Kroon wyciągnął z kieszeni kolejną kość. Ta również wyglądała dość nietypowo, miała więcej ścian od poprzedniej. „Brakuje szesnastki" – pomyślał, obracając ją do światła.

– Chyba wam się układa, co? – dopytywał Krzysiek. Zebrało mu się na osobiste pogaduchy.

– Układa – odpowiedział Konrad, cały czas wpatrując się w półprzezroczystą kość.

Marmurowe wzorki delikatnie tańczyły na kryształowej powierzchni plastiku.

Naczelnik oparł dłonie o kolana.

– To może jednak Zuza nie była kobietą twojego życia – podsumował.

– Myślisz, że wszystko zostało już policzone?

– Hę?

Konrad rzucił kostką. Ta potoczyła się po biurku i zatrzymała na szóstce. Upragniony wynik w większości gier. Najwyższa stawka. Ale Kroon modlił się o szesnastkę.

– Całe życie myślałem, że Zuza jest moim jedynym rozwiązaniem. Kilkanaście lat razem. Kilka naprawdę zajebistych, kilka chujowych, reszta całkiem znośna. Splotła się z moją biografią, więc... tak, Krzysiu. Zuza jest kobietą mojego życia. Tyle tylko, że ja wybrałem inne życie.

W tym momencie ktoś zapukał do gabinetu.

– Proszę! – zawołał Kieltrowski, przejmując rolę gospodarza.

W drzwiach pojawiła się Flara.

– Przeszkadzam? – spytała jak zwykle grzecznie policjantka.

– Nie przeszkadzasz, skarbie – odparł naczelnik. – Właśnie rozmawiamy o miłości. Może się dołączysz?

Weszła do środka.

– Niestety nie za bardzo się na tym znam.

– To podobnie jak Konrad – zaśmiał się szef.

Justyna położyła na krześle swoją torbę.

– Zgodnie z poleceniem przesłuchałam kilku kumpli Brylczyka i Kostrzewskiej.

Kieltrowski stanął ciężko na nogi.

– Zawiewa nudą. Spierdalam stąd.

– Jak zawsze, gdy trzeba trochę popracować – rzucił z przekąsem Kroon.

– Spierdalam popracować, koleżko. Muszę zrobić pocztę.

Flarkowska wyciągnęła z torby protokoły.

– Sytuacja nabiera rumieńców – zaczęła policjantka.

Naczelnik zamarł w pół kroku między korytarzem a gabinetem.

– To wy tu się, kochani, dalej bawcie w detektywów, a ja idę walczyć z papierami. Bo przecież o to w naszej robocie chodzi, co nie? Jak w pierdolonym skupie makulatury...

Kieltrowski zniknął za drzwiami. Zostali sami.

– No, co tam masz ciekawego? – Konrad przejął od funkcjonariuszki pierwszy z protokołów.

– Rozmawiałam z uczniami liceum…

– Rozmawiałaś czy ich przesłuchiwałaś?

– Rozmawiałam po naszemu, czyli… przesłuchiwałam. Żadnych niedopowiedzeń.

– Czy wiemy więcej? Więcej niż kilka dni temu?

– I tak, i nie – odpowiedziała Flarkowska.

Konrad wyciągnął z kieszeni kolejną kość. Osiem ścianek. Szesnaście podzielić na pół.

– Dajesz…

– Wszyscy potwierdzają, że to były wyjątkowo spokojne dzieciaki. Dziwne, ale spokojne. Od razu przypięto im łatkę kujonów. Nie chodzili na imprezy, właściwie z nikim nie gadali, trzymali się tylko we trójkę.

– Myślałem, że będziesz miała dla mnie więcej mięsa.

– To dopiero przystawka – stwierdziła policjantka.

– I w tym momencie wjeżdża *consommé* z gołębia…

Justyna zrobiła wielkie oczy.

– *Consommé*?

– Taki wyszukany rosół – wyjaśnił Kroon. – Tylko mniej smaczny.

– Okej… W każdym razie coś tam chyba musiało być nie tak. Przesłuchałam niejakiego Igora Wójcickiego. Klasowy przystojniak, bogaty z domu, swoją drogą za jego wujkiem wystawiliście list gończy…

Przed sprawiedliwością nie tak łatwo uciec. Świat nie wybacza.

– Na pewno świetnie dogadywał się z Brylczykiem – podsumował Konrad, wpisując w okienko facebookowej wyszukiwarki nazwisko nastoletniego świadka. Lubił wiedzieć, o kim rozmawiał.

– Raczej nie mogli znaleźć wspólnego języka…

Prokurator przełączał właśnie aplikację na Instagram. Igor Wójcicki miał profil publiczny, ponad tysiąc obserwujących, wydawało się, że usilnie stara się zostać młodzieńczym celebrytą.

– Kiedyś chłopcy chcieli być kowbojami, a dziewczyny księżniczkami. Dzisiaj wszyscy marzą, aby w rubryczce „zatrudnienie" wpisać sobie „influencer".

Flara zerknęła w protokół.

– Być może.

Konrad znów przełączył się na Facebooka. Pokazał komórkę funkcjonariuszce.

– Ale zobacz. Tu z kolei zaznaczył, że „szlachta nie pracuje".

– On pewnie nigdy nie będzie musiał pracować…

Kroon zablokował telefon.

– No dobra. Do rzeczy.

– Norbert Brylczyk uchodził za szkolnego kujona. Trochę się z niego podśmiewywano, przezywali go Skarpeta.

– Urocza ksywa.

– Wójcicki też mu czasem trochę dokuczał. Niby niezbyt mocno… – Flara zawiesiła głos. – Nie chciał powiedzieć mi zbyt wiele, ale pewnie kilka razy przegiął.

– Wszyscy chodziliśmy do szkoły średniej – podsumował Konrad. – Ja też nie byłem święty.

Policjantka wróciła pamięcią do czasów technikum.

– Nie byliśmy. W każdym razie w Brylczyku coś pękło. Rzecz działa się późną zimą. Wójcicki coś tam sobie żartował, Brylczyk wszedł za nim do łazienki i zaczął tłuc jego głową o toaletę.

– Taki chudzielec?

– Wójcickiego też zdziwko chapło.

Konrad wstał zza biurka. Podszedł do niewielkiej szafki z czajnikiem elektrycznym.

– Co było dalej?

– Równo go obtłukł. Wójcicki nawet nie zdołał się obronić. A po wszystkim Brylczyk po prostu wyszedł z kibla i wrócił do domu.

Prokurator wyciągnął dwie szklanki.

– Nie oddał mu?

– Wstydził się przyznać kumplom, że to mały, cherlawy Norbert go tak załatwił.

Łyżeczka zatopiła się w słoiku z rozpuszczalną kawą. Ciemne granulki zalane wrzątkiem. Celebra w wersji instant. Przestępstwo na podniebieniu i kubkach smakowych.

– To jak im się wytłumaczył?

– Że stracił przytomność i przywalił o zlew.

– Łyknęli to?

Justyna przytaknęła.

– W weekend imprezowali na jakiejś domówce. Brak snu, alkohol…

– Urodzony kłamca. A co z Brylczykiem? Dostał w końcu za swoje?

Na biurku pojawiły się dwa parujące kubki. Konrad nie pytał, czy słodzi ani ile dolać mleka. Za dobrze ją znał.

– Początkowo Wójcicki chciał się odegrać. Ale potem… Norbert wzbudzał w nim niewytłumaczalny lęk. Podobno miał coś takiego w oczach…

Konrad chwycił za kość.

– W lewej źrenicy jedynkę – podsumował. – A w prawej szóstkę.

PATRYK

Prowadził swoje własne dziennikarskie śledztwo. Najpierw porozmawiał z wychowawczynią, później zaczął wypytywać kolegów z klasy. Ale Norbert, Sara i Tomek nie mieli żadnych znajomych.

„Grali w te swoje dziwne gry".

Wycofane, aspołeczne nerdy. Idealny materiał na samobójców.

Stał pod kioskiem z gazetami nieopodal przystanku tramwajowego, czekając na informatora. Chłopaka lub dziewczynę. Nieznajomą osobę o trudnej do ustalenia tożsamości, która napisała do niego maila. „Wiem coś o sprawie, postaram się ci pomóc. Siedemnasta na Strzyży, koło kwiaciarni, bądź sam". No więc przyszedł.

– Siemasz, byku! – zawołał ktoś z oddali.

Spojrzał za siebie.

Od strony Garnizonu szedł niewysoki chłopak z wytatuowaną twarzą. Na palcach kilka złotych sygnetów, w lewym uchu diamentowy kolczyk. Modna fryzura, markowy welurowy dres.

– Velos, elo, mordo! – odpowiedział Patryk. – Co tam słychać?

– Wracam od mojego ziomeczka, który rozkręca taki projekt…

Nowo przybyłego cechował iście warszawski styl bycia. Projekty, spotkania, plany. Manifestował swój sukces każdym krokiem, gestem czy ruchem. Ale Velos w odróżnieniu od wielu mu podobnych naprawdę miał się czym pochwalić.

– Zajebista sprawa – podsumował Patryk tuż po tym, jak stary kolega skończył mu referować stan ostatnich osiągnięć. Pięć minut intensywnej autopromocji.

– Skręcamy dziś fajny melanżyk na Ele.

– Widziałem na fejsie. Spoko lineup.

– Wpiszę cię na listę, jeśli chcesz.

Godzina stania w kolejce do bramek. Albo wjazd na sekretne hasło. Się gra, się ma.

– W sumie…

Stali, gadając o niczym. Tymczasem wskazówka zegara wybiła właśnie kwadrans po piątej.

„Miał przyjść sam" – pomyślała osoba skryta na klatce schodowej pobliskiej kamienicy. Ścigana zwierzyna, która za wszelką cenę starała się zapobiec tragedii.

Na pierwszy rzut oka Patryk wydawał się godny zaufania. Ale liczą się gesty, nie słowa. Miał przyjść sam. Bez świadków, bez wścibskich par ciekawskich oczu.

Od strony lasu nadchodziła właśnie zgraja ubranych na czarno mężczyzn. Informator czuł zaciskającą się wokół niego pętlę. „Nie mogę tak ryzykować".

– Dzisiaj znowu mamy tropikalną noc – kontynuował Velos. – Kurwa, lato nad morzem to jest jakiś kosmos! Gdyby u nas było ciepło przez cały rok, to ten kraj byłby zupełnie inny. Żadnych szarych mord, żadnego pierdolenia.

– Fakt – przyznał mu rację Patryk.

Nie zdawał sobie zupełnie sprawy, że owa nieistotna konwersacja pozbawia go właśnie szansy dotarcia do prawdy. A może i czegoś znacznie ważniejszego.

– Wszyscy uśmiechnięci, w knajpach pełno ludzi…

Skalski nerwowo spojrzał na zegarek.

– Dobra, ja muszę lecieć – rzucił jakby od niechcenia Velos. – Wpisuję cię na listę.

Zbili pionę.

– Nara!

– Nara…

Patryk rozejrzał się wokoło. Od strony placu Maczka szła grupka podejrzanych typów. Przypominali wilczą watahę; krótkie fryzury i wściekłe spojrzenia. Wysokie buty, obcisłe jeansy, koszulki polo.

„Brakuje im tylko przepasek na rękach" – pomyślał dziennikarz. Znów sprawdził godzinę.

– Kurwa, ktoś mnie wkręcił – szepnął pod nosem.

Gdyby patrzeć na rzecz rozsądnie, należałoby stwierdzić, że padł ofiarą pranka. Medialna sprawa, skrzynkę kontaktową co chwila zasypywały maile z fantastycznymi newsami o samobójczej śmierci trzech nastolatków. Z drugiej strony… jakiś cichutki głos z tyłu głowy mówi Patrykowi, że ta jedna wiadomość zasługuje na uwagę. Że jeśli chce dotrzeć do prawdy, musi uwierzyć słowom tajemniczego informatora.

– Szefuńciu, dzień dobry – zaczepił go jakiś lokalny pijaczek. – Szefuńcio by znalazł jakieś drobniaczki? Brakuje mi…

Patryk wyciągnął z kieszeni piątaka i bez słowa podał mężczyźnie.

– Szefuńciu, moje uszanowanko! Pięknego dnia!

Mężczyzna odszedł w stronę pobliskiego warzywniaka, za którym gromadziła się grupa szemranych młodzieńców. Na ścianie budynku wymalowano trzy wyrazy: MANE, TEKEL, FARES. Biblijna przepowiednia. W gęstwinie liczb, długim ciągu zagadkowych znaków krył się głębszy sens. Rozwiązanie kryminalnego równania.

Mane, tekel, fares.

– Policzone, zważone, rozdzielone – przetłumaczył Patryk, zbytnio nie zastanawiając się nad słowami proroctwa.

Zważono cię na wadze i okazałeś się zbyt lekki[3].

Trzydzieści trzy.

MAJA

Uwielbiała pracować z Kroonem. Była jego uszami i oczami na ulicy, niewidzialną ręką sięgającą po ukryte wśród woalu pozorności ślady.

Stanęła przed starym spółdzielczym pawilonem. Prokurator kazał jej trochę poszperać. Spojrzała na witrynę z szyldem. INFERNO. Skreślony gotycką czcionką napis, przyozdobiony nieco tandetnymi językami ognia. KLUB Z GRAMI.

---

3 Wszystkie biblijne cytaty za: Biblia Tysiąclecia. Pismo Święte Starego i Nowego Testamentu, Poznań 2003. Tutaj: Dn 5,27.

– Zajeżdża paździerzem – mruknęła Maja, naciskając klamkę.

Wewnątrz panowała trudna do zniesienia duchota. Mimo pięknej czerwcowej pogody wszystkie okna lokalu pozostawały zamknięte, mechaniczny domykacz zaś pilnował, by i przez drzwi nie dostała się ani odrobina świeżego powietrza.

– Dzień dobry – powiedziała dziewczyna.

Sprzedawca podniósł się zza lady. Mimo widocznej łysiny uparcie nosił długie włosy, flanelowa koszula pamiętała czasy świetności grunge'u.

– Dzień dobry – odpowiedział nieco za cicho.

Majka była atrakcyjną dziewczyną, a takie raczej unikały miejsc podobnych do Inferno.

Policjantka rozejrzała się po wnętrzu pomieszczenia. Na ścianach sporo plakatów, regały zastawione książkami, częściami makiet i figurkami modeli. Krasnoludy, elfy i smoki. Żadnych klientów.

W tym momencie koleś powinien spytać, czym może służyć. Czy coś podać, doradzić, zaproponować. Ale on po prostu wpatrywał się w ubraną po cywilnemu funkcjonariuszkę; na lekko niedomkniętych ustach błyszczały kropelki śliny, sieci neuronów przesyłały same nieczyste myśli.

„Co za oblech" – oceniła bezgłośnie dziewczyna. Wyciągnęła telefon i odpaliła zdjęcie Norberta Brylczyka. Fotografia z rodzinnych archiwów, kiedy był jeszcze zwykłym nastolatkiem. Żywym nastolatkiem.

– Kojarzysz tego gościa?

Sprzedawca wzruszył ramionami.

– To miało znaczyć tak czy nie?

– R-r-raczej tak – speszył się.

– Super. – Policjantka usiadła na ladzie. – I co możesz mi o nim powiedzieć?

– A to twój chłopak?

Majka nie miała chłopaka. I nigdy mieć nie chciała.

– Wyglądam na taką, co umawia się z piętnastolatkami?

Spuścił wzrok po sobie.

– Nie wiem... – Idiotyczna odpowiedź.

– Jak masz na imię? – spytała bez ogródek. Bezpośredniość wpisana w CV w rubryczce obok wykształcenia i znajomości języków obcych.

– Kermit. To znaczy Maciek, ale wszyscy mówią mi...

– Słuchaj, Kermit, nie mam czasu na pierdolenie. Od rana chodzę po wszystkich klubach z grami i szukam kogoś, kto zna tego typa. – Raz jeszcze pokazała mu zdjęcie. – Kojarzysz go czy nie?

Zjeżył się. Bo niby dlaczego miałby jej odpowiadać?

– Dlaczego miałbym ci odpowiadać?

Dlaczego miałby jej odpowiadać?

Machnęła blachą.

– Dlatego.

O co mogło chodzić? Przestępstwo w klubie z grami? Rzecz tak częsta jak deszcz na Saharze, swoją drogą ten przeklęty żółtawy pył dalej oblepiał wszystko w mieście. Komputery? Tak, z pewnością komputery. Ciągnęli coś na nielegalu z torrentów. Może jakieś brzydkie treści. Może jakieś...

– Ja nic nie wiem – zająknął się Kermit.

– Czego nie wiesz?

– No nic, serio, ja totalnie nic nie wiem.

Majka nachyliła się nad rachitycznym mężczyzną.

– Czemu w ogóle przyszło ci do głowy, że miałbyś coś wiedzieć?

– Bo pytała pani...

W tym momencie funkcjonariuszka stała już po drugiej stronie lady.

– Pytałam, czy znasz tego chłopaka. A tu się okazuje, że nie tylko znasz, ale i wiesz o nim coś, czego wiedzieć nie powinieneś.

– Nic takiego nie powiedziałem...

– Ale zaraz mi powiesz.

– Co niby powiem?

Położyła mu rękę na ramieniu i mocno ścisnęła. Maja dbała o swoją formę fizyczną, od wielu lat ćwiczyła na siłowni, trenowała sztuki walki.

– Ałł – zawył sprzedawca.

– Często tu przychodził?

– No tak, grali kiedyś.

– Mógłbyś być bardziej wylewny – rzuciła niby od niechcenia funkcjonariuszka.

– Mówię przecież.

Wbiła mu kciuk pod obojczyk.

– AŁŁŁ! – pisnął Kermit.

Maja zwolniła uścisk. Znów siadła na blacie.

– Nawijaj.

– Przychodzili we trójkę. Norbert, Sara i Tomek. Grywali głównie w erpegi, czasem jakieś karcianki.

– Czy wiesz, co może znaczyć liczba szesnaście?

Wydawało się, że sprzedawca nie dosłyszał.

– W jakim sensie?

– W sensie: jeden i sześć. Razem szesnaście…

– Technicznie rzecz biorąc, jeden i sześć to siedem…

Policjantka błyskawicznie zeskoczyła z lady i znów położyła mu dłoń na barku.

– Chcesz się ze mną droczyć, Żabo?

– Dobra, dobra! Szesnaście. Jeden i sześć. Niech ci będzie.

Jedynka i szóstka. Natręctwo Kroona. Dwie cyfry ułożone obok siebie. Jedyna poszlaka. Wskazówka, że sprawa samobójstwa kryje drugie dno. A może i trzecie, i czwarte.

– Szesnaście – powtórzyła Maja Gan. – Czy ta liczba mogła mieć dla nich jakieś znaczenie?

– Może to cecha postaci?

– Jakiej postaci?

Wzruszył ramionami.

– No z gry. Grałaś kiedyś w erpegi?

– Na komputerze.

Nie wyglądała na gamerkę. Pozory mylą.

– Kumam – odparła po chwili policjantka. – A jeśli nie chodzi o cechę postaci? Ani o grę komputerową?

– Nic mi nie przychodzi do głowy. Tak jak mówiłem, grali głównie w papierze. Do czasu, aż nie dostali bana.

– Od kogo?

Kermit dumnie wyprężył pierś.

– Ode mnie.

– Niby za co? Jedli za dużo chipsów?

Sprzedawca zmrużył oczy.

– Usiądź – polecił. – To będzie mocne.

– Nosili za mało czarne koszulki?

Mężczyzna splótł palce. Zbyt długie paznokcie wystawały poza obręb paliczków.

– Podczas gier RPG często używa się rekwizytów, które budują lepszy klimat. Jakieś noże, miecze, świece.

– Brzmi romantycznie.

Kermit wycofał się w głąb pomieszczenia.

– Przychodzili tu co tydzień, czasem grali sami, czasem dołączali do większych drużyn. No i podczas jednej z sesji przynieśli butelkę z winem, którym chcieli poczęstować innych graczy. Ale to nie było wino…

– Tylko cola bez cukru? – rzuciła z przekąsem Maja Gan.

– Tylko krew. Ludzka krew.

Krążyły razem z Majką wokół starego ceglanego kompleksu dawnej zajezdni tramwajów konnych, próbując znaleźć wejście. Okna zamurowano, drzwi zabezpieczono deskami. Właściciel budynku kilkukrotnie puszczał go z dymem, próbując wymigać się od przewidzianej prawem odbudowy. Ale jakimś cudem zabytkowy obiekt wciąż stał.

– Jak menelstwo chce wejść i się przekimać, to pewnie nie mają takich problemów jak my – sapnęła Flara.

– Menelstwo i dzieciarnia – dopowiedziała Maja.

Według informacji przekazanych przez Kermita Norbert, Sara i Tomek urządzili sobie w ruinach miejsce spotkań.

– Serio pili krew? – zdziwiła się Justyna.

– Tak mi powiedział tamten koleś.

– Niezłe odklejeńce.

Majka pociągnęła za jedną z desek.

– Grali z jakimiś dwunastolatkami. Dzieciak wyspowiadał się ze wszystkiego rodzicom, ci rozkręcili aferę. Wtedy Kermit wywalił Brylczyka i spółkę ze swojego klubu.

– A oni przenieśli się tu…

Policjantki wyszły na ulicę, zamierzając obejść budynek z drugiej strony. Od strony fontanny biegł rześkim tempem srebrzysty husky. Przystanął koło Flary i przyjaźnie zamachał ogonem.

– Fender! – Policjantka podrapała zwierzę pod pyskiem.

– Znacie się? – spytała Maja.

– Znamy. I z psem, i z jego…

Na przerzuconym nad wartką strugą Potoku Oliwskiego moście pojawił się przystojny czterdziestokilkuletni mężczyzna.

– Cześć, dziewczynki! – zawołał Kroon. – Nadgodziny trzaskacie? Już dawno fajrant.

– ...i z jego panem – dokończyła funkcjonariuszka.

Prokurator wyglądał, jakby właśnie urwał się z plaży. Na nosie przeciwsłoneczne okulary, szeroka lniana koszula, wygodne adidasy.

– Nie miałyście robić tego przeszukania jutro?

– Jakoś nie mogłyśmy się powstrzymać.

– To podobnie jak ja – wyjaśnił Konrad. – Niby poszliśmy się tylko wybiegać, ale... ciągnie wilka do lasu.

– Ciągnie Kroona do zbrodni – zażartowała podkomisarz Flarkowska.

Mężczyzna nachylił się nad Fenderem.

– Poczekaj tu – polecił. Zwierzę odeszło kilka kroków, po czym posłusznie położyło się w cieniu wielkiego drzewa. – I co, udało wam się znaleźć wejście?

– Cały czas kombinujemy – odparła Maja Gan.

– To może pokombinujmy razem. A gdzie technik?

– Wszyscy są zajęci. Jak trafimy na coś wartego uwagi, wtedy przedzwonimy do dyżurnego – powiedziała Flara.

Konrad popatrzył na nią z uznaniem.

– I to jest słuszna koncepcja...

*

Wędrowali przez ciemne, zasypane gruzem pomieszczenie.

– A wy wiecie, że tu kiedyś było więzienie?

– Nie wiecie – odpowiedziała Justyna.

– Dzieciaki wywoływały duchy – stwierdził Konrad. – Mówię wam.

Flara potknęła się o leżącą na podłodze belkę. W ostatniej chwili Kroon złapał ją pod ramię, ratując przed upadkiem.

– Kurwa! Mogliby tu trochę posprzątać – zdenerwowała się policjantka. – Albo wyburzyć to w cholerę!

– Gdańska szkoła ochrony zabytków, co nie? – rzucił prokurator.

Z oddali dochodził szmer sunących Grunwaldzką samochodów, od czasu do czasu przerywany stukotem tramwajowych kół.

– Czego właściwie szukamy? – spytała Maja Gan.

– Wskazówek – odparł prokurator.

Penetrowali parter. Światła latarek tańczyły po ceglanych, przyprószonych sadzą ścianach. Na ziemi znajdowało się pełno śmieci: butelki, szmaty i jakieś stare meble.

– Na ich miejscu wybrałabym lepsze miejsce spotkań – stwierdziła Flarkowska.

– Piwnicę rodziców? – spytał Kroon.

– Na przykład.

Wstąpili na zbutwiałe kręcone schody.

– Tylko ostrożnie – polecił Konrad. – Cholerstwo ledwo się trzyma.

– Chodziłam po gorszych melinach – odpowiedziała starsza z policjantek.

Prokurator przystanął w pół kroku.

– Nikt się ciebie nie pyta o życie osobiste, Flara…

Ruszyli dalej. Klatka schodowa wyprowadziła ich na strych.

– Przytulnie tu – oceniła Maja.

Gdyby nie dziury w poszyciu dachowym, pomieszczenie wypełniałaby całkowita ciemność. Wąskie smugi słońca wpadały przez spękaną papę niczym reflektory teatralnej sceny.

– Dzieciaki nie miały znajomych. Nawet w swoim klubie dziwaków cieszyły się opinią świrów. Piły krew i rysowały liczbę szesnaście – podsumował Kroon. – Szperałem trochę w sieci na ten temat, ale nie znalazłem niczego ciekawego. A przynajmniej niczego, co rozjaśniłoby choć trochę obraz sprawy.

– Szesnaście tworzą dwie cyfry. W numerologii jedynka jest kojarzona z asertywnością, przywództwem i nowym początkiem. Szóstka symbolizuje rodzinę – wyrecytowała z pamięci Maja.

Prokurator spojrzał z podziwem na funkcjonariuszkę.
– Widzę, że ktoś tu odrobił pracę domową.
– Jakby na to nie patrzeć, samobójstwo stanowi coś w rodzaju nowego początku. Nowego otwarcia – zauważyła Flara.
– Mnie też to pachnie sektą – przyznał Konrad.
Stanęli pośrodku wielkiej pustej przestrzeni. Zaświecili latarką.
– Tam są jakieś drzwi – zauważyła kryminalna.
– Naprzód – polecił Kroon.
Maja wyciągnęła telefon. Znów wróciła do tematu liczb.
– Wyszperałam w sieci jeszcze coś. Szesnastka ma przypominać, że myśli tworzą rzeczywistość. A zsumowane jedynka i szóstka dają nam siódemkę. Symbol oświecenia.
– Myślicie, że to był rodzaj kultu? – spytała Flarkowska.
– Kultu albo przynajmniej zabawy w religię – stwierdził Konrad, naciskając ostrożnie na klamkę. – Bingo!
Weszli do niewielkiego pokoiku z okrągłym oknem. Na podłodze znajdowały się pozostałości po ognisku.
– To już wiemy, dlaczego nie zamarzli tu zimą – powiedziała Flara.
Uwagę Kroona przykuł naścienny malunek. Czerwona farba pokrywająca obdrapaną z tynku cegłę. Szesnaście, sto trzydzieści trzy, sto czterdzieści sześć…
– Dziewczyny – zaczął prokurator – chyba czas zadzwonić po technika…

ROZDZIAŁ 6 | **CZERWIEC**

ALEKSANDRA

Aleksandra Cieślak stanowiła idealny materiał na prokuratorkę. Absolwentka Krajowej Szkoły Sądownictwa i Prokuratury, samotna, pracowita, ambitna, chorobliwie zakochana w swojej robocie. Nie planowała zakładać rodziny, nie chciała mieć dzieci, temat facetów na przekór wszystkim work-life balance'owym modom odłożyła na później. Pracuj teraz, żyj kiedy indziej. Do Gdańska przeprowadziła się z Łopuszna, niewielkiego miasteczka na kielecczyźnie; po zdanym egzaminie dostała tu swój pierwszy etat asesorski.

Wstawała zwykle wpół do szóstej, tak by jeszcze przed pracą zdążyć umyć głowę. Szybki prysznic, odżywka, szampon, odżywka, później z mokrymi włosami zabierała się do przygotowania śniadania. Suszarki używała wyłącznie od święta: przy codziennym traktowaniu swej niezbyt bujnej czupryny strumieniem gorącego jak Etna powietrza mogłaby już spokojnie zacząć odkładać na perukę albo medyczne wczasy w Turcji.

Mieszkała na Łostowicach, w południowej dzielnicy Gdańska, dziesięć minut samochodem od prokuratury. Zjeżdżała tam zawsze o czasie, punkt siódma trzydzieści włączała komputer, następnie odbywała szybką wycieczkę do sekretariatu, by upewnić się, że opróżniona dnia poprzedniego o godzinie siedemnastej półka dalej pozostaje pusta. Referat prowadziła wzorowo, przełożona nigdy nie miała problemu, by przystawić na jej umorzeniu lub akcie oskarżenia pieczątkę z aprobatą.

Około południa odgrzewała w mikrofali gotowe danie z marketu, o piętnastej trzydzieści, gdy wszyscy zbierali się do domu, ona nadal siedziała za biurkiem. „Ja w twoim wieku też tak tyrałem. Trzeba odrobić pańszczyznę" – pocieszał ją prokurator Borucki, który na początku swojej kariery miał pięciokrotnie mniejszy referat od młodszej koleżanki. Syty głodnego nie zrozumie.

– Mleko się skończyło? *Fuck!* – zaklęła pod nosem. – Zapomniałam wczoraj kupić!

Choć miasto jeszcze spało, dzień budził się właśnie do życia. Aleksandra Cieślak siedziała z wciąż mokrą głową w kuchni, parząc poranną kawę. Na krześle w pokoju czekały na nią szara marynarka, ołówkowa spódnica w tym samym kolorze i idealnie wyprasowana koszula.

Chwyciła w rękę kubek i nie fatygując się po szlafrok (wszak był to piekielnie upalny czerwiec), w samej bieliźnie weszła do salonu. Usiadła na kanapie, sięgnęła po poranną gazetę.

„Miasto zleciło przegląd studzienek kanalizacyjnych. «Nie chcemy powtórki z powodzi, jaka miała miejsce kilka lat temu», mówi v-ce prezydent Gdańska".

Codzienna prasa przybrała naturalnie formę elektroniczną; lewy kciuk dziewczyny przewijał okno przeglądarki, nadrabiając wszystkie artykuły, jakie poprzedniego dnia wysmarowali redaktorzy Trójmiasta.

„Policja wciąż bada sprawę samobójczej śmierci trójki licealistów".

– Mogłabym prowadzić to śledztwo. A nie tylko jakieś pieprzone oszustwa przez internet. – Wzdrygnęła się, siorbiąc wciąż nieco zbyt gorącą kawę. Założyła nogę na nogę.

„Sinice w natarciu. Wszystkie kąpieliska od Brzeźna po Mechelinki zamknięte".

– Macie za swoje – szepnęła, myśląc czule o tych wszystkich turystach, którzy właśnie zaczynali wczasy nad polskim morzem. Sama nie planowała urlopu. „Może kilka dni w październiku, jak skończę wrzesień".

Z lektury wyrwała ją migająca na ekranie ikonka połączenia.

– Cieślak, słucham – rzuciła do słuchawki.

– Pani prokurator?

– Przecież się przedstawiłam – ucięła wściekle jak osa.

Mężczyzna chrząknął.

– Przepraszam, chciałem się upewnić. Z tej strony dyżurny Trzeciego Komisariatu Policji w Gdańsku. Czy pani prokurator ma dziś może dyżur?

– Jeśli jestem na rozpisce, to znaczy, że tak.

Sympatyczna laska.

– Yyy, jest pani na liście.

– Więc widocznie mam dyżur. O co chodzi?

A potem tylko się dziwić, że ludzie mają złe zdanie o prokuratorach.

– Chciałem zgłosić zdarzenie. Ujawniliśmy zwłoki mężczyzny na nasypie kolejowym…

– Potrącony? – spytała czujnie.

Przy wypadkach kolejowych wstrzymywano ruch pociągów do czasu przeprowadzenia oględzin. Takie akcje paraliżowały całe miasto.

– Dzięki Bogu nie. Pan chyba nadużywał alkoholu, ale…

– Ale i tak to sprawdzimy. Czy doktor Storek został już powiadomiony?

Policjant poprawił słuchawkę.

– Najpierw panią prokurator chciałem wydzwonić.

– Obowiązek spełniony. Proszę podać mi adres.

*

Zaparkowała przed klubem studenckim Żak, tuż na granicy trzech dzielnic: Wrzeszcza, Strzyży i Zaspy. Z oddali zobaczyła światła radiowozu.

– No i gdzie ten trup?

Policjant z patrolu wskazał dłonią w stronę torów.

– Próbujemy rozstawić parawan, ale coś się zaciął.

– Macie szczęście, że jest wcześnie rano.

Asesor Cieślak ruszyła przed siebie, brodząc w wysokich kępach nieskoszonej trawy. Zza nasypu wyglądały nowoczesne biało-szare bloki, tuż za nimi rozciągało się peerelowskie osiedle z wielkiej płyty.

– Dzień dobry, pani prokurator – zaczął dochodzeniowiec. – Ładny dzionek nam się szykuje, nie ma co!

– A pan się nazywa? – spytała oschle Aleksandra.

Z policjantami rozmawiała głównie przez telefon, nie kojarzyła ich twarzy.

– Starszy aspirant Marek Łopiejko – przedstawił się funkcjonariusz. – Mieliśmy już przyjemność.

Dziewczyna rozejrzała się wokół. Nie zauważyła nigdzie lekarza.

– Doktor gdzie?

– Podobno jedzie. Ale pewnie dopiero je śniadanie. – Łopiejko zarechotał.

– Oględziny miejsca już zrobione?

– Miejsca... – powtórzył policjant.

– No miejsca. Stoi tu pan i marnuje czas, a mógłby już mieć pół protokołu zapisane – stwierdziła chłodno młoda asesorka. – I tak to trzeba zrobić.

Aspirant chwycił się za twarz. Zaczął nerwowo pocierać policzek.

– W sumie... Chociaż co my tu wyczarujemy?

– Słucham? – spytała przyszła prokurator.

– Ameryki nie odkryjemy. Koleś raczej lubił sobie wypić. Tylko latać nie umiał.

Łopiejko wskazał dłonią w stronę błękitnego wiaduktu.

– Czyli że spadł? – podsumowała Cieślakowa.

– Spadł jak sam skurwysyn – potwierdził ze śmiechem mężczyzna. – No ale niefartownie na tę stronę torów. Bo jakby się wywinął z drugiej, tobyśmy go spylili do Oliwy. A tak jest nasz.

PATRYK

Posępne dźwigi KONE wydawały się płonąć na tle pokrytego intensywną czerwienią nieba. Wieczór, mimo później godziny, wciąż jeszcze nie zamienił się w noc, czerwcowe powietrze pachniało latem.

Wśród industrialnych przestrzeni Ulicy Elektryków przewijały się prawdziwe tabuny ludzi. W postoczniowe hale i place tchnięto drugie życie; już nikt nie budował tu statków, nie podbijał karty, nie protestował przeciwko komunie. Nigdy w przeszłości Młode Miasto nie zasługiwało bardziej na swą nazwę niż teraz, w latach dwudziestych dwudziestego pierwszego wieku, u progu nowego czasu, wśród gwaru zabawy, beztroski i luzu; w hippisowskim zrywie następnej generacji, nie lepszej i nie gorszej; w pokoleniu ludzi z peselami zaczynającymi się od zera, ochrzczonych przez zdezorientowanych socjologów mianem Gen Z.

– Boże, ile tu dzieciarni. – Filip się wzdrygnął.

– Zajebisty klimacik, co? – zagaił Patryk.

– Pogoda fajna, miejsce jedyne w swoim rodzaju. Tylko ci ludzie…

– Że co ludzie?

– Noż kurwa, popatrz na te gęby. Same małolaty!

Patryk zaśmiał się pod nosem.

– Oj, dziadku, dziadku…

– Słuchaj, ja pamiętam, jak to się wszystko zaczęło – stwierdził redakcyjny kolega. – To tu przychodziła nieco starsza ekipa. Ludzie w naszym wieku.

– A w jakim my wtedy byliśmy wieku?

– Stary, kumam, że byliśmy trochę młodsi.

– Trochę? – złapał go za słówko Skalski. – Dziewięć lat temu nie byłeś „trochę" młodszy. Byłeś dokładnie w ich wieku.

Filip nie mógł pogodzić się z porażką.

– No dobra, ale przyznasz, że my byliśmy dojrzalsi. Słuchaliśmy lepszej muzyki.

– Słuchaliśmy tego, co wtedy było modne.

– Nie, nie, nie – sprzeciwił się kolega. – To jest jakiś patolski szajs. Niby gangsterski rap, gdzie, kurwa, w koło rymują te same wyrazy, z jakąś chorą fiksacją na punkcie seksu rodem z Pornhuba.

Patryk przechylił butelkę z piwem. Wziął łyka.

– Mnie też to nie kręci. Po prostu staram się zrozumieć, a nie ciągle oceniać. Jak za dzieciaka biegałeś na koncerty UTERO, to też nikt tego zbytnio nie kumał.

– UTERO grali prawdziwą muzykę. Na żywych instrumentach, a nie jakichś pieprzonych podkładach z Fruity Loopsa.

– Myślisz, że ktoś jeszcze używa Fruity Loopsa? – spytał Skalski.

Filip wzruszył ramionami.

– Nie wiem. Zresztą wali mnie, na czym kleją to swoje hip-hopowe disco polo. Wiem, że my byliśmy inni. I mieliśmy więcej w głowie niż te… – Wskazał dłonią w stronę parkietu. – No zresztą sam zobacz na tę gimbazę.

– *Nowa epoka nie chce zeszłego natchnienia*[4] – zacytował z pamięci Przemek.

---

4 I. Sławińska, *O komediach Norwida*, Lublin 1953, s. 80.

– Ty mi tu Norwidem nie zajeżdżaj. Bo oni na to po prostu nie zasługują.

Siedzieli na wysokim siedzisku z palet. Przemek postanowił skorzystać z zaproszenia Velosa i przyszedł na Ele, po drodze zgarnął z chaty Filipa. Poznali się w redakcji Trójmiasta, ale poza pracą widywali się jedynie sporadycznie.

– To co, jeszcze jednego? – spytał Skalski.

– Nie, wystarczy mi.

– Serio? Dwa piwka i fajrant?

Filip szukał wzrokiem śmietnika.

– Co za dużo, to niezdrowo.

– Dziaders się z ciebie zrobił. A w ogóle chciałem spytać o tę typiarkę, co was wtedy spotkałem pod meczetem. Co z nią?

– Nie ma o czym gadać. Skończony temat – uciął krótko kolega, wstając z siedziska.

Patryk przytrzymał go za ramię.

– Wyskoczyłem z kumplem na imprezę i co? Samego mnie tu zostawisz?

– Kurczę, mówiłem ci, że jedno piwko.

– Ale jedno piwko to tylko wymówka. Nigdy nie kończy się na jednym piwku.

Filip podrapał się po brodzie.

– Na meczyk jutro idę. Nie mogę zachlać.

– Jaki meczyk?

– Lechia gra z…

Skalski zaczął gwałtownie gestykulować.

– I wiesz co, to jest z kolei coś, czego ja nie kumam. Inteligentny z ciebie gość, a kręcą cię zadymy na stadionie.

– Ja się z nikim nie napierdalam – bronił się dziennikarz.

– A gdzie będziesz jutro siedzieć?

– Jak to gdzie?

– Na młynie czy na piknikach? – Patryk nie dawał za wygraną.
Kolega delikatnie uniósł kąciki ust.

– No na młynie...

– Właśnie – podsumował Skalski. – Na imprezę nie pójdziesz, bo dzieciarnia, a idziesz patrzeć, jak kibole demolują trybuny.

– Piłkę trzeba czuć.

– Piłkę może tak. Tylko gdzie w tym wszystkim jest piłka?

– Byku, ja pracuję w redakcji sportowej. – Filip ruszył powoli na dół. – Muszę wiedzieć, co się tam dzieje.

Patryk zastąpił mu drogę.

– Działasz w jakimś towarzystwie historycznym, mądry z ciebie gość, wykształcony, a jarasz się czymś tak prymitywnym.

Kolega spojrzał Skalskiemu głęboko w oczy.

– Po pierwsze, za takie teksty na ulicy ktoś mógłby ci sprzedać kosę. A po drugie... Lechia to część naszej historii. – Klepnął Patryka i pomachał mu na odchodne. – Pomyśl o mnie ciepło jutro, jak będziesz leczył kaca albo rzygał do wanny.

– Nigdy nie rzygam do wanny! – zawołał Skalski. – To była jednorazowa akcja!

*

Kręcił się wśród tłumu, usilnie próbując zlokalizować jakąś znajomą twarz. Filip Roj miał rację. Ich pokolenie już tu nie przychodziło.

Nagle ktoś szturchnął go w bok. Odwrócił się.

– Hej – rzucił niemal od razu, widząc sympatyczną dwudziestoletnią dziewczynę.

„Może jednak ta noc nie okaże się wcale taka zła" – pomyślał w reakcji na coś, co wydawało się mieć wszelkie znamiona podrywu.

Dziewczyna uniosła wysoko brwi. Nic nie powiedziała.

– Patryk jestem – dodał, lekko się uśmiechając. – Jak tam?

– Co to za typ? – rzuciła koleżanka nieznajomej.

– Nie wiem – bąknęła tamta.

– Kurwa, nie bajeruj jej, ona ma chłopaka! – fuknęła dwudziestolatka. Chwyciła swoją kumpelę pod ramię i pociągnęła w stronę baru.

– Ja pierdolę, co za dzbany... – mruknął Skalski. W tym czasie ktoś szturchnął go po raz drugi.

– Podryw coś ci nie wyszedł – oceniła Radke.

Kojarzył ten głos. Zerknął za siebie.

– Patrycja?

– No a kto?

– O kuźwa, kopę lat! Co ty tu robisz?!

Głupie pytanie. Co robił młody człowiek z plastikowym kieliszkiem w łapie na plenerowej imprezie u progu wakacji?

– Patrzę, jak próbujesz kogoś wyhaczyć. I śmieję się na głos.

Znali się jeszcze ze studiów. Patrycja była od niego trochę młodsza, miała dość prostą ścieżkę zawodową: najpierw uczelnia, później aplikacja. Patryk trochę się miotał. Zaczynał kilka różnych kierunków, przez chwilę siedział na administracji, ale stwierdził, że prawo go w ogóle nie kręci.

– Zaczepiła mnie, a potem udawała, że nie wie, o co chodzi.

– Po prostu cię przypadkiem potrąciła.

– Nie no, serio, coś chciała...

– Stary, widziałam wszystko. Zrobiłeś sobie nadzieję.

Bezradnie rozłożył ręce. Skapitulował.

– Może i tak. W każdym razie... dobrze cię widzieć! Jesteś sama?

– Z kumpelami przyszłam. Panieński.

Zlustrował jej strój. Czarna, obcisła sukienka, na stopach lekkie pantofelki.

– Gdzie masz szarfę?

– Zostawiłam w limuzynie. Za dużo siary.

– No tak, dla kogoś takiego jak ty... W ogóle gratuluję. Kto by pomyślał? Poważna pani adwokat!

Trzy lata temu założyła własną praktykę. Początki nie były łatwe, teraz powoli łapała jaką taką stabilizację. Ale wrzucona na facebookową ścianę fotka w todze świadczyła o zawodowym sukcesie. I nikt nie musiał wiedzieć, ile płaciła za ZUS, składkę, czynsz czy podatki; że gdyby zatrudniła się na etacie, to pewnie zarabiałaby tyle samo albo i lepiej.

– Wiesz co, cały czas mówię sobie, że kiedyś się uda.

– Co ty, przecież jesteś adwokatką! To o co chodzi?

– O to, co zawsze. O klientów. I o pieniądze.

Skalski nie bardzo rozumiał.

– Na pewno jako papuga zarabiasz lepiej niż połowa ludzi w tym kraju.

– No nie wiem. – Uśmiechnęła się. – Ale nie chcę ci jęczeć. A ty co tu robisz?

– Wylazłem z kumplem i zostałem olany ciepłym moczem.

– Nie przyszedł?

– Zmył się. A mi się jakoś nie chce wracać – wyjaśnił Patryk.

– To chodź do nas. Pięć lasek, przydałby się jakiś facet.

Chłopak zmrużył oczy.

– Pięć samotnych lasek? – Spojrzał na jej prawą dłoń.

Patrycja od razu to zauważyła.

– Pierścionka szukasz?

– Sorry, taki kawalerski odruch.

– Podobno obrączka to najlepszy sposób na podryw – stwierdziła Radke. – Nic tak bardzo nie kręci ludzi jak zakazany owoc.

– Prawda – odparł dziennikarz. – To co, przedstawisz mnie swoim kumpelom?

– Chętnie. A ty z kimś tam coś ten?

Pokręcił głową.

– Niedawno się rozstałem.
– Zajebiście. Bo jest tu z nami taka jedna Michalina. Fajna typiara i też właśnie po ciężkim rozstaniu.
Ruszyli w stronę sąsiedniego parkietu.
– A ty kogoś masz? – spytał Patryk.
– No mam – odparła, lekko się rumieniąc.
Mimo że ostatnimi czasy nabrała sporo pewności siebie, wciąż gdzieś tam w jej wnętrzu mieszkała nieśmiała, nieco zagubiona dziewczyna, która przyjechała do Gdańska z malutkiego Starogardu.
– Też prawnik?
Przytaknęła.
– Adwokat? – spytał Patryk.
– Nie...
– Notariusz? Sędzia?
– Gorzej – bąknęła.
– No nie wiem. Jakiś radca? – zgadywał Skalski.
– Prokurator.
Chłopak zagryzł wargę.
– To grubo.
Zatrzymali się przy barze.
– Mama też nie była zadowolona – przyznała Patrycja.
– Napijesz się czegoś? Aperol? – zaproponował Skalski.
Radke szybko dopiła drinka.
– Gin z tonikiem.
– Dwa razy gin z...
Barman obrócił się do nich plecami i bez cienia zażenowania zaczął obsługiwać zupełnie kogoś innego.
– Brakuje ci siły przebicia – osądziła dziewczyna.
– Kuźwa, no.
– Hej, kolego! – zawołała Radke. – My byliśmy pierwsi!

– Sorry, ja tu nie ogarniam – burknął barman. – Za dużo ludzi.

Patrycja nachyliła się nad uchem kolegi.

– Jak potem zatrudni się w normalnej robocie i będzie musiał jednego dnia zrobić dwie rzeczy, to weźmie zwolnienie lekarskie.

– Właśnie dziś o tym gadałem z kumplem. Że to młode pokolenie jest jakieś takie…

– …niedojebane? – dokończyła Patrycja, która każdego dnia z Kroonem stale poszerzała zakres słów w swoim ulicznym słowniku.

– Lepiej bym tego nie ujął. No ale dobra. Mów, co to za jeden! Starszy, młodszy?

– Gdzie młodszy! – oburzyła się.

– Racja. Sorry. Ale dużo starszy czy tak bardziej w naszym wieku?

– Nie jesteśmy w tym samym wieku – zauważyła Radke.

– Fakt. Wiesz, o co mi chodzi. Nasze pokolenie?

Patrycji od razu przypomniały się słowa babci. „Przecież jakby on się postarał, to mógłby być twoim ojcem!"

– Kilka lat więcej niż ty.

– Okej. I gdzie się poznaliście?

Jak można poznać prokuratora? Na portalu randkowym? W kościele? Na spacerze z psem?

– Przesłuchiwał mojego klienta – odparła z rozbrajającą szczerością Patrycja. – A potem się po prostu zakochał.

ALEKSANDRA

Właściwie to sama spytała szefową, czy może jechać na sekcję. Większość prokuratorów we Wrzeszczu stale broniła się przed dodatkową pracą; byli zmęczeni, zawaleni papierami, w dodatku zbliżało się półrocze i należało kończyć stare sprawy, a nie rozgrzebywać nowe.

Dla Aleksandry Cieślak robota w prokuraturze stanowiła sens życia. Pracownik idealny: zawsze gotowa, chętna; zupełnie jakby przy chrzcie na drugie imię dali jej Nadgodzina. Aleksandra Nadgodzina Cieślak.

– Fajnie, że tam pojedziesz – stwierdziła Rejonowa. – Zaczyna się sezon ogórkowy, media nie mają o czym pisać. Przed chwilą już dzwonił do mnie jakiś dziennikarz z Trójmiasta.

– Przecież jest sprawa tej trójki dzieciaków – odparła młoda asesorka.

– I myślisz, że jak długo będą wałkować ten temat? Gawiedź potrzebuje stale nowych doznań.

Aleksandra skinęła głową.

– Rozumiem.

– Swoją drogą, zobacz, jakiego masz farta. Najpierw wisielcy, później ten skoczek... Ja też zawsze jak się z kimś zamieniłam na dyżur, to później nie spałam pół nocy. Zobacz, czy Jaworski nie dałby rady załatwić tej sekcji jakoś szybciej.

– Spróbuję – zapewniła Cieślak. – Ale tu chyba nie powinno być dużego ciśnienia. Facet najwyraźniej nadużywał alkoholu, nie wiem, czy ktoś się nim zainteresuje...

– Jak nie rodzina, to media. Nie wiem, co gorsze. W każdym razie... zrób to tak, żeby było dobrze.

– Oczywiście.

*

Choćbyś stawał na rzęsach, pewnych spraw nie przeskoczysz. Kolejka sekcji w prosektorium niebezpiecznie zaczynała przypominać długością listę chętnych po darmową kawę w McDonaldzie. Asesor Cieślak zadzwoniła do doktora Jaworskiego, by wybłagać jakiś szybki termin. „Najprędzej pojutrze”.

O umówionej godzinie aspirująca prokuratorka stawiła się na ulicy Dębowej dwadzieścia trzy. Okazała ochroniarzowi legitymację, plastikową szaro-różową kartę ze zdjęciem i chipem, poczekała na laboranta, by w jego towarzystwie zejść na dół.

– A pani? – spytał biegły.

– Asesor Aleksandra Cieślak. Prokuratura Rejonowa Gdańsk-Wrzeszcz.

Nie pamiętał jej zbyt dobrze. Z wiekiem jego pamięć do twarzy stawała się coraz gorsza.

– Czyli chodzi o – otworzył swój pożółkły kajet – tego pana, co spadł z wiaduktu?

– Dokładnie – odparła dziewczyna.

– No dobrze – wetchnął ciężko. – Chce się pani w coś ubrać?

Przystała na tę propozycję. To nie była jej pierwsza sekcja. Wiedziała, że ubranie może zostać splamione krwią, że przypadkowej kropli karmazynu nie usunie żaden wybielacz. Zresztą szarej garsonki i tak nie potraktowałaby ace ani vanishem, pozostaje jedynie chemiczna pralnia, a i to niepewna opcja.

Wciągnęła jednorazowy kitel.

– Remigiusz Teleszko – mruknął doktor Jaworski. – Rocznik sześćdziesiąty, z zawodu włóczęga, zamieszkały nigdzie, koneser trunków wysokoprocentowych. Stan skupienia: martwy.

Asesor Cieślak stała tuż obok stołu sekcyjnego, przysłuchując się tyradzie biegłego.

– Okoliczności ujawnienia zwłok – rzucił jakby w przestrzeń.

– Upadek z wiaduktu – odpowiedziała Ola.

– Upadek z dużej wysokości – poprawił ją doktor. – Panie Sławku, otwieramy!

Laborant chwycił skalpel.

– Chwila! – zawołała młoda prokuratorka. – Jeszcze technik!

Uczestnictwa technika nie wymagały żadne przepisy; wzywało się ich głównie do poważniejszych spraw. Ale Aleksandra Cieślak lubiła prowadzić każde postępowanie tak, jakby to od niego zależała cała jej kariera. Zbierała akta do kontroli, musiała się czymś pochwalić, stając za dwa lata do konkursu na wolne stanowisko prokuratorskie.

– Serio? – spytał doktor, ostentacyjnie spoglądając na zegarek.

W tym momencie w korytarzu jak na zawołanie pojawił się ubrany po cywilnemu funkcjonariusz.

– Przepraszam za spóźnienie. – Policjant położył w rogu gabinetu ciemną parcianą torbę. Wyciągnął z niej wysłużonego nikona. – To ten pan z Zaspy?

– Technicznie rzecz biorąc, ze Strzyży – wyjaśniła Cieślak.

– Racja.

Tory kolejowe rozdzielały dwie sąsiednie dzielnice miasta. Wyznaczały też właściwość miejscową odpowiednich prokuratur i komisariatów. Gdyby ciało spadło po drugiej stronie nasypu, być może sprawy potoczyłyby się zupełnie inaczej. Prawdopodobnie nikt nie połączyłby ze sobą pozornie nieistotnych faktów, drobne wskazówki pozostałyby rozrzucone na wielkiej tablicy relewancji. Ciekawa rzecz ten cały przypadek.

– Czy już możemy zacząć? – zapytał wyraźnie zniecierpliwiony Jaworski.

Zawsze uchodził za cokolwiek osobliwą postać, rzadko kiedy znajdował w sobie sympatię do innych ludzi. Przyzwyczaił się do obecności tych, z którymi nie trzeba silić się na grzecznościowe pogaduszki.

– Ja jestem gotowy – odparł technik.

– Ja też – dodała Ola.

Laborant przystąpił do pracy. Nacięcie skóry głowy, zdjęcie twarzy, zawinięcie jej do środka. Lico denata przypominało teraz zbyt mocno ściśniętą kauczukową piłkę, z której ktoś spuścił całe powietrze.

– Proszę się odsunąć – polecił technik, sięgając po szlifierkę.

Uczestnicy oględzin posłusznie przesunęli się kilka kroków w tył.

– To otwieramy – podsumował doktor.

W powietrzu pojawił się charakterystyczny swąd palonej kości.

– *Uwielbiam zapach napalmu o poranku...*[5] – zażartował policjant.

Doktor podszedł do zwłok i zaczął dyktować.

– Pod całym czepcem ścięgnistym ciemnowiśniowy wylew krwawy. W kościach sklepienia, ściany tylnej oraz podstawy czaszki proste, zygzakowate szczeliny złamań. Umiejscowione w kościach ciemieniowych, kości klinowej i potylicznej. Bez przemieszczeń. Około połowa tylnej części szwu strzałkowego rozerwana.

Asesor zbliżyła się do lekarza. Zajrzała do wnętrza mózgu.

– Nieźle oberwał.

Lekarz kontynuował opis.

– Opona twarda szara, gładka, lśniąca. Zatoki opony wolne, na sklepieniu czaszki rozerwane. Nad oponą twardą pod sklepieniem czaszki wiśniowy skrzep krwi, objętości – szybki pomiar – czterdzieści mililitrów, luźno przylegający do opony i kości sklepienia.

Jaworski wziął kolejną strzykawkę.

– Pod oponą twardą wokół półkul mózgu wiśniowy skrzep krwi. Objętość siedemdziesiąt jeden mililitrów. Luźno przylegający do mózgu i opony.

Biegły analizował kolejne części mózgu. Doczesną świątynię umysłu.

– Opony miękkie cienkie, gładkie, lśniące. Naczynia obficie wypełnione krwią. Przysadka mózgowa różowo podbarwiona, papkowata. Podstawa mózgu o szerokich, drożnych, elastycznych naczyniach krwionośnych.

---

5 *Czas Apokalipsy* (*Apocalypse Now*), reż. F.F. Coppola, USA 1979.

Gdzieś tam zaczynał się Styks.

– Przestrzeń podpajęczynówkowa w obrębie całego mózgowia zawiera kilkanaście mililitrów krwi. W obu półkulach zakręty mózgu spłaszczone, bruzdy zaciśnięte. Komory częściowo zaciśnięte, wyściółka pokryta krwią.

Gdzieś tam nadpływał Charon.

– Obecność w jamie czaszki świeżego krwiaka nadtwardówkowego oraz podtwardówkowego, stłuczenia lewego płata skroniowego i ciemieniowego mózgu. Obrzęk z wgłobieniami. Początki rozmiękania tkanki nerwowej całego mózgowia.

Dusza trafiła na łódź. Charon przyjął opłatę; jeden obol za rejs do zaświatów.

– Za chwilę otworzymy otrzewną. Na razie przypuszczalną przyczynę zgonu stanowi krwiak nadtwardówkowy i podtwardówkowy w jamie czaszki oraz stłuczenie mózgu. Obrażenia te doprowadziły do znacznego wzrostu ciśnienia śródczaszkowego oraz obrzęku i rozmiękania tkanki nerwowej mózgu. Spowodowało to całkowite zniszczenie ważnych dla życia ośrodków w centralnym układzie nerwowym.

Asesorka i technik podziwiali specjalistyczną wiedzę lekarza. Laborant powoli zabierał się za nacinanie brzucha. Ale doktor już odgadł bezpośrednią *mortis causa*.

– Pierwotną przyczynę powyższych obrażeń stanowiło działanie energii mechanicznej. Uderzenie w głowę z ogromną siłą przez przedmioty tępe lub tępokrawędziste.

– Spadł. I zdrowo pierdolnął o ziemię – skwitował technik.

Z otrzewnej dobył się wyjątkowo nieprzyjemny smród. Wszyscy uczestnicy sekcji odruchowo zakryli chusteczkami nosy.

– Brzuch wysklepiony w poziomie klatki piersiowej, symetryczny.

„Zaraz się zrzygam" – pomyślała Ola.

Jaworski przyglądał się badanemu narządowi.

– Otrzewna ścienna cienka, gładka, lśniąca. A to... – Pochylił się nad ciałem. – Dziwne... Panie Sławku, spróbuje to pan wyciągnąć!

Laborant chwycił dużą pęsetę i zaczął grzebać w żołądku.

– Niestrawiona resztka pokarmu? – spytał policjant.

– Niestrawiona resztka na pewno. Ale nie pokarmu. Chyba że denat żywił się plastikiem.

Laborant położył na tacy dziwny przedmiot.

– Proszę zrobić zdjęcie – poleciła asesorka.

Technik posłusznie wykonał rozkaz. Lampa błysnęła kilka razy.

– Panie Sławku, proszę to obmyć – zadecydował doktor.

Mężczyzna polał wodą ujawnione w żołądku znalezisko. Obiekt przypominał malutkie jajko.

– To przepiórcze? – zgadywał funkcjonariusz.

– Raczej chińskie – stwierdziła asesor Cieślak, nachylając się nad tacą.

Lekarz delikatnie dotknął przedmiotu dłonią.

– Wokół znajduje się rysa. Wygląda jak...

– Pudełko? – dokończyła Ola.

– Czy mogę? – spytał biegły i nie czekając na pozwolenie, chwycił jajeczko palcami.

Skierował je pod światło lampy, po czym przekręcił nasadę.

– Kinder Surprise – mruknął technik. – Tylko takie miniaturowe.

– Zaiste w środku czeka niespodzianka – stwierdził poważnie lekarz. – A raczej wiadomość.

Laborant podał doktorowi pęsetę. Ten wyciągnął ze środka przedmiotu niewielką karteczkę.

– „Sto trzydzieści trzy" – przeczytał doktor. – Ktoś wie, co to może znaczyć?

ROZDZIAŁ 7 | **CZERWIEC**

KONRAD KROON

Takiej sprawy szukał. Odkąd rozstał się z Zuzą, odkąd postanowił w końcu do czegoś dojść.

Dwa pozornie przypadkowe zdarzenia. Ale Konrad rozumiał, że łączy je wspólny mianownik; skreślony dłonią szaleńca algebraiczny zapis zbrodni.

Zebrali się w gabinecie Prokurator Okręgowej. Poważna narada, najważniejsi śledczy zgromadzeni w jednym pokoju wokół kancelaryjnego stołu. Naczelnik Kieltrowski, prokurator rejonowa Rzeplińska, prokurator Kroon, asesor Cieślak, no i sama królowa – Prokurator Okręgowa w Gdańsku.

– Ja się bardzo chętnie pozbędę tej sprawy. Zresztą każdej sprawy. Tylko to mi się cały czas nie łączy – stwierdziła Rzeplińska.

– Cztery śmierci, wszystkie oznaczone liczbą – przypomniał Kroon.

– Ja wiem, że oznaczone. Ale w żołądkach tych dzieciaków niczego nie znaleziono. A szesnaście i sto trzydzieści trzy to jednak niezupełnie to samo.

– Napisała je ta sama osoba – bronił się Konrad.

– Tego jeszcze nie wiesz.

– Ale będę wiedział. Za chwilę powołam biegłego.

– To wtedy sobie połączysz. Chociaż moim zdaniem to wciąż za mało. – Magda nie dawała za wygraną.

Debatowali tak od dobrej godziny. Prokurator Okręgowa właściwie nic nie mówiła. Przysłuchiwała się dyskusji i obserwowała twarze zebranych.

– Ja też bym to połączyła – rzuciła nieśmiało asesor Cieślak.

– Na szczęście ciebie, dzieciak, nikt się o zdanie nie pyta – zażartował Kieltrowski. – Skoro jednak Konradek chce, to niech to sobie bierze.

– Przecież nie bronię wam tego ściągać do Okręgu – przypomniała Rejonowa Wrzeszcza.

Jeszcze z sekcji zwłok odebrała telefon od nadgorliwej asesorki. Dziewczyna zreferowała jej stan sprawy, opowiedziała o nietypowym znalezisku. Gdyby nie technik, który uczestniczył w oględzinach budynku dawnej zajezdni tramwajów konnych, nikt nie połączyłby dwóch pozornie niezwiązanych ze sobą zdarzeń.

– Koleżanka wykazała się czujnością – pochwalił dziewczynę Kroon. – Skojarzyła anegdotę z sekcji, zawiadomiła Magdę, zadzwoniła bezpośrednio do mnie. Gdyby nie ona, żadne z nas nie dowiedziałoby się, że ma do czynienia z poważnym, wielowątkowym śledztwem.

– Dwa osobne wątki i wielowątkowość to niezupełnie to samo – wypunktowała Rzeplińska.

– Dostanę tę sprawę, zbadam charakter pisma.

– No dostaniesz, dostaniesz… – przyznał naczelnik.

Asesor Cieślak zebrała się na odwagę, by znów dojść do głosu.

– W międzyczasie poleciłam zabezpieczyć monitoring z okolic wiaduktu. Kryminalni już ruszyli do pracy.

– Moja szkoła – pochwalił ją Konrad.

– Tylko uważaj, młoda – żachnął się Kieltrowski. – Nadgorliwość jest gorsza od faszyzmu.

– Zarejestrujemy to pod osobnym numerem – zdecydował Kroon. – Ale gdy tylko uzyskam opinię z zakresu pisma ręcznego...

– To każesz przeszukać całe miasto – parsknęła Magda.

– Pamiętajcie, że na sto trzydzieści trzy się nie kończy. W zajezdni ujawniliśmy jeszcze jedną liczbę.

– Mokry sen każdego matematyka – zaśmiał się Krzysiek.

– Mokry sen każdego psychopaty – sprostował Kroon.

W tym momencie Prokurator Okręgowa wymownie chrząknęła. Była tu nowa, ściągnęli ją z Bydgoszczy, trójmiejski światek prawniczy wydawał jej się straszliwie duszny. Nikt nigdy nie wiedział, co myśli. Kobieta rzadko używała jakiejkolwiek mimiki, mówiła zawsze spokojnie, nie podnosiła głosu. Zupełnie jakby ktoś wzniósł za jej wzrokiem lodową ścianę.

– Prokurator Kroon poprowadzi oba te śledztwa. I zrobi to na tyle szybko, by nie musieć wszczynać kolejnych. – Spojrzała po twarzach zebranych. – Bo to nie była ostatnia śmierć.

MAJA

Maja zerknęła na swoją połowę walizki. Idealnie złożone ubrania pasowały do siebie niczym klocki domina. Wojskowy dryl, którego nikt jej nigdy nie uczył. Dziewczyna lubiła porządek. To dlatego tak dobrze odnajdywała się w policji.

– Coś jeszcze będziesz brała? – spytała partnerkę, która w dalszym ciągu wpatrywała się w komputer.

– Yyy, chyba nie – mruknęła Natasza.

Maja zerknęła w stronę góry ciuchów chaotycznie rzuconych na kanapę. Klapki, crop topy, beżowe dresy...

– A kosmetyki? Spakować ci? Czy będziesz *no make-up*?

– Tak – odpowiedziała dziewczyna.

– Tak spakować czy tak nie pakować?

– *Whatever...* – bąknęła Natasza, nie przerywając pracy.

Mieszkały ze sobą od niecałych dwóch lat. I cholernie się kochały. Pochodziły z zupełnie różnych światów: Maja Gan, rocznik dziewięćdziesiąt dziewięć, była zwykłą dziewczyną z sąsiedztwa; po obronieniu inżyniera na polibudzie zaciągnęła się do służby w policji. Od dziecka chciała biegać z odznaką po ulicy, ścigać oprychów, rozwiązywać kryminalne zagadki.

Natasza Keyserlingk wywodziła się ze starej, arystokratycznej rodziny. Urodzona w Berlinie, ojciec rodowity Niemiec, matka Polka o abisyńskiej urodzie. To jej zawdzięczała swe charakterystyczne rysy. Pieniędzmi nigdy nie musiała się specjalnie przejmować, a mimo to stale pomnażała ofiarowany jej majątek. Natasza pracowała jako influencerka. Złośliwi mówili, że nie jest to prawdziwy zawód. Ale czterozerowe kwoty na fakturach zdawały się przeczyć tej tezie.

Spotkały się przypadkiem na siłowni. Natasza przeżywała wówczas gorszy okres, Maja pokazała jej, że można żyć inaczej. Bez stałego parcia na szkło, bez udawania. Że prawdziwa miłość nie każe nosić masek, jest bezwarunkowa i zwyczajnie trudno ją wytłumaczyć racjonalnymi kategoriami. Dlaczego właśnie one? Dlaczego razem odnalazły szczęście? Bóg jeden wie.

Maja wyciągnęła z szuflady plastikową siatkę, wrzuciła do niej klapki. Nie lubiła, gdy podeszwy butów dotykały bezpośrednio ubrań.

– Coś cieplejszego też ci wziąć? Tak na wszelki wypadek?

– Nom...

Natasza była w wirze pracy.

– Jak chcesz, mogę cię spakować. Tylko potrzebowałabym chociaż krótkiego briefa, co ma się znaleźć w walizce.

Brief. Ten wyraz przewijał się przez większość maili, które za pośrednictwem swojej menadżerki wymieniała z reklamodawcami

Natasza Keyserlingk. „Klient chciałby, żeby krem wyeksponować na pierwszym planie, z widocznym logo, ale żeby nie było widać, że to reklama. Trzy klatki stories, każda z linkiem i oznaczeniem". Brief, czyli streszczenie żądań klienta. Płacę i wymagam. Nawet jeśli sam nie wiem, czego tak naprawdę chcę.

– Trzy zdjęcia kremu, najlepiej wystającego z dupy – prychnęła influencerka.

– Mam ci zabrać krem? – krzyknęła z łazienki Maja. – Tylko który?

– Kurwa, żadnych kremów!

Natasza trzasnęła laptopem. Wstała od biurka i wyszła na balkon. Z szerokiego tarasu widać było morze oraz czerwone dachy sopockich kamienic. Odruchowo sięgnęła do kieszeni w poszukiwaniu papierosów. Zapomniała, że kilka miesięcy temu postanowiła rzucić palenie.

– Skończyłaś? – zagaiła Maja, stając w drzwiach. – Chciałabym zdążyć przed korkami.

– Nie skończyłam – westchnęła Keyserlingk.

Policjantka zerknęła na zegarek.

– Możesz jeszcze z pół godziny popracować, jeśli musisz. Ale boję się, że za chwilę ludzie ruszą z roboty i zacznie się sajgon.

– Jebać to, jedziemy.

– Serio? Bo jak masz mi potem cały czas siedzieć z nosem w telefonie...

Natasza podeszła do Mai. Przytuliła się.

– Nie będę, obiecuję.

– Wytrzymasz? To jest tydzień bez cywilizacji. Kajaki, spacery po lesie, książki... Bez neta. Przy dobrych wiatrach może złapiemy 3G.

Objęła ją jeszcze mocniej.

– Dokładnie tego potrzebuję.

– Nie zaczniesz mi fiksować?

– Fiksowałam dwa lata temu. Teraz moim życiem rządzi – wyprostowała palce i przeciągnęła dłonią w powietrzu – równowaga. Zajebista równowaga. I jak się nie odetnę od tego całego syfu, to mi łeb rozpierdoli.

– Na pewno? – spytała Maja. – Bo wiesz, nie chcę spędzać urlopu z wściekłą szerszenicą, wkurzoną, że jej sieć nie widzi.

– Bejbe, serio. Tydzień ciszy – zapewniła Natasza. – I żadnej pracy.

KONRAD KROON

Laboratorium Kryminalistyczne Komendy Wojewódzkiej Policji mieściło się w starym, poniemieckim gmachu na Biskupiej Górce – jednej z najbardziej tajemniczych i zapomnianych dzielnic Gdańska. Z porośniętego drzewami wzgórza roztaczał się wspaniały widok na miasto.

Jolanta Wielińska stanęła na dziedzińcu, by choć przez chwilę pocieszyć się słońcem. Skończyła pisać wstępną opinię z zakresu badania pisma. Na *cito*. Na już. Na wczoraj.

Przezornie zabrała ze sobą słuchawkę przenośnego telefonu. Czuła, że będzie go potrzebować. Nie myliła się.

– Halo?

– Dzień dobry. Biegła Wielińska? – spytał Kroon.

– Tak, kto…

– Konrad Kroon. Prokuratura Okręgowa. Dostałem przed chwilą pani wiadomość.

Zdziwiła się. Prokurator musiał siedzieć przed komputerem i stale odświeżać ikonkę poczty przychodzącej.

– Coś się nie zgadza?

– Przeczytałem ją na szybko.

„Na szybko? – pomyślała Wielińska. – Przecież puściłam mu tego maila z pięć minut temu, a dokument miał z dziesięć stron".

– Nie tego pan oczekiwał? – zagaiła niepewnie.

– Nie jest kategoryczna – odparł prokurator. – A ja muszę mieć pewność.

Ciężko wciągnęła powietrze.

– Nie jestem w stanie przeprowadzić dokładnych badań. Tylko jedną z liczb sporządzono pismem ręcznym, pozostałe zostały wydrapane.

– Zdaję sobie z tego sprawę. Ale operujemy tym, co mamy.

– Grafizmy wydają się podobne. Nawet bardzo podobne.

– Ile procent? – wszedł jej w słowo Kroon.

– To się nie da tak łatwo powiedzieć...

– Proszę rzucić jakąś wartość.

Przypierał ją do muru. Czuła silny dyskomfort.

– Nie potrafię. Ale stopień prawdopodobieństwa, że nakreśliła je ta sama osoba, jest większy niż mniejszy.

– Czyli pięćdziesiąt jeden – podsumował prokurator.

Musiała się zastanowić.

– Nawet trochę więcej... – przyznała.

– Sześćdziesiąt? – Konrad podbijał stawkę, jakby grał w pokera.

– Albo i lepiej... – odparła niepewnie.

Kroon czuł narastające podniecenie.

– Siedemdziesiąt?

Przytrzymała uchem słuchawkę. Zaczęła kreślić coś sandałkiem po piasku.

– Nie mniej niż dziewięćdziesiąt. Ale na pewno nie sto.

– Brzmi prawie jak *jackpot* – odparł Kroon i błyskawicznie się rozłączył.

„Dziwny typ" – pomyślała Wielińska.

*

Kroon wparował do sekretariatu.

– Cześć, dziewczyny. Mam tu postanowienie o połączeniu. Zrobicie mi to od ręki?

– Panu zawsze – odparła referendarz, przejmując od Konrada akta.

Dwie sprawy, obie przejęte z Wrzeszcza. Kobieta spojrzała na okładki. Samobójstwo trójki nastolatków i nieumyślne spowodowanie śmierci starszego mężczyzny.

– A czemu niby mamy to łączyć? Ten sam sprawca?

Konrad nie chciał za dużo gadać o śledztwie. Im mniej osób wiedziało, tym lepiej.

– Zawsze w czerwcu staram się zejść z liczby numerków. Stary nawyk z rejonu – rzucił wymijająco, tłumacząc się statystyką.

– Racja – odparła referendarz. – Przyniosę je panu, jak skończę.

– Będę u Kieltrowskiego.

– Jasne.

Wyszedł na korytarz i skręcił w stronę gabinetu naczelnika.

– Cześć, Krzysiu.

– Cześć – odparł szef, wyglądając zza sterty dzisiejszej korespondencji.

– Dostałem opinię z LK.

– W jakiej sprawie? – Kieltrowski wydawał się lekko nieprzytomny.

– Jak to w jakiej sprawie? W TEJ sprawie.

W tym momencie dla Kroona liczyło się wyłącznie jedno śledztwo.

– Opinię... – powtórzył naczelnik.

– Z zakresu badania pisma. Wszystkie liczby zostały skreślone przez tę samą osobę.

– Chodzi o dzieciaki z ogólniaka?

Konrad trzymał w ręku wydrukowaną kopię opinii. Położył ją na biurku naczelnika.

– Rysunek w gabinecie dyrektora, napis w mieszkaniu na Wilka--Krzyżanowskiego, ciąg liczb w budynku starej Zajezdni, no i... – Pokazał Kieltrowskiemu zdjęcie w telefonie.

Nie powinien przechowywać tego typu dokumentów na prywatnej komórce, ale... nie mógł przestać o tym myśleć.

– Karteczka, którą połknął nasz skoczek – podsumował naczelnik, spoglądając w ekran smartfona. – Tylko co to wszystko nam mówi?

– Po pierwsze, że między sprawami istnieje związek.

– No zgoda... – odparł szef.

– A po drugie, że będzie więcej śmierci.

Krzysiek przyjrzał się drukowi opinii.

– Więcej samobójstw?

– Szesnaście, sto trzydzieści trzy, sto czterdzieści sześć...

Kieltrowski głośno sapnął.

– Masz jakąś *idée fixe*. A co gorsza, nasza nowa okręgowa podziela twoją teorię spiskową.

– To nie jest teoria spiskowa – rzekł twardo Kroon.

– Oboje jesteście trochę nawiedzeni. No ale skoro Królowa jest zadowolona, to nie będę wam wchodził w paradę. Bawcie się dalej w Dextera.

– Nie mów, że nie dostrzegasz związku.

– Dostrzegam. Te same liczby. Ale teza o serii samobójstw wydaje się nieco przesadzona.

– Będą kolejne. Zobaczysz. To nie jest przypadek.

Krzysiek złapał się za głowę.

– Tylko co łączy trójkę dzieciaków z depresją ze starym menelem z Zaspy?

– Jeszcze nie wiem. Cieślakowa kazała zabezpieczyć monitoringi, chłopaki z kryminalnych je przeglądają. Cały czas czekam na telefon.

– Cieślakowa, czyli ta młoda pinda z rejonu? – spytał szef, próbując skojarzyć nazwiska.

– *Si.*

– No to działaj, Colombo. A ja... – Wskazał na stos papierów. – Wracam do roboty dla prawdziwych mężczyzn.

PATRYK

Olał dzisiejszą wizytę w redakcji. Niby miał się tam pokazywać regularnie, ale... robił na zleceniu, liczyło się tylko to, czy w odpowiednim czasie zda tekst. Mimo późnej godziny wciąż leżał w łóżku, okienna roleta zamieniła pokój w jaskinię Batmana.

Po twarzy chłopaka wędrowały pojedyncze promienie światła emitowane przez ekran komputera. Nieopatrznie wczoraj wieczorem zaczął oglądać nowy serial i tak zarwał noc, do skończenia sezonu brakowało mu jeszcze jednego odcinka.

Na monitorze pojawiły się napisy końcowe i informacja, że odtwarzanie kolejnego epizodu rozpocznie się automatycznie za kilka sekund. Ale Patryk tego nie doczekał. Przegrał walkę z Morfeuszem i zapomniawszy o zamknięciu ust, zaczął głośno chrapać.

Z drzemki wyrwał go dźwięk telefonu. Nie wyłączył dzwonka.

– Tak? – powiedział, wciąż nie otwierając oczu.

– Jakby co, to nie ja. Pamiętaj.

– Dobra. A kto mówi? – Ziewnął, po czym przewrócił się na drugi bok.

– Kurwa, jaja se robisz? Jak nie chcesz, to nie musimy gadać.

– Luźno...

– Czy ty jeszcze śpisz? – zdziwił się rozmówca.

– Troszkę przysnąłem – odpowiedział Skalski, próbując dojrzeć, kto do niego dzwoni.

Ekran smartfona emitował nieprzyjemne błękitne światło.
– O tej porze? W tygodniu? Stary, przywaliłeś trzydniówkę?
Chciałby. Ale już nie imprezował tak jak kiedyś. Po prostu zaszył się z browarem i chipsami w mieszkaniu.
– Jaką trzydniówkę? – mruknął.
– Słuchaj, temat jest gorący. Ale jak masz mnie w dupie, to się pierdol. Chciałem wyświadczyć ci przysługę.
Rozmówca zakończył połączenie.
– Sam się pierdol – stęknął Patryk, nakrywając głowę poduszką. Z łatwością mógłby znowu usnąć. Coś jednak nie dawało mu spokoju.
Usiadł na łóżku. Na podłodze walało się pełno śmieci: jakiś karton po pizzy, kilka pustych butelek, stare skarpety.
– Czego on…
Spojrzał w telefon. Kliknął w rejestr połączeń. Na pierwszej pozycji enigmatyczny wpis: „Ciapek". Policjant z kryminalnych. Zapisał go sobie tak dla niepoznaki. Kolega cierpiał na brak pigmentu w przedniej części włosów; biała plamka na samym środku grzywki. „Ciapek" pasowało jak ulał.
„No to chyba muszę oddzwonić" – pomyślał.
Podszedł do okna i odsłonił roletę. Mimowolnie zmrużył oczy. Silny światłowstręt świadczył o znacznym deficycie snu.
– Kurwa… – sapnął.
Przysiadł na parapecie. Potem wykręcił numer do informatora.
– Czego? – warknął funkcjonariusz.
– Dzwoniłeś, Wojtuś – przypomniał Patryk.
– Już nic. Jak nie masz dla mnie czasu, to spierdalaj.
To musiało być coś ważnego. Ilekroć dostawał cynk od Ciapka, zawsze robił się z tego gorący temat.
– Obudziłeś mnie, nie wiedziałem, co się dzieje. Ale już jestem twój. Cały i gotowy.
– No i dalej nie będziesz wiedział – fuknął policjant.

– Misiu, nie drocz się ze mną. Mam ci laskę zrobić na poprawę humoru?

Rozmówca z obrzydzeniem splunął na ziemię.

– Wystarczy, żebyś mi się od czasu do czasu czymś odwdzięczył. Bo jakoś dawno od ciebie niczego nie dostałem.

– A co byś chciał? – spytał dziennikarz.

– Obiecałeś mi kiedyś coś na tych nazioli z Wolnego Miasta.

– Ja w kibolach nie robię.

– Jakiś twój kumpel się interesuje tematem. I miałeś mnie z nim spiknąć…

– Chodziło o Filipa – zauważył Skalski. – Pracuje w redakcji sportowej. Zagadam z nim.

Informator grał obrażonego.

– Już dawno miałeś z nim zagadać.

– Dobra, zagadam. A teraz wal: z czym dzwonisz?

– Pytałeś ostatnio o te powieszone dzieciaki.

Jeśli jeszcze chwilę temu Patrykowi chciało się spać, teraz nie zasnąłby, nawet gdyby ktoś rozpuścił mu w drinku dwie paczki trittico.

– Dajesz – polecił wyraźnie podniecony Skalski.

– Kilka dni temu jeden koleś zwalił się z wiaduktu na Zaspie.

– Koło Galerii? – spytał Patryk.

Rozmówca zaprzeczył.

– Koło Żaka.

– Okej, no i co?

– To był jakiś starszy menel. Chyba się napruł, przekręcił przez barierkę i spadł na nasyp.

Dziennikarz nie widział związku.

– I co to ma wspólnego z trójką wisielców?

– Nie wiem. Ale coś ma. Prokuratura połączyła te sprawy, a nam kazała szukać jakichś osób. Chłopaki z wojewódzkiej dały nam foty ściągnięte z monitoringu.

Patryk zeskoczył z parapetu.

– Jakich osób?

– Tego nie wiem. Dostaliśmy tylko kilka niewyraźnych screenów.

– Pokażesz mi je?

Wojtek się zaśmiał.

– Ocipiałeś? Nawet nie wolno mi o tym mówić.

– A jednak mówisz. Potrzebuję trochę więcej informacji. Co to za jedni, jaki mają związek z tamtymi nastolatkami...

– Królu złoty, nie wiem. Powiedzieli, że jest jakiś związek pomiędzy kolesiem, który przekręcił się na wiadukcie, a tamtymi żyrandolami. I kazali szukać osób ze zdjęć.

– To mogą być świadkowie – stwierdził poważnie Skalski.

– Brawo, bystrzacho...

– Masz coś jeszcze?

– Mam u ciebie przysługę. Do pilnego wykorzystania.

– Jasne jak słońce – zapewnił Patryk.

Policjant musiał kończyć rozmowę.

– I pamiętaj o kontakcie do tego twojego kumpla, co robi w kibolach. Jakby nie patrzeć, ostatnio to mój główny temat.

– Będę pamiętał, Misiek.

MAJA

Rower wodny leniwie sunął po powierzchni Jeziora Ostrzyckiego. Maja siedziała z nogami luźno opartymi o pedały, Natasza ułożyła się na dziobie i muskając dłonią taflę wody, łapała promienie słońca.

– Rozmawiałam ostatnio z Leną – zaczęła Keyserlingk.

– Orską?

– Nom. Ma jakiegoś nowego typa.

– Znowu gangusa? – spytała Maja, poprawiając bransoletkę z muszelek.

– Oskar Wójcicki nie był gangusem, tylko cwaniakiem.

Policjantka miała na ten temat odmienne zdanie.

– Okręgówka wystawiła za nim list gończy. Oszustwa na dużą skalę.

– A znasz kogoś, kto robi w biznesie tej skali i gra czysto? – spytała Natasza.

Gan spojrzała na wodę. Zdawało jej się, że dostrzegła jakąś rybę.

– W ogóle nie znam żadnego biznesmena.

– A ja miałam przyjemność – odparła Keyserlingk. – I wierz mi, oni wszyscy robią to samo. Po prostu jednym idzie lepiej niż innym.

– Nie sądzę.

– Taka prawda.

Maja delikatnie nacisnęła na pedał. Rower ani drgnął.

– I kim jest ten nowy? – Maja wróciła do wątku nowej miłości Leny Orskiej.

– W piłkę kopie. Jakiś zawodnik Lechii. Mówiła mi imię, ale wiesz... totalnie nie siedzę w sporcie.

– Ja też nie – odparła policjantka. – Mam za to kumpli, którzy siedzą w pseudokibicach. Tam też jest niezłe bagno.

– Ustawki?

Rower dryfował w stronę brzegu. Maja chwyciła za ster i zaczęła pedałować. Dopiero po chwili udało się jej pokonać opór wody i wymusić na pojeździe, by poruszał się w wybranym kierunku.

– Żeby tylko. Jest jakaś większa grupa, co diluje. Ściągają zza granicy spore ilości narkotyków. Poza tym robią egzekucje.

Nataszę zainteresowała ta informacja.

– Zabójstwa na zlecenie?

Policjantka zaprzeczyła.

– Pobicia. Jak ktoś im podpadnie albo trafi na ich naziolską czarną listę, to do akcji wchodzą chłopaki z bejsbolami.

– Myślałam, że takie akcje to tylko w Krakowie.
– Tam sieką maczetami. U nas na razie używają kijów.
Keyserlingk przesiadła się obok Mai.
– Jak kogoś kręcą kibolskie klimaty, to jego problem. Ja mam to w dupie.
– Rzecz w tym, że ostatnio zaczęli wychodzić poza swoje środowisko. Cenzurują dziennikarzy, bawią się w ściąganie haraczy.
– I to teraz robisz? Brzmi niebezpiecznie.
– Nie to. Zresztą i tak nie mogę ci powiedzieć, nad czym pracuję, ale nie nad kibolami.
Natasza dotknęła dłonią jej policzka.
– Powiedz mi tylko, że nikt cię nie zajebie maczetą.
– Bądź spokojna.
– Przestałam być spokojna, odkąd zaczęłam z tobą chodzić. I skumałam, na czym dokładnie polega twoja robota.
– Boisz się, że pewnego dnia zobaczysz mnie w worku? To nie lata dziewięćdziesiąte. – Zawiesiła głos. – Chociaż ostatnio jest coraz gorzej. Na ulicy robi się niebezpiecznie. Jeszcze kilka lat temu nikt nie podniósłby ręki na policjanta czy prokuratora, a teraz... Na początku zeszłego roku ktoś oblał jedną funkcjonariuszkę kwasem.
Natasza nagle przestała pedałować. Momentalnie skoczyło jej ciśnienie.
– Chyba żartujesz! Spierdalaj stamtąd!
– Bejbe, to anegdota, a nie powód do pielęgnowania lęków...
– Przecież nie musisz robić w policji. Mamy dużo kasy.
Majka pogładziła ją po dłoni.
– Tylko że ja to lubię.
Rower znów zaczął swobodnie dryfować. Z oddali nadpływał jakiś kajak.
– Po cholerę mi o tym opowiadasz? – mruknęła naburmuszona Keyserlingk, wpatrując się w dal.

– Chyba faktycznie niepotrzebnie. Można zginąć w pracy, można zostać potrąconym na ulicy przez samochód. Wszystko zostało policzone.

– *Mane, tekel, fares*…

– Co to znaczy?

Natasza wzruszyła ramionami.

– Nie wiem. Coś o przeznaczeniu chyba. Gdzieś to przeczytałam. Nie wiem gdzie.

Maja wyciągnęła telefon, żeby wpisać hasło w wyszukiwarce.

– Słaba sieć…

– Miałyśmy nie siedzieć na komórkach – zganiła ją Keyserlingk.

– No wiem, ale… – Zadzwonił dzwonek. Na ekranie pojawiło się nazwisko naczelnika wydziału. – Chyba muszę odebrać.

– Zajebisty detoks od pracy – mruknęła Natasza.

Rozmowa nie trwała długo. Maja głównie przytakiwała. „Tak, aha, rozumiem, jasne. Kumam. Nie no, jasne. Oczywiście. Zaraz się zbieram".

Zakończyła połączenie.

– Dokąd niby się zbierasz?

Policjantka nabrała dużo powietrza. Planowała powiedzieć to wszystko na jednym wydechu.

– Zabijesz mnie, ale… jest alarm.

– *No way!*

– Wspominałam ci, że pracuję przy samobójstwie tej trójki licealistów…

Natasza stanęła na rufie. Rower nieznacznie przechylił się do tyłu.

– Skoczę do tej wody, odpłynę i już mnie więcej nie zobaczysz! – odgrażała się Keyserlingk.

Majka przesunęła się w jej stronę.

– Wychodzi na to, że najprawdopodobniej mamy coś na kształt seryjnego… – szukała odpowiedniego słowa.

Dzieciaki powiesiły się same, o zabójstwie nie mogło być mowy. Ale sprawę śmierci na kolejowym wiadukcie i sprawę potrójnego samobójstwa łączyło coś więcej niż tylko tajemnicze liczby.

– ...seryjnego sprawcy – dokończyła policjantka.

– Nic mnie to nie obchodzi!

– Takie śledztwa zdarzają się w Polsce raz na kilkadziesiąt lat! – Majka niemal krzyczała. – Wampir z Zagłębia, Skorpion, zbrodnia połaniecka...

– Choćbyś i miała złapać samego Mansona, mam to gdzieś! Miałyśmy siedzieć tu razem! Tylko ty i ja! Bez pracy, bez cudzych problemów!

– Natasza, muszę być tam teraz. To ważne!

Keyserlingk zrozumie. Może nie dziś, może nie w tym tygodniu, ale zrozumie. Od dziecka była krewka, łatwo się zapalała, często używała zbyt wielkich słów.

– Trzy dni. Zostały nam trzy dni. Serio tyle cię zbawi? Nie możesz chwilę pobyć ze mną, tu i teraz?

– Wynagrodzę ci to jakoś. A teraz...

W tym momencie Natasza wskoczyła do wody.

– Bejbe! – krzyknęła Majka.

Cisza.

– Wszystko okej?

W dalszym ciągu jej nie widziała.

– Natasza!

Gan próbowała wypatrzyć ją gdzieś pod lustrem wody. Nic z tego.

– NATASZA! – zawołała ile sił w płucach. – Ja pierdolę... – Wskoczyła za nią.

Dziesięć sekund później Keyserlingk wynurzyła się dobre piętnaście metrów od roweru. Spojrzała na mokrą i wystraszoną Majkę.

– Czyli jednak ci trochę na mnie zależy, co? – rzuciła z przekąsem.

– Skąd się, kurwa, o tym dowiedzieli?! – wściekał się Kroon.
– Ktoś sypnął – odparł z rozbrajającą szczerością Kieltrowski.
– Ale kto?!
Naczelnik bezradnie rozłożył ręce.
– A kto u nas zawsze sypie? – Krzysiek podszedł do Fendera. Srebrzysty husky wyszczerzył kły. Nie lubił obcych. – Auuu!
– Czemu policja miałaby dać im cynk? Co im z tego przyjdzie?
– Niezbadane są ścieżki niebieskich – zawyrokował Kieltrowski.
– Nie muszą wywierać presji, bo mi zależy bardziej niż im, żeby to prowadzić. Pochwalić też się niczym nie mogą. To po cholerę mieliby biegać do mediów?
Naczelnik obrócił w swoją stronę monitor. Na ekranie przeglądarki widniał świeżutki artykuł z Trójmiasta. NOWE WĄTKI W SPRAWIE SAMOBÓJCZEJ ŚMIERCI TRÓJKI LICEALISTÓW.
– Za chwilę Otrębiński do mnie zadzwoni – stwierdził Kieltrowski.
Nie doliczył do pięciu, a zawibrował mu telefon.
– Niczego mu nie mów.
– Nie zamierzam. – Naczelnik odebrał połączenie. – No dzień dobry. Nasz komentarz to brak komentarza. Nie. Nie będziemy odpowiadać na żadne pytania. Powiedz, że sprawa jest rozwojowa. Nie, nic więcej. A prosili cię wcześniej o stanowisko? Zanim to puścili do sieci? Nie? Skurwysyny. No trudno. To się niczego od nas nie dowiedzą. Narka!
Naczelnik zakończył rozmowę.
– Jeszcze nawet nie udało im się nikogo znaleźć – rzekł poważnie Kroon. – Zrobili screeny z monitoringu i rozesłali je do komisariatów.
– To może sypnął ktoś stamtąd?

– To były same zdjęcia twarzy. O tym, co się stało na wiadukcie, wie tylko garstka osób. Zabroniłem o tym mówić.

Kieltrowski zmrużył oczy.

– Takie wieści szybko się rozchodzą.

– Dwóch kolesi prowadzi nieprzytomnego kumpla na wiadukt i zrzuca go na tory. Wiesz, jak to pachnie?

– Najebaniem się na melinie i romantycznym pożegnaniem starego druha.

Konrad pokręcił głową.

– To pachnie zabójstwem.

– Nie szarżuj zbytnio – zgasił go kolega.

– Zabójstwo i trzy samobójstwa połączone ciągiem liczb. Gdzieś tam czeka na mnie motyw.

– Najpierw znajdź tych ludzi.

Kroon skinął na Fendera. Zwierzak posłusznie podniósł się na cztery łapy.

– Oczywiście, że ich znajdę.

PATRYK

Artykuł Patryka wywołał prawdziwą burzę. Redakcja portalu jako jedyna posiadała informacje o rzekomym związku samobójczej śmierci trójki nastolatków z pozornie zwyczajnym zgonem na kolejowych torach.

– Znosisz mi ostatnio złote jajka, Patryczku – cieszył się szef.

– Staram się, jak mogę.

– Ale już czuję węszące wokół nas hieny. Dzwonili z TVN-u i chcieli się czegoś dowiedzieć. Potrzebują tematu. I źródła.

Naturalnie Skalski nie zdecydował się na zdradzenie tożsamości swojego informatora.

– Tobie się nie wyspowiadałem, to i im nic nie powiem.

– I bardzo dobrze. Po reakcji prokuratury widać, że coś jest na rzeczy. Dostali ataku paniki.

Do pokoju wpadła redakcyjna koleżanka.

– Zwołali konferencję prasową! A od nas nikogo.

– Jak to, kurwa, konferencję?! Patryk! – Naczelnemu momentalnie zmienił się humor.

Cechowała go raczej chimeryczna osobowość, w ciągu kwadransa potrafił kogoś sześciokrotnie zganić i tyle samo razy pochwalić.

– Dzwoniłem, mówili, że nie będzie żadnej konferencji! – zapewnił Skalski.

– To zrobili cię w chuja!

– Pewnie za ten artykuł… – podsumowała koleżanka.

Ruszyli w stronę sali z telewizorem. Na ekranie widać już było charakterystyczny żółty pasek informacji dnia.

– Same media ogólnopolskie – stwierdził Patryk.

– Na nas się wypięli – oceniła dziennikarka z działu kultury.

Na granatowym tle z logo prokuratury ustawił się rzecznik Otrębiński.

– No dawaj, stary pryku – ponaglił go naczelny, przysuwając się bliżej telewizora.

Zdawało się, że prokurator usłyszał polecenie wypowiedziane przez zniecierpliwionego telewidza. Stanął bowiem prosto, poprawił krawat i wyrecytował swoją litanię:

– Proszę państwa, w związku z pojawiającymi się w mediach informacjami dotyczącymi nowych okoliczności w sprawie samobójczej śmierci trójki młodocianych pokrzywdzonych prokuratura pragnie zdementować wszelkie insynuacje, jakoby doszło do kolejnego zdarzenia o podobnych okolicznościach. Śledztwo w dalszym ciągu się toczy i dla dobra postępowania nie udzielimy żadnego komentarza. Dziękuję za uwagę.

Prokurator odsunął się od granatowej ścianki.

– To powiedział.

– Faktycznie nie musieliśmy się fatygować... – bąknął Skalski, bawiąc się pilotem.

Dziennikarze TVN-u nie zamierzali jednak odpuszczać.

– Czy doszło do kolejnych śmierci?

– Nie udzielam żadnych informacji.

– Podobno kolejna zamordowana osoba jest znacznie starsza od dotychczasowych ofiar. Czy to prawda?

– Proszę państwa, nie potwierdzam informacji o żadnym zabójstwie.

– Ale pan nie zaprzecza!

Otrębiński lawirował najlepiej, jak umiał.

– Prokuratura prowadzi postępowanie w kierunku pomocy do samobójstwa. To wszystko.

– A kiedy dowiemy się czegoś więcej?!

Rzecznik ciężko sapnął.

– Kiedy prokurator referent zdecyduje się na taki krok.

– A kto jest referentem? Kto prowadzi tę sprawę?

– Proszę państwa, sprawę prowadzi prokurator Prokuratury Okręgowej w Gdańsku. Dziękuję za uwagę. Do widzenia.

Otrębiński zniknął za drzwiami korytarza.

– Gówno się dowiedzieliśmy – skwitował naczelny, wyłączając telewizor. – Trafił nam się złoty strzał z tym twoim informatorem. Ale teraz już tak łatwo nie pójdzie. W każdym razie podkręcaj temat. Niech się klika.

Skalski spojrzał w zamyśleniu na ciemne pudełko dekodera. Czuł, że gdzieś tam w gąszczu pozornie błahych informacji czai się szyfr.

– Łatwo nie pójdzie – odpowiedział. – Ale w życiu nie zawsze musi być łatwo.

Był las, nie było was. Będzie las, nie będzie was. Ale jest takie zło, które istniało zawsze, zanim jeszcze narodził się człowiek, zanim poznał, w czym tkwi prawdziwa istota wolnej woli. Siła wyzwolonego umysłu Nadistoty, niebaczącej na cudze normy i zakazy; wzdrygającej się przed powinnością, kierowanej wyłącznie tym, co konieczne.

Wybiła północ. Słońce spoglądało na drugą stronę globu, księżyc błądził gdzieś za chmurami. Pośród buków i sosen oliwskiego lasu na morenowym wzgórzu zgromadziła się grupka zakapturzonych postaci. Pośrodku płonął krzyż: złamany, przetrącony, pogański symbol pierwszych bóstw.

Na płaskim, przyozdobionym tajemniczymi runami głazie spoczął nagi miecz. Srebrzyste, idealnie wypolerowane ostrze odbijało blask ognia. Musieli się policzyć.

Mane, tekel, fares.

Nieznajomi po kolei podchodzili do ołtarza, brali do ręki miecz i delikatnie nacinali skórę swych przedramion.

Musieli się policzyć.

Mane – Bóg obliczył twoje panowanie i ustalił jego kres[6].

Kolejne krople krwi skapywały na omszały głaz i wypełniały żłobienia run.

Musieli się policzyć.

Tekel – zważono cię na wadze i okazałeś się zbyt lekki[7].

Szesnastu zakapturzonych rycerzy, szesnastu wojowników śmierci, szesnastu aniołów zemsty.

Musieli się policzyć.

---

6 Dn 5,26.

7 Dn 5,27.

Fares – twoje królestwo uległo podziałowi[8].

Szesnastu Świadomych, jedynka i szóstka, początek długiego ciągu znaków. Mieszkali tu od zawsze, a ten las, ten święty gaj uważali za dziedzictwo swych ojców. Wilk rozszarpie lwa.

– Kość do kości – zaintonowała pierwsza z zakapturzonych postaci.

– Krew do krwi – powiedział następny w szeregu.

– Ciało do ciała.

– Jakby były sklejone.

Zaklęcie merseburskie. Las pachniał śmiercią, noc pragnęła krwi. Szesnaście, sto trzydzieści trzy, sto czterdzieści sześć. *Mane, tekel, fares.*

– JAKBY BYŁY SKLEJONE – powtórzyli chórem.

8 Dn 5,28.

ROZDZIAŁ 8 | **CZERWIEC**

PATRYCJA RADKE

Gród nad Motławą posiadał dwa sądy rejonowe, których właściwość wyznaczały geograficzne granice miasta. Sąd Rejonowy Gdańsk-Północ zajmował się sprawami z Brzeźna, Nowego Portu, Oliwy, Osowy, Przymorza, Wrzeszcza, Zaspy, Żabianki oraz kilku innych mniejszych dzielnic. Południe brało resztę.

Patrycja pokazała ochroniarzowi legitymację. Miły starszy pan zaprosił ją do windy. Drugi Wydział Karny, prawdziwy młyn do trzaskania numerków. Odszukała właściwe drzwi, zapoznała się z wokandą. Jej sprawę wyznaczono na godzinę jedenastą piętnaście. Jeszcze nie rozmawiała z klientem, umówili się specjalnie wcześniej, żeby zamienić kilka zdań i ustalić linię obrony. Włożyła togę. Starannie zapinając każdy guzik i pilnując, by zielony krawat wisiał symetrycznie względem linii ramion, obserwowała twarze zebranych na korytarzu świadków. Przestraszeni, zmęczeni, podenerwowani.

– Przepraszam, ktoś z państwa na jedenastą piętnaście? – spytała.

Jedna kobieta uniosła rękę. Pięćdziesiąt lat, pulchne policzki, ortalionowa kurtka koloru khaki.

Patrycja czekała na mężczyznę. Spojrzała na zegarek. Jedenasta zero zero. Kwadransik do rozprawy, o ile nie trafi się jakaś obsuwa. Rzadko kiedy obywało się bez opóźnień.

– Cześć, Graża. Nie było gdzie zaparkować – powiedział wąsaty mężczyzna do kobiety w zielonej kurtce.

– To ty autem jechałeś? – Ściszyła głos.

Mężczyzna zrobił głupią minę. Takie konfidenckie mrugnięcie. Piwo BEZalkoholowe.

– Stasiek mnie podwiózł. – Znów zmrużył oko. Niewinne kłamstewko.

– Przepraszam, czy pan Mordasiewicz? – zagaiła Patrycja.

– Tak. Pani jest tą moją adwokat z urzędu? Papke?

„Papke, durniu, to masz w głowie zamiast tego przepitego mózgu" – pomyślała Radke.

– Radke. Patrycja Radke – wyjaśniła młoda mecenas, mimowolnie zaciskając palce na mankiecie togi.

– Bardzo mi miło. Mordasiewicz Zenon.

Uścisk dłoni. Trochę mokra, trochę brudna.

– Może staniemy sobie tam pod oknem i porozmawiamy? – zaproponowała Patrycja.

Przeszli do wnęki przy klatce schodowej. Krzta naturalnego światła, odrobina prywatności.

– Zapoznałam się z aktami. Ilość alkoholu we krwi...

– A gdzie tam. Jedno piwko wypiłem.

– Panie Mordasiewicz, z badania wyszło półtora promila – zauważyła mecenas.

Mężczyzna machnął ręką.

– Sprawa Zenona Mordasiewicza! – zawołała sekretarka.

Donośny głos, wyćwiczony w czasach, kiedy nie było jeszcze systemu automatycznego wywoływania spraw. Dziś głośnik się zepsuł i należało wrócić do starych zwyczajów.

Oskarżony z koleżanką wczłapali na salę, Patrycja zamknęła za sobą drzwi.

– To wszyscy? – spytała sędzia. Drobna, starsza kobieta. Dobrotliwe spojrzenie, na szyi gruby łańcuch z orłem.

– Chyba tak – odparła Patrycja.

– Na poprzednim terminie zaczęliśmy przesłuchiwać podejrzanego – wyjaśniła sędzia. – W składanych wyjaśnieniach pan Mordasiewicz przyznał, że w przeszłości leczył się neurologicznie i odwykowo. Niestety tą informacją nie podzielił się na wcześniejszym etapie postępowania ani z policją, ani z prokuratorem. Musieliśmy poddać pana badaniu sądowo-psychiatrycznemu. Z uwagi na wątpliwość co do stanu poczytalności wyznaczyliśmy obrońcę z urzędu w osobie pani mecenas… – krótka pauza – Patrycji Radke.

Dziewczyna wstała. Zwracając się do sądu, nigdy nie wolno siedzieć.

– Adwokat Patrycja Radke… – zaczęła, wyciągając legitymację.

– Proszę spocząć, pani mecenas – przerwała jej starsza kobieta. – Sąd pani wierzy.

Setki nowych adwokatów, setki nowych twarzy. Kiedyś Grążela kojarzyła wszystkich obrońców z widzenia. Ale te czasy bezpowrotnie odeszły w niepamięć.

Patrycja usiadła.

– Do dnia dzisiejszego nie wpłynęła od biegłych opinia – kontynuowała sędzia. – Pani sekretarz ustaliła, że stawił się pan na badanie… Panie Mordasiewicz?

– Tak? – bąknął mężczyzna, nie podnosząc się z ławy.

Przewodnicząca zignorowała ten fakt.

– Czy stawił się pan na badanie?

– No jo. Byłem, byłem, tam na Myśliwskiej.

– Doktor Maciejewski zapewnił mnie, że napisze opinię do końca zeszłego tygodnia, ale cóż. Czasem tak się zdarza. Nie będziemy jednak tracić czasu i od razu przystąpimy do przesłuchania świadka…

Kobieta w zielonej kurtce podeszła do barierki. Sędzia odebrała od niej dane osobowe, pouczyła o odpowiedzialności karnej za składanie fałszywych zeznań.

– Ja nie chcę zeznawać. Korzystam z prawa do odmowy zeznań – poinformowała świadek.

– Pani Gębińska – zaczęła za spokojem sędzia. Opanowana, profesjonalna, w dalszym ciągu życzliwa. Kilkadziesiąt lat urzędniczej pracy nie pozbawiło jej szacunku do drugiego człowieka. – Jeżeli nie jest pani osobą najbliższą dla oskarżonego, nie przysługuje pani prawo do odmowy składania zeznań. Czy jesteście państwo spokrewnieni?

Kobieta pokręciła głową.

– Czy jest pani osobą pozostającą we wspólnym pożyciu? Czy jest pani konkubiną pana Mordasiewicza?

– A w życiu! – zawołał podejrzany.

– W takim razie musi pani zeznawać. Proszę powiedzieć, co jest pani wiadome w sprawie?

Kobieta nerwowo bawiła się frędzlem kurtki.

– Ja tam nic nie pamiętam.

– Proszę sobie dobrze przypomnieć. Jechaliście razem autem. Kto prowadził?

– No Zenek prowadził. Ale ja nie pamiętam. Miałam wypite.

Przewodnicząca się uśmiechnęła. Co tu dużo mówić. Sprawa prosta jak drut. Złapany na gorącym uczynku, rzetelnie przebadany, żadnych wątpliwości. Sędzia Grążela skazała tysiące pijanych kierowców.

– I jak to wyglądało?

– Ja naprawdę nie pamiętam. To było dawno…

Sędzia odpuściła. W aktach miała wszystkie potrzebne informacje.

– W takim razie odczytamy zeznania złożone przez panią w postępowaniu przygotowawczym. – Otworzyła protokół, pismo komputerowe. – „Jechaliśmy razem, Zenek prowadził, miał wypite, piliśmy razem, dużo piliśmy, dwie wódki wypiliśmy, wcześniej jakieś piwa. Po Hallera jechał". Czy tak było, jak pani zeznała?

Świadek kiwnęła głową.

– Jo... – Cichutki głos.

– Czy zeznała pani wtedy prawdę?

Znów jakieś stęknięcie.

– No niby tak.

– Czy są do świadka jakieś pytania?

Wypadałoby o coś spytać. Tylko o co?

– Czy pan Mordasiewicz wyglądał na osobę pod wpływem alkoholu? – Patrycja zrobiła to z przyzwoitości. Była obrończynią z urzędu, a sprawa, przy tak jednoznacznym materiale dowodowym, po prostu musiała zakończyć się skazaniem.

Gębińska zrobiła głupią minę.

– Czy pan Mordasiewicz wyglądał na osobę pod wpływem alkoholu? – powtórzyła mecenas.

– Proszę świadka, proszę odpowiedzieć na pytanie – pouczyła przewodnicząca.

– No wyglądał...

*

Najchętniej wróciłaby do domu, położyła się na kanapie i odpaliła serial. Rozprawa Mordasiewicza wypruła z niej resztki energii. A niby prosta urzędówka.

„Jak ja nie znoszę takich klientów" – pomyślała, wsiadając do taksówki.

– Aleja Jana Pawła? – spytał kierowca.

– Zgadza się – odpowiedziała.

Samochód ruszył.

Kancelaria Patrycji mieściła się pośród wysokich, peerelowskich bloków gdańskiej Zaspy. Wynajmowała tam lokal w starym spółdzielczym pawilonie. Kiedy trzy lata temu zaczynała, czynsz wydawał się dość niski. Od tego czasu miała jednak już cztery podwyżki.

Radke była adwokatką na dorobku, nie mogła pozwolić sobie na to, by odpuszczać. Brała praktycznie wszystkich klientów: z ulicy, polecenia, urzędu. Cały dzień pod telefonem, nigdy nie przestawała myśleć o pracy.

– Wyjechać gdzieś na tydzień – westchnęła sama do siebie. Wiedziała jednak, że to się nie zdarzy.

Konrad prowadził nowe śledztwo. Już dawno nie widziała go tak mocno nakręconego. Ciągle siedział w robocie, wisiał na łączach z policjantami. W domu rozmawiali na inne, niezawodowe tematy. Ale i tak widziała, że jej partner zdaje się trochę nieobecny.

„Też chciałabym dostać taką sprawę. A nie tylko pijani kierowcy i alimenciarze" – pomyślała.

Taksówka zajechała na autobusowy przystanek.

– To tu? – spytał kierowca.

– Tak – odparła mecenas. – Płatność przez aplikację.

Wyskoczyła na zewnątrz i ruszyła pomiędzy bloki. Jak zwykle przystanęła przy budce z warzywami, by kupić trochę świeżych owoców.

– Kaszubska truskawka. Pani spróbuje. Słodka – zachęcał sprzedawca.

– Pan mi nałoży pół kilo.

– A jakieś czereśnie? Awokado mamy ładne, rzodkiewki, wybrać sobie…

– Dziękuję. Wystarczą truskawki.

Zapłaciła gotówką, po czym skierowała się bezpośrednio w stronę kancelarii.

„A co to?"

Przed drzwiami czekał na nią klient.

– To do mnie? – szepnęła.

Musiała podejść bliżej, żeby go rozpoznać. Nosiła soczewki, ale ciut za słabe. Zmrużyła oczy.

– Patryk?

– No siema – pozdrowił ją kolega.

Przywitali się buziakiem w policzek.

– Mogłeś napisać na fejsie.

Skalski machnął ręką.

– Wolałem osobiście. Wiesz, jak to jest.

– Kumam.

Wygrzebała z torebki klucze. Otworzyła drzwi.

– Wchodź, proszę – poleciła.

Na podłodze szara wykładzina, ściany pomalowane jasną farbą. W centralnym punkcie pokaźne biurko, obok jakaś zielona roślina. Fikus czy coś w ten deseń.

– Przytulnie tu. Prowadzisz to z kumplem? – spytał Patryk.

– Z kumplem? – powtórzyła Radke.

– Masz dwa szyldy na ścianie. Marek Pepisz?

Uśmiechnęła się niewinnie.

– Ach, to. Wynajmuje ode mnie adres, ale robi w korpo.

– Sprytne.

Bez pytania usiadł na metalowym krześle przeznaczonym dla klientów.

– Właśnie miałam powiedzieć, żebyś się rozgościł. Co cię do mnie sprowadza?

– Słuchaj, nie będę owijał w bawełnę. Mówiłaś, że twój facet pracuje w prokuraturze.

Patrycja słuchała go w skupieniu.

– Pracuje. No i co?

– Pilnie potrzebuję z nim pogadać.

Przez żołądek do serca, przez żonę do męża. A oni nawet nie byli małżeństwem. Żyli na kocią łapę.

– To chyba musisz pójść do niego, a nie do mnie. Nie jestem jego sekretarką.

– Sorry, źle zabrzmiało. – Skalski złożył dłonie jak do modlitwy. – Piszę artykuł o sprawie tych trzech samobójców na Strzyży. Słyszałaś o tym?

– Chyba wszyscy o tym słyszeli – odparła Patrycja.

– No właśnie. I potrzebuję pogadać z kimś, kto pracuje w prokuraturze, żeby dowiedzieć się, który prokurator to prowadzi. Trochę pociągnąć go za język.

Mecenas pokręciła głową.

– Konrad ci nie pomoże.

– Dlaczego nie? Nie będzie wiedział, kto ma tę sprawę? Nie ma dostępu do takich informacji? Popytałby jakichś kumpli, zagadał...

– Myślę, że będzie wiedział.

Skalski się ucieszył.

– I właśnie o to chodzi. Jedna malutka podpowiedź. Przyjacielska przysługa.

– To Konrad prowadzi to śledztwo. Mój Konrad. Ale wiem, że nie będzie chciał z tobą gadać.

FLARA

Kościół zmartwychwstańców mieścił się na samym krańcu Strzyży, w otulinie Trójmiejskiego Parku Krajobrazowego, nieopodal nasypu kolei metropolitalnej.

Flara zazwyczaj wzywała wszystkich świadków do siebie. Rzadko kiedy fatygowała się, by robić to w terenie: na cudzym gruncie, bez bezpiecznego zaplecza komendy, pismem ręcznym na papierowym druku protokołu.

– Króluj nam, Chryste – powiedział proboszcz Trybkowski na przywitanie.

– Dzień dobry – odparła prosto policjantka.

Nie zamierzała bawić się w kościelne uprzejmości. Poza tym była ateistką.

To Kroon polecił jej przeprowadzić przesłuchanie na plebanii. „Nie pytaj, tylko zrób. Tak będzie lepiej".

– Pani funkcjonariusz w progach naszego sanktuarium. Czy mamy się czegoś obawiać?

– A ma pan czyste sumienie? – rzuciła Flara, zdradzając niechęć do duchownego.

Proboszcz delikatnie się uśmiechnął. Był dobrotliwym, pogodnym staruszkiem. Pracował w tej parafii od dobrych czterdziestu lat.

– Wszyscy jesteśmy grzesznikami. I gdyby nie On… – Wskazał na wiszący na ścianie krzyż. – Bylibyśmy straceni.

– I tak będziemy straceni – mruknęła policjantka.

– Pani jest niewierząca?

– A jakie to ma znaczenie?

Ksiądz skinął lekko głową.

– Może kiedyś Go pani znajdzie.

– Nigdy nie szukałam. I nie zamierzam.

– W takim razie być może On znajdzie panią.

Weszli do kancelarii. Wnętrze gabinetu wypełniały regały zastawione grubymi, starymi księgami. Akty metrykalne, informacje o wszystkich chrztach, ślubach i zgonach parafian.

– Chciałam spytać o pańskich wychowanków. Uczył ich pan religii.

– Czy coś przeskrobali?

– Odebrali sobie życie.

Proboszcz momentalnie spoważniał.

– Ach tak. Norbert, Sara i Tomek. Wielka tragedia.

Flara próbowała wyczuć, czy jest z nią szczery. Czy naprawdę się smuci, czy tylko udaje.

– Znał ich pan?

– Znałem.

Wyciągnęła druk protokołu.

– Jak dobrze?

Duchowny obrócił głowę w stronę okna. Za szybą widać było kościół i gęstą połać ciemnozielonego lasu.

– Okazuje się, że zbyt słabo.

– Podobno udzielali się w parafii.

Ksiądz starannie ważył słowa. Zupełnie jakby nie chciał zdradzić zbyt wiele.

– Są częścią naszego Kościoła.

Justyna chwyciła za długopis.

– Potrzebuję wiedzieć wszystko. Wszystko, co ważne.

– Wszystkiego pani nie powiem.

– Dlaczego nie? – nastroszyła się funkcjonariuszka.

Proboszcz Trybkowski spojrzał na ścianę, gdzie obok wizerunku papieża Polaka zawieszono reprodukcję obrazu Zmartwychwstałego. Jasna postać, z której serca promieniowały dwie smugi światła. Krew i woda.

– *Sigillum sacramentale.*

„Kroon mógł się tu pofatygować osobiście" – pomyślała Flara. „To jego klimaty".

– Proszę mnie nie atakować łaciną – powiedziała.

– Pani oficer wybaczy.

„Dlaczego nagle zaczął tytułować mnie w ten sposób? I skąd, do cholery, wie, że mam stopień oficerski?" – analizowała w myślach. Ten dobrotliwy staruszek ewidentnie coś ukrywał.

– Pouczam pana o obowiązku mówienia prawdy. Za składanie fałszywych zeznań grozi odpowiedzialność karna. Pozbawienie wolności do lat dziesięciu. Zrozumiał pan?

– Oczywiście.

– Skąd pan ich znał?

– Ich, to znaczy Norberta, Sarę i Tomka?

„Nie. Matkę Boską Zielną" – pomyślała Justyna.

– Tak – powiedziała policjantka.

– Urodzili się w mojej parafii. Mogę wyciągnąć akty chrztu...

– Nie trzeba – przerwała mu policjantka. – Po prostu proszę mówić.

– Musiałem ich uczyć religii we wczesnej podstawówce. Przez chwilę, kiedy zachorowała katechetka, biedaczkę dopadł nowotwór...

– Do brzegu – ponagliła go.

– Więc tak. Uczyłem ich religii. Chyba w drugiej klasie. Przygotowywaliśmy się też do pierwszej komunii. W tym czasie Sara zaczęła śpiewać w scholi, a Norbert służył do mszy.

„I ciekawe, co tam się działo" – przeleciało jej przez myśl.

– Pamiętam, że bardzo interesowała go tajemnica transsubstancjacji.

– Czego?

– Jeszcze raz proszę wybaczyć. Chodzi o przeistoczenie.

Justyna nigdy nie chodziła do kościoła. Nic z tego nie rozumiała.

– Przeistoczenie czego? – spytała policjantka,

– Przemianę chleba i wina w ciało i krew Chrystusa.

Kość do kości, krew do krwi, ciało do ciała.

– Aaa, czyli o komunię, tak? Taki symbol, że spożywacie kawałki swojego Boga?

Duchowny zdawał sobie sprawę, że trafiła mu się trudna rozmówczyni. *Posyłam was jak owce między wilki. Bądźcie więc sprytni jak węże, ale nieskazitelni jak gołębie*[9].

– To nie symbol. To prawdziwy cud przemienienia.

– No ale nie chodzi o to, że pijecie prawdziwą krew.

– Tak wygląda podstawowy dogmat naszej wiary – wyjaśnił ksiądz Trybkowski.

Policjantka zrobiła wielkie oczy.

– Brzmi jak jakieś pogańskie rytuały.

– Jest pani kobietą małej wiary.

„Może problem w tym, że w ogóle jestem kobietą?" – pomyślała Justyna.

– Wróćmy do Norberta.

– Przeżywał okres gorącej, młodzieńczej wiary. Podobnie jak Sara. – Zamyślił się. – U chłopaka była ona chyba największa. Ale później odwrócił się od Boga. Do sakramentu bierzmowania nie przystąpiło żadne z nich.

– Czyli nie chodzili do kościoła?

– Ostatnimi czasy nie.

– Ale mówił pan, że są częścią waszej… wspólnoty?

– Ojciec nigdy nie odwraca się od swych dzieci. Powiedział Pan: *Któż z was, gdy ma sto owiec, a zgubi jedną z nich, nie zostawia dziewięćdziesięciu dziewięciu na pustyni i nie idzie za zgubioną, aż ją znajdzie?*[10]

Flara podarowała sobie przepisywanie biblijnego cytatu do protokołu.

– I szukał ich pan?

---

9 Mt 10,16.

10 Łk 15,4.

– Nie ja. Tylko Ojciec.

– Jego ojciec? – dopytywała funkcjonariuszka.

– Jego i mój. Nasz Ojciec.

„Mój stary był alkoholikiem. Nigdy mnie nie szukał" – pomyślała.

– Proszę rozwinąć tę myśl.

– Jakoś tej wiosny, chyba w okolicy święta Zmartwychwstania, przyszedł do mnie. Wyspowiadał się. To była długa i szczera rozmowa. Widziałem, że zbłądził. I zastanawia się, jak wrócić na właściwą drogę. Bardzo się tym zatroskałem.

– Więc nic pan nie zrobił – podsumowała oskarżycielsko.

– Zrobiłem, co w mojej mocy. Włączyłem go do swych modlitw.

„Zajebiście. To teraz wszyscy jesteśmy bezpieczni" – fuknęła w myślach.

– Na czym polegały te... wątpliwości? Co go trapiło?

Ksiądz dotknął zawieszonego u pasa długiego różańca. Przewrócił palcem jeden z koralików.

– Niestety nie mogę odpowiedzieć na to pytanie.

– Wydaje mi się, że nawet pan musi.

– Nie sądzę – odparł poważnie. – *Sigillum sacramentale.*

Justyna nie zrozumiała.

– Że co proszę?

– Tajemnica spowiedzi. Święty sakrament. Jan, rozdział dwudziesty, werset dwudziesty trzeci. *Którym odpuścicie grzechy, są im odpuszczone, a którym zatrzymacie, są im zatrzymane.*

Flarze przypomniał się odpowiedni zapis kodeksu postępowania karnego. Artykuł sto siedemdziesiąty ósmy, paragraf drugi. Nie wolno przesłuchiwać jako świadka duchownego co do faktów, o których dowiedział się przy spowiedzi.

– Czyli zasłania się pan tajemnicą zawodową?

– Ja się niczym nie zasłaniam, droga pani – rzekł dobrotliwie duchowny. – Po prostu służę memu Panu. Najlepiej jak umiem.

Szybko zapomniała o wakacjach i detoksie od pracy. Rower wodny zamieniła na starą służbową skodę, komfortowy leżak na niezbyt wygodny biurowy fotel.

Od razu po przyjeździe do Gdańska stawiła się w komendzie. Zniecierpliwiony naczelnik przemierzał w tę i we w tę swój zawalony segregatorami gabinet.

– Nie dało rady wolniej jechać?

– Korki na rondzie w Żukowie...

– Srukowie – bąknął przełożony. – Chłopaki z Wrzeszcza zawinęły tych gości z monitoringu. Kiblowali na jakiejś melinie między Brzeźnem a Nowym Portem.

– Mamy ich na dołku? – spytała dziewczyna.

– Jo. Czterdzieści osiem godzin tyka, a ci napruci jak szpadle. Nie ma z nimi kontaktu.

– *Fuck*...

Naczelnik podniósł z biurka ołówek i wsadził sobie do ust.

– Będziesz musiała nad nimi popracować. Kroon już wie, że szykujemy mu doprowadzenie.

– W charakterze...

– Podejrzanych – dokończył policjant. – Chce im stawiać zarzuty.

– Sto czterdzieści osiem?

– Kurwa, widziałaś ten monitoring?

Majka przesiadła się za biurko. Włączyła komputer.

– Mamy pewność, że to te same osoby? – zagadnęła, czekając, aż załaduje się system.

– Dość dużą. Najlepiej byłoby z nimi pogadać i spytać, czy rozpoznają się na zdjęciach.

Windows prosił o jeszcze chwilę cierpliwości.

– A jak się nie rozpoznają?

– To ich dociśniesz. Potrzebujemy sprawców. Kroon potrzebuje sprawców.

„Potrzebujemy dotrzeć do prawdy" – pomyślała dziewczyna, roztropnie zachowując tę uwagę dla siebie. Gdyby niepotrzebnie kłapała ozorem na prawo i lewo, jej ścieżka kariery prezentowałaby się mniej imponująco. W dwa lata z wrzeszczańskiego komisariatu do KWP. Niezły wynik.

– No dobra. Oglądamy.

Obróciła monitor w stronę szefa. Na dysku znajdowało się kilka plików: różne ujęcia, różne kamery.

– Tu twarze są najbardziej wyraźne. Podejrzani ciągną ten swój wózeczek w stronę Strzyży – ocenił naczelnik.

– Teraz mijają pawilony…

– …i wjeżdżają na ścieżkę rowerową.

Przełączyli plik. Jakość filmu przedstawiającego sam moment zbrodni pozostawiała wiele do życzenia. Nagranie zarejestrowała kamera umieszczona na pobliskim warsztacie samochodowym. Większą część kadru wypełniał parking. Jedynie w górnym prawym rogu widać było mikroskopijne, rozpikselowane sylwetki domniemanych sprawców.

– Chujowo to widać.

– Ale widać, że to te same osoby. Idą z tej samej strony, mają wózek… O czwartej nad ranem nie było wielkiego ruchu – podchwyciła Maja.

– No i teraz…

Zarejestrowany na kamerze wózek nagle zmienił swój kształt. Sekundę później z wiaduktu runęła jakaś biała plamka.

– Wyciągnęli go z tego swojego wagonu i wpieprzyli na tory – powiedział szef. – To niby co chcieli zrobić?

– Zabić – stwierdziła chłodno Majka, raz jeszcze włączając nagranie.

Doprowadzili ich równo po czterdziestu godzinach od momentu zatrzymania. Albo od momentu wpisania umownej godziny zatrzymania do protokołu. Różnie to bywa. Konrad wolał nie drążyć.

Podejrzani spędzili dwie noce na dołku. Policyjna izba zatrzymań, jednogwiazdkowy szaroniebieski hotel. Powinni byli wytrzeźwieć. Ale tacy jak oni nigdy nie trzeźwieli.

Od zatrzymanych capiło potem, brudem i tanim denaturatem. Mimo dwudziestu pięciu stopni w cieniu mężczyźni nosili grube kurtki. Jakby ciągle było im zimno.

– Cześć, Majka – przywitał się Kroon. – I co z tego będzie?

Wymienili grzecznościowy uścisk dłoni.

– Więcej drążenia. Nie zdążyłam ich porządnie rozpytać. Przez większość czasu leżeli nawaleni w trzy dupy.

– A zegar tykał.

– Najwyżej pogadam z nimi na Kurkowej, już po zastosowaniu sankcji – dodała policjantka.

Sankcja to w więziennej gwarze areszt. Pieszczotliwie bywa też nazywana „sankami".

– Mówili coś o motywie?

– Bredzili, że koleś był już wcześniej martwy, a oni nie chcieli mieć problemów z psiarnią.

– Bardzo wiarygodna linia obrony – stwierdził Konrad. – Ale przynajmniej nie wypierają się, że to oni.

– Chyba mają za bardzo zniszczone alkoholem mózgi. Pokazałam im zrzuty ekranu. Chyba uwierzyli w nasze mocne dowody.

Kroon spojrzał w głąb korytarza. Na ławce czekała pierwsza z podejrzewanych osób.

– Teraz pozostaje nam tylko wpisać wszystko na protokół.

– To już nie moja brocha – stwierdziła Maja. – Oddaję pałeczkę mistrzowi.
Prokurator skinął na funkcjonariuszy.
– Wprowadźcie pana!
Policjanci chwycili podejrzanego za barki i unieśli. Mężczyzna miał skute dłonie i nogi; gruby łańcuch łączył obie części kajdan. Niebezpieczny klient.
– Czy mamy wejść do pokoju z panem prokuratorem?
Kroon pokręcił głową.
– Poradzę sobie.
Doprowadzony powoli przestępował z nogi na nogę, brnąc do przodu. Wydawało się, że cała ta sytuacja nie robi na nim najmniejszego wrażenia.
– Jakiś dokument macie?
– Pan nie miał przy sobie dowodu. Ustalaliśmy tożsamość na podstawie naszych systemów.
Majka wręczyła Kroonowi wydruk z bazy danych.
– Jacek Kobuszko? – spytał Konrad.
– Hę? – odparł mężczyzna.
– Pan się nazywa Jacek Kobuszko? – powtórzył prokurator.
– Jo, jo. Od dziecka. Ciotka tak wymyśliła.
Policjant tylko się zaśmiał.
– Ciotka mu tak wymyśliła. Na pewno mamy nie wchodzić?
– Na pewno. – Kroon zwrócił się bezpośrednio do podejrzanego. – Dojdzie pan do tego krzesła?
Mężczyzna wzruszył ramionami.
– Jakoś się doczłapię.
Konrad zamknął drzwi gabinetu. Wskazał Kobuszce miejsce przed biurkiem i kazał usiąść. Następnie wręczył mu przygotowane druki pouczeń: dla podejrzanego, zatrzymanego i tymczasowo aresztowanego.

– Pan umie czytać?

– Umiem! – wykrzyknął całkiem żwawo mężczyzna.

– No dobrze. Pan sobie to w wolnej chwili przejrzy, a ja przejdę do sedna. Wie pan, po co tu jest?

– Hę?

– Czy wie pan, po co tu jest?! – powtórzył głośniej Kroon.

Mężczyzna przytaknął.

– Jo. Chodzi o tego trupa, co go z wiaduktu zrzucilim.

Łatwo poszło. „Wychodzi na to, że Maja Gan nieźle odwaliła swoją robotę. Popracowała nad gościem. Trochę go urobiła" – pomyślał Kroon. „Ciekawe, jakie argumenty poszły w ruch".

– Przedstawię panu teraz zarzut.

Artykuł sto czterdziesty ósmy, paragraf pierwszy. Najcięższy kaliber. *Kto zabija człowieka, podlega karze.* Prokuratorzy rzadko kiedy mają do czynienia z tym przepisem. Niby proste znamiona, historia stara jak Kain i Abel. Zabija, a więc odbiera życie. Nie daje szansy, nie liczy na przebaczenie.

– Czy zrozumiał pan treść zarzutu?

– Ja nikogo nie zabiłem… – zarzekał się podejrzany.

– Nie pytam, czy się pan przyznaje. Tylko czy pan zrozumiał. W sensie logicznym. Czy pan zrozumiał, co przeczytałem?

Kobuszko chciał wykonać jakiś gest. Zapomniał, że ma kajdany. Łańcuch uderzył o krzesło.

– Zrozumiałem…

– Dobrze. To teraz spytam, czy się pan przyznaje. Tak jak wspomniałem, ma pan prawo nic nie mówić. Wyjaśniać lub nie.

– Ehe… – stęknął.

Konrad spojrzał mu głęboko w oczy.

– Panie Kobuszko, czy przyznaje się pan do odebrania życia Remigiuszowi Teleszce?

– Nie! – powiedział twardo.

Kroon cały czas analizował jego mimikę. Mężczyzna miał niespokojne ruchy: układ nerwowy, latami niszczony przez alkohol, nie funkcjonował jak u zdrowej osoby. Konrad szukał odstępstw od normy.

– Zechce powiedzieć mi pan, jak to było? Wszystko od początku?

– Mogę powiedzieć. Bo myśmy z Mirkiem nikogo nie zabili!

Czy kłamał? Trudno powiedzieć. Na pewno coś ukrywał.

– Proszę zatem mówić.

– Siedzieliśmy z Mirem na ławce. Wtedy podszedł do nas ten facet. Powiedział, że potrzebuje pomocy. Spytał, czy może pożyczyć nasz wózek.

– Ten do zbierania złomu? – spytał prokurator.

– Jo...

– I co było dalej?

– Wózek nie jest tania rzecz. Spytaliśmy, ile zapłaci. Powiedział, że pięć dych.

– Znaczy pięćdziesiąt złotych – uściślił Konrad.

– Jo. No i my nie chcielim mu sprzedać. To spytał, czy mu coś przewieziemy. Za te pięć dych.

Kroon spisywał każde jego słowo. Mógł poprosić asystenta, żeby usiadł w charakterze protokolanta, ale... to nie było w jego stylu. Lubił polegać wyłącznie na sobie.

– Proszę kontynuować.

– Hę? – Kobuszko nie dosłyszał.

– Pan mówi, co było potem.

Podejrzany podrapał się po głowie.

– No potem to poszlim z nim na te działki.

Prokurator włączył na komputerze Google Maps. Obrócił monitor w stronę przesłuchiwanego.

– Chodzi o te działki?

– Jo – odparł podejrzany.

Kroon zrobił zrzut ekranu i wydrukował zdjęcie mapy, aby załączyć je do akt.

– Pamięta pan, który numer domku?

Kobuszko zaprzeczył.

– Trudno. Proszę mówić.

Sprawca wpatrywał się w róg pokoju. Zupełnie jakby resetował system. Utrzymanie uwagi, koncentracja na jednej długiej czynności przychodziły mu ze znacznym trudem.

– Panie Kobuszko, proszę dalej!

– Poszlim z nim na działki, a tam koło śmietnika leżał ten zimny.

– Zimny? – powtórzył Konrad.

– No ten typ, co się przekręcił. Pił z nimi na działkach i odwalił kitę.

Kroon nie spuszczał doprowadzonego z oczu. Analizował jego każdy ruch. Mimika pozostawała niezmieniona. Wydawało się, że mówi prawdę.

– I co było potem?

Kobuszko miętolił dłonią łańcuch kajdan.

– Chciał, żebyśmy go wywieźli w inne miejsce, żeby z psami nie było problemu. Do jakiejś innej altanki. Między bloki.

– Znaczy z policją – uściślił prokurator.

– No jo…

– A wy się zgodziliście.

Podejrzany znów przestał mówić. Dobrnął do newralgicznego momentu swojej opowieści. Musiał uważać na słowa.

– Nie. Szybciej mielim tylko pożyczyć wózek. No to tak. Ale trupa ciągnąć?

– Mam to wszystko nagrane na taśmie. Na monitoringu. Jak go wieźliście swoją przyczepką.

Zatrzymany nerwowo potarł twarz.

– Jo… ale tylko kawałek.

– Kim był ten mężczyzna? – Kroon gwałtownie zmienił temat. – Ten, który zlecił wam to zadanie?

– Bo ja wiem...

– Jak wyglądał?

– Chyba młodszy taki. Kaptur miał. Ale gówniarz raczej. Student jakiś.

Konrad od początku domyślał się, że sprawa nie jest taka prosta. Że za Kobuszką i Rzonką musiał stać ktoś jeszcze. Sprawca kierowniczy. Brakujące ogniwo pomiędzy zgonem na kolejowym nasypie a samobójczą śmiercią trójki licealistów.

Mane, tekel, fares. Wszystko zostało policzone.

– Poznałby go pan? – spytał Kroon.

Podejrzany wzruszył ramionami.

– Gdybym pokazał panu zdjęcie... poznałby go pan? – Prokurator ponowił pytanie.

– Nie wiem. Ciemno było, jak w dupie u... – W ostatniej chwili ugryzł się w język.

– Młody. – Kroon skupił się na kwestii wieku. – Bardziej trzydzieści czy piętnaście?

– Nie wiem. Chyba bardziej trzydzieści.

– Czyli to nie był nastolatek?

– Może i nastolatek. – Kobuszko sięgał do odmętów swej podziurawionej pamięci – Albo tak ze dwadzieścia. Student jakiś.

„Student" – pomyślał Kroon. „Najgorszy okres. Człowiek myśli, że może wszystko. Że wszystko mu wolno".

Dwudziestolatek idealnie pasował do tej kryminalnej układanki. Tajemnicze ciągi liczb, dwa pozornie niepowiązane ze sobą zdarzenia. Konrad czuł, że nie może być mowy o żadnym przypadku. Odkrył właśnie kolejny puzzel. Ułożony obrazkiem do dołu, zdradzający jedynie swój kształt. By dotrzeć do prawdy, Kroon musiał obrócić go na drugą stronę.

– Więc załadowaliście to ciało na przyczepkę. Dlaczego mu pomogliście?

– No...

Prokurator znał odpowiedź na to pytanie. Po prostu chciał ją zaprotokołować.

– Zapłacił wam?

– Joo. – Mężczyźnie zaświeciły się oczy. – Cztery stówki dał. Na łeb.

Cztery stówki na łeb brzmi jak miesiąc picia. Nawet Wałęsa nie miał takiego gestu, kiedy obiecywał wszystkim Polakom po sto milionów.

– Szczodry gość – podsumował Kroon. – A jak wyglądał ten człowiek? Ten, którego załadowaliście na pakę?

– Sztywny taki.

– Sprawdzaliście, czy na pewno nie żyje? Czy na pewno nie trzeba wezwać karetki?

Podejrzany ściągnął wargi, napiął dolne powieki. Jego brwi nieznacznie się uniosły.

– Czy sprawdziliście tętno? Patrzyliście, czy oddycha?

– No tak.

Nie był z nim do końca szczery. Właściwie to w ogóle nie był szczery.

– I nie oddychał?

– Nie...

Musiał oddychać. Minimalnie, płytko, ale... W chwili ładowania na przyczepkę Remigiusz Teleszko był z pewnością nieprzytomny, ale ciągle żywy.

– Wrzuciliście go na wózek. I co dalej?

– Wyjechalim z działek.

– Na Hynka?

Kobuszko średnio pamiętał nazwy ulic.

– Chyba jo.
– I dokąd pojechaliście?
– No na most.
Kroon od razu wychwycił nieścisłość.
– Wyjaśnił pan wcześniej, że mieliście wywieźć ciało do altanki między bloki. A nie na żaden most.
Podejrzany jakby sobie coś przypomniał.
– Jo...
– Proszę się skupić – polecił prokurator. Świdrował mężczyznę wzrokiem.
– No na most.
– Ale dlaczego na most, skoro chwilę temu kazał wam jechać między bloki?
Doprowadzony spoglądał na swoje pozbawione sznurówek, dziurawe buty.
– Żeby ktoś nie zobaczył. Chłopak powiedział, żeby jednak jechać w stronę Strzyży.
– To przecież dalej – zauważył Konrad.
– Jo...
Kobuszko nie zamierzał się zdradzić.
– Zatem czemu pojechaliście na wiadukt?
– Bo nam jeszcze dorzucił trochę siana...
– Trochę to znaczy ile?
Zatrzymany kręcił głową.
– Drugie tyle...
Osiemset złotych za krótki kurs wózkiem do zbierania złomu. Kobuszko i Rzonka nigdy w życiu nie widzieli takich pieniędzy. Przynajmniej nie ostatnio. Musieli się domyślać, że sprawa jest śmierdząca.
– Dał wam tę kasę?
– Połowę od razu, a połowę jak zrobimy. Na koniec.

– Jak co zrobicie?

Zbliżali się do punktu kulminacyjnego.

– Mieliśmy wjechać na most i rzucić ciało na tory.

– I tak postąpiliście?

– No jo…

Przyznał się. Wyjaśnił to na protokół, później złożył swój własnoręczny podpis.

– I ten facet, znaczy to ciało, które wieźliście, ani drgnęło? Nie poruszyło się? Nie beknęło, jęknęło, wydało jakiegokolwiek sygnału, że jest żywe?

Podejrzany spojrzał Kroonowi prosto w oczy. Jakby chciał go przekonać, że mówi prawdę.

– Nie – wystrzelił najszybciej, jak umiał.

Sekcja zwłok wykazała, że bezpośrednią przyczynę śmierci Remigiusza Teleszki stanowiły obrażenia w postaci krwiaka nadtwardówkowego i podtwardówkowego w jamie czaszki oraz stłuczenie mózgu. Obrażenia te doprowadziły do znacznego wzrostu ciśnienia śródczaszkowego oraz obrzęku i rozmiękania tkanki nerwowej mózgu. Spowodowało to całkowite zniszczenie ważnych dla życia ośrodków w centralnym układzie nerwowym. Pierwotną przyczynę powyższych obrażeń stanowiło działanie energii mechanicznej. Uderzenie w głowę z ogromną siłą przez przedmioty tępe lub tępokrawędziste. Upadek z wysokości.

Kobuszko i Rzonka musieli co najmniej liczyć się z tym, że zrzucane przez nich ciało może należeć do osoby, która jeszcze nie odeszła z tego świata. *Dolus eventualis*. Zamiar ewentualny. To oni pozbawili Remigiusza Teleszkę życia. Ale nie działali w próżni. Ktoś inny kierował całą akcją. Ktoś inny uknuł cały ten plan.

Kroon musiał dowiedzieć się kto.

APOLONIUSZ

Apoloniusz Sychta od ponad dwudziestu lat pełnił funkcję dyrektora gdańskiego ogrodu zoologicznego. Położone w otulinie Trójmiejskiego Parku Krajobrazowego zoo stanowiło jego dumę i chlubę. Powstały tuż po wojnie obiekt przechodził ciągłe zmiany, tak by sprostać wymogom zachodnich norm. Zwierzęta starano się prezentować na otwartej przestrzeni, tworząc im warunki możliwie najbardziej zbliżone do naturalnych.

W centralnym punkcie ogrodu znajdował się wybieg dla lwów. Zwierzęta te od wieków uważano za ważny symbol miasta. Kojarzone z siłą, odwagą i szlachetnością lwy stanowiły element Herbu Wielkiego Gdańska. Kibice najbardziej popularnego na Pomorzu klubu piłkarskiego nie bez powodu nazywali siebie „lwami północy" – nie było bowiem zwierząt bardziej kojarzonych z grodem nad Motławą niż dostojne, królewskie koty.

Ostatniego dnia czerwca Apoloniusz Sychta tylko cudem uniknął zawału serca, kiedy z samego rana zerwał go z łóżka telefon od przestraszonego pracownika zoo.

– To jakiś żart – powiedział, myśląc, że wciąż jeszcze śni.

– Nie, panie dyrektorze. Proszę natychmiast przyjechać.

Mężczyzna pospiesznie wciągnął ubranie i wsiadł za kółko swojego wysłużonego volkswagena. Mieszkał nieopodal, pokonanie drogi z domu do pracy zajęło mu równe siedem minut.

Wparował za bramę, gdzie już czekała na niego grupka wystraszonych podwładnych.

– Jedźmy! – rozkazał.

Ogrodniczy meleks dojechał do otaczającego wybieg płotu. Dyrektor wziął lornetkę i spojrzał w stronę łąki.

– Chryste Panie! – wykrzyknął.

Pośrodku trawy leżało ciało lwa, całe skąpane we krwi. Wokół zwierzęcia zgromadziły się samice i młode.

– Dzwońcie po policję! NATYCHMIAST! – zawołał przerażony Apoloniusz Sychta.

Kilka metrów dalej na grubej włóczni ktoś osadził pysk zwierzęcia. Z odciętej głowy wciąż skapywały pojedyncze czerwone krople.

– Kto mógł to zrobić? Jaki zwyrodnialec?! – płakała pani Jola, która w zoo pracowała niemal tak długo jak dyrektor.

Przeciwnik wasz, diabeł, jak lew ryczący krąży szukając kogo pożreć[11].

– Kiedy to się stało? – spytał przerażony mężczyzna, czując, jak miękną mu nogi, a serce bije coraz mocniej.

– Prawdopodobnie w nocy. Staś przegląda właśnie monitoring.

Dyrektor raz jeszcze spojrzał w lornetkę. Później przeniósł wzrok na pobliski pawilon.

– Dobry Boże...

Szesnastu wojowników śmierci, szesnastu aniołów zemsty. Krwawy ślad.

– To bestia. To musiała zrobić jakaś bestia. – Pani Joli łamał się głos. – Bo przecież żaden człowiek nie dopuściłby się czegoś takiego...

Kość do kości. Krew do krwi. Ciało do ciała.

Na ścianie pawilonu wysprejowano napis. Liczbę sto czterdzieści sześć.

– Policja już jedzie – poinformował Marcin. – Na sygnale.

Sto czterdzieści sześć. *Mane, tekel, fares.* Wszystko zostało policzone. Szesnaście, sto trzydzieści trzy, sto czterdzieści sześć. Wszystko zostało zaplanowane. Kość do kości. Krew do krwi. Ciało do ciała. Wilk rozszarpie lwa.

---

11 1 P 5,8.

Justyna z Majką siedziały nad komputerem z zapisem monitoringu. Jedna z kamer ogrodu uchwyciła moment, w którym sprawca wdzierał się na wybieg z lwami.

– Ludzie zawsze wykładają się na takich pierdołach – oceniła młodsza z policjantek. – Założył maskę dopiero na chwilę przed wejściem do zoo. A kiedy szedł przez miasto z torbą na plecach, to nawet nie wciągnął kaptura.

– Czynnik ludzki to zwykle najsłabsze ogniwo – przyznała Flara.

Na nagraniu widać było młodego, na oko dwudziestoletniego mężczyznę, który mija oliwską pętlę tramwajową. W okolicy Stawu Młyńskiego nieznajomy założył maskę, później ulicą Karwieńską ruszył w stronę ogrodu. Na teren zoo dostał się od strony parkingu. Tam przygotował karabin wyposażony w lunetę z noktowizorem.

– To nie jest amator – stwierdziła Maja. – Umie obchodzić się z bronią.

– Samotny wilk – odparła Flarkowska.

Sprawca ułożył się na ziemi. Czekał, aż w zasięgu wzroku pojawi się lew. Później oddał strzał.

– Na zwierzętach też się zna. I na polowaniach.

Mężczyzna dokładnie wiedział, ile lwów znajduje się na terenie wybiegu. Strzelił do każdego z nich.

– Nie chciał dać się pożreć.

– Mógł po prostu je zastrzelić – powiedziała kryminalna.

Justyna zagryzła wargę.

– Ale tu nie chodziło o samą śmierć. Tylko o sposób jej zadania.

Nieznajomy upewnił się, że zwierzęta zasnęły. Później, w dalszym ciągu nie opuszczając karabinu, podszedł do jedynego samca. Szturchnął go kilka razy lufą.

Lew ani drgnął.

– *Aaa, kotki dwa* – zanuciła Flara.

– Cała kocia rodzina. A nasz wilk…

Sprawca wyciągnął z torby nóż i jednym sprawnym ruchem poderżnął zwierzęciu gardło. Następnie zabrał się za odrąbywanie głowy.

– To nie takie proste – oceniła Maja.

– Nic nie jest nigdy proste.

Kiepska jakość obrazu oszczędziła kobietom oglądania dokładnych szczegółów tej straszliwej zbrodni. To, czego nie widziały oczy, dopowiadała wyobraźnia.

– Naoglądałam się wielu obrzydliwych rzeczy – szepnęła Flarkowska. – Ale wszystko to, co widziałam… kuźwa, Majka, to jakiś chory film.

– Cholerny psychopata.

Mężczyźnie w końcu udało się osiągnąć upragniony cel. Głowa odłączyła się od ciała. Z myśliwskiej torby sprawca wyciągnął krótką włócznię i nadział na nią łeb zwierzęcia. Później spakował szybko resztę manatków.

– Ostatni akt – rzekła poważnie Justyna.

Podbiegł do pawilonu i wysprejował na nim trzy cyfry. Jeden, cztery, sześć.

– Sto czterdzieści sześć – odczytała Gan. – Jak w budynku zajezdni, w którym grały nasze powieszone dzieciaki.

Myśliwy wrzucił puszkę z farbą do torby i uciekł w stronę lasu. Tam zniknął między drzewami.

– Jednego tylko nie rozumiem – powiedziała poważnie Maja. – Widać, że się konkretnie do tej roboty przygotował. Dlaczego więc zostawił tyle śladów?

– Może wcale nie jest taki sprytny.

Gan owo wyjaśnienie nie przekonywało. Zerknęła na zdjęcie zamordowanego lwa.

– Albo po prostu chciał się nam dać złapać.

Nie pamiętał, kiedy jego umysł pracował na równie wysokich obrotach. Nie pamiętał, kiedy czuł się tak żywy, potrzebny, spełniony. Wreszcie robił to, do czego go powołano. To, co umiał najlepiej.

Po zdarzeniu z lwem i umieszczeniu na zoologicznym pawilonie kolejnej liczby Kroon zamierzał ponownie zwrócić się o opinię do biegłego z zakresu badania pisma. Mógł skorzystać z usług laboratorium kryminalistycznego na Biskupiej Górce, które już wcześniej zajmowało się tą sprawą. Ale Konrad potrzebował pomocy prawdziwego mistrza.

Czarne audi TT zaparkowało przed budynkiem biblioteki głównej. Widziany z lotu ptaka gmach przypominał ponoć otwartą księgę, starożytny manuskrypt, w którym zakładkami zaznaczono najważniejsze fragmenty tekstu. Akapity, w których kryła się zbrodnia.

Kroon wysiadł z auta i ruszył w stronę biblioteki. Podszedł do recepcji, wyciągnął legitymację.

– Byłem umówiony na spotkanie.

– Pan prokurator? Oczywiście! Proszę za mną.

Pracownica biblioteki zaprosiła Konrada do windy. Następnie udali się do jednej z prywatnych czytelni.

– *Salve magister* – powiedział Kroon, wchodząc do gabinetu.

– *Imo corde te saluto* – odparł starszy mężczyzna, który ledwie wystawał zza zawalonego opasłymi książkami stołu.

Profesor Albert Dalidonowicz pełnił funkcję kierownika katedry filologii klasycznej na gdańskim uniwersytecie. Cieszył się opinią człowieka wielu talentów. I choć formalnie wciąż figurował na oficjalnej liście sądowych biegłych, od wielu lat nie podjął się wydania żadnej nowej opinii.

Kroon od razu przeszedł do rzeczy.

– Przyszedłem prosić profesora o pomoc. Potrzebuję opinii.

– Conradusie, ja nie mam czasu na takie rzeczy.

– To nie jest zwykła sprawa – odparł Kroon. – Słyszał może profesor o samobójczej śmierci trójki gdańskich licealistów?

– Gdzie miałem słyszeć? – spytał mężczyzna.

– Trąbili o tym wszędzie. W telewizji, radiu, gazetach...

– Nie interesują mnie teksty młodsze niż dwa tysiące lat. – Profesor pogładził się po brodzie. – Prawdę powiedziawszy, już srebrna łacina wydaje mi się ostatnio mało zajmująca.

Prokurator wiedział, że Dalidonowicz odmówi wydania opinii. Dlatego też osobiście przyjechał na uniwersytet, żeby porozmawiać ze starym naukowcem. Musiał go przekonać.

Znali się jeszcze z czasów, gdy Kroon chodził do liceum. To wtedy wujek Konrada powierzył profesorowi Dalidonowiczowi edukację buńczucznego nastolatka w zakresie łaciny.

– W ostatnich tygodniach doszło do popełnienia trzech przestępstw. Samobójczej śmierci trójki nastolatków, zabójstwa na kolejowych torach oraz dekapitacji lwa z gdańskiego zoo.

– Dekapitacji lwa? – Profesor uniósł brwi.

– Ktoś odciął łeb zwierzęciu i nadział go na włócznię.

– Doprawdy...

Albert Dalidonowicz powoli łapał przynętę.

– Czuję, że te wszystkie trzy sprawy w jakiś sposób się ze sobą łączą. Choć jeszcze nie wiem w jaki.

Profesor spojrzał z zadumą na jedną z ksiąg. Pogładził ją po okładce.

– *Nihil probat, qui nimium probat.*

– Niczego nie dowiedzie, kto chce zbyt wiele dowieść – przetłumaczył Kroon. – Tylko że ja mam dowody.

– Jakie dowody, chłopcze?

– Liczby.

Prokurator wyciągnął teczkę z wydrukowanymi zdjęciami dołączonymi do protokołów oględzin.

Dalidonowicz spojrzał z zainteresowaniem na kilka pierwszych fotokopii.

– *Mane, tekel, fares* – wyszeptał.

– Te liczby umieszczono na każdym z miejsc zbrodni – wyjaśnił Konrad. – Szesnaście, sto trzydzieści trzy, sto czterdzieści sześć... Według wstępnej opinii napisała je ta sama osoba. Chciałbym wiedzieć, czy...

– To nie są te liczby – wtrącił profesor.

– Słucham?

– Conradusie, źle to czytasz.

– Jak to źle czytam? – Kroon czuł się skonfundowany.

Profesor rozłożył się w fotelu, skrzyżował ramiona.

– Nieopatrznie przyjąłeś, iż masz do czynienia z ciągiem cyfr. Tymczasem pierwszy ze znaków ewidentnie jest literą.

– Literą? – powtórzył Konrad.

– Tak, mój drogi – odparł uczony. – To „waw".

Kroon nachylił się nad zdjęciami.

– Czyli to nie jest jedynka?

– Z całą pewnością – stwierdził twardo profesor. – Widzisz ten haczykowaty kształt?

– Widzę – mruknął Konrad.

– Otóż to. „Waw" występuje w językach semickich. To szósta litera alfabetu hebrajskiego. Starożytni mędrcy przypisywali jej związek z człowiekiem i jego osobistymi aspiracjami. Według Starego Testamentu Bóg stworzył Adama właśnie szóstego dnia.

Niedopasowane elementy układanki stały się jeszcze bardziej kanciaste. Skąpana w niewinnej krwi mordercza talia coraz wyraźniej przesiąkała czerwienią. Kroon widział, jak los odkrywał przed nim kolejną kartę. Ale za cholerę nie wiedział, co owa karta oznacza.

– Czyli tłumacząc to na polski… czy chodzi o literę „w”? – spytał Konrad.

– W rzeczy samej – odpowiedział profesor. – „W” jak wilk.

CZĘŚĆ TRZECIA

WILK ROZSZARPIE LWA

ROZDZIAŁ 9 | **LISTOPAD**

NORBERT

Początek liceum miał stanowić zarazem początek nowego życia; pierwszy etap dorosłości, kres szczeniackich uciech i głupich sztubackich żartów. Norbert z niecierpliwością odliczał dni do końca ostatniej klasy, kiedy w końcu po długich ośmiu latach udręki na dobre miał pożegnać klasową patologię z rejonu, szkolnych troglodytów, którzy zdawszy z trudem egzamin końcowy, z pewnością nie załapią się na miejsce w elitarnym gdańskim ogólniaku. Norbert liczył, że w liceum zmieni się wszystko. Ale nie zmieniło się zupełnie nic.

– KURWA, ZOSTAWCIE MNIE! – wrzasnął, gdy dwóch dryblasów wywaliło go na podłogę szatni.

– Spokojnie, Skarpeta – odparł uczeń czwartej klasy. – Tylko cię oznaczymy.

– To taki nasz hashtag…

– Żebyś się nie zgubił…

Norbert próbował się wyrwać. Rozpaczliwie miotał się po ziemi, ale oni byli silniejsi.

– No już, spokojnie. To przecież nie boli, palancie!

– Wiesz, jak stempluje się bydło? – spytał tegoroczny maturzysta. – Rozżarzonym żelazem.
– Zajebisty ból. A my cię tylko pisaczkiem mażemy. Więc zamknij pizdę!
Nastolatek wierzgał, za wszelką cenę starając się oswobodzić.
– ZOSTAWCIE MNIE!
– To tylko pisaczek, debilu! Nie ruszaj się!
– On by wolał pisiaczek zamiast pisaczka – zarżał inny z czwartoklasistów. – Pisiaczek do gęby i ciągnąć!
– No to wsadź mu coś do ryja. Będzie spokojniejszy.
Jeden z oprawców zdjął Norbertowi but, później ściągnął skarpetę.
– Kurwa, jak jebie!
– Wpierdalaj mu do gęby!
– NIEEE! – protestował chłopak.
Wszystko na próżno. Liceum to nie przelewki. Nawet dobre liceum dla porządnej młodzieży. Właściwie takie szkoły są najgorsze. *Katolickie przedszkola, strzeżone osiedla*[12].
Zakneblowali mu usta skarpetą. Norbert spąsowiał na twarzy, z trudem oddychał. Dwóch złapało go za ręce, trzech trzymało nogi. Szósty wyciągnął marker i przytrzymując lewą dłonią głowę pierwszorocznika, zaczął rysować wąsy.
– Powinienem namalować ci kutasa. Lepiej by pasował – stwierdził oprawca. – Ale, kurwa, nie jestem taki.
– Podziękuj! – zawołał ktoś z ekipy.
– Właśnie, podziękuj! – podchwycił inny.
Na twarzy pojawiały się kolejne czarne kreski.
– Jesteś sztywny jak widły w gnoju. Jakbyś miał w sobie więcej luzu, nigdy byśmy ci tego nie zrobili.
– Chodzisz taki przyczajony, jakbyś chciał nas zamordować.

12 Mata, *Patointeligencja* (piosenka), tegoż: *100 dni do matury*, SBM Label, 2020.

– Te, Maciuś, a może on chce nas zamordować?

– Myślisz, że wpierdoli się kiedyś z kałachem do szkoły?

– Z kałachem albo maczetą. Jak w tych jego grach.

Klęczeli nad nim w szóstkę, ferując sądy. Pięciu pomocników kata i jeden mistrz ceremonii.

– Słuchaj, każdy z nas przez to przechodził. To nic osobistego.

– Po prostu jesteś najbardziej pojebany, to zbierasz najgrubsze baty.

Jeden z czwartoklasistów, ten, który trzymał Norberta za prawą rękę, nachylił się nad jego twarzą.

– Jesteś zdrowo popierdolony. Kurwa, sam gram na konsoli, ale to tylko zabawa, odskocznia. A dla ciebie te gierki to jedyne życie, jakie znasz, co, Skarpeta?

Norbert chciał krzyczeć. Tak jak wtedy w podstawówce, tylko... mocniej. Miał ochotę rzucić się im do gardeł, przegryźć tchawice, wyszarpać serca. Nie kontrolować emocji, walić na oślep. Nie baczyć na konsekwencje.

– Kurwa, zobaczcie, jaki się czerwony zrobił.

– Stary, jakbyś się tak nie miotał, tylko odpuścił, to już by było po bólu.

– Weź go może już zostaw.

– To mi zaraz przypierdoli! Skarpeta! Wrzuć na luz! Już po wszystkim!

Poczekali, aż przestanie napinać mięśnie. Aż się trochę uspokoi.

– Szajba przeszła? – spytał ten, który wcześniej malował wąsy.

– Jemu nigdy nie przejdzie... to odklejeniec.

– Skarpeta, słyszysz mnie? – ponowił pytanie pierwszy z czwartoklasistów. – Mogę cię puścić?

Norbert miał zamiar skłamać. Udać pokonanego, a później wymierzyć sprawiedliwą odpłatę.

– Dobra, spierdalamy stąd.

Przywódca watahy nachylił się nad Brylczykiem. Wyciągnął mu knebel.

– Każdy pierwszoklasista przez to przechodzi. To taka tradycja.

– No, tylko, kurwa, nie możesz powiedzieć, że to my. Niczego nie widziałeś, niczego nie słyszałeś.

– Chyba nie jest aż tak pojebany, żeby kablować.

– W naszej szkole nie ma szczurów...

– Pamiętaj: to liceum, a nie podstawówka. Tu są sami dorośli ludzie.

Norbert leżał na ziemi, powoli łapał oddech. Sześciu oprawców i jedna ofiara. Jeden do sześciu. Pragnął się zemścić. Nie wiedział kiedy ani jak, ale wiedział, że musi ich ukarać. Jeden na sześciu. Jeden kontra cały świat.

– To tyle z naszej strony – rzucił tegoroczny maturzysta.

– Za rok to ty kogoś będziesz tak kocić.

Zadzwonił dzwonek. Głośny, świdrujący dźwięk, nawet w słuchawkach nie dało się go nie usłyszeć.

– Powiedzmy sobie szczerze, panowie, Skarpeta raczej nikomu wpierdolu nie spuści – orzekł ze śmiechem przywódca grupy.

– W sumie racja.

– Ale może przy dobrych wiatrach po prostu przestaną go gnoić.

– Takich jak on trzeba tępić – mruknął najbardziej krewki z katów.

– No to, Skarpeta, nikomu ani mru-mru. Bo wiesz... jakby co, my się do niczego nie przyznamy. Powiemy, że to nie my.

Słowo przeciwko słowu. Ale Norbert nie zamierzał się skarżyć. Wiedział, że zemsta najbardziej lubi ciszę. Przyjdzie po kryjomu niczym kłusownik, zastawi sidła i będzie czekać.

– Nas jest sześciu, a ty jeden.

– Nikt ci nie uwierzy.

– Jeden do sześciu, Skarpeta.

– Dobra! – krzyknął ten od markera. – Spierdalamy na lekcje!

Pobiegli w stronę schodów. Norbert leżał jeszcze chwilę na ziemi. Fizycznie nie stało mu się praktycznie nic. Ale ból upokorzenia nieprędko miał pożegnać.

Powoli stanął na nogi. Otrzepał spodnie. Kawałek dalej, po drugiej stronie korytarza, czaiła się jakaś postać. Cichy świadek szkolnej zbrodni.

Ludzie często nie zwracali na niego uwagi, a on lubił być niezauważony. Ćwiczył się w sztuce niewidzialności: wtapiania w tłum, rozpływania wśród wrzasków codzienności. Był samotnym wilkiem. Nikt go nigdy nie pytał, dokąd idzie ani skąd przychodzi.

Brylczyk spojrzał w stronę nieznajomego. Ten stał tak jeszcze chwilę, obserwując, jak upokorzony uczeń z wolna drepcze korytarzem. Później obrócił się na pięcie i zniknął za filarem.

NATALIA

Sprawdziła obecność. W klasie brakowało jej siedmiu uczniów. Sześciu podobno zachorowało, jak na szczyt sezonu grypowego to i tak niezły wynik. Ale siódmy... Spojrzała w dziennik.

– A na polskim nie było Brylczyka? – spytała klasę.

Nikt nie odpowiedział. Pracowała w szkole już trzeci miesiąc, a w dalszym ciągu nie udało jej się przełamać ściany milczenia.

– Czy na poprzedniej lekcji był Norbert? – ponowiła pytanie.

Znów nic.

– Przepraszam, czy ja rozmawiam z tymi oknami? Czy z tymi ścianami? Sara, gdzie jest Norbert? – zwróciła się w stronę Kostrzewskiej.

Jak na zawołanie ktoś zapukał do klasy. W drzwiach stanął zaginiony uczeń.

– Przepraszam za spóźnienie – wydukał, po czym ruszył w stronę ławki.

– Nic się nie...

Zauważyła jego kocie wąsy. Namalowane grubym markerem znaki szkolnej hańby. Zresztą nie tylko ona je zauważyła. Klasa zaczęła się chichrać.

– Kto ci to zrobił?

Cisza.

– Kto ci to zrobił, Brylczyk?!

Nie tak ją uczyli. Powinna była poczekać, poprosić o rozmowę na osobności. Ale Natalia coraz gorzej radziła sobie z wychowawstwem.

– Miauuu – mruknął ktoś z tylnej ławki.

Klasa ryknęła śmiechem.

– To nie jest śmieszne! – wrzasnęła Natalia. – Wójcicki, do tablicy!

Przystojny uczeń posłusznie wstał z krzesła i nonszalanckim krokiem podszedł do nauczycielki. Stanął na środku sali, skinął w stronę dziewczyn z przodu.

– Siemka, krejzole – rzucił, mrugając okiem.

Przez klasę znów przetoczyła się salwa śmiechu.

– Proszę, napisz mi na tablicy takie zdanie: „Koty lubią pić mleko".

Wójcicki chwycił mazak i zaczął spisywać usłyszane wyrazy.

– Po francusku, Wójcicki!

– A tego pani nie powiedziała...

Sala zaczęła się śmiać.

– Na jakiej jesteśmy lekcji?

Uczeń wzruszył ramionami.

– Kotologii? Miauuu...

Klasa bawiła się w najlepsze. Arogancki pierwszoklasista, młoda nauczycielka i przedmiot, którego za cholerę nie szło się nauczyć.

– Bardzo śmieszne, Wójcicki. Napisz po francusku: „Koty lubią pić mleko".

– Niestety nie mogę tego zrobić.

– A niby dlaczego?

– Bo po francusku to ja nie umiem. Sorry.

– *Je suis désolé!* – krzyknęła Natalia.

Musiała się opanować. Doszła do ściany i właśnie waliła głową w mur. Stawała się dokładnie tym typem nauczycielki, którym nigdy nie chciała być. Za dziesięć lat będzie wyglądać jak ta stara Volkerowa od geografii.

„Ja pierdolę, Rosik, opanuj się!" – pomyślała. „Sama władowałaś się na tę minę!"

– Dobra. Udajmy, że tego nie było. Wracaj na miejsce. Otwieramy podręczniki na stronie...

*

Dzwonek obwieścił koniec długich czterdziestu pięciu minut. Równie długich dla Natalii, jak i dla dwudziestu czterech obecnych tego dnia w sali wychowanków.

– To na następną lekcję, tak jak mówiłam, ćwiczenia od jeden do trzy – powiedziała nauczycielka, próbując przekrzyczeć gwar towarzyszący pakowaniu podręczników i innych przyborów do toreb.

Uczniowie ruszyli w stronę drzwi.

– Igor. – Klepnęła Wójcickiego w plecy. – Poczekaj, proszę.

– Sorry za tamto – przeprosił chłopak.

– Nie, nie chodzi mi o tamto. Chciałam pogadać. Sam na sam.

– Sam na sam? – powtórzył młodzieniec.

– Sprawę mam.

Spojrzał jej w oczy. Rosikowa wydawała się dość równa, ale czasami łapała szajbę. W gruncie rzeczy całkiem ją lubił.

– Spoczko. Panowie, dogonię was – rzucił kolegom.
– Bieszke, zamknij drzwi, proszę! – poleciła Natalia.
– Tak jest, pani profesor – odparł uczeń, posłusznie wykonując polecenie.
Zostali sami.
– Słuchaj, co się dzieje z Norbertem? – spytała Wójcickiego.
– W sensie?
– Widzę, że coś jest z nim nie tak. Co to za ślady na twarzy?
– Mazak – bąknął wychowanek.
– Wiem, że mazak. Też chodziłam do liceum i też się kociliśmy. Pytam tylko, czy to zwykła zabawa, czy ktoś mu coś robi. Coś poważnego znaczy.
Natalia była mniej więcej świadoma, jak wygląda świat współczesnych nastolatków. Jakie mają troski, jak bardzo czują się niezrozumiani. Czytała dużo o problemach ze zdrowiem psychicznym, brakiem właściwej reakcji. Wiedziała, że musi działać.
– Kilku maturzystów trochę się z nim droczy.
– Których maturzystów?
Pokręcił głową.
– Przecież pani nie powiem – wyjaśnił z rozbrajającą szczerością. – Nie jestem taki.
Nauczycielka zrozumiała komunikat. Nie zamierzała ciągnąć chłopaka za język. Zamiast tego wpadła na inny pomysł.
– No a w klasie jak go odbierają? Też go tak dociskacie?
– Tak jak tamci? No co pani…
– Wiesz, Igor, ja się martwię. Co ty o nim sądzisz?
Wójcicki schował dłonie w kieszeniach.
– Normalny to on nie jest.
– To akurat sama zauważyłam…
Nastolatek wyszczerzył zęby. Oboje zaczęli się lekko śmiać.
– Się pani wysypała.

– No wysypałam. Nie powinnam ci była tego mówić. – W dalszym ciągu nie porzucając uśmiechu, położyła mu dłoń na ramieniu. – A mogłabym cię o coś prosić?

– O co?

Natalia usiadła na biurku.

– Weź się nim trochę zaopiekuj.

– Brylczykiem?

– No tak. Nie chodzi mi o nic wielkiego, ale jak czasem gdzieś idziecie na browara, to byście go zabrali. I może jakoś w klasie tak trochę mu odpuścić?

Wzruszył ramionami.

– Spoko...

– Igor, ja wiem, że ty jesteś równy chłopak. A tamten potrzebuje, żeby trochę do niego wyjść. Jakiegoś coachingu takiego... On na kilometr zajeżdża nerdem. Ale jakbyście go trochę przyoszczędzili, popchnęli we właściwą stronę, to może by wyszedł na ludzi.

– Nie ma sprawy – odparł przystojny wychowanek.

– Dzięki, Igor. To do ciebie wróci. I to podwójnie. Bo karma zawsze wraca. Tak to już jest.

SARA

Gdyby w Polsce było ciepło, wszystko wyglądałoby inaczej. Gdyby podmienić osiem miesięcy jesieni na choćby dwa dodatkowe miesiące lata, tak żeby było po równo, świat stałby się lepszym miejscem. Bo kiedy od czerwca do końca września świeci słońce, kiedy ludzie spędzają czas na świeżym powietrzu, kiedy siadają w kawiarnianych ogródkach, zamawiają wino i herbatę, kiedy śmieją się i cieszą sobą, biegną wolniej, patrzą uważniej – to życie smakuje bardziej intensywnie, ma lepszy koloryt i więcej sensu.

Listopadowy deszcz zdawał się nie mieć absolutnie żadnego sensu, nie kryć żadnego wartego uwagi przesłania innego niż to, że wszyscy umrzemy, że chyba nie warto, nic nie trwa wiecznie i lepiej nie czekać.

Sara wpatrywała się w gęste krople sączące się z ciemnoszarych chmur.

– Obiad! – krzyknęła matka.

„Już obiad? Przecież dopiero wstałam..."

– Obiad! Nie słyszysz?!

„Oczywiście, że słyszę".

Do pokoju wparował ojciec.

– Czy jaśnie pani trzeba osobne zaproszenie?

– Nie jestem jeszcze głodna.

– Zjesz, ile będziesz chciała – odparł tata.

– Chyba podziękuję.

– No ale zejdźżeż do nas.

– Muszę? – stęknęła.

Ojciec nastroszył pióra.

– Na litość boską, to chodzi o to, żeby się spotkać! Pogadać trochę! Popatrzeć na siebie!

Nie chciało jej się na nich patrzeć. Ani tym bardziej z nimi gadać.

– Dobra. Już idę.

Posłusznie wstała zza biurka i zwlekła się na dół.

– Jesteś w końcu – powiedziała matka. – Kotleta se nałóż.

– Staram się nie jeść mięsa.

– To ziemniaków weź, mizerię zrobiłam...

Dla świętego spokoju wsadziła łyżkę do miski. Nabrała jednego kartofla i położyła na talerz.

– Trzeba się tak spotkać przy stole – zaczął ojciec. – Omówić cały tydzień. Podzielić problemami.

– Mów, jak tam w szkole – poprosiła matka.

Sara dłubała widelcem w ziemniaku. Typowo polskie warzywo. Z wierzchu brzydkie, wewnątrz nijakie. Żeby dało się je jakoś zjeść, trzeba wrzucić do wody i pół godziny gotować. Bo samo z siebie jest zupełnie niestrawne.

– Jak to w szkole...

– To się dowiedzieliśmy! – krzyknął tata.

– Powiedz, czy masz jakieś nowe koleżanki! Czy tylko dalej ten Norbert? Wiesz, to miły chłopiec, ale jakiś taki... dziwny.

– Mogłabyś przestać grać już w te gry.

– Właśnie – podchwyciła matka. – Normalniejsze zajęcie sobie znaleźć, bez przebieranek. Jakieś koleżanki...

Najpierw walka o przetrwanie w liceum, później wojna okopowa z rodzicami. I tak przez siedem dni w tygodniu. SSDD – *same shit, different day*.

„Ja pierdolę. Zabiję się" – pomyślała.

– Masz teraz najfajniejszy okres w życiu – kontynuowała pani Kostrzewska. – Młodość, ach, żadnych problemów, zobowiązań...

Żadnych problemów? Sara miała wyłącznie problemy.

– I już byś te czarne ciuchy wyrzuciła. Jak chcesz, możemy pojechać do galerii na jakieś zakupy. Coś takiego bardziej w kolorze, radosnego takiego...

Zupełnie się nie rozumieli.

– A jakieś imprezy to wy gdzieś tam macie? Potańcówki, dyskoteki?

Nie miała siły wdawać się w tę bezsensowną dyskusję.

– Tak. Właśnie chciałam was spytać, czy mogę wyskoczyć w weekend ze znajomymi...

Jeszcze tylko geografia i do domu. Ostatnia lekcja. Wróci do swojego pokoju, włączy komputer i zniknie.

– Podsumowując, ustroje Aten i Sparty wpłynęły na...

Do klasy weszła wychowawczyni.

– Przepraszam, profesorze, ja tylko na sekundę.

– Ależ nic się nie stało – odparł nauczyciel historii, wyraźnie ucieszony, że znów widzi Natalię. Pałał do niej czymś na kształt nieregulaminowej sympatii.

– Chciałam tylko powiedzieć, że profesor Volker zachorowała. Nie macie geografii. W przyszłym tygodniu zorganizujemy zastępstwo, a dziś... możecie iść wcześniej do domu.

Klasę ucieszyła ta wiadomość. Najlepiej, jakby odwołali wszystkie lekcje do końca roku. Powszechna abolicja od edukacji.

– Och, przykra nowina – podsumował nauczyciel historii.

„Sobie dłużej pogram" – pomyślał Norbert.

– No to idziemy łoić na korzenie! – zawołał Igor, niespecjalnie przejmując się obecnością dwójki pedagogów.

– Udam, że tego nie słyszałam – odpowiedziała pani Rosik, po czym zniknęła za drzwiami.

– Skarpeta, idziesz z nami?

Norbert kończył dopisywać ostatnie zdanie notatki.

– Te, Brylczyk, głuchy jesteś? – powtórzył Igor.

– Co?

– Nie „co", tylko „proszę". Na korzenie idziemy, pić browary. Idziesz z nami?

Nie mógł mówić tego serio. Przynajmniej nie do niego.

– Chyba nie...

– Jak to nie?! – wrzasnął Wójcicki.

– Słuchajcie, ja wiem, że zaraz koniec zajęć, ale jeszcze musimy omówić jedną kwestię. – Historyk próbował przebić się do głosu.

– Ja nie mogę.

– A co będziesz w domu robił? Brzydkie rzeczy pod kołderką?

Norbert spłonął rumieńcem.

– Plany mam…

– Idziesz z nami i koniec. Ziomowi się nie odmawia.

Ziomowi? O co w tym wszystkim mogło, do cholery, chodzić? Wkręcali go.

– Chyba nie mogę…

Wójcicki nachylił się nad Norbertem.

– Słuchaj, Skarpeta, ja wiem, że ty jesteś trochę sztywny. Luzu też trzeba się nauczyć. Tak że pakuj ten swój worek i dajesz z nami na korzenie.

Właściwie co miał do stracenia?

– No spoko…

*

Siedzieli na skraju drogi prowadzącej w głąb lasu i pili piwa. Okoliczni mieszkańcy nazywali to miejsce „korzeniami" ze względu na zdrewniałe korzenie sosen wyrastające ze ściany jednego z pagórków. Po drugiej stronie doliny wzniesiono kościół zmartwychwstańców.

– Nie jesteś wcale takim leszczem, jak myślałem – powiedział Igor. – Tylko musisz bardziej wyluzować.

– Postaram się – odparł Norbert.

– I wiesz, ciuchy trochę zmień. Przewietrz garderobę. Bo te czarne T-shirty? Serio zajeżdża cringem. Skocz se do Bershki, kup trochę normalnych ubrań.

Brylczyk lubił swój styl. Od dziecka skąpany w mroku, zapatrzony w ciemną stronę świata, ostentacyjnie manifestował swoją inność.

– Zastanowię się.

– Tu się nie ma nad czym zastanawiać – uciął krótko przebojowy uczeń. – Ja wiem, że chcesz uchodzić za takiego nerda jak te dzieciaki ze *Stranger Things*. Ale w prawdziwym życiu nie znajdziesz laski, co rozpierdala ściany siłą umysłu.

Odbywali coś na kształt szczerej pogadanki. Igor nie dworował z niego, wręcz przeciwnie, starał się wyjść mu naprzeciw. Oczywiście na swój sposób.

– Rozumiem.

– No właśnie chyba nie do końca. Te pryszcze to myślisz, że skąd się biorą?

Norbert odruchowo złapał się za twarz.

– Hormony, zatkane pory...

– Ziomuś, musisz trochę poruchać. Przelecisz jakąś laskę i zaraz będziesz miał buźkę gładką jak pupcia niemowlaka. – Wójcicki poklepał go po udzie. – Robię melanżyk na chacie. Czuj się zaproszony.

– O kurde. A kiedy?

– Sobota. Starzy wyjeżdżają na Teneryfę, zrobimy konkretny gnój. Tak jak lubię.

Bił się z myślami. Ostatnie dwa miesiące szkoły przypominały piekło. Norbert zraził się do liceum, najchętniej odciąłby się od wszystkiego, co miało jakikolwiek związek z ogólniakiem. Z drugiej strony... Trudne początki. Może najgorsze ma już za sobą? Od dawna marzył, że kiedyś wszystko się odmieni. Że będzie bardziej jak inni, że w końcu ktoś go zrozumie. Każda drewniana lalka musi w końcu zamienić się w prawdziwego chłopca.

– Postaram się.

– Nie staraj się, tylko wbijaj o dwudziestej. Wpiszę cię na listę.

– Jaką listę?

Wójcicki pstryknął go w policzek.
– Taką, że masz jaja czyste!

SARA

Marmurkowa kostka potoczyła się po gładkiej powierzchni blatu. Piętnaście. Do upragnionego wyniku brakowało jednej cyferki.
– No i dostajesz krytyczne trafienie – obwieścił Tomek. – Minus trzydzieści do wszystkich rzutów.
– Szlag!
– He, he, Van Helsing wyciąga kolejną kuszę. Co robisz?
Siedzieli w Inferno, ulubionym klubie z grami RPG. Większość stolików była zajęta.
– Co robisz? – ponowił pytanie Jonka.
– Norbi, odłóż ten telefon! – ponagliła go Sara.
Chłopak zdawał się ich zupełnie ignorować. Stukał coś w klawiaturę, uśmiechnięty od ucha do ucha.
– Z dziewczyną piszesz czy z kim, że się tak jarasz?
– Z Igorem…
– Wójcickim?! – wykrzyknęła nastolatka.
– Czy możemy grać? – mruknął Tomek.
– Zaraz – fuknęła Sara. – Dlaczego piszesz z tym głąbem?
Jonka nerwowo stukał paznokciem o kostkę.
– Słuchajcie, jesteśmy w trakcie walki…
– Chwila, Tom! – Kostrzewskiej momentalnie siadł humor. – Czemu z nim piszesz, Norbi?!
Brylczyk spojrzał na nich uchachanymi oczyma.
– Zaprosił mnie do siebie na domówkę.
– Kim jest Igor? – spytał Tomek.
– Taki ziomek z naszej…

Sara wyrwała Norbertowi telefon. Spojrzała w ekran. Nie wierzyła w to, co słyszy.

– Ty mówisz serio!

– No mówię! A teraz oddaj mi to!

Kostrzewska oddała mu urządzenie.

– Umawiasz się z nimi na imprezę? Niby czemu?

– Chcę w końcu coś zmienić – wytłumaczył Norbert. – Zupgrade'ować swoje życie.

– Przecież oni cię zapraszają tylko po to, żeby mieć z kogo kręcić bekę – stwierdziła Sara.

Norbert nie dopuszczał do siebie takiej ewentualności.

– Zapraszają mnie, bo ogarnęli, że jestem spoko.

– A potem się obudziłem...

– Czy możemy grać? – Tomek robił się coraz bardziej niecierpliwy.

– Straciłam ochotę – mruknęła Kostrzewska. – W sobotę dokończymy.

– Mnie w sobotę nie będzie. Idę do Igora – odparł Norbert.

Sara i Tomek spojrzeli na niego z wyrzutem.

– Jak to cię nie będzie? Specjalnie nakłamałam starym, żeby dali mi święty spokój. Sobota to nasz dzień, zapomniałeś? NASZ DZIEŃ.

– Ten jeden raz.

Kostrzewska skrzyżowała ramiona. Nie zwróciła uwagi, że jest obserwowana. Kilka stolików dalej siedziała dwójka młodzieńców. Jeden z nich nieustannie przyglądał się grupce pierwszoklasistów.

– Albo jesteś jednym z nas, albo jednym z nich – fuknęła dziewczyna.

– Jestem jednym z was. Zawsze – powiedział Norbert, mocno akcentując każdy z wyrazów. – Ale chciałbym choć przez chwilę pobyć jednym z nich. Zobaczyć, jak to jest. Spróbować.

– To cofanie się w ewolucji, Norbi – skwitował Jonka. – Powrót do stadium pierwotniaka.

– I debilizm w czystej postaci – dodała Sara. – Jeszcze będziesz tego żałować.

NORBERT

Igor Wójcicki mieszkał w okazałej willi z ogrodem w Osowej – podmiejskiej dzielnicy Gdańska zwanej powszechnie Osaką. Ojciec chłopaka zajmował się deweloperką, matka zajmowała się samą sobą, żadne z nich nie zajmowało się synem. Aktualnie wypoczywali na Teneryfie, wierząc, że jeśli Kevin sobie poradził, to i Igor jakoś przetrwa te kilka dni sam w wielkim domu.

– I kurwa, dajemy wszyscy ładnie po szociku! – wrzasnął młody Wójcicki.

– Auuu! – wykrzyknęli kumple. Przypominali sforę wygłodniałych wilków.

– Zdrowie pięknych pań! – zawołał Igor, wdrapując się na zabytkowy fortepian.

Wokół chłopaka ustawił się wianuszek chłopaków i dziewczyn z kieliszkami w dłoniach. Norbert stał przy stole w kuchni, z oddali obserwując całą sytuację.

– Raz, dwa, trzy... jebs! – krzyknął Wójcicki.

Z głośników poleciała kolejna piosenka.

To jest grill u Gawrona, psy to kręcą z drona
Carlo stoi już na stołach, dupka w jego szponach[13].

13 Białas & Lanek, *Grill u Gawrona* (piosenka), tychże: *in hajs we trust 2*, SBM Label, 2018.

– Podkręć, Michaś! – krzyknęła zielonooka brunetka, wyciągając papierosy.

– NA CAŁĄ PIZDĘ! – wrzasnęła jej koleżanka.

Szybka jak Maradona, słodka niczym cola
Gorzka to jest żołądkowa, zdrówko i od nowa.

Igor zaczął tańczyć na fortepianie. Trzymając w dłoni pusty kieliszek, obracał się wokół własnej osi i kręcił biodrami.

„Skąd oni się tacy wzięli" – pomyślał Norbert, biorąc łyka piwa. Fascynował go ten kolorowy świat pełen ładnych ludzi. Zazwyczaj nie oceniał książek po okładce, a że dużo czytał, wiedział, jak łatwo zwieść może pozornie ciekawa obwoluta. A jednak zupełnie na przekór tej wiedzy naiwnie sądził, że te wszystkie piękne dziewczyny i przystojni chłopacy muszą być w gruncie rzeczy ciekawymi ludźmi, mieć coś do powiedzenia, prowadzić bogate życie wewnętrze – co najmniej tak bogate jak on.

Wójcicki tanecznym krokiem zeskoczył z fortepianu. Złapał jedną z koleżanek za rękę, okręcił w koło i ruszył w stronę kuchni.

– Kopciuszku! – zwrócił się do zielonookiej brunetki z papierosem. – Kopcimy na tarasie, zapomniałaś?

– Spoczko...

– Nie spoczko, tylko wypierdalaj kopciuszkować na zewnątrz – dodał i klepnął ją lekko w tyłek. Dziewczyna udała oburzoną.

To jest grill u Gawrona, psy to kręcą z drona
Carlo stoi już na stołach, dupka w jego szponach.

– Masz jeszcze jagerka? – spytał Michał.

– W dolnej szufladzie – odparł gospodarz.

Szybka jak Maradona, słodka niczym cola
Gorzka to jest żołądkowa, zdrówko i od nowa.

Trzymając się za ramiona, weszli do kuchni.

– Nalewaj, mistrzu! – polecił Wójcicki.

– Podwójnego?

– Noż kurwa! – Igor oparł się o blat.

Miał już lekko mętny wzrok, w końcu dopiero uczył się picia, młodzieńczy metabolizm wciąż jeszcze nie mógł zrozumieć, dlaczego ktoś zmusza go do tak wydajnej pracy, testuje wątrobę, zatruwa krwiobieg.

– Proszę, maestro!

Chłopak przejął kicliszek. Wtedy dostrzegł siedzącego na hokerze Norberta.

– A ty co, Skarpeta? Jak się bawisz?

– W porządku…

– Tylko w porządku? – oburzył się Igor.

– Nie no, fajnie jest…

– Co pijesz?

Brylczyk spojrzał na etykietę.

– Pszeniczne…

– Chodź, walnij z nami szota! – Obrócił się do kolegi. – Michaś, polej jeszcze Skarpecie.

Norbert zakrył dłonią kieliszek.

– Ja tylko piwko, panowie.

– Kurwa, Skarpeta!

– To lać czy nie? – spytał Michał.

– LEJ! – wrzasnął Igor. Objął Norberta po przyjacielsku. – Słuchaj, koleżko! Z pędzącego pociągu się nie wysiada. Kupiłeś bilet w jedną stronę.

– Jasne, ale wódki serio nie piję…

Wójcicki chwycił go za policzek i zaczął miętosić.

– Skarpeta! Jak mówię, że pijesz, to pijesz! Takie są reguły gry! Czwórka trefl! – Wcisnął mu w dłoń kieliszek. – A teraz jeden za wszystkich, wszyscy za…

„A co mi tam" – pomyślał Norbert i jednym haustem wychylił całą porcję alkoholu. „Sądziłem, że będzie gorzej".

– Ty, popatrz go! – powiedział Michał. – Nawet się nie skrzywił!
– No bo Skarpeta to mój człowiek! Mówię ci, jeszcze zrobimy z niego ludzi!
Brylczyk czuł nieodpartą dumę. Stał się jednym z nich. Wypili bruderszafta, tak jak to robią prawdziwi mężczyźni. Słyszał o tym od ojca: wspólny kielon, a później trudna do wytłumaczenia męska przyjaźń. Nierozerwalna więź spojona spiżem i testosteronem.
– Całkiem dobre – stwierdził Norbert, starając się iść za ciosem.
– Widzisz, zasmakowało mu! – krzyknął Igor. – To lej, Michaś, na drugą nóżkę!
Rozum podpowiadał, żeby odmówić. Ale w tej chwili nie czas było słuchać zdrowego rozsądku.
– To dajemy.
Raz, dwa, trzy, siup! Wychylili kolejny kieliszek.
– Auuu! – zawył Wójcicki, po czym zbliżył twarz do lica kolegi z klasy. Dotknął czołem jego czoła i zaczął swój wykład. – Napiłeś się z nami, musisz jeszcze podupczyć. Zobacz, ile tu się kręci gorących kić. Poczekaj, aż się najebią, poleci muzyczka, złapiesz jakąś za biodra, polecisz w śliniaka… Pierwsza baza, druga baza i *home run*!
– Ha, ha, spróbuję – odpowiedział Norbert.
– Nie próbuj, tylko rób. Jak to mówił mój zaginiony wujo: czwórka trefl!

*

Jak skakać na główkę, to tylko na głęboką wodę. Norbert czytał kiedyś, że najlepsze laski kończą zawsze z przeciętnymi facetami, bo ci fajni boją się poprosić je o chodzenie. Wiktoria podobała mu się od początku szkoły. Była najładniejszą dziewczyną w klasie, z dobrego domu, modnie się ubierała, i choć na zajęciach nie błyszczała intelektem, to przecież pewnie tylko się zgrywała, kryjąc w swoim wnętrzu wyjątkowo wrażliwą, romantyczną duszę.

Wiktoria nie miała chłopaka. Wydawało się, że kręci z Igorem, ale młody Wójcicki podrywał wszystkie dziewczyny dookoła, jakby nie mógł się zdecydować.

Dlaczego wciąż była sama? Przecież mogła mieć każdego.

No tak. Ale ona nie chciała mieć każdego. Nie planowała zadowolić się byle czym.

Szukała chłopaka nie tylko przystojnego, ale przede wszystkim wartościowego. Inteligentnego, bystrego, o bogatym wnętrzu. Szukała swojej drugiej połówki jabłka, zaginionej bratniej duszy, kogoś, kto mógłby oddać za nią życie.

Wiktoria nie była taka jak wszystkie.

– TRZY, DWA, JEDEN... NOWY ROK!!! – wrzasnął Wójcicki, kiedy wskazówka wybiła północ. Do Sylwestra brakowało niecałych dwóch miesięcy, ale o tej porze i po tej ilości alkoholu nikt nie szukał sensu w imprezowych sloganach.

Norbert też czuł się dość mocno nabuzowany. Wypił więcej, niż planował, procenty pozbawiły go zahamowań, towarzystwo Igora dodało pewności siebie.

– No i jak tam, brachu, poruchałeś już? – spytał Wójcicki, pierwszy raz tej nocy nie tytułując go „Skarpetą".

– Jeszcze nie...

– No to na co czekasz?! Teraz jest najlepszy moment! Która ci się podoba?

Trochę wstydził się mu powiedzieć, w końcu Wika była jego dobrą kumpelą. W normalnych okolicznościach nie otworzyłby gęby. Ale okoliczności nie były normalne.

– Ona... – szepnął Norbert, wskazując palcem w stronę parkietu.

– Która? Chyba nie mówisz... Wika?

Nieśmiały uczeń spłonął rumieńcem.

– Nie moja liga?
– No nie... – Igor ugryzł się w język. Spojrzał na parkiet, następnie przeniósł wzrok na Brylczyka. Uśmiechnął się. – Dlaczego nie twoja? – spytał, ściszając głos. – Oczywiście, że twoja. Wika jest zajebiście napalona. Do tego sporo wypiła.
– Serio? – spytał z nadzieją Norbert.
– No serio! Weź tam podbij do niej na parkiet. Tak jak ci mówiłem: najpierw bioderka, później jakiś śliniak... Samo pójdzie.
– Na pewno?
– Na pewno, kurwa! Dajesz!
Cóż miał do stracenia? Po czasie okazało się, że bardzo dużo. Ale wtedy jeszcze tego nie wiedział. Wyszedł ze strefy komfortu, na chwilę przestał być sobą. Tacy ludzie jak Norbert za takie akcje jak ta z Wiktorią płacą naprawdę wysoką cenę. Czasami zbyt wysoką.
Ruszył w stronę salonu. Piękna nastolatka tańczyła w kółku z koleżankami. Norbert podszedł do niej od tyłu, zgodnie z instrukcją położył dłoń na biodrze dziewczyny i zaczął tańczyć.
Wiktoria, nie odwracając się, przytuliła się do niego. Zakręciła pośladkami.
Młodzieniec położył drugą dłoń na jej talii. Wtulił się we włosy. Poczuł zapach jej perfum, piękny aromat odżywki, gładził palcami miękką jak jedwab skórę prześwitującą zza koronkowej bluzki.
Zbliżyli się do siebie. Obejmował ją najmocniej, jak umiał, delikatnie dotykał policzkiem ucha, niemal muskał ustami.
Czas wstrzymał swój bieg.
Chłopak czuł, jak lekko odrywa się od podłoża, jak jego brudne od pyłu adidasy dostają skrzydeł i unoszą ich ponad ten dom, ponad tę ulicę, ponad to cudowne miasto.
Norbert miał na sobie smoking, ona balową suknię. Tańczyli ponad głowami ludzi, skąpani w zimnej poświacie księżyca. Srebrny glob jaśniał za ich plecami niczym ogromny sceniczny reflektor.

Ludzie bili brawo, wszyscy cieszyli się ich szczęściem. Kumple gratulowali mu: „O chłopie, wyrwać taką laskę!", dziewczyny z zazdrością zerkały: „Czemu to nie mogłam być ja?".

– Igor, chodźmy na górę – szepnęła Wiktoria.

– To nie Igor – odparł Norbert, starając się zniżyć głos, by brzmieć bardziej męsko.

Dziewczyna momentalnie wyrwała się z jego objęć.

– SKARPETA! – krzyknęła. – CO ROBISZ, TY POJEBIE?!

– Ja…

Właśnie zawalił mu się świat. Jakby ktoś wziął świąteczną bombkę i uderzył w nią z całej siły młotkiem.

– O kurwa – rechotał Wójcicki, obserwując wszystko z kuchni. – MYŚLAŁEM, ŻE DASZ MU SIĘ WYRUCHAĆ, WIKA!

Wiktoria gwałtownie poczerwieniała na twarzy. Miała ochotę zabić Norberta: za to upokorzenie, za ten obciach, za ten gwałt na jej ciele i umyśle.

– TY PIERDOLONY ZBOCZEŃCU! TY OBLECHU JEBANY!

– Ale ja myślałem…

– Kurwa, Wika, co ci się nie podoba w Norberciku? – zawołał Wójcicki, wchodząc do salonu. – Ładna by była z was parka.

– SPIERDALAJ, ZJEBIE!

– Wyluzuj. Chłopak chciał tylko zamoczyć…

– KURWA!!!

Koleżanki chwyciły Wiktorię pod ramię.

– Skarpeta na pewno ma długiego – śmiał się Igor. – *College roommate fuck*, ha, ha. Jak w pornolu

– Ja nie chciałem… – szepnął Brylczyk.

Pragnął zapaść się pod ziemię, zniknąć z tego świata, rozpaść na malutkie atomy i już nigdy nie wrócić do dawnej postaci. Nienawidził być sobą.

– JEBANY ZBOCZONY STULEJARZ!

– Wika, chodź – poleciła koleżanka.

– NIENAWIDZĘ CIĘ, TY CHUJU!!! – wrzeszczała zdradzona nastolatka. – WYPIERDALAJ STĄD!

– Ej, więcej luzu, maluszku – rechotał Wójcicki. – Jak chcesz, możemy we trójkę skoczyć na górę. Skarpeta od tyłu, ja od przodu albo na odwrót. Jak wolisz.

Wiktoria rzuciła w niego kieliszkiem.

– NIENAWIDZĘ CIĘ, SŁYSZYSZ?! SŁYSZYSZ, SKARPETA?! ZNISZCZĘ CIĘ, TY CHUJU PIERDOLONY!

SARA

Weszła do klasy jako pierwsza. Było kilka minut przed ósmą, uczniowie powoli zbierali się na zajęcia.

Wójcicki wyjątkowo się nie spóźnił. Rzucił plecak na ziemię, rozwalił na krześle i wyciągnął komórkę. Krótko po nim w sali pojawił się Norbert.

– Jest i nasz klasowy ruchacz! – zawołał Wójcicki. – Kogo dzisiaj klikniesz?

Brylczyk spąsowiał. Nie odwracając wzroku, przysiadł obok Sary.

– O co chodzi? – szepnęła koleżanka.

– O nic – odburknął chłopak.

Chwilę przed dzwonkiem zjawiła się profesor Volker. Położyła na biurku torebkę, zaczęła czegoś w niej szukać.

– Wiktoria! – krzyknął Igor. – Opowiedz wszystkim, jak było!

– Spierdalaj – fuknęła dziewczyna, pokazując koledze środkowy palec.

Nauczycielka zdawała się zupełnie tego nie słyszeć. Słabo spała tej nocy, miała przytępione zmysły.

– A ty gdzie? – zainterweniował Wójcicki. – Tu nie twoje miejsce! Dzisiaj siedzisz ze Skarpetą.

– Odwal się, zjebie.

– Ale po co te nerwy? No usiądź ze swoim narzeczonym, nie wstydź się!

Sara spojrzała wymownie na Norberta. Domyśliła się, że żart bierze swe źródło w sobotniej imprezie.

– Skarpeta, a ona co taka wkurwiona? – dopytywał Igor. – Pierścionek jej się nie spodobał?

– Skończ już, bo ci wypierdolę! – warknęła Wiktoria.

Zadzwonił dzwonek. Profesor Volker stanęła koło tablicy.

– Wyciągamy karteczki – obwieściła grobowym głosem.

– Skarpeta, napisz za nią. Wika mówiła mi, że chodzi z tobą tylko dlatego, że jesteś takim kujonem, a ona boi się, że nie zda.

Wiktoria raz jeszcze pokazała mu środkowy palec.

– Oj, Skarpeta, Skarpeta – westchnął Wójcicki. – Ty jej chyba mocno zalazłeś za skórę. Ale nie bój się. Wrócicie na chatę, porządnie ją wyruchasz, to jej przejdzie.

Sara raz jeszcze spojrzała na swego przyjaciela. Ściszyła głos.

– Spaliście ze sobą?

– Spierdalaj – fuknął Norbert.

– Ej! A ja niby co ci zrobiłam?

– Nic mi nie zrobiłaś. Po prostu chciałbym umrzeć.

*

W drodze na WF dziewczyny nie gadały o niczym innym jak o felernej domówce. Wiktoria była zła na Igora, ale to Norbert stał się wrogiem publicznym numer jeden.

– Typ mi zawsze wyglądał na zboka.

– Taki odludek, nic nie gadał…

– Cichociemny.
– Pierdolony stulejarz.
– A ty wiesz, co on robi na Instagramie?
Wiktorię otaczał wianuszek gulgoczących jak indyki koleżanek.
– Gówno mnie to obchodzi. Nie wchodzę na jego insta.
– Ty nie wchodzisz. Ale on właziłna twój kilkanaście razy dziennie.
– Wiesz po co?
– W piździe to mam.
– Ogląda twoje fotki i…
– FUUU!
– Lepiej go zablokuj.
– No daj mu bana.
Sara miała się nie wtrącać. Odradzała Norbertowi tę imprezę, pod skórą czuła podstęp. To nie był ich świat.
– I tak ma pewnie wszystko poscreenowane.
– Cały folderek.
– A miał twardego, jak z tobą tańczył?
– KURWA! – wrzasnęła Wiktoria.
Sara powinna była siedzieć cicho. Dziewczyny jej nie akceptowały, najlepszym, na co mogła liczyć, wydawało się ignorowanie. A jednak Norbert był jej najlepszym przyjacielem. Takim samym odludkiem jak ona, nieco skrzywionym, patrzącym na świat tymi samymi oczyma. Kochającym książki, nierozumiejącym ludzi.
– Zboczeniec pierdolony…
– Ej laski, ale przecież to nie wina Norberta. Z tego, co mówicie, wszystko nakręcił Igor – powiedziała Sara.
Spojrzały na nią jak na największego wroga. Wójcicki był nietykalny, Skarpeta siedział w męskiej szatni, zresztą i tak się go brzydziły; ta choroba jest zakaźna, nie dotykaj trędowatego.

Kostrzewska znajdowała się na wyciągnięcie dłoni. Idealna osoba do wymierzenia odpłaty. Urodzona ofiara. Stojąca tu i teraz, gotowa, by odebrać cudzą zemstę za sobotnie upokorzenie. Wendeta jest dziedziczna.

– A ciebie to kręci?

– Opowiadał ci o tym?

– Czy może chciałabyś z Igorem?

– Dajcie spokój, ona jest tak samo pojebana jak Skarpeta.

– Pewnie też ma w telefonie twoje foty...

– Nerdy pierdolone...

– Pokaż telefon!

– Właśnie...

Napadły na nią jak stado wilczyc. Rzuciły się do gardła, przewróciły na ziemię.

– POKAŻ TELEFON, SUKO!

Wyciągnęły jej z kieszeni komórkę, zbliżyły do twarzy, odblokowały bez podania kodu.

– Sprawdź szybko jej foty!

– Nie widzę nic...

– Powinny być na samym końcu...

– O kurwa!

– O KURWA!

Odkryły folder z cosplayem. Ubrana w obcisłą skórę Sara stała pośrodku opuszczonej hali. Kostium podkreślał jej kształty, odkrywał całkiem sporo.

– JA PIERDOLĘ! ONA TEŻ JEST ZBOCZONA.

Zamierzały ją ukamienować. Publicznie zlinczować, upokorzyć i zniszczyć.

– Kurwa, jakieś elfie uszy do tego!

– Czy to strój do BDSM?

– Tak samo zboczona jak jej kumpel Skarpeta.

– ZOSTAWCIE MNIE! – wrzasnęła Sara.

Kiedy pół roku później w bramie szkoły pojawiły się trzy wisielcze ciała, żadna z nastolatek nie czuła wyrzutów sumienia. Żadna nie połączyła faktów, nie znalazła w swoim zachowaniu najmniejszego ziarna winy.

– PIERDOLONA ZBOCZUCHA!

– Pewnie dorabia na kamerkach…

Przebierali się czasem, kiedy grali w terenie. Sara sama uszyła sobie ten kostium, przerobiła go ze starych ciuchów wygrzebanych w lumpie. Zrobiła takie dla całej trójki.

– Zobaczcie, tu stoi ze Skarpetą!

– Czyli jednak się bzykają!

– Kręcą cię takie przebieranki?

Nienawidziła ich. Serdecznie, z głębi serca, całą sobą, każdym milimetrem ciała i ducha. Gdyby mogła w tej chwili oddać swe serce diabłu, by choć przez chwilę posiąść nadludzkie moce, by móc wyrwać im serca i rzucić je w ogień, zrobiłaby to bez chwili wahania. Ale jej diabeł tylko przyglądał się wszystkiemu z daleka, pozwalając sprawom biec swoim torem. Nienawiść musiała urosnąć.

– Suka zboczona.

– Jesteś skończona, Kostrzewska. Ty i twój chłopak Skarpeta.

Musiała je ukarać. Wepchnąć im do gardeł granaty i patrzeć, jak trotyl rozrywa ich wnętrzności. Podpalić cały ten popierdolony świat.

– Jeszcze zobaczycie… – szepnęła.

NORBERT

Tkwił w nicości. Uwięziony w beznadziei, pozbawiony celu i sensu. Przeszłość nie należała już do niego, przyszłość nie obiecywała niczego dobrego.

Już kiedyś myślał o tym, żeby odebrać sobie życie. Prawdę powiedziawszy, takie myśli nawiedzały go dość regularnie. Rozmawiał o tym z Sarą i Tomkiem.

„Chyba każdy zastanawiał się kiedyś, jak to wszystko skończyć" – stwierdziła dziewczyna.

„W sumie nie miałoby to żadnego znaczenia. Byt jest, a niebytu nie ma" – przypomniał Jonka, cytując jednego ze swoich ulubionych filozofów. „Jak można przejmować się czymś, co nie istnieje?"

A jednak dalej żyli. Grali w gry, walczyli o przetrwanie, pozwalali, by czas prowadził ich dalej przed siebie w stronę wielkiej niewiadomej.

Na końcu drogi czekała śmierć. To jedno wiedzieli na pewno. Każdy to wiedział.

„Możemy żyć dłużej albo krócej" – powiedziała Sara. „Ale i tak w końcu umrzemy. Pytanie tylko, kto o tym zdecyduje. Czy zdecydujemy sami czy pozwolimy, by ktoś inny zdecydował za nas".

„To powinien być wybór. A nie swobodne spadanie" – dodał Tomek.

Potrzebowali przewodnika. Kogoś, kto weźmie ich na wpół ukształtowane umysły i doprowadzi dzieło do końca. Pchnie w stronę, w którą i tak zamierzali pójść. Wtedy właśnie poznali Walberga.

Podszedł do nich, kiedy siedzieli w klubie. Przysiadł się do stolika i zaczął grać.

– Czy ty nie chodzisz czasem do dziewiątki? – spytał Norbert.

Walberg nie odpowiedział. Przez kilka kolejnych spotkań rozmawiał wyłącznie o grze. Sara skojarzyła, że widziała go kiedyś na szkolnym korytarzu. Zagaiła na ten temat, lecz nie usłyszała potwierdzenia swych przypuszczeń.

Nigdy wcześniej nie uczestniczyli w tak prawdziwych sesjach. Walberg był przystojnym osiemnastolatkiem, a jednak mimo niewielkiej różnicy wieku wydawał się znacznie starszy od nich.

Miał długie czarne włosy i ciemne jak noc oczy. Mówił niskim, głębokim głosem, nigdy się nie unosił. Zawsze opanowany, chłodny niczym lód.

Opowiadał o magicznych światach tak realnie, jakby właśnie wrócił z podróży przez ich nieskończone wymiary. Był inny, niezwykły.

Norbert, Sara i Tomek zrozumieli, że wszystko, co do tej pory widzieli, czego doświadczyli, nie przedstawiało absolutnie żadnej wartości. Walberg nie należał do tego kosmosu i wcale mu to nie przeszkadzało. Był samotnym wilkiem, skrytym pośrodku mroku nocy łowcą. Wpatrzonym w światło księżyca, wyjącym do gwiazd.

Któregoś razu, na jego polecenie, przynieśli na sesję napój zawierający mieszaninę krwi. Poczęstowali nią kilka młodszych od siebie dzieciaków. Chcieli ich przerazić. Zmusić do wzięcia udziału w uczcie ku czci pierwszych bogów.

Walberga nie było wtedy w klubie. Właściciel Inferno uznał ów wybryk za niepokojący, w obawie przed reakcją służb zabronił nastolatkom przychodzić do lokalu. Wtedy udali się pod adres wskazany przez przewodnika stada.

Walberg czekał na nastolatków w opuszczonym budynku dawnej zajezdni tramwajów konnych. Na obdrapanej z tynku ścianie skreślił trzy liczby, ale nie wytłumaczył kryjącego się za nimi sensu. Znalazł uczniów, lecz nim wygłosił lekcję, musiał ich najpierw ukształtować.

– Zrobiliście, co kazałem? – spytał.

– Tak – odpowiedzieli posłusznie.

– Dobrze. Przyjdzie czas odpłaty. Na tych wszystkich, którzy wyrządzili wam krzywdę, spadnie kara.

Norbert, Sara ani Tomek nigdy nie mówili Walbergowi o tym, co działo się w szkole. A jednak skądś wiedział. Bali się spytać, na czym ma polegać owa sprawiedliwość, ale rozumieli, że to im przyjdzie ją wymierzyć.

– Czy ktoś was widział, jak tu szliście?

Zaprzeczyli.

– Bardzo dobrze. Musicie być jak wilki. Wilk nie pasie owiec. Prędzej odgryzie swą łapę, niż da się złapać w sidła. Potrzeba wam czasu. Ale kto przebywa z wilkiem, nauczy się w końcu wyć.

ROZDZIAŁ 10 | **LIPIEC**

FLARA

Szkoła w lipcu przypomina opuszczone wesołe miasteczko, idealną scenerię horroru, miejsce, w którym powinien panować gwar, a zamiast tego króluje martwa cisza.

Znajdowali się w gabinecie dyrektora Kowalczyka. Bordowy dywan, zakurzone firanki, wielkie brązowe biurko.

– Kacper Walberg – powtórzyła profesor Volker. – Był moim wychowankiem.

– Jest pani pewna, że to on? – spytała Flara, pokazując kobiecie wydruki z zapisu monitoringu.

– Na sto procent.

Do ustalenia tożsamości osoby, która wkradła się na teren oliwskiego ogrodu zoologicznego, zaangażowano niemal wszystkie siły i środki. Dzięki skoordynowanej pracy wydziałów: techniki operacyjnej, poszukiwań i identyfikacji osób oraz kryminalnego, udało się zidentyfikować sprawcę. Kluczowym narzędziem okazał się nowoczesny zagraniczny program służący do rozpoznawania twarzy i porównywania ich z rekordami znajdującymi się w państwowych systemach. Kilka miesięcy temu Kacper Walberg złożył wniosek o wydanie dowodu osobistego oraz nowego paszportu. Tym samym wzbogacił urzędową bazę danych o dwie aktualne fotografie.

Policjantka przewróciła kartę kroniki szkolnej.

– Jakim był uczniem?

– Cichym, wycofanym – odparła wychowawczyni.

– Dobrze się uczył?

– Zbierał raczej wysokie noty.

Dyrektor wyciągnął z teczki kopię szkolnego świadectwa.

– Widzę, że nawet z polskiego miał piątkę. Dziwne.

– Dlaczego? – spytała Flarkowska.

Kowalczyk przejechał palcem po dokumencie. Tajemniczy uczeń uzyskał ocenę dobrą lub bardzo dobrą z większości przedmiotów.

– Chodził do mat-fizu. A oni tam za bardzo się naukami humanistycznymi nie przejmują.

– Kacper ciągle coś czytał. Pamiętam, że na jego ławce zawsze leżała jakaś książka.

– To chyba dobrze? – zagadnęła Justyna.

Pani Volker przejęła od dyrektora klasową fotografię.

– Nawet podczas lekcji jednym okiem stale przeglądał beletrystykę. Pamiętam, że kilka razy próbowałam go złapać, ale on miał cholernie podzielną uwagę. Potrafił naraz czytać te swoje książki i notować to, co ja mówiłam.

– Geniusz? – spytała Flara.

Dyrektor wertował teczkę osobową absolwenta.

– Do żadnej olimpiady nigdy nie przystąpił.

– Kacper nie lubił błyszczeć w świetle reflektorów – wyjaśniła profesor Volker. – Nikomu nie wchodził w drogę, trzymał się raczej na uboczu. Oceny miał dobre, ale sam nigdy nie zgłosił się do odpowiedzi, nie wykazał żadnej inicjatywy, nie podjął jakiejkolwiek dodatkowej aktywności.

– Miał kolegów?

Nauczycielka bezradnie rozłożyła ręce.

– Na pewno jakichś miał.

– A w klasie? Z kim się trzymał?

Volkerowa dokonała szybkiej analizy. Niektórzy z uczniów już od pierwszych dni szkoły trzymali się w parach lub trójkach, inni dopiero pod koniec liceum odnaleźli w klasie kolegę czy koleżankę, z którymi mogli spędzać wspólnie czas. Ale Kacper?

– Prawdę powiedziawszy... chyba z nikim.

Samotny wilk. Łowca bez stada, buntownik, anarchista.

– Odludek? – spytała policjantka.

– Chyba tak by go można nazwać...

Flarkowska podniosła z biurka teczkę.

– Jak mu poszły matury?

– Zdał, nawet nieźle.

– Wybierał się gdzieś później? Polibuda, uniwerek?

W czasach Flarkowskiej studia stanowiły znaczący wyróżnik statusu społecznego, ukoronowanie wielu lat żmudnej nauki. Dzisiaj formalne wykształcenie straciło na znaczeniu, a uzyskanie dyplomu w jednej z tysiąca prywatnych szkół nie rodziło żadnych trudności.

– Chyba coś przebąkiwał, ale skłamałabym, twierdząc, że pamiętam, co mówił.

Walberg starał się być niezauważony. Nie pozostawiać śladów, nie nęcić pogoni.

– Czy ten adres jest aktualny? – Justyna wskazała na zapisaną w dzienniku nazwę ulicy.

– Pewnie tak...

– Mieszka z rodzicami?

Dyrektor zerknął w akta.

– Z tatą. Chłopak jest półsierotą.

– Ojciec czym się zajmuje? – ciągnęła policjantka.

– Cztery lata temu podał, że pracuje w stoczni – powiedział dyrektor. – Tak tu jest napisane.

Pani Volker miętoliła w dłoniach klasową fotografię.

– Nie pamiętam, czy kiedykolwiek przyszedł na wywiadówkę. Kacper nie stwarzał problemów wychowawczych, nie widziałam potrzeby, żeby specjalnie go wzywać…

Justyna odwróciła się do nich plecami i wyciągnęła telefon. Przekręciła do Kroona.

– I czego się dowiedziałaś? – spytał Konrad.

– Potwierdzają, że to on.

– Adres masz?

– Chyba mam. Ten sam, co w bazie.

– To zajebiście – podsumował prokurator. – Za chwilę wystawiam nakaz. Dzwoń do Gan.

MAJA

Spośród wszystkich ośmiu gdańskich falowców ten na Piastowskiej był jednym z krótszych. Liczący ledwie cztery klatki budynek nie mógł równać się z najdłuższym w Polsce osiemsetsześćdziesięciometrowym gigantem z pobliskiej ulicy Obrońców Wybrzeża ani drugim co do wielkości gmachem z Jagiellońskiej.

– To ta klatka? – spytała Flarkowska.

– Wszystko na to wskazuje – odparła Maja.

– Dzwonimy czy bierzemy go z zaskoczenia?

– Głupie pytanie…

Poczekały, aż ktoś będzie wychodził, przytrzymały drzwi i nie budząc niczyich podejrzeń, zakradły się na klatkę. Najpierw one, później pozostałych czterech funkcjonariuszy.

– Które piętro?

– Któreś z ostatnich. – Majka rozejrzała się po galerii. Szacowała liczbę mieszkań przypadającą na każdy poziom. – Na moje oko ósme albo siódme.

– No to jedziemy windą na ostatnie i schodzimy w dół.

– Na to bym nie wpadła…

– Jak będziesz w moim wieku, to nauczysz się kombinować – stwierdziła Flara. – Po czterdziestce trzeba dbać o stawy.

Maja wcisnęła przycisk. Winda nie pomieściła całej grupy, musieli jechać na dwie tury. Spotkali się na górze.

– Gotowi?

– I zwarci.

Ruszyli w dół. Jedenaste, dziesiąte, dziewiąte…

– A więc ósemka – zauważyła Maja. – To tu.

Funkcjonariusze wyciągnęli pistolety i odbezpieczyli broń.

– Dajesz… – szepnęła Justyna.

Kryminalna delikatnie zapukała. Policjanci obstawili całą galerię. Musieli mieć przewagę, nie mogli dać się zaskoczyć.

– Wchodzimy z drzwiami? – spytał barczysty dryblas w czarnym podkoszulku.

– Czekaj jeszcze…

Maja uderzyła trochę mocniej. Dalej nic.

– Dobra. – Flarkowska skinęła na kolegów. – Odprawiajcie swoje czary.

Mężczyźni przygotowali taran. Pod mieszkaniem stanął zwalisty kryminalny.

– POLICJA! Otwórz drzwi albo je wyważymy!

Cisza. A więc taran. Raz, dwa… drzwi wpadły do wnętrza mieszkania.

– STÓJ, POLICJA!

– POLICJA!

Wparowali z pistoletami, gotowi, by w każdej chwili oddać strzał. Na klatce pojawił się ciekawski sąsiad. Zapuścił żurawia, po czym wrócił prędko do mieszkania, by przez lekko uchylone drzwi obserwować dalszy rozwój wydarzeń.

Lokum składało się z kuchni, łazienki i dwóch pokoi. W większym z nich na kanapie spał jakiś mężczyzna.

– POLICJA! – wrzasnął ponownie kryminalny.

Na podłodze walały się puste butelki, w rogu pokoju stał rozkręcony na cały regulator telewizor.

– Szukamy Kacpra Walberga! – krzyknęła Maja.

– Kacpra nie ma – stęknął wyraźnie wstawiony domownik.

Ojciec poszukiwanego od wielu lat nie pracował, za to regularnie zaglądał do kieliszka.

– ŁAZIENKA I KUCHNIA CZYSTE!

– Zostańcie z nim, a my zbadamy ostatnie pomieszczenie! – zarządziła Flarkowska.

Drugi z pokoi zamknięto na klucz. W drzwiach zamontowano kilka dodatkowych zamków, szklaną szybę zabezpieczono dyktą.

– Chłopaki, dawajcie tu z tym taranem!

Jedno uderzenie i byli w środku. Na przeciwległej ścianie, tuż nad oknem, wisiała posępna wilcza maska.

– O kurwa… – szepnęła Majka.

KONRAD KROON

Siedział w gabinecie, trzymając zawinięty w folię wilczy pysk. Pod jego nogami wyciągnął się Fender. Towarzysz Kroona z niepokojem spoglądał na sztuczny łeb niebezpiecznie przypominający jego własny.

– Podsumowując, mamy sporo dowodów, ale brakuje nam sprawcy – oznajmiła Flara.

– Gorzej, jakbyśmy złapali sprawcę, a nie mieli na niego żadnych dowodów. Ta kolejność mi odpowiada.

Na pierwszy rzut oka pokój Kacpra Walberga wyglądał całkiem zwyczajnie. Długi na cztery, szeroki na trzy metry; naprzeciwko drzwi okno z widokiem na plac zabaw, po jednej stronie łóżko, po drugiej meblościanka. Na półkach sporo książek, w szafie karton na karabin.

– Broni nie ujawniliśmy – przypomniała Flarkowska. – A to znaczy, że Walberg krąży gdzieś teraz po mieście. Niebezpieczny i uzbrojony.

– Ustaliliście, kim może być Dawid?

Justyna zaprzeczyła.

– Kryminalni cały czas nad tym pracują. Może po zbadaniu komputera coś wyjdzie.

Kroon odłożył trofeum na półkę i sięgnął po akta. W foliowej koszulce znajdowała się kopia zabezpieczonego w pokoju Walberga dokumentu zatytułowanego „Lista Dawida". Nagłówek, a pod nim ręcznie skreślone ciągi liczb. Oryginał przesłano do badań, aby ustalić, czy sporządziła je ta sama osoba, która nakreśliła wcześniejsze napisy.

– Jest tu znacznie więcej numerów niż w budynku zajezdni.

– Aż boję się pomyśleć, co to może oznaczać – westchnęła Flara.

– Wyłącznie jedno – wyjaśnił Konrad. – Że nasz wilk grasuje na wolności. I dalej poluje.

Policjantka wzięła do ręki zwierzęcą maskę.

– Tylko według jakiego klucza?

Kroon pokazał jej dokument z akt.

– Według tego klucza. Mamy tu wszystko, napisane czarno na białym.

– I gówno z tego rozumiemy.

– Póki co. – Konrad podszedł do parapetu. Za oknem zbierało się na burzę.

– Myśli prokurator, że zdążymy to rozgryźć, zanim Walberg popełni kolejne przestępstwo?

Ciężkie jak ołów chmury zwiastowały kłopoty. Konrad wpatrywał się w niebo i medytował.

– Dlaczego nie mówisz mi po imieniu? – spytał po dłuższej chwili.

– Nie wiem. Jakoś tak mi głupio – odparła Justyna.

„Kim, do cholery, jest Dawid?" – pomyślał Kroon. Wydawało się, że powoli zbliża się do prawdy. Miał nazwisko sprawcy powiązane z każdą z liczb. W–16, W–33, W–146… Pozornie wszystko składało się w logiczne i w miarę zrozumiałe rozwiązanie. Ale im głębiej zapuszczał się w las, tym więcej śladów myliło mu trop.

Wilk wiedział, że na niego polują. O to chodziło w tej grze. Chciał być ścigany. Celowo zostawiał wskazówki. Szukał godnego przeciwnika.

Konrad skinął na Fendera. Zwierzę posłusznie podniosło się z legowiska i podbiegło do swego pana.

– Bawimy się w polowanie – rzekł z namysłem prokurator. – On zbiera trofea, a my próbujemy przewidzieć jego ruch.

W tym momencie zadzwonił telefon.

– Z tej strony Jolanta Wielińska. Czy mam przyjemność z…

– Konradem Kroonem – wystrzelił mężczyzna. – To ja. Co wyszło z opinii?

Biegła przełknęła ślinę.

– Zbadałam dokumenty zabezpieczone w pokoju chłopaka, jego zeszyty szkolne, oryginał listu… Porównałam to wszystko z czterema wcześniejszymi grafizmami. Jeśli chodzi o napisy w zoo, szkole i mieszkaniu naprzeciwko szkoły, to tak jak poprzednio moja opinia bazuje jedynie na stopniu prawdopodobieństwa.

– Jak dużego? – wszedł jej w słowo Konrad.

– Bardzo wysokiego, ale nie stuprocentowego – wyjaśniła Wielińska. – Jednakże jeśli chodzi o napis ujawniony w żołądku Remigiusza Teleszki... Cóż... odpowiada on grafizmom z Listy Dawida oraz zeszytom nastolatka. Tutaj będę mogła wydać kategoryczną opinię. Znaki skreśliła ta sama osoba i jest nią...

– Kacper Walberg – dokończył Kroon. – Nasz samotny wilk.

MAJA

Praktycznie nie wracała do domu, nie widywała się z Nataszą. Postawiono na nogi całą komendę; niemal wszystkie wydziały zajmowały się poszukiwaniami zaginionego chłopaka typowanego jako sprawca trzech osobliwych przestępstw.

Komputer Walberga, w odróżnieniu od komputerów Norberta, Sary i Tomka, nie został sformatowany. Policyjni eksperci dość szybko przełamali hasła.

– Mamy to, czego szukaliśmy, Majka – powiedział Sławek. – Dzwonisz do prokuratora?

– A co dokładnie mamy? – spytała policjantka.

– Wiadomości. Setki wiadomości.

Kryminalna przejęła od kolegi gruby plik dokumentów.

– To wszystkie wydruki?

– Te najważniejsze. Ktoś musi je dokładnie przeczytać. Ale z tego, co zauważyłem, Walberg pisał z naszymi pokrzywdzonymi. To on zaplanował to całe samobójstwo.

– No a lew i Teleszko?

Kolega oparł się o biurko.

– Słuchaj, to nie moja działka, żeby dokładnie kartkować cały ten stos makulatury. Ja swoją część roboty odwaliłem.

– Usiądę do tego z Flarą. Na razie muszę zbadać kilka tropów. Spierdalam w teren…

*

Cały czas się zastanawiała, czy nie włączyć koguta. Niemal wszystkie ulice w mieście stały, Trójmiasto w sezonie korkowało się gorzej niż kiedykolwiek. Turyści plus remonty. Bo przecież remonty przeprowadzano tylko od czerwca do września, najlepiej wszystkie naraz, tak żeby kompletnie sparaliżować ruch w metropolii.

– Możemy przypisać chłopakowi zabójstwo zwierzęcia, bo nagrał się na monitoringu – rzucił do słuchawki Kroon. – Teraz przypucujemy mu jeszcze namowę do samobójstwa. Potrójną namowę. Najsłabiej dowodowo wygląda sprawa z Teleszką.

– Sprawstwo kierownicze – powiedziała Majka.

– Zbudowane głównie na poszlakach. Ale to i tak całkiem sporo materiału jak na tyle przestępstw.

– Ani Kobuszko, ani Rzonka nie rozpoznali wizerunku Walberga – przypomniała Majka.

– Niestety. Dlatego musisz drążyć dalej.

– Drażę dalej.

– Wiem. Ale najważniejsze w tym momencie to dorwać naszego wilka. Bo on dalej poluje.

Majka wrzuciła drugi bieg. Powoli toczyła się w stronę Wrzeszcza.

– Ja też na niego poluję. Jadę właśnie do miejsca stałego żerowania.

– Zajezdnia? – spytał Konrad.

– Inferno. Klub z grami.

– Myślisz, że będzie tak po prostu spacerował beztrosko po mieście?

– Nic nie myślę – odparła policjantka. – Po prostu szukam.
– To szukaj. I jak tylko coś znajdziesz…
– To dam panu znać.
Prokurator rozłączył się jako pierwszy. Funkcjonariuszka włączyła kierunkowskaz. „Przez Hallera będzie szybciej".

*

– Oczywiście, że go kojarzę. Przychodził tu – oznajmił Kermit.
– Grał z Norbertem, Sarą i Tomkiem?
– Może kilka razy. Nie na tyle, żebym to zarejestrował. Na pewno nie tworzyli stałej drużyny – wyjaśnił pracownik klubu z grami.
– Drużyny, czyli ekipy? – Maja potrzebowała uściślić tę wypowiedź.
– Ekipy do gry.
– A co możesz mi o nim powiedzieć?
– Że miał długie włosy?
Policjantka przeskoczyła na drugą stronę kontuaru.
– Taki jesteś dowcipny?
Sprzedawca odruchowo złapał się za bark.
– Zostaw mnie! Nic o nim totalnie nie wiem! Przychodził, płacił, wychodził!
– Kiedy widziałeś go po raz ostatni?
Kermit wzruszył ramionami.
– Bo ja wiem…
Maja położyła mu dłoń na barku. Chwyciła dość mocno, ostrzegając, co się stanie, jeżeli chłopak nie będzie współpracował.
– ZE TRZY TYGODNIE TEMU! Nie wiem! Latem zawsze gra mniej ludzi!
– To jak następnym razem przyjdzie – rzuciła na biurko swoją wizytówkę – masz do mnie od razu przedzwonić. Tylko tak, żeby się nie skumał.

Kiedy się poznali, Konrad nie sprawiał wrażenia pracoholika. Prowadził sprawy na tyle porządnie, żeby nie dało mu się niczego zarzucić, ale nigdy się nie angażował. Tak było w sprawie Weroniki Zatorskiej, tak było w setkach innych spraw, które każdego roku trafiały do jego referatu.

Od jakiegoś czasu coś się zmieniło. Odkąd zerwał z Zuzą, odkąd pogrzebał ją w swym sercu.

Weszła do salonu. Kroon siedział na kanapie wpatrzony w ekran laptopa. Zerknęła mu przez ramię.

– To te powieszone dzieciaki?

– Tak – odpowiedział. – Filmik, który ktoś wrzucił do sieci. Zbadaliśmy komputer domniemanego sprawcy i ustaliliśmy, że to on opublikował nagranie.

– Brawo, Sherlocku.

– Praca zespołowa, skarbie – wyjaśnił mężczyzna. – W głównej mierze Flary i Majki.

– To ty nimi dowodzisz.

– Ale nie mówię, jak mają działać.

Radke oparła się o jego ramię.

– Dobry szef nie wtrąca się w sposób wykonania zadania, tylko rozlicza pracowników z efektów.

– One nie są moimi pracownicami.

– Wiem. Zasada działania jest jednak taka sama.

Konrad zamknął komputer.

– Tu jest o wiele więcej zasad. I pierwszy raz w życiu nie ja je ustalam.

– A kto? – spytała dziewczyna.

– Mój samotny wilk.

Patrycja położyła głowę na jego kolanach.

– Cała Polska żyje tym śledztwem. Jakby dowiedzieli się, że masz sprawcę...

– Jeszcze go nie mam. Wciąż chodzi po ulicy.

– Masz wytypowanego sprawcę – doprecyzowała dziewczyna. – A to już dużo. Swoją drogą nie boisz się, że ktoś sypnie?

– W sensie policja? – spytał.

– Na przykład. Było już kilka przecieków.

– Nie przejmuję się rzeczami, na które nie mam wpływu. Zresztą Walberg wie, że jest poszukiwany. O to mu chodzi.

Radke pogładziła go po policzku.

– Może opublikujesz jego wizerunek?

– Jeszcze na to za wcześnie.

– Jak uważasz. – Obróciła się na bok. Sięgnęła po pilota i włączyła telewizor. – Zostaliśmy zaproszeni do moich rodziców w weekend. Ojciec ma imieniny. Pojedziesz ze mną?

Konrad zaczął się głośno śmiać.

– Nie ma takiej opcji.

– Przecież nie pracujesz w soboty i niedziele.

– Teraz pracuję codziennie – rzekł poważnie.

Naburmuszyła się. Rodzice i tak średnio akceptowali ich związek.

– Pracujesz codziennie, odkąd jesteś ze mną. Zauważyłam.

– Odkąd dostałem to śledztwo – uściślił.

– Praktycznie wychodzi na to samo. Skończyłeś sprawę Drugiego Domu i od razu wkręciłeś się w to.

– Koincydencja czasowa. Brak związku przyczynowo-skutkowego.

Nie lubiła, kiedy wchodził w te tony. Też była prawniczką, ale Konrad... zawsze potrafił ją zagiąć.

– Ostatnio mój kumpel pytał o ciebie.

– Gracjan?

Uniosła kąciki ust.

– Nie, nie Gracjan. Jesteś zazdrosny, że mam męskiego przyjaciela?

– O Gracjana trudno być zazdrosnym.
– No wiesz, najciemniej pod latarnią...
– Zazdrość nie jest w moim stylu – uciął krótko. – Nigdy nie była.
Spojrzała na jego zmęczoną twarz. Mógłby więcej sypiać.
– Fakt.
Konrad delikatnie przesunął jej głowę i wstał z kanapy. Musiał napić się drinka.
– Chcesz też?
– Burbon z colą? Oczywistologia.
Na blacie pojawiły się dwie kryształowe szklanki. Kroon wrzucił do każdej po dużej kostce lodu, wyciągnął siedmioletniego bookera, wlał odrobinę, a później jak totalny amator zalał miksturę colą bez cukru.
– Kiedyś mnie za to spalą na stosie.
– W sensie za co? – spytała Radke. – Za wlewanie do wszystkiego coli?
– Za herezję.
Podał jej szklankę. Stuknęli się.
– Zdrówko, Kroon.
– Zdrówko, Kocie. – Wziął łyka. – Ale mówiłaś o Gracjanie. Dajesz.
– Nie o Gracjanie, tylko o Patryku. To mój kolega ze studiów, wpadliśmy na siebie jakiś czas temu na Ele. Jest dziennikarzem.
Konrad ostentacyjnie złapał się za głowę.
– Boże broń nas od dziennikarzy.
– Spodziewałam się takiej reakcji. Zwłaszcza że to Patryk pisze te wszystkie artykuły o twoim śledztwie.
– Nie mogłaś go otruć? Albo zepchnąć ze skały?
Bezradnie rozłożyła ręce.
– Nie mamy tu skał.
– No to nie wiem. Z klifu do morza.

– Zrobiłam tyle, ile się dało – broniła się Radke. – Szukał do ciebie kontaktu, kazałam mu palić wroty.

– I bardzo dobrze.

Nie wiedzieć kiedy szklanka Konrada znów stała się pusta.

– Jeszcze jednego?

– Za momencik. Ale ty się nie krępuj.

Podniósł się z kanapy, stanął za kuchennym blatem.

Szklaną butelkę pokrywał lekki szron. Kroon odkręcił zakrętkę i nalał sobie kolejnego. Brązowa ciecz oblewała lekko stopniały lód.

– Wiesz co... daj mu ten numer – odparł po chwili namysłu.

– Serio? – zdziwiła się Patrycja.

– Serio. Nigdy nie wiesz, kto okaże się twoim przyjacielem. Zwłaszcza w takiej sprawie.

NATALIA

Wysłał krótką wiadomość na Facebooku, że wpadnie pod jej blok. Pół godziny później zadzwonił domofon.

– Już schodzę.

Nie chciała zapraszać go do mieszkania. Właściwie to w ogóle nie chciała z nim gadać. Zjechała windą na dół.

– Cześć.

– Cześć.

Patryk stał na chodniku, nerwowo przestępując z nogi na nogę.

– Przejdziemy się? – zaproponował.

Natalia spojrzała dookoła. Zupełnie jakby się bała, że ktoś może ich obserwować.

– Spoko. Ale nie mam dużo czasu.

– Zajmę ci tylko chwilkę.

Ruszyli chodnikiem w stronę placu zabaw.

– Czytałam twoje artykuły. Widzę, że sprawa cały czas się kręci.

– No kręci się. Podobno policjanci pytali o jednego z waszych uczniów.

Natalia skrzyżowała ramiona. Pozycja zamknięta.

– Ja nic ci nie powiem.

– Czyli pytali – wywnioskował Skalski. – Jak ma na imię?

– Nie wiem – mruknęła.

– Kacper? Kacper Walberg?

– Skąd wiesz? – zdziwiła się.

– Od twoich uczniów.

Stanęli przy huśtawkach. Na placu zabaw kręciło się sporo dzieci.

– To nie wiem, po co mnie ciągniesz za język.

– Potrzebuję potwierdzić informację. Uczyłaś go?

– Nie. Nic o nim nie wiem.

– Ale to o niego pytali – podkreślił. – Potwierdzasz to?

– A muszę?

– Nic nie musisz.

Natalia zerknęła na trójkę dzieciaków. Siedziały na ławce, każde wpatrzone w swój tablet.

– Volkerowa mówiła mi, że próbują go znaleźć. I to pilnie. Więc pewnie… ma z tym wszystkim jakiś związek.

PATRYK

Tym razem wiedział, że musi go dorwać osobiście. To była zbyt poważna rozmowa, żeby prowadzić ją przez telefon.

– Pełne czy połówki?

– Pełne.

Spotkali się w klubie z bilardem nieopodal wiaduktu, z którego zrzucono Remigiusza Teleszkę. Najłatwiej zgubić się w tłumie.

– Rzucę hasło, a ty mi powiesz, w jaką grę gramy – zaczął Skalski.
– *Familiada*?
– Bardziej *Va banque*.
– Dajesz... – mruknął policjant.
– Co ci mówi nazwisko Walberg? Kacper Walberg.
Kryminalny zrobił wielkie oczy.
– Ty nie jesteś do końca normalny.
– Trafiłem?
– Nie tu. Za dużo ludzi.
– I właśnie o to chodzi. – Skalski przysunął się do informatora. Ściszył głos. – Ptaszki ćwierkają, że to on.
Policjant rozejrzał się po sali. Nikt nie zwracał na nich najmniejszej uwagi.
– To cię będzie słono kosztować.
– Mam cynk w sprawie tych zjebów z Wolnego Miasta. Podobno planują jakąś akcję z synagogą.
– Którą synagogą? – zdziwił się Ciapek.
– We Wrzeszczu.
– Jaką akcję?
Skalski wzruszył ramionami.
– Tyle wiem. Obrzucą ją gównem, nasprejują jakieś antysemickie hasło... nie mam pojęcia. Mój ziomek wyciągnął to info od kogoś, kto zna kogoś, kto zna kogoś...
– Brzmi jak *fake news*. I co ja mam niby zrobić z tą informacją?
– Ty tu jesteś psem, Misiu – odparł z rozbrajającą szczerością Patryk. – Ja tylko klepię wierszówkę. Wystawcie tam patrol. Obserwujcie.
– Nie mamy na to ludzi.
Skalski uderzył kijem w kulę. Spudłował.
– Trudno łapać oprychów, jak się nie ma ludzi.
– Witaj w Polandii.

Policjant przymierzył się do uderzenia. Trafił za pierwszym razem.

– Twoja kolej. Mów, co wiesz o Walbergu.

– Próbujemy go dorwać.

– Za te dzieciaki?

Ciapek raz jeszcze rozejrzał się po lokalu. Podszedł do Patryka.

– Za dzieciaki, skoczka i lwa.

– To wszystko on?

– Ja ci tego nie mówiłem – zaparł się funkcjonariusz.

– A ja ci nie mówiłem o naziolach z Wolnego Miasta.

Kryminalny nachylił się nad uchem dziennikarza.

– No dobra. Możesz napisać, że mamy sprawcę, ale nie pisz kogo. I tego, co ci teraz powiem, też nie możesz napisać.

– Słowo harcerza.

– Byłeś harcerzem?

Patryk wziął łyka piwa.

– Mój dziadek walczył w Szarych Szeregach. To się nie liczy?

Policjant udał, że smaruje kredą końcówkę kija.

– Chuj wie. W każdym razie... Walberg na każdym z miejsc zostawił swoją wizytówkę. Literę „W" od swojego nazwiska i liczbę.

– Jeden, dwa i trzy?

– To były inne liczby. Na razie nikt nie wie, co one znaczą. Chyba chodzi o jakiś szyfr. Wiemy tylko, że „W" to skrót od jego nazwiska.

Skalski nic z tego nie rozumiał.

– Ale po cholerę to robił? Przecież tylko się tym pogrąża.

– To pierwszy od upadku komuny seryjny morderca w naszym mieście. I przypuszczamy, że niedługo znów zaatakuje.

– Powiedz mi, Konrad, czy ciebie taki rozgłos cieszy? – rzucił niby od niechcenia Kieltrowski, wchodząc do gabinetu swojego podwładnego. – Bo mi to zasadniczo koło pędzla lata, nie mój cyrk, nie moje małpy, ale gdybym sam prowadził tę sprawę, to bym, kurwa, tego dziennikarza wpierdolił na dołek za utrudnianie śledztwa.

– Chodzi ci o artykuł dwieście pięćdziesiąt dwa, koleżko? Chyba średnio wpasowuje się w znamiona.

– Kurwa, nie wiem, o jaki artykuł mi chodzi. Wiem tylko, że ktoś za bardzo sypie.

Kroon zachowywał stoicki spokój, zupełnie nieprzystający do okoliczności.

– Takiej sprawy nie mieliśmy od... Nigdy nie mieliśmy. Trudno się dziwić, że media się interesują.

– Zajebiście, że się interesują, tylko skąd biorą takie informacje?! – warknął Krzysiek.

– Jak to skąd? Od policji.

– Psy jebane. Mordy nie potrafią zamkniętej trzymać...

Konrad bezradnie rozłożył ręce.

– Zawsze tak jest przy medialnych postępowaniach.

– A ile ty niby medialnych postępowań prowadziłeś?

– Żadnego – odparł nad wyraz szczerze Kroon. – To będzie moje pierwsze i ostatnie.

– Lepiej to wypluj.

– Nie jestem przesądny.

Kieltrowski zastukał trzy razy w blat biurka.

– Ja, kurwa, jestem. Dzwonili z Regionalnej ze zjebką, dlaczego nie poinformowaliśmy ich o wytypowaniu podejrzanego.

Konrad wyszczerzył zęby.

– Nikomu zarzutów jeszcze nie postawiłem. Poza Kobuszką i Rzonką.

– Mówię o Walbergu! – Naczelnikowi momentalnie podskoczyło ciśnienie. – Bądź łaskaw okazać choć odrobinę wdzięczności za to całe pierdolenie, którego w twoim imieniu musiałem się nasłuchać!

– Jakby spytali, czy kogoś typujemy, tobym im powiedział. Ale nikt o nic nie pytał. Cisza w eterze. W sezonie urlopowym tam średnio komu chce się robić.

Kieltrowski podniósł ze stołu ostatni tom akt.

– Tylko tobie chce się tu robić. Mam przedzwonić do wojewódzkiego?

– Byłoby miło – odparł Konrad.

– Kurwa, równo go opierdolę. Niech pilnuje swoich ludzi. Żadnych więcej przecieków!

– Policja ma ostatnio wyjątkowo niskie morale. A wojewódzki to głąb z partyjnego nadania.

– Na zachodzie bez zmian…

– Zawiedzione nadzieje, co?

– Lepiej już było – stęknął naczelnik. – No ale mów, co chcesz zrobić z tym dziennikarzem.

Konrad otworzył okno przeglądarki. Wszystkie ważniejsze serwisy informacyjne cytowały newsa, którego jako pierwszy opublikował portal Trójmiasto. „Policja poszukuje osoby winnej spowodowania śmierci trójki licealistów. Sprawa ma mieć związek z zabójstwem na kolejowym wiadukcie oraz z uśmierceniem lwa z gdańskiego ogrodu zoologicznego". Artykuł powoływał się na anonimowe źródła, pokrótce opisywał wszystkie trzy przestępstwa.

– „Czy po Trójmieście grasuje groźny psychopata?" – przeczytał na głos Kroon.

– Na szczęście nie piszą nic, że sprawca podpisał każde z miejsc zbrodni. Ani że nazywa się Walberg.

– A może powinni napisać – zastanawiał się głośno Konrad.
– W sensie? – spytał naczelnik.
Kroon spojrzał na Fendera. W stadzie husky tylko on mógłby go rozpoznać.
– Walberg chodzi uzbrojony po mieście i poluje. Może zdążymy go złapać, a może nie.
– Obyśmy, kurwa, zdążyli. Tylko ten pierdolec się zapadł pod ziemię!
– No właśnie… – Kroon przewinął artykuł do sekcji komentarzy. Pod tekstem Skalskiego widniało kilkaset prywatnych opinii. – Zobacz, ilu tu mamy wybitnych specjalistów.
– Nie rozumiem – odpowiedział Kieltrowski.
Konrad wstał zza biurka. Poklepał kolegę po plecach.
– Nie pierwszy i nie ostatni raz.
– Ty, maluszku! Grabisz sobie.
Kroon nachylił mu się nad uchem.
– Jest takie stare indiańskie przysłowie: *If you can't beat them, join them*.
– Że niby do kogo mamy się przyłączyć?
Konrad podszedł do komputera.
– Nie ma co walczyć z mediami, trzeba poprosić je o pomoc. Niech opublikują wizerunek Walberga.
– Ale wtedy rozpęta się burza!
– I zajebiście. Lubię burze.

PATRYK

Aktualnie był ulubionym pracownikiem naczelnego. Jego artykuły klikały się najlepiej na całym portalu, szef liczył już zyski z przyszłych reklam. Ale Skalski nie spoczywał na laurach.

Zawsze marzył o tym, by być takim gościem jak jego świętej pamięci dziadek. Reportażystą z krwi i kości. Ale nie łudził się, że w dzisiejszych czasach jest to w ogóle możliwe.

W Polsce nikt już nie miał kasy na prawdziwe dziennikarstwo śledcze. Na kilkumiesięczną żmudną pracę nad tekstem, dłubanie w dowodach. Poszukiwanie świadków.

Patryk dobrze znał realia pracy w mediach. Chwytliwe nagłówki, byle jaki tekst. Nieustanna stymulacja czytelnika. Nie wierzył, że może coś zmienić.

Tymczasem niespodziewanie przytrafiła mu się sprawa trójki powieszonych nastolatków. Newsy, które pisały się same. Bez wielkich kosztów i żmudnych poszukiwań. Skalski po prostu starał się zasięgać języka na mieście. Miał dużo znajomych, każdy kogoś znał, informatorzy wpadali na niego sami. No a jak ryba bierze, to szkoda nie łowić.

– Stary, dawno go tu nie widziałem – stęknął Kermit.

– A jakbyś go widział, to dasz mi cynk? Zostawię ci numer.

Sprzedawca zastanawiał się, ilu jeszcze policjantów go odwiedzi. Najpierw była ta dziewczyna, później jakiś nakoksowany ziomek. Teraz ten tu.

– Wy się ze sobą nie konsultujecie? – spytał.

– My to znaczy?

– No wy. – Kermit zniżył głos. – Niebiescy.

– Gówno cię to powinno obchodzić – burknął Skalski, orientując się w mig, że chłopak wziął go za policjanta. Czasem lepiej nie wychodzić z roli.

– Dobra już, dobra.

– To co, powiesz mi jakby co?

Do sklepu wszedł jakiś mężczyzna. Ubrany w jeansy i czarną koszulkę z gotyckim napisem. Podszedł do regału z książkami.

– Powiem. Zresztą, spytaj jego. – Wskazał na klienta przeglądającego książki. – Wydaje mi się, że ze sobą grali.

Patryk zerknął za siebie. Nieznajomy wertował jakiś podręcznik.

– Grał z Walbergiem? – spytał Skalski.

– Nie wiem, czy on się nazywał Walberg. Grał z tym kolesiem, którego pokazałeś mi na zdjęciu.

– No luźno. – Raz jeszcze spojrzał na tajemniczego klienta.

Uwagę Patryka przykuł ciemny T-shirt z logo Wolnego Miasta. Gotyckie litery i wilczy łeb.

Nieznajomy jakby się zorientował, że jest obserwowany. Pospiesznie odłożył książkę i żwawym krokiem opuścił klub.

– Co możesz mi o nim powiedzieć?

– To samo, co o tamtym pierwszym. Że lubi czarny kolor.

„Czarny kolor i starogermańskie symbole" – pomyślał Patryk. „W jak Walberg. W jak wilk".

WOTAN

Las płonął. O tej porze powinien okrywać go mrok. Lecz z mroku narodziła się ciemność, a ciemność zawsze paliła się ogniem.

Pośród sosen i buków poniósł się echem chóralny okrzyk:

– Kość do kości!

– Krew do krwi!

– Ciało do ciała!

– Jakby były sklejone.

Szesnastu zakapturzonych oprawców wyciągnęło przed siebie pochodnie. Odprawili czary, dodali sobie mocy. Zaklęcie merseburskie. Staroniemiecka inkantacja, manuskrypt z Fuldy, diabelski skowyt wilczych dzieci.

– JAKBY BYŁY SKLEJONE! – powtórzyli jednym głosem.

Tam na kamieniu wciąż błyszczała krew. Czerwona posoka spływała po tajemniczych runicznych symbolach. Pradawne litery zapomnianego alfabetu. Sekretne liczby.

Mężczyźni ruszyli w dół wzgórza. Ich ciężkie buty szurały po listowiu, ich zatwardziałe serca trwały niewzruszone w bezbożnym postanowieniu. Ale oni nie bali się Boga. *Bóg, co widział wszystko, nawet i człowieka, Bóg ten umrzeć musiał! Człowiek nie ścierpi, aby taki świadek żył*[14].

Nikt nie wie, jak długo wędrowali. Nikt nie wie, skąd przyszli ani dokąd prowadziła ich droga. Szesnaście, sto trzydzieści trzy, sto czterdzieści sześć. A przecież to ledwie kilka pierwszych liczb.

Wyszli z lasu w ostatnim możliwym momencie. Wkroczyli na ulicę.

Minęli kilka samotnych domów, śpiących budynków, zamkniętych drzwi i okien. Nikt nie spojrzał w ich stronę.

Stanęli przed płotem świątyni i po kolei przeskoczyli na drugą stronę.

Najpierw uszkodzili kamery. Jeszcze za dnia sprawdzili, które z nich działają. Nie potrzebowali świadków, nie szukali poklasku. Ich dzieło miało samo przemówić za nich.

Rozlali dookoła benzynę. Ostatni raz mżyło kilka dni temu, wcześniej przez dobry miesiąc panowała susza. Ziemia była wyschnięta, drzewa umierały z pragnienia.

Wyciągnęli kanistry z benzyną.

– Kość do kości!

– Krew do krwi!

– Ciało do ciała!

– Jakby były sklejone – powtórzyli szeptem.

---

14 F. Nietzsche, *Tako rzecze Zaratustra*, tłum. W. Berent, Wolne Lektury, s. 128.

Kamień rozbił okno, chwilę później przez szybę wleciała pierwsza butelka z benzyną. Nie trzeba wiele, by wywołać pożar. Ale oni musieli mieć pewność.

Pierwsza, druga, szesnasta. Szesnaście płonących ładunków. Potem oblali wszystko benzyną, rzucili na ziemię pochodnie i znów uciekli do lasu.

Na budynku świątyni tańczyły żółto-czerwone języki. Śnieżnobiały gmach przypominał gigantyczną czarę ognia, oliwną lampę niesprawiedliwości, która burzyła odwieczną tradycję pokojowej koegzystencji.

Wilk pożarł lwa. Lecz żaden wilk nie poluje przecież sam.

ROZDZIAŁ 11 | **LIPIEC**

FLARA

Justyna siedziała w radiowozie, czekając na zakończenie akcji gaśniczej. Na polecenie komendanta wojewódzcy mieli wesprzeć funkcjonariuszy z miejskiej w przeprowadzeniu czynności dowodowych. Ale aby cokolwiek zrobić, należało poczekać na opanowanie ognia.

Zmieniła stację na radio informacyjne.

Powiedzmy otwarcie, że to pierwszy akt dyskryminacji o tak wielkiej skali od czasu pogromu w Jedwabnem…

Proszę pani, nie wiemy jeszcze, czy był to jakikolwiek akt dyskryminacji!

A jak inaczej nazwałby pan to wydarzenie?

Zaproszeni do programu przedstawiciele największych partii budowali wokół tragicznego wydarzenia własną narrację. Jak uczy nas historia, nie ma takiego ludzkiego dramatu, na którym nie dałoby się zbić politycznego kapitału.

Wypadek, wybryk chuligański – możliwości jest wiele. Dajmy podziałać policji, poczekajmy na oficjalne komunikaty.

– Słyszysz, Justyna? Czekają na ciebie! – rzucił kolega z miejskiej.

– Na ciebie też, Robercik.

– Wiesz, ja nie siedzę tak wysoko jak ty. Ty będziesz robić, a ja się uczyć.

Flara spojrzała na zgliszcza budynku.

– Wydaje mi się, że nie będziemy tu mieli wiele roboty. Nie ma co zabezpieczać.

Chciałem tylko zauważyć, że jak atakowane są kościoły, to państwo się tak nie ekscytujecie – stwierdził polityk w radiu.

A kiedy w Polsce ktoś podpalił kościół?! – oburzyła się posłanka z przeciwnego obozu.

Kościoły są nieustannym obiektem agresji i lewicowej nagonki. Przerywacie msze, bezcześcicie symbole...

I pan uważa, że to, co się stało wczoraj w Gdańsku, jest równoważne z protestami przeciwko nieustannemu wtrącaniu się Kościoła w politykę?

Pani poseł, mleko się rozlało. Ludzie mają po prostu dość waszej wymuszonej politycznej poprawności. Migrantów, przymusowej relokacji, asymilowania osób odmiennych kulturowo za wszelką cenę...

Pan właśnie publicznie pochwalił akt nienawiści na tle religijnym! – krzyknęła rozmówczyni.

Kobieto, proszę się uspokoić! Niczego nie pochwalam. Ale jeślibyśmy uwierzyli w wasze kłamstwa, to za kilka lat polskie ulice będą przypominać ulice Paryża czy Sztokholmu. Zamknięte getta, gdzie strach wejść. Na szczęście Polacy sobie na to nie pozwolą.

Flara wyłączyła radio.

– Nie mogę słuchać tego pierdolenia.

– Ja też nie – odparł Robert. – Co się tam u was mówi o tym całym szajsie?

Justyna wskazała na pogorzelisko.

– Chodzi ci o to?

– Nom.

– Z nikim nie gadałam. Mam własne sprawy.

– Taka sama jak zawsze – podsumował Robert. – Orzesz swoje poletko i nic cię nie interesuje.
– Nie lubię plotek.
– A ja słyszałem od kumpla... – Ściszył głos. – Że oni wiedzieli, że coś się szykuje. Podobno dostali cynk od informatora i spierdolili.
– Kto wiedział?
– No chłopaki z KR-ów.
– Na szczęście nie robię w kryminalnych. – Spojrzała w stronę strażaka, który właśnie do niej machał. – Chodź. Chyba możemy zaczynać.

PATRYK

Sezon ogórkowy zamienił się w informacyjne igrzyska olimpijskie. Święto faktów, domysłów i spekulacji. Gdańsk nie schodził z czołówek ogólnopolskich dzienników i portali, trąbiły o nim wszystkie ważniejsze stacje w kraju. Zbrodnia poganiała zbrodnię.
– Opublikowali wizerunek Walberga – oznajmił Patryk.
– Chciałeś powiedzieć Kacpra W. – sprostował Filip.
– Racja.
Kolega zaciągnął się papierosem. Stali pod budynkiem redakcji i dotleniali płuca.
– Chcesz jeszcze jednego?
– Nie. Ograniczam.
– Do dwóch paczek dziennie?
– Do jednej paczki – wyjaśnił Skalski.
Filip rzucił niedopałek na ziemię. Wyciągnął kolejną fajkę.
– To kiepski zwyczaj. Najpierw dwie paczki, później jedna, w końcu w ogóle przestaniesz palić.
– Kiedyś będę musiał.

– Każdy, kto przestaje, umiera na raka. Jak raz wejdziesz do gry, musisz stale rzucać kością.

– Walberg stale rzucał kością – przypomniał Patryk. – Dużo grał w gry.

– No i widzisz, ciągle chodzi po ulicy. Uzbrojony i niebezpieczny. Jakby rzucił fajki, pewnie zaraz by go dorwali.

Skalski spojrzał na budynek kościoła Świętej Katarzyny. Kilkanaście lat temu świątynię strawił ogień.

– Ciekawe, czy mu chwilowo odpuścili przez tę sprawę z meczetem?

– A co on ma wspólnego z meczetem? – spytał Filip.

– Nic nie ma. – Patryk podrapał się po głowie. – Ale u nas chłopaki z policji nie potrafią robić dwóch rzeczy naraz. Jak w tym dowcipie z żarówką. Tylko jedna akcja może być na tapecie.

– Fakt.

Nieopodal nich wylądował gołąb. Ptak przycupnął na murku i zaczął coś skubać.

– Swoją drogą, twój informator się trochę pomylił. Miała być zadyma z synagogą – zauważył Skalski, przenosząc wzrok na ptaka.

– Dla naszych brązowych chłopaków różnica jest niewielka – wyjaśnił Filip. – Meczet, synagoga... śmierć wrogom ojczyzny i tyle.

Gołąb sfrunął z murka.

– Jesteś pewien, że to robota Wolnego Miasta? – spytał Skalski.

– Za długo siedzę w tym temacie, żeby mieć wątpliwości.

– Tylko co z tego będą mieli? Przecież teraz policja nie da im spokoju.

Ptak przydreptał bliżej nich. Filip odsunął się dwa kroki w tył.

– To nie są racjonalni ludzie. Oni nie myślą tak jak my.

– Kumam. Ale taka akcja... Niebiescy w końcu znaleźli pretekst, żeby ich dojechać.

– Pretekstów to oni mają akurat sporo – odparł ponuro dziennikarz. – Tylko dowodów nie mogą znaleźć. Infiltracja takiego hermetycznego środowiska to zajebiście skomplikowana sprawa.

Gołąb chwycił dziobem niedopałek papierosa. Celulozowy filtr utknął mu w gardle. Ptak zaczął się dusić.

– Gadałeś z kimś o tym? – spytał Skalski.

– Nie. I nie zamierzam.

– Mógłbyś mieć newsa.

– Rozgrywam to długoterminowo. Chcę mieć porządny reportaż. Jakbym napisał teraz, co wiem, spaliłbym wszystkie kontakty. A ja chcę dojść do prawdy.

Patryk spojrzał na niego z uznaniem.

– A mówiłeś, że to ja jestem dziennikarskim dinozaurem.

– Co za różnica. I tak zaraz wyjebie w nas kometa.

KONRAD KROON

W mieście panowała straszliwa duchota. Kroon wpatrywał się w gęste ciemne chmury, które od kilku dni zasnuwały niebo, ale nie obrodziły w ani jedną kroplę deszczu.

– Zanosi się na burzę – stwierdził Kieltrowski.

– Mówisz o pogodzie czy twoim meczecie? – spytał Konrad, w dalszym ciągu obserwując stalowo-granatowe obłoki.

– Kurwa… No dojebali z tym podpaleniem.

– Jak to się łączy ze sprawą pseudokibiców?

Naczelnik prychnął. Od ponad roku nadzorował śledztwo związane z przestępczością narkotykową grupy powiązanej z lokalnym środowiskiem piłkarskim.

– Najgorsze jest to, że podobno się łączy. Gadałem z matką przełożoną i kazała mi to osobiście prowadzić – odparł Krzysiek.

– Ale włączasz sprawę podpalenia do tamtego postępowania?

– Kurwa, nie wiem. Chłopaki z KR-ów mówią, że to robota ludzi z Wolnego Miasta. Tylko na razie słabo z dowodami.

Kroon spojrzał w stronę niedawno odnowionego budynku dworca. Miał wrażenie, że iglica wieży zegarowej niemal dotyka chmur.

– Co się, brachu, porobiło z tym krajem? – spytał Konrad. – Naziści w Polsce? Kumam, gdziekolwiek indziej na świecie. Ale w Polsce?

– Pojebana akcja. I to jest, kurwa, ścierwo nie do wyplenienia. Chyba Pruszków się łatwiej infiltrowało niż tych przepojonych nienawiścią troglodytów.

– Dzieje się coś złego.

– Zawsze dzieje się coś złego – mruknął Kieltrowski.

– Nie, Krzysiek. Coś wisi w powietrzu. Najpierw pył znad Sahary, teraz ta pieprzona burza, która nie chce się rozpętać. Woli trzymać nas w niepewności, niż dać porządnie po dupie.

– Najgorszy zawsze jest strach. Na ulicach zaczynają układać worki z piaskiem. Boją się powtórki z dwa tysiące pierwszego.

Kroon sięgnął pamięcią do wydarzeń z początku nowego milenium. Ponad dwadzieścia lat temu, dziewiątego lipca dwa tysiące pierwszego roku Gdańsk nawiedziła powódź stulecia. Wystarczyły niespełna dwie godziny intensywnych opadów, aby zalać znaczną część miasta i odebrać życie czterem osobom.

– Nie będzie powtórki z dwa tysiące pierwszego – rzekł posępnie Konrad. – Będzie znacznie gorzej.

Rozważania dwójki doświadczonych prokuratorów przerwała niespodziewana wizyta młodej policjantki.

– Pani Gan, czemu zawdzięczamy? – spytał naczelnik. – Złapaliście moich podpalaczy?

Funkcjonariuszka pewnym krokiem podeszła do Kieltrowskiego. Przysunęła krzesło i bez pytania usiadła obok niego.

– Ja w pseudokibicach nie robię – ucięła krótko.

– Myślałem, że dziś wszyscy robicie – stęknął prokurator. – Wychodzi jednak na to, że nikt nie robi.

– Chłopaki działają, proszę się nie martwić – zapewniła.

Kroon obrócił się tyłem do okna.

– Masz coś dla mnie?

– Kilka nowych ustaleń. Przy okazji tej całej akcji z meczetem wyszło, że nasz poszukiwany miał powiązania ze środowiskiem Wolnego Miasta.

Naczelnik poprawił się w fotelu.

– Zaraz, zaraz! Chodzi o Walberga? Mój Walberg jest członkiem Wolnego Miasta?!

– Dokładnie – odpowiedziała Maja.

Konrad spojrzał za szybę. To ciemne niebo miało mu coś do powiedzenia. Już dawno nie słyszał tych głosów. Już dawno demony nie mówiły do niego tak wyraźnie.

„Walczysz z siłami, których nigdy nie zrozumiesz. Z nami nie wygrasz. Zostaw to wszystko w spokoju. Jeszcze masz szansę uciec".

– Pieprzony Walberg! – zawołał Kieltrowski.

Kroon wpatrywał się w ołowiane chmury.

„Zostaw to, powiedzieliśmy!"

Od dłuższego czasu funkcjonował bez leków. Przy Patrycji po prostu był spokojny. Ale ta sprawa zaczynała go przerastać.

„Przyjdziemy po ciebie. Nigdy się od nas nie uwolnisz".

Musiał wrócić na ziemię. Z całej siły wbił sobie paznokieć w drugą dłoń. Odwrócił się od okna.

– No i mamy pytanie. Co właściwie znaczy litera „W"? – rzuciła Maja.

Kieltrowski nie rozumiał, do czego zmierza.

– Jak to co znaczy?

– W jak Walberg czy W jak Wolne Miasto? – doprecyzowała policjantka.

Konrad podniósł ze stolika zawiniętą w folię zwierzęcą maskę, którą ujawniono w mieszkaniu podejrzanego.

– A może W jak Wilk? – spytał. – Albo wszystkie trzy naraz.

PATRYCJA RADKE

Patrycja stała pod budynkiem katowni i spoglądała na zegarek. Gracjan jak zwykle się spóźniał.

Tuż obok niej ustawiła się niewielka grupka turystów z przewodnikiem.

– Panie Emilu, a jak to było z tym waszym Wolnym Miastem? – spytała siwa pani w okularach. – Dużo się teraz o tym mówi.

– Zwłaszcza na skrajnej prawicy – dopowiedział pan z aparatem.

Emil Różański oparł się o parasolkę. W telewizji zapowiadano burzę.

– Idea Wolnego Miasta Gdańska nawiązuje do czasów, kiedy gród nad Motławą nie podlegał żadnej zewnętrznej władzy państwowej i niczym antyczne greckie polis rządził się sam. – Przewodnik wziął łyka wody. – Pierwszy raz wolnym miastem Gdańsk stał się za sprawą Napoleona w lipcu tysiąc osiemset siódmego i cieszył się autonomią aż do listopada tysiąc osiemset trzynastego roku. Sto lat później, w roku tysiąc dziewięćset dwudziestym, Gdańsk odłączono od Rzeszy Niemieckiej, by utworzyć najbardziej znane *Freie Stadt Danzig*.

– Szczyt potęgi miasta. – Siwa pani z namysłem pokiwała głową.

– Nieprawda – wystrzelił Emil, zadowolony z tego, że znów będzie mógł czymś zaskoczyć zwiedzających.

– Jak to nieprawda?

– Paradoksalnie Gdańsk okres swej największej świetności zawdzięcza czasom, kiedy był związany z Rzeczpospolitą. Stanowił okno na świat ówczesnej Polski, przepływały przez niego wszystkie towary, a zwłaszcza najważniejsze dla naszej ówczesnej gospodarki...

– Zboże! – dopowiedział pan z aparatem.

– W rzeczy samej – wyjaśnił Emil.

Patrycja słuchała piąte przez dziesiąte. Nigdy nie interesowała jej historia.

– Skarbie, przepraszam za spóźnienie! – wykrzyknął Gracjan, ładując się w sam środek wycieczki.

Emil ostentacyjnie przesunął się kilka kroków w tył i zrobił zniesmaczoną minę.

– Dwadzieścia minut, ziom! – Radke pokazała mu zegarek.

– No wiem, wiem! Ale korki były, a ja jeszcze kota sąsiadom musiałem nakarmić. – Chwycił ją pod ramię i pociągnął w stronę Złotej Bramy. – W ogóle przeprowadziłem się w weekend!

– Co?

– Rozeszliśmy się z Maćkiem. Nie mogłem patrzeć na tego skurwiela. Zdradził mnie!

– No co ty!

Wkroczyli na ulicę Długą.

– Byliśmy na imprezie w HAH-u. Ten się najebał jak szpadel i zaczął całować z jakimś gościem. Pokłóciliśmy się. Zabrałem mu telefon, przetrzepałem... Kurwa, przyprawiał mi rogi od kilku miesięcy.

– Grubo...

– No i mieszkam teraz u takiej kumpeli w Brętowie. Jej współlokator wyjechał na pół roku za granicę, siedzę u niej, dopóki nie ogarnę czegoś lepszego.

Patrycja objęła przyjaciela.

– Kurde, stary. Bardzo mi przykro. To wyglądało na coś poważnego.

– Wyglądało – odparł Gracjan. – Ale widzisz. Chociaż tobie się w końcu zaczęło układać. Bo jesteś z tym całym…

– Konradem – dokończyła.

– Właśnie. On pracuje w… – Kolega ściszył głos. – No wiesz. Tam dla Zdziśka?

– Pracuje. Ale nie dla Zdziśka. Kroon nigdy dla nikogo nie pracował. To idealista.

– W takim razie marnie skończy. Jak wszyscy idealiści.

Przedzierając się przez tabuny turystów, powoli doszli do Fontanny Neptuna. Kolorowe kamieniczki, żeliwne latarnie, prawdziwy miejski salon.

– Nie znoszę Gdańska w sezonie. Żyć się tu nie da – westchnęła Patrycja.

– Ja też nie. Spierdalamy stąd. – Złapał ją za rękę i pociągnął w prawo.

Chwilę później siedzieli na ławce jednego z okolicznych podwórek, cichego zakątka tylko dla mieszkańców.

– A tu można wchodzić?

– Niby czemu nie?

– Bo jest płotek, furtka i kartka „wstęp wzbroniony" – wyjaśniła dziewczyna.

Gracjan wyciągnął z plecaka dwa owocowe piwa.

– A my nie wyglądamy na mieszkańców? Poza tym furtka była otwarta.

Stuknęli się puszkami, po czym wrócili do tematów związkowych.

– Mówię ci, nigdy nikogo nie znajdę – kontynuował Gracjan, który ze wszystkich zagadnień najbardziej lubił roztrząsać kwestie swoich nieszczęśliwych miłości. – Skończę sam, z wysterylizowanym kotem i masą dziwactw.

– Dziwactwa masz już teraz – wtrąciła Radke. – I to całkiem sporo.

– A będę miał jeszcze więcej. W ogóle zastanawiam się, czy stąd nie spierdalać.

– Nie mówisz serio! – oburzyła się Patrycja, która poza Gracjanem nie miała tu wielu znajomych.

– W Polsce się coraz gorzej żyje. Wysokie ceny, kiepska pogoda, no i homofobia. Z każdym rokiem jest coraz gorzej.

– Myślałam, że ostatnio coś się ruszyło.

– Żartujesz? Mój kumpel został ostatnio pobity w biały dzień za to, że się całował z chłopakiem. A teraz jeszcze ci naziści.

– Jacy naziści?

Gracjan zrobił wielkie oczy.

– Co ty, z choinki się urwałaś, Radke? Ci, co podpalili meczet. Brunatni chłopcy panoszą się tu, jakby byli u siebie.

– Policja się nimi zajmie. Zobaczysz.

– Taaa – odparł z przekąsem. – Tak jak się zajęli tym całym Kacprem W. Tym, co te liczby zostawia.

Radke odstawiła piwo.

– Jakie liczby?

– No na miejscach zbrodni. Najpierw przy tych wisielcach, potem przy skoczku, teraz przy tej akcji z lwem...

Choć nie powinien, Kroon opowiedział Patrycji o tajemniczych symbolach. Zastrzegł jednak, że tę poufną informację zna jedynie garstka osób.

– Skąd o tym wiesz?

– Ty chyba naprawdę żyjesz w innym kosmosie. Pół internetu o tym huczy!

– Pierdzielisz...

Gracjan wyciągnął telefon. Odpalił artykuł z wizerunkiem Walberga i przeszedł do sekcji komentarzy. Pokazał jej ekran.

– Ludzie wszystko wiedzą.

„O kurwa" – pomyślała Patrycja. „Ciekawe, czy Konrad to czytał".

Patryka Skalskiego cechowała niezwykła łatwość w nawiązywaniu nowych znajomości. Po prostu zawsze kleiła mu się gadka: podchodził, żartował i niemal od razu znajdował wspólny temat.

Reedan pracował jako informatyk w jednej z międzynarodowych korporacji. Pracował, dopóki go nie zwolnili za to, że wykradał dane firmy. Wtedy Reedan włamał im się do systemu i sformatował wszystkie serwery. Niczego mu nie udowodniono.

– Stary, on sporo siedzi w darknecie. Bogate życie osobiste.

– Jesteś pewien, że to on? – spytał Patryk.

– A czy Vulkan został zniszczony przez Romulan?

– Zależy, w której linii czasowej...

Informatyk zaczął się histerycznie śmiać. Ze Skalskim poznali się w Crackhousie, podczas grubej imprezy techno. Piguły, gotki i żarty z komputerów. To nie były do końca klimaty Patryka, ale tak jakoś zaczęli gadać, a później sprawy potoczyły się już same. Zostali kumplami.

– A jest opcja, żebyś sprawdził jego adres? – zagaił Patryk.

– Musiałbym się włamać do systemu PESEL – odparł Reedan. – Nie żebym nie potrafił, ale... To już grubsza akcja. Mogę mieć kłopoty z ABW.

– Wystarczy mi w sumie jego nazwisko.

– A po co ci ono?

– Śledztwo prowadzę – wyjaśnił dziennikarz.

– Koleś wygląda na niebezpiecznego. Kręcą go chore nazistowskie tematy.

– Taka robota, brachu. Myślę, że może mieć związek z tym, co się dzieje teraz na mieście.

Reedan nie był zorientowany w bieżących wydarzeniach. Jego wirtualna bańka koncentrowała się wokół zupełnie odmiennych problemów.

– A co się dzieje teraz na mieście?

– Idzie burza. – Skalski poklepał kumpla po plecach. – Więc lepiej nie wychodź w najbliższym czasie z domu.

ZDZISŁAW

Pan Zdzisław Łącki zatrudnił się do pracy w Gdańskich Autobusach i Tramwajach, kiedy spółka nazywała się jeszcze ZKM. Wiele się od tego czasu zmieniło: wymieniono tabor, wybudowano nowe trasy. I tylko tramwaje jakoś nie przestały się spóźniać.

Poranne kursy należały do jego ulubionych. Pasażerów jak na lekarstwo, puste miasto, cisza i spokój. Nie musiał nikomu sprzedawać biletów, tłumaczyć, że nie ma obowiązku wydania reszty ani możliwości sprzedaży pojedynczego biletu. Tylko karnety!

Charakterystyczny alstom NGd99, zwany przez motorniczych „białym orłem", skręcił z impetem w Pomorską. Od końca trasy dzieliły go zaledwie dwa przystanki.

Zegarki wskazywały dokładnie piątą czterdzieści sześć, kiedy aksamitny kobiecy głos obwieścił koniec trasy i z wielką gracją poprosił o opuszczenie tramwaju.

Naturalnie nie było komu posłuchać owej komendy, gdyż skład jechał pusty. Prawie pusty.

– Ech – westchnął pan Zdzisław i ciężkim krokiem ruszył w stronę ostatniego wagonu. Nie znosił użerać się z pijakami.

Na krzesełku pod oknem spał jakiś mężczyzna.

– Ej, ty! – zawołał motorniczy, ocierając pot z czoła.

Na dworze, mimo wczesnej pory, panowała okropna duchota. Ciężkie chmury łudziły gdańszczan obietnicą deszczu. Ten jednak nie nadchodził.

– Ostatni przystanek. Wysiadka!

Pasażer nie reagował.

– Ty, kolego! Nie słyszałeś?! Wysiadka!

Pan Zdzisław stanął przy nieprzytomnym mężczyźnie. Capił on alkoholem i tanimi papierosami. Motorniczy wziął metalowy pręt służący do obsługi zwrotnic i lekko szturchnął wstawionego śpiocha.

– O KURWA! – wrzasnął pan Łącki.

Zorientował się, że pasażer ma podcięte gardło i najprawdopodobniej kilka przystanków wcześniej musiał kopnąć w kalendarz.

– Ja pierdolę… Policja! POLICJA! – Wyciągnął telefon i trzęsącymi się rękami wybrał numer alarmowy.

Jeszcze nigdy wcześniej nie wiózł martwego klienta. A z pewnością nie takiego, któremu z zimną krwią poderżnięto gardło i wetknięto w nie kartkę z numerem.

ROZDZIAŁ 12 | **LIPIEC**

PATRYK

Gęsty papierosowy dym unosił się leniwie w powietrzu, wypełniając sobą niemal całą przestrzeń. Zupełnie jakby palili w jakimś ciasnym, niewietrzonym pomieszczeniu. A przecież wyskoczyli przed budynek redakcji, na plac obok Domu Technika, na szybką fajeczkę, tak jak to zwykle mieli w zwyczaju.

Gdańsk się dusił. Od tygodni czekał na tradycyjną lipcową ulewę. Na ulgę od przyprawiającego wszystkich o bóle głowy letniego skwaru.

– Zajebią cię – stwierdził poważnie Filip Roj. – Zajebią cię jak psa.

– Ale ja chcę z nim tylko pogadać – bronił się Skalski.

– Igrasz z ogniem. Trzymasz w ręku nitroglicerynę i wsiadasz do rollercoastera.

Po placu kręciło się kilka niespokojnych gołębi. Wyczuwały burzę, wiedziały, że muszą znaleźć schronienie przed gęstymi strugami wody. Ale deszcz nie nadchodził.

– Kacper Walberg. Norbert Brylczyk, Sara Kostrzewska i Tomek Jonka. Ale był jeszcze Piąty Gracz.

– Zajebiście – odparł Filip. – I co zrobisz z tą informacją?

– Pociągnę go za język. Spytam, co wiedział o Walbergu.

Roj miętolił w ustach papierosa.

– Twój Piąty Gracz jest członkiem Wolnego Miasta. Tacy jak oni nie gadają z dziennikarzami.

– Z tobą gadają – zauważył Patryk.

– Przez piłkę. Poza tym ledwo mnie tolerują. To zajebiście hermetyczne środowisko. I wyjątkowo niebezpieczne.

Skalski spojrzał na gołębie. Ptaki wydawały się zdezorientowane całą tą sytuacją z burzą, która nie nadchodziła.

– Chcę tylko pogadać o Walbergu. Nic więcej.

– A jeśli Walberg też siedział w Wolnym Mieście? – spytał Filip.

– A siedział?

– Skąd mam wiedzieć? Myślisz, że wywiesili w necie listę klubowiczów?

Patryk zgasił papierosa. Niedopałek wylądował w koszu na śmieci.

– Postaram się być wyjątkowo delikatny.

– Lepiej postaraj się być wyjątkowo żywy.

MAJA

Tramwaj linii numer osiem kursował między Stogami a Jelitkowem, łącząc położone na obu krańcach Gdańska nadmorskie kąpieliska.

Feralnego dnia lipca Zdzisław Łącki wyruszył w drogę punktualnie o godzinie czwartej czterdzieści dziewięć, by po niecałej godzinie dotrzeć do Jelitkowa i ujawnić w ostatnim wagonie prowadzonego przez siebie pojazdu ciało zamordowanego człowieka.

Trzynaście kilometrów w linii prostej, pięćdziesiąt siedem minut, trzydzieści osiem przystanków i liczba. Jeden, dziewięć, trzy, osiem.

– To na pewno te cyfry? – spytała Maja.

– W1938 – powtórzył Kroon. – Jak sam skurwysyn.

Policja zabezpieczyła najbliższą okolicę. Ruch tramwajów skierowano na pętlę w Oliwie, tę jelitkowską wyłączono z ruchu i otoczono szczelnym kordonem funkcjonariuszy. Między drzewami powiewała charakterystyczna biało-niebieska taśma.

– Nie było tego numeru na liście – zauważyła funkcjonariuszka.

– Ani w budynku zajezdni – dodała Flarkowska.

Siedzieli na przystanku ubrani w białe kombinezony. Wewnątrz tramwaju pracowali ściągnięci z komendy wojewódzkiej technicy. Zabezpieczali DNA.

– I co to wszystko oznacza? – Maja spojrzała na Kroona.

– Że wciąż nie znaleźliśmy ostatecznej listy – odparł prokurator.

– Jak to ostatecznej? – zdziwiła się młodsza z policjantek.

Konrad zerkał na białego alstoma.

– W zajezdni nakreślono trzy liczby: W6, W33 i W46 – przypomniał Kroon. – W zeszycie Walberga pięć: te same, co poprzednio, plus dwie kolejne: W84 i W91.

– Teraz trafiliśmy na W1938 – wtrąciła Flara.

– A więc liczbę, która nie figuruje na żadnej z list – załapała Maja. – Co znaczy, że gdzieś jeszcze czeka na nas trzecia lista.

– I że wciąż brakuje nam dwóch zbrodni z poprzedniej – stwierdził poważnie prokurator.

Majka czuła, jak na jej ciele zbierają się grube krople potu. Kombinezon nie przepuszczał powietrza, na dworze panowała okropna duchota.

Zadzwonił jej telefon.

– No i co tam macie? Zaspa? No to zajebiście. Tam jest pełno kamer. Wyśledzimy go.

Rozłączyła się.

– Jakie ustalenia? – spytał Konrad.

– Chłopaki przejrzały monitoring. Nasz denat wtoczył się do tramwaju na Przeróbce. Był mocno nawiany. Usiadł na tylnym siedzeniu i walnął w kimę.

– W wieczną kimę – mruknął prokurator.

– Tramwaj jechał prawie całkowicie pusty. Na Jana Pawła wsiadł do niego jakiś mężczyzna. Rozejrzał się po wagonie, poderżnął facetowi gardło, wcisnął w nie kartkę i wyszedł.

– Szybka akcja. Macie zdjęcie?

– Mamy. – Pokazała prokuratorowi komórkę, na którą chwilę temu wysłano jej screen z monitoringu.

– Wilcza maska. Chyba gumowa. Puść mi to AirDropem.

Średnio przestrzegali procedur. Ale w tej chwili liczyła się przede wszystkim skuteczność.

– Poszło.

– Dzięki. No to zaczynamy polowanie.

– Chłopaki trzepią kamery z całej dzielnicy. O piątej było już jasno. Wyśledzimy naszego samotnego wilka.

Flarkowska nie wytrzymała gorąca. Rozpięła kombinezon.

– Zastanawia mnie jedno. Związek pomiędzy tamtymi przestępstwami.

– Nie będzie żadnego związku – ocenił Kroon. – Ofiary są przypadkowe. Podobnie jak u Skorpiona.

– Skorpion nie atakował tak często. Poza tym mordował wyłącznie kobiety – przypomniała Maja, którą od dziecka interesowały historie seryjnych morderców.

– Tuchlin był zwykłym dewiantem. Walberg gra w innej lidze – skontrował prokurator. – Działa według planu.

– Tylko, kuźwa, jakiego? – westchnęła Flarkowska.

– Matematycznego. Ewidentnie ma nam coś do przekazania.

Tym razem to Konradowi zadzwoniła komórka.

– Kieltrowski? – spytała kryminalna.

– Regionalna. W końcu się obudzili. – Konrad przyłożył iphone'a do ucha i odszedł kilka metrów dalej. Musiał porozmawiać z prokuratorem nadrzędnym.

Maja spojrzała na zdjęcie w telefonie. Facet z tramwaju przypominał z postury Kacpra Walberga. Jego twarz była zasłonięta halloweenową maską.

„Do oliwskiego zoo szedł w zwykłej kominiarce" – przypomniała sobie dziewczyna. „Do Kobuszki i Rzonki przyszedł z gołą głową. Chyba. W każdym razie na pewno nie przyszedł w masce wilka".

Policjantka podeszła do tramwaju, zajrzała przez uchylone drzwi na ułożone wzdłuż podłogi ciało.

– Coś mi tu ewidentnie nie gra… – szepnęła.

PATRYK

Nigdy w życiu nie gadał z żadnym prokuratorem. Tymczasem pewnego dnia Patrycja odezwała się do niego na Facebooku i jak gdyby nigdy nic wysłała prywatny numer Kroona. „Jesteś mi winny przysługę" – napisała.

– Kurwa. Kiedyś ktoś w końcu zacznie mnie podliczać z tych wszystkich obiecanych przysług – mruknął pod nosem.

„Dzięki, bejbe" – wystukał.

O sprawie zamordowanego pasażera tramwaju dowiedział się z TVN-u. Gdańsk nie schodził z czołówek ogólnopolskich stacji. Potrójne samobójstwo, morderstwo, uśmiercenie zwierzęcia, podpalony meczet. Teraz trup w tramwaju.

Patryk miał swoich sprawdzonych informatorów, wiedział, kogo pociągnąć za język. Ale nie potrafił zdziałać tyle, co czarodzieje z największych informacyjnych korporacji. Nie znał nikogo w ABW ani ministerstwie, nie chadzał na herbatki z posłami.

W mieszkaniu po babci ciągle działał stary dekoder. Gdyby nie on, Patryk nigdy nie zdecydowałby się na telewizję, był dzieckiem internetu. Ale jakoś nie potrafił napisać prostego wypowiedzenia umowy z lokalną kablówką. Nie do końca umiał w dorosłe życie.

Chwycił za pilota, zgłośnił fonię.

Prokuratura ani policja nie podają żadnych szczegółów zbrodni. Z posiadanych przez nas informacji wynika jednak, iż w ciele ofiary ujawniono kartkę z liczbą. Zdarzenie może mieć związek z kilkoma wcześniejszymi przestępstwami, do których w ostatnich tygodniach doszło na terenie Gdańska.

Skalski słuchał jak zahipnotyzowany. To był jego temat. To on pierwszy napisał o samobójczej śmierci trójki licealistów, znalazł powiązanie z innymi sprawami. Teraz czuł, jak ktoś kradnie mu jego dziennikarskie śledztwo.

– Ja pierdolę…

Naczelny szybko uciął jego marzenia o jakichkolwiek środkach na długotrwałe dochodzenie. „My tak nie pracujemy, dzieciak. To nie «Washington Post»".

Ale Patryk nie umiał się poddawać. Zaznaczył w aplikacji numer podesłany przez Radke, skopiował do schowka, wkleił do listy kontaktów. Potem zadzwonił.

*

Następnego dnia rano siedział w gabinecie prokuratora. Konrad Kroon był przystojnym mężczyzną po czterdziestce. Na głowie praktycznie żadnego siwego włosa, kanciastą twarz pokrywała delikatna szczecina.

Lustrował Patryka wzrokiem.

– Trochę namieszał mi pan w śledztwie – powiedział mężczyzna.

– Ja tylko chciałem dotrzeć do prawdy – odparł dziennikarz.

Skalski dawno nie czuł się tak dziwnie. Kroon wpatrywał się w niego swoimi ciemnymi oczyma, patrzył głęboko, zupełnie jakby chciał prześwietlić mu wszystkie tkanki, przeskanować myśli, wpuścić do neuronów pluskwę, założyć w mózgu wykrywacz kłamstw.

– A czym jest prawda? – spytał z namysłem prokurator.

– Dla każdego czym innym.

– A dla pana?

– Tym, co się rzeczywiście wydarzyło. Chcę poznać fakty. A później je opisać.

Mężczyzna w dalszym ciągu nie spuszczał go z oczu. Obserwował jego usta, to, jak wibrowały w rytm wypowiadanych głosek, patrzył na drgania krtani, mimowolne ruchy twarzy.

– Myśli pan, że to mi pomoże? – spytał Kroon. – Że dzielenie się wszystkim z opinią publiczną jest tym, co przyczyni się do szybszego ujęcia sprawcy?

– Sami opublikowaliście wizerunek Walberga – odgryzł się sprytnie Patryk.

– Opublikowaliśmy wizerunek Kacpra W.

– Widzi prokurator, ja też prowadzę swoje śledztwo – wyjaśnił Skalski. – Chciałbym dowiedzieć się czegoś o tym zabójstwie w tramwaju.

Mężczyzna podniósł z blatu dwunastościenną kość. Zamknął ją w dłoni.

– Dobry śledczy nigdy nie zdradza wszystkich swoich tajemnic.

– Nie potrzebuję poznać wszystkich tajemnic. Wystarczy mi jedna.

Kroon rzucił kością. Marmurowa bryła potoczyła się po stole. Wypadła ósemka.

– Ma pan dobrych informatorów. Te wszystkie wcześniejsze artykuły... Był pan zawsze pół kroku za nami. Mogę wiedzieć, kto to jest?

– Nigdy nie zdradzam swoich źródeł.

Prokurator nie spuszczał go z oczu.

– To ktoś z policji?
– Nie odpowiem panu na to pytanie.
– A więc ktoś z policji – rzekł z namysłem Kroon. – Trudno. Przyzwyczaiłem się.
– Nie potwierdzam tej informacji.
Mężczyzna założył nogę na nogę.
– Robię w firmie już... niedługo stukną mi dwie dekady. I jeszcze nigdy nie trafiłem na człowieka pana pokroju.
– Jak mam to rozumieć?
– Dziennikarza starej daty. Młodego człowieka uwięzionego w ciele staruszka. Na pewno urodził się pan we właściwej epoce?
– Urodziłem się w zeszłym tysiącleciu – odparł Patryk.
– Mam coraz więcej klientów z peselem zaczynającym się od zera. Ale nie o to mi chodzi. Pan próbuje pracować jak starzy reporterzy. Długo pan śpi?
– Staram się odsypiać.
– Sporo biegania po ulicy?
– Lubię spacerować.
Kroon podał mu kostkę.
– Niestety nie mogę panu na razie pomóc. Za wcześnie, by cokolwiek zdradzać.
Patryk przejął przedmiot.
– Co to jest?
– Symbol niewiadomej. Różnie się ta nasza historia może potoczyć. Niech pan dalej prowadzi swoje dziennikarskie śledztwo. Ja panu nie będę w tym przeszkadzał. Gdyby dowiedział się pan czegoś ciekawego, czegoś niebezpiecznego... Proszę o mnie pamiętać. Odwdzięczę się.

JADWIGA

Pani Jadwiga jak co rano wyszła przed dom, żeby wyprowadzić psa. Sąsiedzi nie lubili, kiedy Kajtek fajdał na chodniku, ona nie znosiła sprzątać psich odchodów. Dlatego zawsze kierowała się w stronę lasu.

Osiedle Niedźwiednik wzniesiono nieopodal dawnej strzelnicy wojskowej. Swoją nazwę zawdzięczało niemieckiemu *Bärenwinkel*, w dosłownym tłumaczeniu oznaczającemu „niedźwiedzi zakątek". W oliwskich lasach próżno było jednak szukać tego gatunku zwierzęcia.

Kajtek, przypominający nieco owieczkę rasowy kundel, był oczkiem w głowie swej pani, owdowiałej żony marynarza, tragicznie bezdzietnej emerytowanej pracownicy spółdzielni mieszkaniowej. Pani Jadwiga od czasu pochowania swego jedynego syna żyła w nieustannym, irracjonalnym strachu. W Trójmiejskim Parku Krajobrazowym właściwie nie spotykało się wilków, lecz ona święcie wierzyła, że gdzieś tam w ciemnej ścianie lasu widzi wielkie żółte ślepia, stale dybiące na życie jej czworonożnego skarbu, gotowe rozszarpać każdą żywą istotę, choćby i lwa. Dlatego też pani Jadwiga na spacerze nigdy nie puszczała Kajtka luzem.

– No, piesku, zrób kupkę.

Pani Jadwiga lękała się lasu. Nie rozumiała drzew, wystrzegała się wędrówek pośród morenowych wzgórz.

– Mogłoby w końcu popadać. Powietrze tak ciężkie, że tylko by je piłą ciąć.

Jak to często bywa u żon marynarzy, pani Jadwiga bez przerwy mówiła sama do siebie. Kajtek stanowił połowiczną wymówkę owego osobliwego nawyku: wszak rozmawianie z czworonogiem jest nieco bardziej zrozumiałe niż beztroskie wypowiadanie na głos każdej, nawet najmniej istotnej myśli.

– A co to za cyferki, piesku?

Pani Jadwiga podeszła bliżej. Na wale ziemnym wymalowano farbą jakąś liczbę.

– Ech, te dzieciaki. – Spojrzała w stronę pobliskiej szkoły. – Dzieciaki nie mają zajęć, to chuliganią.

Spróbowała odcyfrować znaki.

– Sto osiemdziesiąt cztery…

W tej sekundzie Kajtek zaczął głośno ujadać. Zupełnie jakby coś go opętało. Jakby zobaczył wielkiego wilka.

Wyrwał jej się ze smyczy i pognał do lasu.

– Kajtuś! KAJTEK!!! – krzyknęła pani Jadwiga i błyskawicznie pobiegła za zwierzęciem. – Kajtek, wracaj!

Sekundę później nastąpił wybuch.

Fala uderzeniowa uniosła kobietę i rzuciła kilka metrów w przód. Pani Jadwiga upadła w krzaki, momentalnie tracąc przytomność.

MAJA

– Miała sporo szczęścia – oceniła Majka. – Gdyby nie ten pies, pewnie by już nie żyła.

– Tym sposobem dokonanie zamienia się w usiłowanie. Ale kara pozostaje ta sama – wyjaśnił Kroon.

Spojrzeli na resztki wału.

– Niestety napis szlag wziął. Babeczka mówiła, że chyba było to coś koło osiemdziesięciu.

– Pierwszy znak to W – stwierdził prokurator. – Ostatni cztery. Pasuje do któregoś numeru z katalogu?

Maja znała na pamięć wszystkie pozycje zapisane na Liście Dawida.

– W84 – rzuciła.

– Kolejny puzzel do naszej układanki. Ale wciąż nie wiemy, co przedstawia cały obrazek.

Nad lasem przelatywał właśnie policyjny helikopter. Poszukiwania przypominały prawdziwą myśliwską nagonkę. Setki policjantów przeczesywały las i tereny okolicznych osiedli. Wokół Walberga zaciskała się coraz węższa pętla.

– Dlaczego nie użył karabinu? – spytała Maja.

– A kiedykolwiek użył?

– W sumie to nie.

Prokurator przysiadł na trawie. Miał ochotę pojechać po Fendera i osobiście przyłączyć się do polowania.

– Kolejna przypadkowa ofiara. Ale w samym schemacie musi kryć się jakiś głębszy sens – wycedził wciąż mocno zamyślony Kroon.

– Tylko jaki?

– Matematyczny? Geograficzny? Cholera wie.

Po zabójstwie w tramwaju powołano kolejnych biegłych, którzy wespół z analitykami mieli odkryć wzór łączący ciąg pozornie przypadkowych liczb.

– Czekamy zatem na naszych ekspertów – westchnęła Maja.

Konrad wskazał w stronę lasu.

– Czekamy na wyniki polowania. Jeżeli ktoś wie, co kryje się w umyśle Walberga, to jest to z pewnością sam Walberg.

– O ile da się złapać żywy – gdybała kryminalna. – Jeśli ma broń…

– Żaden wilk nie daje się nigdy złapać w sidła.

Amerykański helikopter Black Hawk, oczko w głowie pomorskiej policji, zataczał właśnie kolejne koło. Ryk silnika zagłuszył wszystkie rozmowy.

– Mają go! – krzyknął nagle siedzący w radiowozie funkcjonariusz.

– MAJĄ GO!

– ZŁAPALI SKURWIELA!

Maja spojrzała na Kroona.

– Teraz wszystko w pana rękach. Proszę się nie dać rozszarpać.

Szedł po torach dawnej kolei kokoszkowskiej. Za wiaduktem Weisera piętły się stare stoczniowe dźwigi.

– Myślałem, że dawno go już zburzyli – mruknął, spoglądając na żelbetową konstrukcję. Słońce powoli znikało za widnokręgiem, posępne żurawie delikatnie iskrzyły się w ostatnich promieniach lipcowego dnia.

Ruszył dalej.

„Nie idź w tę stronę!" – zawołał ktoś z oddali.

Rozejrzał się dookoła. Wokół siebie dostrzegł jedynie drzewa i ciemność przyprószonego saharyjskim piaskiem nieboskłonu.

Niepostrzeżenie nadeszła noc. A jednak widział wszystko tak samo wyraźnie jak przedtem.

„To zła droga" – oznajmił głos.

– Moja droga zawsze jest zła – odpowiedział, nie przerywając marszu. Wciąż stał w tym samym miejscu.

„Przecież cię ostrzegaliśmy. Przestań nas gonić".

Niemożliwe, żeby znów tu byli.

– Nigdy was nie goniłem.

„Stale podążasz w niewłaściwym kierunku. Przeszłość przestała cię ścigać. Nie wracaj do tego, co było".

– Do niczego nie wracam. Idę tam, gdzie muszę. Idę po prawdę.

„Niczego nie musisz. Zostaw to".

„To będzie cię słono kosztować".

„Nie jesteś taki silny".

„Nie udźwigniesz tego wszystkiego".

„Prawda cię przerośnie. Zaprowadzi na granice obłędu, a potem zniszczy".

Zorientował się, że zgubił gdzieś Fendera.

– Zuza? – szepnął, spoglądając na charakterystyczny przedwojenny wiadukt. – Zuza?!

Nigdy nie lubiła spacerować po lesie. Dlaczego tu za nim przyszła? Coś musiało się stać.

– Konrad, to jest pułapka – powiedziała. – Zabiorę cię stąd.

Podał jej dłoń. Delikatne opuszki niemal muskały jego grube palce. Brakowało kilku centymetrów.

– Zejdź do mnie! – krzyknął.

– Nie mogę. Za chwilę coś się wydarzy. Coś strasznego. Musimy uciekać do domu!

Dom. Kroon nigdy w życiu nie miał normalnego domu. Prawdziwie bezpieczny czuł się tylko przy niej.

Odwróciła się do niego plecami. Panoramę miasta rozświetlała gorejąca łuna.

– Poczekaj chwilę! – zawołał.

– Nie mogę czekać. Spojrzałam na drugą stronę. Na to, co było i będzie. To wszystko, co widziałam... Konrad... ja się boję.

Zrozumiał, że to w jego sercu kryje się prawdziwy lęk. A co, jeśli wszystkie dotychczasowe wybory okazały się błędne? Jeśli to, jak pokierował swoim życiem, jak ustawił ster, nie miało absolutnie żadnego sensu?

Tuż pod wiaduktem dostrzegł w końcu Fendera. Zwierzak nachylał się nad czymś.

– No, jesteś, przyjacielu. Bałem się, że cię zgubiłem.

Kroon podszedł kawałek bliżej.

– Co tam masz?

Wtedy to zobaczył. Husky warował przy martwym ciele olbrzymiego lwa. Królewskiemu zwierzowi rozdarto brzuch, wydarto wnętrzności, zbrukano duszę.

– Zostaw! – zawołał w panice.

Fender trzymał w zębach bijące serce, z jego pyska kapała krew. Gęste czerwone krople niesprawiedliwości i grzechu.

– ZOSTAW TO! – krzyknął najgłośniej, jak umiał.

Głos mężczyzny poniósł się głuchym echem po całym lesie, wypełnił niewielki wąwóz, przez który pociągnięto tory, odbił od ciężkiej konstrukcji wiaduktu.

Fender stanął na dwóch łapach. Wyprostowany niemal jak zwykły człowiek spojrzał na swego przestraszonego pana.

– Dlaczego nie słuchasz tych wszystkich, którzy każą ci zawrócić? – spytał ludzkim głosem.

– Dokąd zawrócić?

– Przerwij polowanie.

– Na nikogo nie poluję...

– Polujesz na mnie – odparł Fender.

Kroon dostrzegł jego żółte, przeraźliwie wielkie ślepia. W oczach zwierzęcia odbijały się płonące dźwigi.

Gdańsk jaśniał czerwienią. Języki ognia skakały po stoczniowych żurawiach, smagały niebo, jakby to gorejące miasto im wcale nie wystarczało, jakby musiały rozlać się na cały świat, przywołać Czterech Jeźdźców, wyznaczyć kres człowieka, uśmiercić nadzieję i doprowadzić Czas do nieubłagalnego końca.

Konrad klęczał na torach, po jego policzkach spływały krwawe łzy. Tuż nad nim górowała ogromna bestia o wilczym pysku, wsparty o miedzianą włócznię diabeł, którego ciało znaczyły dziesiątki zagadkowych liczb.

– *Przestań płakać: Oto zwyciężył Lew z pokolenia Judy, Odrośl Dawida, tak że otworzy księgę i siedem jej pieczęci*[15] – wyrecytował z pamięci Kroon.

---

15 Ap, 5,5.

Lecz jego demon kreślił w przestrzeni inne rozwiązanie:
– Wilk rozszarpie lwa. Bo jest takie zło, które nigdy nie gaśnie. I raz zaprószone tli się aż po kres czasu.

*

Obudził się cały zlany potem. Przez chwilę nie wiedział, gdzie jest ani co się właściwie wydarzyło. Rozejrzał się dookoła.

– Ja pierdolę... – westchnął ciężko.

Skopana kołdra leżała na podłodze; on, choć odkryty, płonął z gorąca.

Złapał się za głowę.

– To przez tę pieprzoną duchotę. Muszę otworzyć okno.

Wygramolił się z łóżka i poszedł do salonu. Przez większą część swojej kariery dbał o to, by nie zabierać pracy do domu. Po wyjściu z gabinetu po prostu gasił światło, odcinał się od tego wszystkiego, co przeczytał w aktach. Ale ostatnio coś się zmieniło.

Na zewnątrz wciąż panowała ciemność. Konrad spojrzał na wbudowany w piekarnik zegarek. Pierwsza trzydzieści osiem. Wczesna pora jak na takie koszmary.

Patrycja wyjechała do rodziców. Nie lubił, jak go zostawiała.

– No to, kurwa, sobie przewietrzyłem mieszkanie – stęknął, orientując się, że balkonowe drzwi były przez całą noc otwarte. Wyszedł na zewnątrz.

– Siemasz, stary – rzucił na powitanie.

Na tarasie warował Fender.

– Fajną wycieczkę mi urządziłeś – mruknął Kroon.

Pies zdawał się nie rozumieć.

– Tyle razy ci mówiłem, żebyś nie włazil do mojej głowy. Mam tam wystarczająco duży bałagan.

Husky zwiesił smutno łeb.

– Nie. Nie wezmę więcej prochów. Nie pozwalają mi myśleć. A ja muszę myśleć jaśniej niż kiedykolwiek.

Konrad zwalił się ciężko na leżak.

– Co to w ogóle było? Jeszcze w życiu nie śniła mi się robota.

Pies odwrócił się w stronę morza.

– No dobra, skłamałem. Ostatnio mi się nie śniła.

Fender zaskomlał.

– Nie boję się wilków. Ciebie też się nie boję. Niczego się nie boję.

Pies znów spojrzał na niego z wyrzutem. Nie lubił, kiedy Kroon kłamał. I gdzieś tam pod skórą czuł, że już niedługo wydarzy się coś, co na zawsze odmieni ich wspólne losy.

*

Policjanci pracowali nad Walbergiem przez równe trzydzieści sześć godzin. Nie pozwolili mu spać, trzymali na krześle, starali się zmusić do mówienia, wyciągnąć jakąkolwiek informację. Na próżno. Podejrzany przez cały czas milczał.

– Jeszcze nie trafiłam na takiego kozaka – przyznała Majka. – Chłopacy próbowali wszystkiego...

– Nie chcę wiedzieć, czego próbowali – przerwał jej prokurator.

Spojrzał w stronę ławki, na której siedział skuty kajdankami zespolonymi doprowadzony. Nie wyglądał jakoś szczególnie. Raczej szczupły, średniego wzrostu, niezbyt opalony. Włosy do ramion: proste, lekko przetłuszczone, prawdopodobnie przyciemnione szamponem koloryzującym. Czarna koszulka, bojówki, trekkingowe buty z logo wilka. Oczywiście bez sznurówek.

– To jaki w końcu będzie zarzut? – spytała funkcjonariuszka.

Ta kwestia stanowiła przedmiot porannej narady z Kieltrowskim, prokuratorem nadrzędnym i samą Okręgową. Ostatecznie zgodzili się na koncepcję Kroona.

– Zaczniemy ostrożnie. No chyba że mi się wygada.

Maja łypnęła na podejrzanego.

– Trudno stwierdzić. Czort jeden wie, co mu siedzi w głowie. Może będzie chciał rozmawiać tylko z panem, może w ogóle nie otworzy gęby...

– Telewizja cały czas waruje pod budynkiem? – spytał Konrad.

– Jak jakaś rozwścieczona wataha wilków.

– *Nomen omen.*

– *Nomen omen* – powtórzyła.

Kroon skinął na policjantów.

– Wprowadźcie pana.

– Tak jest.

Podnieśli zatrzymanego za ręce i odprowadzili do gabinetu. Prokurator wskazał im ustawione naprzeciwko biurka wolne krzesło. Obok siedziała młoda adwokatka.

– Jeden z nas zostanie w środku – powiedział kryminalny. – Taki rozkaz komendanta.

Medialna sprawa. Pierwszy seryjny morderca od upadku komuny. Chłopakowi nadano przydomek „Wilk z Wybrzeża". Policja wiedziała, że nie wolno im dać ciała. Gdańskim śledztwem żyła cała Polska.

– Nie zostanie – rzucił krótko Kroon.

Funkcjonariusze spojrzeli po sobie.

– Proszę wybaczyć, panie prokuratorze, ale w tych okolicznościach...

– W tych okolicznościach tym bardziej. – Konrad nie zamierzał z nikim dyskutować.

Majka dobrze wiedziała, jak się skończy ta cała pyskówka. Po prostu zeszła z linii ciosu.

– Nie będziemy przeszkadzać – zapewnił kryminalny.

Starcie dwóch silnych samców. Ale to do Kroona należało ostatnie słowo.

– Oczywiście, że nie będziecie. Bo poczekacie grzecznie za drzwiami.

Policjant spojrzał na Maję. Ta jedynie wzruszyła ramionami.

– A jeśli spróbuje uciec?

– Siedzi w kajdankach.

– No tak, ale to niebezpieczny przestępca. Nieobliczalny.

Liczby, znaki, równania. Lista Dawida.

– Z tego, co zauważyłem, jest wyjątkowo obliczalny. Jeśli tylko rozumie się, na czym polega wzór.

– Panie prokuratorze, nalegam. – Funkcjonariusz się nastroszył.

– Nadgorliwość jest gorsza od faszyzmu. A nasza dyskusja dobiegła właśnie końca.

Policjant wywiesił białą flagę. Trzasnęły drzwi. Tym sposobem zostali sami.

„To zła droga" – oznajmił głos. „Przecież cię ostrzegaliśmy. Przestań nas gonić".

„Nie jesteś taki silny".

„Nie udźwigniesz tego wszystkiego".

„Prawda cię przerośnie. Zaprowadzi na granice obłędu, a potem zniszczy".

Konrad musiał się skupić. Przepędzić demony, zabrać do roboty. Odnaleźć przesłanki.

Spojrzał przez okno. Niebo zdawało się mieć jeszcze intensywniejszy kolor niż przed godziną. Właściwie to było niewiele jaśniej niż wieczorem. A przecież zegarki wskazywały dopiero jedenastą czterdzieści siedem.

Przeniósł wzrok na podejrzanego. Dziewiętnastolatek siedział posłusznie tam, gdzie mu kazano. Wpatrywał się w biurko.

– Dzień dobry – zaczął Kroon. Takie banalne powitanie zwykle wytrącało doprowadzonych z równowagi. – Nazywam się Konrad Kroon. Jestem prokuratorem, który prowadzi pańską sprawę.

Zatrzymany nie raczył odpowiedzieć.

– Ja się przedstawiłem. Teraz czas na pana.

Cisza.

Konrad analizował mimikę podejrzanego. Uciekał się do tych samych sztuczek co zawsze, wrodzonych umiejętności odkrywania zagadek ludzkiego umysłu wzmocnionych specjalistycznymi szkoleniami i kilkunastoma latami praktyki.

– Pomogę panu – powiedział po dłuższej chwili. – Pan się nazywa Kacper Walberg. Wiem to z akt.

Młodzieniec w dalszym ciągu lustrował kant biurka.

– Ponieważ zarzucono panu zbrodnię, wystąpiłem do sądu o wyznaczenie obrońcy z urzędu – kontynuował Kroon. – Oto mecenas Niezabitowska. Ewelina Niezabitowska.

Adwokatka była przysadzistą, krótko ostrzyżoną brunetką. Dopiero zaczynała swoją przygodę z palestrą. To mogła być jej wielka sprawa.

– Niezabitowska. – Podała rękę podejrzanemu.

Młodzieniec zignorował gest.

– Czy chcecie porozmawiać chwilę na osobności? – spytał prokurator.

Mecenas zwróciła się bezpośrednio do doprowadzonego.

– Chce pan?

Walberg nie zareagował.

– Proszę się zastanowić.

Obrończyni szepnęła coś chłopakowi na ucho. Ten wymownie odsunął głowę.

– Traktuję to jako odmowę – podsumował Kroon. – Ponieważ czas nas nieco goni, przejdę od razu do rzeczy. Nasze spotkanie zostanie utrwalone w formie wideo. Panie Kacprze, wie pan, w jakiej sprawie został tu doprowadzony?

Nie spodziewał się odpowiedzi. I nie uzyskał jej.

„To byłoby zbyt proste" – pomyślał.

Przeszedł do dalszej części ceremonii.

– Przedstawię panu za chwilę zarzuty popełnienia czterech czynów zabronionych. Czterech przestępstw. Jako podejrzany ma pan prawo do składania wyjaśnień, odmowy składania wyjaśnień, odpowiedzi na poszczególne pytania. Może pan też odpowiadać tylko na pytania swojej obrończyni. – Wręczył chłopakowi druk protokołu. Ponieważ ten nie zareagował, Konrad zostawił kartkę na biurku. – Oto pańskie prawa i obowiązki, wypisane na karcie. Na mojej „liście". Proszę się z nimi zapoznać.

Kroon wyciągnął druk postanowienia. Sformułował zarzuty od razu po zatrzymaniu. Dziś rano je tylko podszlifował.

– Przedstawiam panu zarzut o to, że „w dniu (...) w Gdańsku doprowadził pan namową oraz poprzez udzielenie pomocy Norberta Brylczyka, Sarę Kostrzewską i Tomasza Jonkę do targnięcia się na własne życie, w ten sposób (...) kreśląc symbol W16 (...), to jest o przestępstwo z artykułu sto pięćdziesiąt jeden kodeksu karnego".

Prokurator skończył dyktować pierwszy zarzut. Zauważył, że w momencie opisywania relacji łączącej podejrzanego z pokrzywdzonymi oraz treści wymienianych przez nich wiadomości Walbergowi nieznacznie drgnął prawy kącik ust.

– „Ponadto w dniu (...) w Gdańsku, chcąc, aby Jacek Kobuszko i Eugeniusz Rzonka dokonali zabójstwa Remigiusza Teleszki, nakłonił ich do tego, w ten sposób (...) to jest o przestępstwo z artykułu osiemnastego paragraf drugi kodeksu karnego w związku z artykułem sto czterdzieści osiem paragraf pierwszy kodeksu karnego".

Podżeganie do zabójstwa. Najbardziej wątpliwy zarzut. Oparty wyłącznie na poszlakach. Symbol W33 zapisany na odnalezionej w pokoju Walberga Liście Dawida oraz taki sam znak skreślony ręką podejrzanego, ujawniony podczas sekcji zwłok denata. Oprócz tego żadnych innych dowodów.

Czytając, Kroon starał się cały czas obserwować ciało doprowadzonego. Mógł przysiąc, że podejrzany coś szepnął.

„Lotnisko?" – pomyślał Konrad. „Jakie, kurwa, lotnisko?"

– Czy pan chciał coś powiedzieć?

Walberg ani drgnął.

– Skorzystamy z prawa do odmowy składania wyjaśnień – wtrąciła obrończyni.

– Rozumiem – odparł prokurator. – Tylko że ja jeszcze nie skończyłem.

Przyszedł czas na sprawę z lwem. Tu miał najwięcej materiału dowodowego. Walberg nagrał się na monitoringu, nie mogło być żadnych wątpliwości. Proste skazanie.

– „...kreśląc symbol W46 (...), a więc o przestępstwo z artykułu trzydzieści pięć ustęp jeden ustawy o ochronie zwierząt".

Okręgowa nalegała, żeby postawić chłopakowi zarzut zabicia zwierzęcia ze szczególnym okrucieństwem. Wówczas za ten czyn groziłoby mu nawet pięć lat.

„On nie chciał się nad nim znęcać" – wyjaśnił Konrad. „Ani zadawać więcej bólu, niż musiał. W tym zabójstwie chodziło o symbol".

„Jaki, kurwa, znowu symbol?" – pytał Kieltrowski.

„Nie wiem. Lew to najbardziej gdańskie zwierzę. W każdym razie przed poderżnięciem gardła uśpił swoją czworonożną ofiarę. Lew nie cierpiał".

Czwarty zarzut dotyczył nielegalnego posiadania broni.

– „...to jest o przestępstwo z artykułu dwieście sześćdziesiąt trzy paragraf dwa kodeksu karnego".

Dwie sztuki broni długiej, kilkadziesiąt sztuk amunicji. Zagrożenie karne: od sześciu miesięcy do ośmiu lat pozbawienia wolności. Nie udało się dotychczas ustalić, jak tegoroczny maturzysta zaopatrzył się w owe przedmioty. Z całą pewnością posiadał je jednak nielegalnie.

– Skończyłem.

W pokoju wciąż panowała cisza.

– Czy zrozumiał pan treść zarzutów?

Odpowiedź nie nadeszła.

– Czy przyznaje się pan do ich popełnienia?

Walberg milczał.

„To jakaś pokręcona gra" – pomyślał Konrad.

– No dobrze. Możemy to rozegrać w ten sposób. Zresztą zdaje się, że pan wyjątkowo lubi gry. Czyż nie?

Osobiste pytanie.

Konrad wyciągnął z szuflady czterościenną kość. Rzucił nią w stronę Walberga.

– Próbowałem trafić szóstkę. Jakieś pomysły, dlaczego mi nie wyszło?

Zdobył jego uwagę. Tuż przed tym, zanim kość spadła na podłogę, chłopak zamknął na niej swoją dłoń.

– W6, W33, W46... Ten wybuch na strzelnicy na Niedźwiedniku to był W84, prawda?

Walberg spojrzał na prokuratora. Wciąż jednak nie otworzył ust.

„Zawsze coś" – pomyślał Kroon.

– Miałem za mało dowodów, żeby przypisać panu usiłowanie zabójstwa tamtej staruszki z psem – wyjaśnił z rozbrajającą szczerością. – Chyba że chciałby pan sam się przyznać. Jak to mówią, *confessio est regina probationum*[16].

Podejrzany milczał, ale słuchał. Rejestrował dźwięki, analizował je w głowie. Pierwszy raz od początku przesłuchania widać było, że interesuje go to, co ma do powiedzenia śledczy.

„Każdy psychopata chce być przede wszystkim wysłuchany. I zrozumiany" – pomyślał Konrad.

---

16 Przyznanie się do winy jest królową dowodów (łac.)

– Nie rozumiem, o co chodzi z tym facetem w tramwaju. W1938? Zupełnie nie pasuje mi do schematu. Poza tym… pismo maszynowe?

Kartę z symbolem wetkniętą w ranę zmarłego zapisano na maszynie. Tego przestępstwa również nie dało się przypisać Walbergowi.

Podejrzany nie odpowiedział.

– No i mamy jeszcze W91. To ostatnia liczba z pańskiej listy. Z listy Walberga.

Młodzieniec odchrząknął.

– Listy Dawida – wyszeptał.

W tym momencie za oknem lunął deszcz.

CZĘŚĆ CZWARTA

WOLNE MIASTO GDAŃSK

ROZDZIAŁ 13 | **LUTY**

NORBERT

Nigdy nie spotkał kogoś takiego jak Kacper Walberg. Maturzysta stał się jego prywatnym bogiem. Odmieńcem, który umiał wykorzystać swoją inność; dzieckiem nocy, które nie lękało się światła dnia. Walberg niczego się nie bał.

– Tylko martwe ryby płyną z prądem, Norbert.

– Racja.

– A my będziemy martwi. Prędzej czy później. Śmierć ciągle na nas czeka. Zaprasza do siebie. Chcesz przyjść do niej jako żebrak czy jako król?

Dawkował im spotkania. Nigdy nie wiedzieli, kiedy Walberg napisze, kiedy zaprosi do wspólnej wyprawy w nieznane. Jednocześnie cały czas ich obserwował.

– Widziałem, jak się dałeś tym robakom wczoraj w szkole.

Norbert spłonął rumieńcem. Chłopaki z czwartej klasy w dalszym ciągu mu dokuczały.

– Próbowałem...

Walbergowi zaświeciły się oczy.

– Nie masz próbować. Nie masz być słaby.

– Przepraszam...

Uderzył go w policzek.

– Nie przepraszaj. Nigdy nie przepraszaj.

Znowu się zapomniał.

– Kość do kości, krew do krwi, ciało do ciała – wyrecytował Norbert. – Jakby były sklejone.

– Jakby były sklejone – powtórzył Walberg.

Spotykał się z każdym z nich z osobna. Mówił różne rzeczy, namawiał przeciwko sobie. Nieustannie poddawał ich próbie. Kto przebywa z wilkami, nauczy się wyć.

SARA

– A co ty taka, córeczko, chodzisz zamyślona? Zakochałaś się?

– Daj mi spokój.

– No co! – zawołał ojciec. – Pożartować nie można?

Zamknęła się u siebie w pokoju. Włączyła muzykę.

– Przepraszam... chciałam pogadać – powiedziała matka, wchodząc.

Ale Sara tego nie usłyszała. Leżała na łóżku w słuchawkach. Nie myślała o niczym szczególnym. Po prostu poddała się nastrojowi.

Pani Kostrzewska przysiadła na skraju kanapy. Delikatnie pogładziła córkę po włosach.

– Co chcesz? – spytała dziewczyna, nieznacznie zsuwając lewą słuchawkę.

– Pogadać.

– Niby o czym? O czym znowu chcesz gadać?

– Tak ogólnie. O życiu. Kiedyś sporo rozmawiałyśmy.

– Taaa... – prychnęła nastolatka. – Ty mówiłaś, a ja miałam słuchać.

Kształtowanie drugiego człowieka to trudny i żmudny proces. Nikt nie uczy nas, jak wychowywać dzieci. Pani Kostrzewska robiła to intuicyjnie, bez większej refleksji. Nie czytała książek, nie słuchała podcastów. Zachowywała się tak, jak wcześniej jej matka, babka, prababka... Nigdy nie słyszała o rodzicielstwie bliskości, komunikacji opartej na wzajemnym wsłuchiwaniu się w potrzeby drugiej strony. Po prostu próbowała narzucić dziewczynie swoje zdanie, nauczyć ją dostosowywać się do oczekiwań. Ale Sara nie chciała się dostosować.

– Taka jest rola matki, żeby radzić. A rolą córki jest słuchać.

Dziewczyna znowu prychnęła. Obróciła się na drugi bok.

– Co to za zachowanie!

Sara ją zignorowała. Nie miała siły na ględzenie starej.

– Mówię do ciebie!

– Cały czas mówisz – odburknęła córka. – Tylko nic z tego nie wynika.

Panią Kostrzewską zirytowała impertynencja dziewczyny.

– Wyłącz tę cholerną muzykę!

Kobieta chwyciła za kabel słuchawek i pociągnęła z całej siły. Wtyczka wyskoczyła z gniazda, odtwarzacz przełączył sygnał na inną linię. Z głośników popłynął głośny dźwięk przesterowanej gitary.

– A co to za łupanka?!

– Nirvana.

– Krzyki same...

– Ja pierdolę, to jest muzyka twojej młodości.

– Jak ty się wyrażasz?! – wrzasnęła matka.

Ostatnio tak właśnie kończyły się wszystkie ich rozmowy. Wyciąganie ręki do drugiego człowieka nigdy nie jest proste. Zwłaszcza gdy człowiek ten jest zbuntowaną nastolatką.

– Gówno wiesz o życiu. I o muzyce.

Matka starała się opanować.

– My słuchaliśmy czegoś innego. Stare Dobre Małżeństwo, szanty...

– Dramat – podsumowała Sara.

– To była muzyka naszej młodości. A nie takie darcie mordy.

Waleria Kostrzewska musiała po prostu urodzić się stara. Bo trudno to było inaczej wytłumaczyć.

– Cobain strzelił sobie w głowę, jak byłaś w moim wieku. To był dziewięćdziesiąty czwarty rok.

– Sama sobie strzel w głowę – prychnęła matka, po czym wyszła z pokoju.

– A żebyś wiedziała!

TOMEK

Dotarcie do matematycznego umysłu Tomasza Jonki rodziło największe trudności. Chłopak nie miał w sobie tak wielkich pokładów romantyzmu jak Norbert czy Sara, starał się myśleć racjonalnie.

– Czy jesteś zły? – spytał z zaciekawieniem.

– *Jam jest tej siły cząstką drobną, co zawsze złego chce i zawsze sprawia dobro*[17] – odpowiedział Walberg.

– Czy to cytat?

– To cytat.

– Skąd?

– Z diabła.

Tomek spojrzał na niego poważnie.

– Ludzi od zawsze interesował szatan – stwierdził Walberg. – Ale jego nie ma. Tak jak i Boga.

– Masz rację.

– A wiesz, co jest?

Jonka wzruszył ramionami.

17 J.W. Goethe, *Faust*, tłum. F. Konopka, Warszawa 1968, s. 77.

– Nie mam pojęcia.

– Człowiek. Wszystko zaczyna się i kończy na człowieku.

– W sumie racja – przyznał Tomek.

– Jesteś panem życia i śmierci. A w każdym razie mógłbyś nim być.

– Jestem nikim. Zwykły ze mnie nerd.

Walberg położył mu dłoń na ramieniu.

– To prawda. Jesteś nikim. Ale możesz stać się wilkiem. Nie przejmować się owczym prawem, nie karmić zasadami dla słabych. Możesz sam wyznaczać reguły.

– Szczerze wątpię.

– A ja w ciebie nie wątpię. Nigdy nie wątpiłem – powiedział z powagą Walberg. – Jednak to, czy dołączysz do watahy drapieżników, stanowi wyłącznie twoją decyzję. Ja ci mogę jedynie wskazać właściwą drogę. I zwierzynę, którą trzeba zagryźć.

SARA

Czy zakochała się w Kacprze?

Straciła apetyt, nie przesypiała nocy. Nieustannie słuchała muzyki, często bolał ją brzuch. Kiedy Walberg był przy niej, czuła się jak sparaliżowana. Gubiła słowa, plątały jej się myśli.

Czy zakochała się w Kacprze?

Tak chyba wygląda właśnie miłość. Nastoletnie zauroczenie, zaklęcie mocniejsze niż słowa manuskryptu z Merseburga.

Dotąd nie znała prawdziwej miłości. Czasem podobali jej się inni chłopacy czy dziewczyny, ale nigdy nie paliła jej tak wielka tęsknota. Jeśli dobrze na to spojrzeć, wszystko w życiu sprowadza się do miłości. Albo do jej braku.

Sara wertowała w necie strony o miłości. Szukała mądrych tekstów, wypowiedzi autorytetów... Wszystko na próżno. Bo choć o uczuciu tym powiedziano niemal wszystko, to tak naprawdę ani na moment nie zbliżono się do prawdy.

– Czy myślisz, że istnieje coś takiego jak miłość? – spytała kiedyś Jonkę.

– Nie wiem. Wiem, że liczy się tylko człowiek. I siła. Czysta, zwierzęca siła.

Pewnego wieczora Walberg umówił się z nimi pod kościołem zmartwychwstańców. Rzadko kiedy spotykali się w tak licznym gronie. Proces formacji najlepiej przebiegał w trakcie indywidualnych sesji.

– Podobno tu mieszka wasz dawny Bóg – powiedział, przenosząc wzrok po kolei na każde z nich.

– To nie jest nasz Bóg – zapewniła Sara.

– Już nie. Nie miał w sobie zbyt wiele siły. Dał się zamordować jak owca – osądził surowo Kacper. – Przynieście mi go.

Za kilkanaście minut miało się rozpocząć wieczorne nabożeństwo. Sara stanęła w kolejce do konfesjonału. Tuż za nią ustawili się Brylczyk i Jonka.

– Dawno cię nie widziałem, córeczko – powiedział proboszcz Trybkowski.

„Nie jestem twoją córką" – pomyślała Sara.

– Ostatni raz u spowiedzi świętej byłam... bardzo dawno temu. Pana Boga obraziłam następującymi grzechami...

Okłamała go. Kiedyś za dzieciaka bardzo lękała się tego sakramentu. Teraz przyszła i po prostu zaczęła łgać. Nic dla niej nie znaczył. Ksiądz był tylko kruchym człowiekiem, ogłupiałym wyznawcą ukrzyżowanego nazarejczyka. Najsłabszego z całego panteonu bóstw. Tego jednego, który zapomniał, czym jest siła.

Przystąpili do komunii i postpandemicznym zwyczajem przyjęli ją do rąk. Później cała trójka opuściła budynek świątyni.

– Macie go? Czy macie swojego Boga? – spytał Walberg.

– Tak – odpowiedziała Sara.

Norbert i Tomek skinęli głowami.

Ruszyli w stronę lasu. Wędrowali stromym zboczem kolejowego nasypu, później skręcili na wiadukt Weisera i zniknęli pośród skąpanych w mroku drzew.

– Dokąd idziemy?

– Tam, gdzie spotykają się wilki.

Stanęli na niewielkiej polanie. Walberg nakazał im zebrać drewna i ułożyć na stosie.

– Ktoś tu niedawno musiał palić ognisko. Są świeże ślady.

– Ludzie od zawsze wartowali przy ogniu. Wykradli go bogom, by się z nimi zrównać. Tylko że później o tym zapomnieli.

– My nie zapomnimy – zapewniła Sara.

– Jeśli zapomnicie choć na chwilę, inne wilki rzucą się wam do gardeł.

Nie szło im z tym ogniskiem. Polana były wilgotne, nie chciały zająć się ogniem.

– Kiepscy z nas skauci – stwierdził Jonka.

– Nie macie być skautami. Tylko zwycięzcami.

Walberg wyciągnął z plecaka rozpuszczalnik. Polał nim szczapy drewna, następnie rzucił zapałkę. Powietrze wybuchło. Po sekundzie wielka kula ognia zamieniła się w rewię czerwono-żółtych języków tańczących wśród ułożonych na stosie gałęzi.

– Wszystkie chwyty dozwolone. – Sara zachichotała.

Wpatrywała się w Kacpra, jej oczy płonęły blaskiem ognia i blaskiem żaru, który ani na chwilę nie tracił na mocy. Rzuciłaby się dla niego w przepaść, pozwoliła rozszarpać wilkom, oddała za niego życie. Ale nie takiej ofiary żądał Walberg.

– Dajcie mi swojego Boga – polecił.

Norbert, Sara i Tomek po kolei wyciągnęli dłonie z tym, co miało być teraz przemienionym ciałem Zbawiciela.

– Oto człowiek – zażartował Norbert.
– Oto owca – podkreślił Walberg. – A teraz go zabijcie.
Po kolei wrzucili opłatki do ognia. Nie stało się nic nadzwyczajnego. Być może ten Bóg już dawno umarł.
– Wilk rozszarpie lwa – przypomniała Sara.
– To nasza własna kryształowa noc – powiedział Kacper. – Triumf siły. Śmierć słabości.
Wpatrywali się w niego jak w nowego Antychrysta.
– Kość do kości – szepnął Norbert.
– Krew do krwi – wtórowała mu Sara.
– Ciało do ciała – dodał Tomek.
Walberg wiedział, że jego mistrz będzie z niego dumny.
– Jakby były sklejone! – zawołali we czwórkę.

NORBERT

Zmienił się. Odkąd poznał Walberga, odkąd trafił pod jego skrzydła, był inną osobą. W końcu stał się człowiekiem. Prawdziwym wilczym synem. Drapieżnikiem, który nie klękał przed owcami.
Na geografii czekał ich sprawdzian. Kilka minut przed dzwonkiem Norbert skoczył do toalety. Przy pisuarze stał Igor Wójcicki.
– Co tam, Skarpeta? Nauczony?
– Dość.
– Na pewno jesteś nauczony!
– Uczyłem się – mruknął Norbert.
– No pewnie, że się uczyłeś! – Igor delikatnie go pchnął. – Ty się tylko uczysz!
Brylczyk zachwiał się nad pisuarem.
– Uważaj! – krzyknął. – Przez ciebie się posikam!
Uderz w stół, a nożyce się odezwą.

– Co z tego, że się posikasz? I tak ciągle jebiesz szczochami! – To powiedziawszy, znów go popchnął.

Kropelki moczu poleciały na spodnie nastolatka.

– Zostaw mnie, ty debilu! – warknął Norbert.

W tym momencie Igor złapał go za ramiona i zaczął z całej siły potrząsać.

– Leci kaskada! Śmierdząca uryna Skarpety!

– ZOSTAW MNIE! – wrzasnął Brylczyk.

Igor pchnął go na ścianę.

– Pewnie, że cię zostawię, Skarpeta. Przez ciebie muszę myć ręce. Zazwyczaj nie myję.

Młody Wójcicki podszedł do zlewu. Obrócił się do Norberta plecami, odkręcił wodę.

– Powiedz… dalej jak trzepiesz, to myślisz o Wiktorii?

– Spierdalaj…

– Nie ma się czego wstydzić. Ja sam o niej myślę, jak trzepię. Robiła mi kiedyś loda. Do ostatniej łezki. Lubisz blowjoby?

Norbert czuł, jak narasta w nim złość.

– Zamknij się…

– Tylko pytam. Jakby co, zawsze możesz spróbować z dziwką. Ale to lepiej w gumie.

Powoli wzbierała w nim dzika, pierwotna energia. Ta sama, o której mówił mu Walberg. Zwierzęca siła.

– Przeproś – powiedział przez zaciśnięte zęby.

– Czyś ty ochujał? Za co cię niby mam przepraszać? Sobie gadamy jak kumple. Pytam, czy ktoś ci kiedyś ciągnął druta. Oczywiście poza matką. Bo że stara ci włazi w nocy do łóżka, to jasne jak…

Nie wytrzymał. Chłopiec zamienił się w wilka.

– ZABIJĘ CIĘ!

Trudno powiedzieć, skąd chudy skądinąd młodzieniec wykrzesał w sobie taką moc. Chwycił Igora za głowę i z całej siły walnął nią w umywalkę. Nastolatek osunął się na ziemię. Ale Norbert nie zamierzał przestać.

– Kurwa... – szepnął Wójcicki.

Norbert chwycił go za koszulę, zaciągnął do kabiny, zaczął uderzać o sedes.

– Nigdy więcej tak do mnie nie mów. Zrozumiałeś? – spytał zupełnie spokojnym głosem.

Potem jak gdyby nigdy nic poszedł na zajęcia.

TOMEK

Po wyrzuceniu z Inferno musieli znaleźć sobie nowe miejsce spotkań. Wtedy Walberg zaprowadził ich do opuszczonego budynku dawnej zajezdni tramwajów konnych.

– Trochę tu zimno – stwierdził Norbert.

– Nie masz ognia?

– No nie...

Walberg spojrzał na Sarę.

– A ty?

– Ja też nie...

Wtedy zwrócił się do bezpośrednio do Tomka:

– Naprawdę żadne z was nie słucha tego, co mówię?

Jonka wyszedł z pokoju. Wrócił po chwili, niosąc jakieś stare meble. Ułożył je na środku. Później wyciągnął z plecaka rozpuszczalnik. Chwilę potem w budynku zapłonął ogień.

– A jednak nauka nie idzie w las – pochwalił go Walberg. – Niedługo odwiedzi nas mój przyjaciel.

– Ze szkoły? – zdziwił się Norbert. Nie zauważył, żeby Kacper miał jakichkolwiek znajomych.

– Z watahy. Z mojego wilczego stada.

– Myślałam, że polujesz sam – podchwyciła Sara.

– Więcej drapieżników to większa ofiara – wyjaśnił Walberg. Później zaczął kreślić na ścianie jakieś symbole.

– Co to? To do gry? – spytał Tomek.

Nastolatek nie przestawał pisać.

– Zagramy niedługo w prawdziwą grę. Taką, w której stawką będą życie i śmierć. Grę dla prawdziwych ludzi.

– Rozpisujesz nasze cechy? – zainteresował się Norbert. – Czy to tabela zasad?

– W naszej grze nie będzie żadnych zasad. Tylko wola najsilniejszego w stadzie.

– Czyli to szyfr? – zgadywała Sara.

– Lista – odparł Walberg. – Lista Dawida.

ROZDZIAŁ 14 | **LIPIEC**

PATRYK

Taki deszcz miał się zdarzać raz na pięćset lat. W ciągu kilkunastu godzin spadło prawie dwieście litrów wody na metr kwadratowy. Lało nieustannie z siłą większą niż kiedykolwiek w historii. I choć nauczone tragicznymi wydarzeniami z przeszłości władze miasta zawczasu nakazały opróżnić zbiorniki retencyjne, to te i tak nie zdołały sprostać przeznaczonemu im zadaniu.

Wszystkie mniejsze i większe strumyki zamieniły się w rwące potoki. Ulice przypominały rzeki, tereny wokół aresztu, dworca czy galerii handlowych wyglądały jak wielkie rozlewiska. Starannie wybetonowane miasto nie było w stanie przyjąć ani jednej kropli wody więcej.

– Coś się kończy, brachu – mruknął Patryk. – Świat ewidentnie próbuje nam coś powiedzieć.

– Świat ma dość ludzi – odparł Filip, obrabiając na komputerze zdjęcia z wycieczki pontonem po mieście.

– Pył znad Sahary, susza, teraz ta cholerna powódź.

– Nie zapominaj o Walbergu – powtórzył kolega.

Siedzieli uwięzieni w budynku redakcji i czekali na zapowiadany rychły koniec opadów. Według prognoz chmura miała przesunąć się na południowy wschód.

– Wsadzili go wczoraj. Ale przez ten cały pieprzony deszcz nawet nie było kogo pociągnąć za język.

– Sprawa zamknięta – podsumował Filip, wrzucając do sieci fotografię zalanego tunelu.

Patryk spojrzał za okno. Krople stały się mniejsze, straciły pazur, już nie pałały żądzą zemsty. Pogoda wracała do normy.

– Moim zdaniem nie jest zamknięta.

– W sensie medialnym czy dowodowym?

Skalski zagryzł wargę.

– Walberg nie działał sam.

– Odważna teza... – powiedział Filip, raz jeszcze przeglądając roboczą wersję artykułu.

– Ustaliłem tożsamość Piątego Gracza. I pogadałem z nim.

– Hę?

Patryk podszedł do kolegi. Oparł się o jego biurko.

– Kolesia, który grał z Walbergiem i trójką powieszonych dzieciaków. Podobno Walberg był tylko płotką.

Filip odsunął się od komputera.

– Gadałeś z tym naziolem z Wolnego Miasta? Pojebało cię?

– Nawet nie poszło tak źle. Złapaliśmy coś na kształt... wspólnego języka.

– Dostaniesz wpierdol. Tak to się skończy – podsumował kolega.

– Chodziłem wokół niego od dłuższego czasu. Powiedziałem mu, że mamy wspólnych znajomych...

– Jakich wspólnych znajomych?

Skalski wyszczerzył zęby.

– Ciebie.

Filip gwałtownie zbladł.

– CZY CIEBIE DO RESZTY POJEBAŁO?!

– Sorry, stary, ale inaczej nie miałbym do niego podjazdu. Wspomniałem, że mój ziomek siedzi mocno w narodowych tematach i jest sympatykiem WMG. No to spytał, który ziomek. Co miałem powiedzieć?

– Kurwa mać! Ty jesteś zdrowo pierdolnięty!

– Ale on nic do ciebie nie miał… żadnych wątów…

– Spierdolisz mi sprawę, nad którą pracuję od trzech lat!

– Słuchaj, w ogóle nie ciągnął tematu. Zdobyłem jego zaufanie, a potem od razu przeszliśmy płynnie do Walberga.

– Jesteś głupim chujem.

– Dobra, nie panikuj tak. Jak następnym razem będziesz szedł na jakiś faszystowski meeting, to zabierzesz mnie ze sobą.

– Chyba śnisz.

– Siedzimy w tym gównie razem. Tak czy inaczej, gadaliśmy o Walbergu. Gadka szmatka, mówię: „No to w końcu mają naszego Wilka z Wybrzeża". A on, że gówno mają. I że Walberg był tylko płotką. A prawdziwe przedstawienie dopiero się zacznie.

Filip wstał od biurka.

– Ja się z tego wypisuję. To jest chora akcja. Nie chcę, żeby mnie zajebali.

– Ma być jakieś spotkanie koło Głazu Borkowskiego. Podobno wiesz, o co chodzi.

– Kurwa, nawet o tym nie myśl!

Skalski złożył dłonie jak do modlitwy.

– Stary… ten jeden raz. Ten jeden raz…

WOTAN

Jego armia potrzebowała nowych żołnierzy. Gotowych oddać życie za sprawę, niebojących się kajdan, niewygód czy poświęcenia. Znających wartość życia, doceniających ofiarę śmierci.

Nadchodził trudny czas. Czas konfrontacji. Okres burzy i naporu.

Wotan siedział pośród drzew, spoglądając na zgromadzonych wokół ogniska młodych mężczyzn. Przyszło ich więcej niż zwykle. Kilkukrotnie więcej.

– Kość do kości – szepnął.

Dotknął dłonią półnagiej piersi. Jego ciało zdobiły dziesiątki runicznych tatuaży. Każdy z nich krył jakieś znaczenie. Bo życiem Wotana od urodzenia rządziły symbole.

– Krew do krwi – powiedział, obserwując swych najemników. Po spaleniu świątyni kryminalni coraz mocniej deptali mu po piętach. Wśród nowo przybyłych mogli być szpicle. Policyjni informatorzy. Zdrajcy.

Mimo to musiał zaryzykować. Potrzebował zasilić szeregi świeżą krwią, a w międzyczasie… usunąć robactwo, które zamierzało przeszkodzić mu w realizacji planu.

– Ciało do ciała – wyrecytował.

Wotan od zawsze ciągnął za sobą innych. I doskonale wiedział, dokąd idzie.

– Jakby były sklejone.

Wszystko, co widział przez ostatnie pięćdziesiąt lat, czego doświadczył i na co się godził, stanowiło jedynie konieczny etap długiej drogi do ostatecznego zwycięstwa. Przedrostek dumnej, dzikiej pieśni.

Niedawno stracił oddanego człowieka. Ale sprawa wymagała poświęceń. Wotan wiedział, że ktoś będzie musiał dokończyć misję, której tamten nie zdążył wypełnić. Wilk pożre lwa.

– Kość do kości, krew do krwi, ciało do ciała – powtórzył po raz kolejny słowa zaklęcia. – Jakby były sklejone.

Uważnie obserwował nowych adeptów. Musiał oddzielić ziarno od plew. Wiedział, że gdzieś wśród tych wszystkich młodych, nadgorliwych chłopaków kryje się Judasz.

Wotan wsparł się na włóczni. Tej samej, na którą przysięgać musiał każdy z szesnastu. Las pachniał śmiercią, noc pragnęła krwi.

– Wilk pożre lwa – oznajmił mężczyzna. – A miasto stanie się w końcu wolne.

KONRAD KROON

Jechał przez zniszczone miasto, obserwując skutki ostatniej powodzi. Na ulicach zalegały zwały błota, chodniki zastawiono uszkodzonymi samochodami. Kataklizm odebrał życie sześciu osobom.

Podczas powodzi z dwa tysiące pierwszego Kroon siedział na studiach w Krakowie, piętnaście lat później włóczył się z Zuzą po Sycylii. To była pierwsza ulewa, której doświadczył na własnej skórze. I pierwsza, która odcisnęła na nim tak mocne piętno.

Cały czas analizował sprawę Walberga. Wszystkie dowody świadczyły o winie chłopaka. Wiedział, że dziewiętnastolatek jest odpowiedzialny za wszystkie cztery przestępstwa, których popełnienie mu zarzucił. Przeczuwał, że również i nieudany zamach bombowy musiał być jego sprawką. Ale co z zabójstwem w tramwaju linii numer osiem?

„W1938" nie znajdowało się na żadnej z list. I jako jedyne zostało sporządzone pismem maszynowym.

– Kto w dzisiejszych czasach pisze jeszcze na maszynie?

Czarne audi TT przemierzało ulicę Jana z Kolna. Kroon zerknął w górę, podziwiając majestatyczne stoczniowe żurawie. Kilka dni temu śniło mu się, że płoną.

– Miasto miał strawić ogień, a nie cholerny deszcz – mruknął, wjeżdżając pod wiadukt.

Zaparkował na prywatnym parkingu obok City Forum. Wyszedł na Podwale. W Gdańsku trwało właśnie wielkie sprzątanie. Strażacy wciąż wypompowywali wodę z tunelu pod dworcem, pracownicy „Zieleni" zbierali z ulic wszystko to, co naniosła woda.

Wszedł do budynku prokuratury, wbiegł od razu na schody.
– A tu już do pana prokuratora ktoś czeka – obwieściła ochroniarka.
– Kto?
– Jakiś dziennikarz. Mówi, że zostawił mu pan swój numer.
Na korytarzu siedział Patryk Skalski.
– Nie wiem, czy prokurator pamięta... – zaczął chłopak.
– Ja wszystko pamiętam – oznajmił Kroon.
Zaprosił go do gabinetu.
– Niby miałem dzwonić, ale o pewnych rzeczach lepiej nie rozmawiać przez telefon.
– Ja zawsze wszystko omawiam przez telefon – rzucił bez ogródek Konrad.
– Czy to rozsądne?
– Na pewno wygodne.
Konrad wyciągnął z szuflady dwunastościenną kostkę. Ostatnio ciągle się nią bawił.
– Chciałem się czegoś dowiedzieć o zatrzymaniu podejrzanego – powiedział dziennikarz.
– Odbędzie się pewnie konferencja prasowa. Gdyby nie ten deszcz...
– Wolałbym wiedzieć szybciej.
Kroon dokładnie obserwował swego gościa. Nie wydawał się mieć złych intencji.
– Nie mogę pana tak faworyzować. Co powiedzą inni?
– Oni mają za sobą całe zaplecze. Ja jestem dziennikarzem małego portalu.
– Największego na Pomorzu – zauważył prokurator.
– Tak czy inaczej... nie dysponujemy taką machiną jak telewizje.
Na twarzy Konrada pojawił się delikatny uśmiech.
– Taką machiną jak telewizje nikt w tym kraju nie dysponuje. A co chciałby pan wiedzieć?

– Co powiedział Walberg. Czy ma pan dowody na skazanie? Czy to koniec tej historii?

– Nic. Tak. Nie wiem – wystrzelił bez chwili wahania Kroon.

Skalski zrobił wielkie oczy. Nie sądził, że pójdzie mu tak łatwo.

– Co to znaczy, że pan nie wie?

Kroon rzucił kostką. Wypadła szóstka.

– Mniej więcej tyle, że nie dysponuję szklaną kulą. Nie umiem przewidywać przyszłości.

– Czyli zbrodnie się nie skończyły.

– Tego nie powiedziałem.

– Ale to pan pomyślał – spuentował Patryk.

Konrad podał mu kość.

– Lubi pan zaglądać do cudzych umysłów?

– Umiarkowanie.

– A ja bardzo – przyznał Kroon.

– Czy mam się czuć... prześwietlany?

– Proszę rzucić.

– Dlaczego?

– Po prostu proszę rzucić.

Skalski wypuścił z dłoni kość. Znów wypadła szóstka.

– I co to ma znaczyć? – spytał Patryk.

– Wierzy pan w zbiegi okoliczności?

– Nigdy się nad tym nie zastanawiałem.

– Ja nie wierzę – stwierdził prokurator. – Wydaje mi się, że wszystko jest po coś. *Mane, tekel, fares.*

– Policzone, zważone, podzielone – wyjaśnił Skalski.

Kroon z uznaniem skinął głową.

– Tak to można tłumaczyć.

– Chodzi o te liczby? – spytał Patryk. – Ujawnione na miejscach przestępstw?

Konrad postanowił wymigać się od odpowiedzi.

– Nie przyszedł pan do mnie z pustymi rękoma. Prawda?
– W jakim sensie?
– W takim, że ma pan coś dla mnie. Informację. Ofertę. Obietnicę.
– To pierwsze – przyznał dziennikarz.
– Zamieniam się w słuch.
– A powie mi pan coś więcej o Walbergu?
Wszystko jest kwestią ceny. Prokurator i dziennikarz dobijali powoli targu.
– Zależy, na ile wartościowy będzie pański cynk. Proszę mówić.
– Walberg nie działał sam. Jestem o tym przekonany.
– Cały współczesny świat trzyma się na domysłach – stwierdził Kroon. – Teorie spiskowe nakręcają ludzi bardziej niż viagra.
Skalski uśmiechnął się triumfalnie.
– To nie jest teoria. Tylko efekt mojego śledztwa.
– Myślałem, że to ja prowadzę śledztwo.
– Dziennikarskiego śledztwa – sprostował Patryk.
– No dobrze. I co pan takiego ustalił?
– Jaką mam gwarancję, że dostanę to, po co przyszedłem?
– Żadną.
Patryk bezradnie rozłożył dłonie.
– Brzmi uczciwie.
– Bo to uczciwa propozycja. A ja jestem uczciwy facet. Chociaż nie wyglądam.
– Okej...
– Proszę mówić – polecił Kroon.
Skalski musiał zebrać myśli. Opowiedzieć wszystko po kolei. Krótko i zwięźle. Nie chciał wyjść na oszołoma.
– Ustaliłem, że Brylczyk, Kostrzewska i Jonka grywali z Walbergiem. Poznali się w klubie Inferno, zaprzyjaźnili.
– To już wiem.
Patryk uniósł prawą dłoń.

– To nie wszystko. Bo poza ich czwórką kręcił się z nimi tak zwany Piąty Gracz.

– Pewnie też szósty, siódmy i ósmy...

Skalski wyciągnął telefon z fotografiami. Przesunął ekran w stronę prokuratora.

– Piąty Gracz jest członkiem Wolnego Miasta. Podobnie jak Walberg. Rozmawialiśmy na jego temat.

Kroon słuchał z zaciekawieniem.

– I co panu powiedział?

– Wiedział, że Walberg coś kombinuje. I zna osobę, która może za nim stać.

– Bardzo to wszystko interesujące...

– Uczestniczyłem ostatnio w spotkaniu chłopaków z Wolnego Miasta. I oni szykują jakąś grubą akcję. Proponuję zbadać temat, zanim dojdzie do kolejnej zbrodni...

Konrad przeglądał folder ze zdjęciami.

– Ma pan dla mnie coś więcej niż ksywkę?

– Mam. Imię i nazwisko. Oraz jego adres...

KEREM

Kerem Yildiz od zawsze marzył, żeby mieszkać w Europie. Trudno powiedzieć, jak to się stało, że skończył właśnie w Polsce, która do zachodniego dobrobytu wciąż bardziej aspirowała, niż mogła się nim pochwalić.

Okazja nadarzyła się jednak sama. Nie była to najlepsza okazja w życiu, lecz po prostu jakaś okazja. Zwyczajny uśmiech szczęścia, nic nieznaczący zbieg okoliczności.

Kuzyn otworzył knajpę i szukał pracowników. Wystarczyło złożyć odpowiednie dokumenty, wypełnić wniosek, uiścić opłatę.

Po kilku miesiącach Kerem wylądował na lotnisku w Rębiechowie.

Restauracja nie mogła pochwalić się gwiazdką Michelin ani zacnymi recenzjami kulinarnych autorytetów. Ot, zwykła kebabownia. Kerem zaczynał pracę o dziesiątej, kończył dobrze po północy. W weekendy siedział przy grillu do ostatniego gościa. Przepisy przepisami, ale on tu przyjechał do roboty, a nie na wakacje. Kuzyn okazał się surowym szefem.

– *İyi geceler*[18] – rzucił na pożegnanie Kerem i szybkim krokiem wyszedł na zewnątrz. Pobiegł na przystanek.

Nocny autobus linii N2 tłukł się przez pół miasta, rozwożąc podchmielonych imprezowiczów. Powinien odjechać punktualnie o drugiej czterdzieści pięć. Ale odjechał pięć minut wcześniej.

– *Yarrak kafa!*[19] – krzyknął podenerwowany niedoszły pasażer, gdy zobaczył znikający za zakrętem pojazd.

To nie był dobry tydzień dla Kerema. Od kilku dni miał lekką gorączkę, chodził przemęczony i niewyspany. Na domiar złego pokłócił się dziś z kuzynem, który zagroził, że odeśle go do Midyat.

– *Yarrak kafa!* – powtórzył, tłukąc z całej siły w przystankową wiatę.

Kemer był młodym chłopakiem, miał dopiero dwadzieścia kilka lat. Hormony buzowały, krew kipiała od testosteronu.

Złość musiała znaleźć jakieś ujście.

– *Hepinizden nefret ediyorum!*[20] – wrzasnął, kopiąc w szybę z pleksi.

Wrzeszcz spał. Nerwowe krzyki spóźnionego pasażera odbijały się od biało-niebieskiej fasady Dolarowca, hulały wśród oświetlonych nowoczesnymi ledowymi latarniami pustych ulic.

18 Dobranoc (tur.).

19 Kutas (tur.).

20 Nienawidzę was (tur.).

Takie akty wandalizmu zdarzały się w mieście regularnie. I mimo wszechobecnych kamer rzadko kiedy udawało się ukarać winnych.

– *Yarrak kafa!* – darł się przybysz znad Bosforu.

Ubrany w wilczą maskę sprawca podszedł do niego całkowicie niezauważony. Zaszedł Kemera od tyłu. Jedną ręką zakrył mu usta, drugą wyprowadził cios.

Długi sztylet z łatwością przeszył ubranie, rozerwał otrzewną i pokaleczył organy. Zabójca znał się na anatomii ludzkiego ciała, wiedział, jak skutecznie zadać śmiertelne uderzenie.

Nóż podziurawił żołądek i przeponę; ustawiony pod odpowiednim kątem szybko dotarł do serca. Z Kemera uciekało życie.

– Kość do kości, krew do krwi, ciało do ciała – wyszeptał niemal niesłyszalnie sprawca. – Jakby były sklejone.

Krew spływała po ubraniu, dusza opuszczała ciało.

Wilk poczekał, aż ofiara ostatecznie wyzionie ducha. Aż przestanie się bronić.

Zabójca ułożył zwłoki Kemera na ziemi, a w jego usta wetknął niewielką karteczkę. Później otarł o ubranie zmarłego nóż i oddalił się w stronę lasu.

KONRAD KROON

Powiadają, że do trzech razy sztuka. Jakby to w ogóle miało coś znaczyć. Faktem jest, że na miejsce zdarzenia znów udała się asesor Aleksandra Cieślak.

Młoda prokuratorka od razu się zorientowała, co powinna zrobić.

– Dzwonimy po Kroona – zarządziła.

Zabójstwa Kerema Yildiza dokonano w samym sercu Wrzeszcza, na niewielkim placu pomiędzy galerią Manhattan a siedemnastokondygnacyjnym peerelowskim budynkiem zwanym przez niektórych Olimpem.

– Przynajmniej będziemy mieć pełno materiału dowodowego – stwierdziła Flara.

Konrad wpatrywał się w zabezpieczoną kartkę z liczbą wyciągniętą z ust denata. „W1938".

– Wolałbym mieć rozwiązaną sprawę.

– Tego nie zrobił Walberg. Mamy dwóch niezależnych sprawców – oceniła Justyna.

– Nie jestem przekonany, czy niezależnych.

– Myśli pan, że działali wspólnie i w porozumieniu?

Kroon wyciągnął telefon. Musiał pilnie umówić sekcję.

– Wspólnie na pewno nie. Ale istnieje między nimi związek. Jestem o tym przekonany. – Kliknął w ikonkę kontaktu. – Serwus, doktorze. Czy coś się stało? Nawet bardzo się stało. Za ile możemy być z ciałem?

MAJA

Wpadła na krótką, nieformalną odprawę do prokuratora. Procedury wyglądały inaczej. Ale w sprawie Wilka z Wybrzeża nikt nie przejmował się procedurami. Należało być przede wszystkim skutecznym.

– Mam dwie dobre wiadomości – obwieściła na starcie.

– Już nie będzie więcej ofiar? – spytał Kroon.

– Tego z ręką na sercu nie mogę obiecać.

– A tego właśnie od ciebie oczekują. – Wskazał dłonią w stronę sufitu. – Od ciebie i ode mnie.

– Naciski?

– Naciski to przy tym, co się dzieje teraz, gimnastyka korekcyjna – odparł prokurator. – Ale mów, z czym do mnie przychodzisz.

Maja usiadła za biurkiem.

– Mamy dokładny wizerunek sprawcy.

– Niech zgadnę: mężczyzna z głową wilka?

Policjantka podniosła z biurka dwunastościenną kość. Skierowała ją pod światło.

– Fakt. Twarzy jeszcze nie ustaliliśmy. Wyszedł z lasu i po całej akcji do lasu uciekł. Psy zgubiły trop gdzieś w okolicy altany Gutenberga.

„Psy nawet nie zdołały złapać tropu" – pomyślał Kroon.

– To nie są dobre wiadomości, których oczekiwałem. To w ogóle nie są dobre wiadomości.

– Jeszcze nie. Ale gadałam z chłopakami od pseudokibiców. Pojawiła się koncepcja, że nasz drugi sprawca może mieć związki z Wolnym Miastem. A teraz czas na drugi news.

Konrad pogładził się po brodzie.

– Aż się boję.

– Biegłym w końcu udało się rozpracować dyski Brylczyka, Kostrzewskiej i Jonki.

– Brawo.

Majka wyszczerzyła kły.

– Okazuje się, że Walberg nie był ich jedynym znajomym powiązanym ze środowiskiem narodowców. Kręcił się tam jeszcze jeden gość.

– Wiesz, jak się nazywa?

– Pracujemy nad tym.

Kroon zabrał policjantce kość, po czym wstał od biurka.

– I widzisz, znów jestem pół kroku przed wami. A przecież to nie moja brocha wykonywać pracę operacyjną.

– Nie rozumiem.

– Widzę, że nie rozumiesz.

Maja odruchowo podrapała się po głowie.

– Ja mówię o Piątym Graczu. Osobie, która może być łącznikiem między Walbergiem a naszym samotnym wilkiem – usprawiedliwiła się dziewczyna.

Kroon skreślił na kartce kilka wyrazów.

– Sprawdźcie mi ten kontakt.

– A kto to taki? – spytała kryminalna.

– Nasz Piąty Gracz.

KONRAD KROON

W1938. Jedyna liczba, która nie pojawiła się na Liście Dawida. Jedyna sporządzona pismem maszynowym. Jedyna, która wystąpiła dwukrotnie, przy dwóch pozornie niezwiązanych ze sobą morderstwach.

– To musi być naśladowca – rzekł kategorycznie Konrad.

– Naśladowca albo mamy zajebisty zbieg okoliczności – dodał Kieltrowski.

W gabinecie Prokurator Regionalnej trwała właśnie narada. Dawno przy jednym stole nie siedziało tylu ważnych prokuratorów.

– Walberg i Wilk z Wybrzeża to dwie różne osoby – powiedziała Joanna Stempka, nadzorująca postępowania prowadzone przez Konrada.

W prokuraturze zawsze ktoś ci patrzy na ręce. A im ważniejsza sprawa, tym więcej par oczu przygląda się twojej pracy. Tylko rzadko kiedy pomaga wykonać robotę.

– Walberg też miał wilczą maskę – zauważył Kieltrowski.

– U siebie w domu. Ale ani razu jej nie założył – odparła prokurator Stempka.

– Chyba nie dyskutujemy o tym, czy to Walberg zabił tego Turasa? – pisnęła Prokurator Regionalna. – Przecież w chwili czynu

Walberg siedział. No i z tego, co widzę – zajrzała w akta – prokurator Kroon nie przedstawił Kacprowi Walbergowi zarzutu zabójstwa pasażera tramwaju linii numer osiem. Ta sprawa w dalszym ciągu pozostaje niewyjaśniona.

– To prawda – przyznał Kroon.

– Dlaczego w ogóle prowadzi pan to postępowanie? Niech się pan skupi na Walbergu.

– Konrad się uparł – mruknął Kieltrowski.

Regionalna spojrzała na Kroona.

– W tej firmie rzadko kiedy ktoś prosi o dodatkową robotę – stwierdziła swoim lodowatym głosem.

– Uważam, że między sprawami istnieje związek. Prowadzę je pod osobnymi sygnaturami, ale chciałbym mieć ogląd na całość. Tak żeby nie zgubić żadnego ważnego szczegółu.

– Chce pan prowadzić sprawy dwóch seryjnych morderców? Symultanicznie?

– Wychodzi na to, że Walberg nie jest seryjnym mordercą – zauważył Kieltrowski. – Zabił jedynie Teleszkę. Chyba że liczyć też tego cholernego lwa...

– Zabójstwo z tramwaju i zabójstwo spod Manhattanu łączy liczba W1938 – powiedział Konrad. – Poza tym w obu przypadkach mamy zapis monitoringu z wizerunkiem sprawcy. Na obu nagraniach widać osobę o podobnej sylwetce i w takiej samej masce.

– Wychodzi na to, że to nie Walberg jest prawdziwym Wilkiem z Wybrzeża – podsumował Krzysiek.

– Czyli upiera się pan, żeby prowadzić to osobiście? – kontynuowała Regionalna.

– Tropy prowadzą do Wolnego Miasta.

– Tej grupy pseudokibiców?

Kieltrowski poczuł się wywołany do tablicy. To on nadzorował śledztwo przeciwko wspomnianej grupie. Uznał, że musi wprowadzić Prokurator Regionalną w temat.

– Wolne Miasto jest powiązane ze środowiskiem Lechii Gdańsk. Ale ich zainteresowania nie ograniczają się do wzniecania burd na stadionach. Handlują narkotykami, ściągają haracze…

– W takim razie dlaczego tego nie prowadzą PZ-ty? – zdziwiła się Regionalna.

Krzysiek bezradnie rozłożył ręce.

– Nikt nigdy nie chciał tego wziąć. Podobno w krajówce jest za mało ludzi.

Szefowa rozejrzała się po sali.

– Krajówka kazała mi zająć się sprawą. Najlepiej, jak umiem. Decyzja jest więc prosta. Obaj idziecie w delegację do PZ-tów. I prowadzicie to wspólnie.

– W sensie ja i Konrad? – zdziwił się naczelnik.

Regionalna zamknęła akta. Uznała naradę za zakończoną.

– Tak – rzuciła krótko. – Dwóch upartych jak osły prokuratorów i trzy przeklęte sprawy. Nie chcę widzieć więcej trupów. Zrozumiano?

ADRIAN

Stoczniowe żurawie błyszczały w świetle czerwonożółtych lamp. Zdawało się, że posępne dźwigi płoną neonowym ogniem, demonicznym żarem saharyjskiego brzasku.

Pół miasta żyło sprawą Wilka z Wybrzeża, druga połowa wciąż dyskutowała o niedawnej powodzi i o tym, czy dało się jej zapobiec. Ale na Ulicy Elektryków przedstawienie trwało w najlepsze.

Adriana nie interesowały problemy tego świata. W uszach szumiała mu muzyka, we krwi szalały narkotyki. Tańczył, kochał się i ćpał.

Tej nocy zaliczył dwa szybkie numerki. Niezobowiązujący lodzik w kiblu, później porządny seks w pracowni kolegi. Od coming outu minęły mu ledwie dwa lata, a on w dalszym ciągu nie mógł nacieszyć się wolnością. W malutkim Parczewie nigdy nie przyznałby się, że jest gejem. Ale Gdańsk był miastem wolności i tolerancji. Gdy przyjechał tu na studia, trafił do środowiska otwartych i inkluzywnych ludzi, poczuł, że dopiero teraz zaczęło się dla niego prawdziwe życie. Nigdy nie przypuszczał, że tak szybko przyjdzie mu je zakończyć.

O czwartej nad ranem było już całkiem jasno. Adrian szedł sam w stronę kolejki. Po drodze zachciało mu się siku.

Skręcił pod wiadukt.

– Auuu – zawył do czegoś, co uznał za księżyc.

Z grzybami eksperymentował od niedawna. Delikatny psychodelik, fajniejsza opcja niż kwas; podobno rozwijały kreatywność.

– Cześć, piesku – powiedział na widok futrzastego czworonoga, który właśnie stanął na dwóch łapach.

Wilk przyglądał mu się z zainteresowaniem.

– Też ci się zachciało lać? – spytał Adrian.

Dwunożne zwierzę rozejrzało się dookoła. Nie chodziło mu o to, czy ktoś je zobaczy, tylko czy zdąży po wszystkim uciec.

– Kość do kości, krew do krwi, ciało do ciała – wyszeptał zabójca. – Jakby były sklejone.

– Co powiedziałeś? – spytał chłopak.

Wilk podszedł bliżej.

– Kurwa, to maska. Zajebista! – zreflektował się Adrian.

Otrzeźwienie i refleksja przyszły jednak za późno.

Sprawca przytulił się do pijanego imprezowicza. Chłopak poczuł przeraźliwy ból, chwilę później ogarnęło go dziwne ciepło. Upadł na kolana i przewrócił się w kałużę krwi.

Morderca działał szybko. Nie poił się cierpieniem, nie karmił widokiem kaźni. Zamierzał po prostu przekazać wiadomość. By każdy zrozumiał, do kogo należy to miasto. By każdy odmieniec zobaczył, że nie ma tu czego szukać.

– Kość do kości, krew do krwi, ciało do ciała – powtórzył Wilk.

Zaklęcie merseburskie miało dodać mu sił.

Tak jak poprzednio otarł nóż o ubranie swej ofiary. Tym razem i jego bluzę splamiła krew. Będzie ją musiał spalić. Ale nie tu.

Spojrzał w stronę lasu. Kto przebywa z wilkami, nauczy się wyć. Musiał dokończyć inkantację.

– Jakby były sklejone – powiedział normalnym głosem.

W ustach ofiary umieścił kartkę z symbolem. „W1938". Później pobiegł w stronę wiaduktu. Za Bramą Oliwską zaczynał się las.

KONRAD KROON

Profesor Dalidonowicz rzadko kiedy opuszczał bibliotekę. Pracownice uniwersytetu przyzwyczaiły się do codziennego rytuału wyganiania staruszka do domu. Bo choć mieszkał ledwie kilkanaście minut spacerem od kampusu, w samym sercu starej Oliwy, to właśnie czytelnia stanowiła jego prawdziwą oazę.

„Jeszcze chwileczkę. Zostało mi ledwie kilka akapitów".

„Panie profesorze, my też już byśmy chciały skończyć pracę. Dzieci czekają".

„Ach, dzieci. *Hominibus a natura insitum est ut liberos diligant eosque foveant*[21]".

Kiedy w drzwiach gabinetu pojawił się Konrad, do profesora wystosowano już dwa ostrzeżenia o rychłym zamknięciu uniwersyteckiego gmachu.

---

21 U ludzi wrodzone jest, że kochają swe dzieci i otaczają je opieką (łac.).

– *Salve magister* – powiedział na powitanie Kroon.

– *Imo corde te saluto* – odpowiedział akademik. Na jego biurku próżno było szukać wolnej od książek przestrzeni. – Dziwne, że cię wpuścili. Już po godzinach urzędowania.

– Nie chcieli mnie wpuścić. Musiałem zamachać legitymacją.

– Ach, w rzeczy samej. Nie możemy jednak nadwyrężać dobrej woli pani Irenki. *Hannibal ante portas!*[22] Zarządzam odwrót!

Profesor w pośpiechu spakował notatki, zarzucił torbę na ramię i ruszył w stronę drzwi.

– To koniec audiencji? – spytał Konrad.

– Zgubiłeś partykułę, Conradusie.

– Partykułę?

– Partykułę zdania pytajnego. Powinieneś był zapytać: „Czy to koniec audiencji?" – poprawił go profesor. – Dla czystości formy.

Kroon nie miał ochoty wdawać się w dalsze dyskusje. Jeszcze nigdy nie wygrał polemiki z Albertem Dalidonowiczem.

Zjechali windą na dół.

– Mogę podrzucić profesora do domu – zaproponował Konrad.

– Planowałem spacer.

– Chciałem się poradzić. Pogadać co nieco.

– Zatem spacer znakomicie się nada.

Ruszyli w stronę podziemnego przejścia. Na ścianach tunelu wciąż widniały ślady niedawnej powodzi: niewyschnięte zacieki, śmierdzące kupy mułu.

– Pamięta profesor sprawę tamtych symboli? Pytałem o nie ostatnio.

– Twojego błędu z literą „waw"?

Profesor wyjątkowo mocno zaakcentował wyraz „błąd". On i wujek Konrada byli tacy sami. Uwielbiali udowadniać swoją wyższość.

---

22 Hannibal u bram (łac.).

– Tak. Właśnie o tę sprawę mi chodzi.

– Udało ci się już znaleźć sprawcę?

– Być może. Chciałbym, żeby profesor przejrzał te zdjęcia.

Tak jak poprzednio Kroon przygotował papierowe odbitki. Profesor nie znosił elektronicznych urządzeń.

Na pierwszy ogień poszły zdjęcia znaków naniesionych osobiście przez Kacpra Walberga wraz z Listą Dawida.

– Widzę, że liczba pozycji się rozrosła. Ale jak już wspominałem, nie podejmę się badania.

– Nie proszę o badanie. Mam już opinię biegłych z LK. Potrzebuję jedynie refleksji kogoś mądrzejszego ode mnie.

– Ha! – wykrzyknął Dalidonowicz. – *Aristoteles non semper Aristoteles!*[23]

Kroon uśmiechnął się, po czym wyciągnął z teczki zdjęcia napisów pozostawionych przez Wilka z Wybrzeża. Pokazał je profesorowi.

– No tak. Pismo maszynowe. Masz tu zwykłą literę „W" alfabetu łacińskiego. Nie widzę stycznych między nią a żydowską „waw".

Konrad też nie widział stycznych. Ale potrzebował się upewnić.

– Podejrzewam, że mam dwóch sprawców. Powiązanych ze środowiskiem nazistowskim. Najprawdopodobniej działali w neofaszystowskiej organizacji Wolne Miasto Gdańsk.

Dalidonowicz raz jeszcze rzucił okiem na wydruki.

– Nazista nie pisałby hebrajskich liczb. To niedorzeczne. – Odchrząknął. – A jak przedstawiają się ofiary? Kogóż dotknęła pochodnia Tanatosa, jeśli można wiedzieć?

– Przypadkowe osoby. Trzech mężczyzn.

– Jakich mężczyzn? – Uczony podniósł głos.

---

23 Arystoteles nie zawsze jest Arystotelesem (łac.). To znaczy: nawet mędrzec może się mylić.

– Pierwszy był alkoholikiem w kryzysie bezdomności. Drugi tureckim imigrantem, trzeci młodym chłopakiem, homoseksualistą.

Profesor poprawił fular.

– Z łaciną zawsze było u ciebie na bakier. Ale z historią?

– Co to ma wspólnego z historią?

– Analogia, mój drogi. Trzy ofiary odbiegające od aryjskich wzorów czystości, środowisko lokalnych faszystów i liczba tysiąc dziewięćset trzydzieści osiem poprzedzona akronimem organizacji.

Konrad nie miał bladego pojęcia, do czego zmierza profesor.

– Proszę wybaczyć, ale nie rozumiem.

Dalidonowicz wymownie westchnął.

– Jak uczy nas Cyceron, *historia magistra vitae est*[24]. Cóż takiego wydarzyło się w nocy z dziewiątego na dziesiąty listopada tysiąc dziewięćset trzydziestego ósmego roku, Conradusie?

Kroon wiedział, że powinien pamiętać tę datę.

– Mam w głowie pustkę.

– Wstyd mi za ciebie, uczniu. Wasze pokolenie niczego nie szanuje. Przypomnij sobie, czym była kryształowa noc. I pomyśl, jakie może mieć znaczenie dla opętanych brunatną manią szaleńców z Wolnego Miasta.

– Chryste Panie! – zawołał Konrad.

– Nie bierz imienia Pana Boga swego nadaremno. – Profesor zawiesił głos. – I pod żadnym pozorem nie wywołuj wilka z lasu.

24 Historia jest nauczycielką życia (łac.).

Kacper Walberg był jednym z najpilniej strzeżonych więźniów gdańskiego aresztu. Jednoosobowa cela, całodobowy monitoring. Z tym że, jak się później okazało, kamery nie działały.

Zwłoki mężczyzny ujawniono tuż nad ranem.

– Jak to się, kurwa, stało?! – krzyczał do słuchawki Kieltrowski.

– Powiesił się na prześcieradle. Musiał mieć sporo samozaparcia – wyjaśnił funkcjonariusz.

– Wypierdolę cię z roboty! Wszystkich was wypierdolę! – wrzeszczał wściekły jak szerszeń Krzysiek.

Konrad nigdy nie widział go tak zdenerwowanego.

– Panie prokuratorze, naturalnie będziemy to wyjaśniać...

– Mieliście go, kurwa, mieć cały czas na oku!

– Musiało dojść do jakiejś usterki – bronił się strażnik. – Obraz się zawiesił...

– U was wszystko się wiesza! To, kurwa, nie pierwsza taka historia!

– Panie prokuratorze, naprawdę nie wiem, co powiedzieć. Wszczęto wewnętrzne postępowanie...

Kieltrowski rąbnął pięścią w stół.

– JA ZARAZ WSZCZNĘ POSTĘPOWANIE! O, KURWA, NIEDOPEŁNIENIE OBOWIĄZKÓW, OSŁY JEBANE!

Funkcjonariusz stanął okoniem.

– Przepraszam, ale na taki język sobie nie zasłużyłem.

– Zasłużyłeś sobie na kraty, imbecylu! – Krzysiek rzucił słuchawką.

Kroon siedział za swoim biurkiem i z uwagą obserwował kolegę. Od kilku dni rezydowali w nowym miejscu – w budynku Prokuratury Regionalnej w Gdańsku nazywanym w firmie „Białym Domkiem".

– Napiszą na ciebie skargę – mruknął Konrad. – Albo pismo do rzecznika. Że naruszasz godność zawodu.

– Gówno mnie to obchodzi. Skasowali nam podejrzanego.

Kroon obracał w palcach dwunastościenną kość. Na jego biurku wciąż stał nierozpakowany karton rzeczy w pośpiechu zabranych z poprzedniego gabinetu.

– Myślę, że skasowali nie tylko podejrzanego.

Kieltrowski wciąż płonął czerwienią. Jego policzki przypominały barwą gazpacho albo pomidorówkę.

– O co ci chodzi? – fuknął.

– Skasowali przede wszystkim najważniejszego ze świadków – wyjaśnił Konrad. – Walberg był tylko pionkiem. Prawdziwy wilk wciąż grasuje na wolności…

ROZDZIAŁ 15 | **SIERPIEŃ**

PATRYK

Zawiadomić najbliższą osobę. „Kogoś z rodziny? Dziewczynę? Przyjaciela?" – zasugerowała doktor Salińska.

Kiedy zadzwonili ze szpitala, myślał, że to wkrętka.

„Ale ja nie jestem nikim z rodziny" – odparł z głupia frant.

„Podał nam pański numer".

Cóż było robić? Wskoczył na rower i pomknął w stronę Zaspy. Abrahama, Wojska Polskiego, Braci Lewoniewskich. Mijając wiadukt, odruchowo spojrzał w prawo. To tu doszło do popełnienia drugiej zbrodni. To tu zginął Teleszko.

Dojechał do kładki nad Rzeczypospolitej; krótka przeprawa przez dwa zestawy schodów, później aleją Jana Pawła prosto do szpitala.

– Przepraszam, szukam Filipa Roja – powiedział do pielęgniarki.

– A pan jest? Kimś z rodziny?

Kim właściwie dla niego był? Niewiele o sobie wiedzieli.

– Kolega z redakcji. Znaczy z pracy.

– Po lewej na końcu korytarza.

W pokoju leżała tylko jedna osoba. A i tak go nie poznał.

– Ja pierdolę, to ty?

Wyglądał cokolwiek nieciekawie. Jego twarz przybrała fioletowo-żółty odcień, zgolili mu brodę, od prawego kącika ust aż do ucha biegła długa stara blizna. Właśnie podawano mu kroplówkę.

– Aż tak ze mną źle?

– Filip, kurwa, co się stało?

– Węszyłem tam, gdzie nie trzeba. Postrzelili mnie.

Patryk w życiu nie słyszał o nikim, kto zarobiłby kulkę. Takie rzeczy działy się w filmach, w telewizji; dotyczyły obcych, ale nigdy ludzi z jego bańki.

– Jak to cię postrzelili?

– Dostałem w udo.

– Kurwa, od kogo?!

– A jak myślisz? – Ściszył głos. – Od naszych brunatnych przyjaciół.

– Z Wolnego Miasta?! – Patryk niemal wykrzyknął.

– Nie drzyj się tak. Jak myślisz, dlaczego kazałem lekarce zawiadomić właśnie ciebie? Żebyś nikomu nie sypnął. Nie chcę mieć więcej problemów.

Skalski zrobił wielkie oczy.

– No ale przecież trzeba powiadomić policję...

– Już tu byli. Lekarze ich wezwali.

– I co?

– Jajco – odparł Filip, próbując się lekko obrócić. Jego twarz przeszył spazm bólu. – Powiedziałem, że nic nie pamiętam.

– Jak to nic nie pamiętasz?!

Filip podciągnął się na łokciu.

– To wszystko przez ciebie. Za to, że kręcisz się wokół Zeikego.

– Piątego Gracza? Czyli to on?

– Nie on. Ale skumali się, że ktoś gada z psami. Wotan ma teraz fioła na tym punkcie. Dostałem ostrzeżenie. Ostatnią szansę.

Patryk przysiadł koło niego na łóżku.

– Ja tak tego nie zostawię. Trzeba drążyć dalej. Ukarać tych skurwysynów.

– Człowieku! Czy ty jesteś normalny?! – uniósł się Roj.

– Wynagrodzę ci to. Dowiem się, kto to zrobił, pogadam z Kroonem...

– ALE JA TEGO WCALE NIE CHCĘ! NIE KUMASZ?!

Skalski spojrzał na niego zdziwiony.

– Nie interesuje cię prawda?

– Jebie mnie prawda.

– To czego właściwie chcesz?

Pacjent podciągnął się na poręczy.

– Teraz? Tylko przeżyć.

MAJA

Nieostrożne ruchy, nieprzemyślane decyzje.

Podczas ostatniego spotkania Kroon kazał jej sprawdzić Jaromira Zeikego. Tajemniczego Piątego Gracza. Pochodziła po mieście, popytała, prześledziła listę powiązań. Koleś wydawał się podejrzany. Miał związki z Wolnym Miastem, interesowały go dziwne rzeczy. Maja potrzebowała dostać się do jego umysłu. A jeśli nie do umysłu, to chociaż... telefonu.

– Prokurator uważa, że on może wiedzieć coś o Wilku z Wybrzeża – poinformowała naczelnika.

– A od kiedy to prokuratorzy zajmują się pracą operacyjną? – odparł bez przekonania mężczyzna.

– Od momentu kiedy po ulicy miasta grasuje seryjny morderca, a my dajemy dupy – palnęła bez zastanowienia.

Przełożony zmrużył oczy.

– Uważaj, dziecko.

– Sorry, szefie. Po prostu... koleś mi się nie podoba. Kroon kazał mi go obserwować, a ja sama nic nie zdziałam. Trzeba uderzyć do WTO.

Naczelnik był o krok od utraty cierpliwości.

– Grabisz sobie.

– Gadałam z chłopakami od pseudokibiców. To wszystko wydaje się ze sobą powiązane. Powiedzieli mi, że wewnątrz Wolnego Miasta działa jeszcze jedna grupa. Nazywają się Dziećmi Wotana. I ten cały Wotan...

Przełożonemu zaświeciły się oczy.

– Przecież to są, kurwa, wszystko poufne informacje!

– A jednak szef wie...

– Nie interesuj się!

Dziewczyna nie dawała się zbić z tropu.

– Dzieci Wotana są prawdopodobnie odpowiedzialne za podpalenie meczetu. No a Jaromir Zeike...

– Zeike nie należy do wotańczyków – prychnął naczelnik. – Tam są o wiele grubsze ryby. I jak mówię ci, żebyś dała spokój, to po prostu przyjmij to do wiadomości.

– Szefie, ja proszę tylko o podsłuch.

– Oni wszyscy chodzą na podsłuchach.

– A Pegasus? Albo jakieś takie inne bajery...

Naczelnik rąbnął pięścią w stół.

– Ty myślisz, że zjadłaś wszystkie rozumy? Że nikomu innemu nie zależy?! Komendant Główny co godzinę dzwoni pytać, jakie mamy postępy!

Maja momentalnie zmieniła taktykę. Uśmiechnęła się niewinnie, złożyła dłonie jak do modlitwy.

– Szefie... proszę tylko o to jedno nazwisko. Szef pogada z chłopakami z WTO.

– Oj, dziecko, dziecko...

Gdyby nie ten deszcz, przez plażę nie dałoby się przejść. Na szczęście pogoda odstraszyła turystów: najpierw ulewa i powódź, później regularna siąpawica. Witaj, sierpniu nad Bałtykiem.

Szedł wzdłuż brzegu. Fale obmywały jego bose stopy, piasek delikatnie masował palce.

– Fender! Chodź tu! – Skinął na psa.

Husky biegł kilkanaście metrów za nim.

Lubił takie samotne przechadzki. Zawsze najlepiej mu się myślało podczas spacerów. A miał o czym myśleć.

Przez całe życie ciągle ktoś go ścigał. Cichy głos z tyłu głowy, uśpione demony odziedziczonego po ojcu szaleństwa. Odkąd poznał Zuzę, jego dawni prześladowcy dali mu spokój. Potem przyszło trudne i bolesne rozstanie; dopiero Patrycja pozwoliła mu odzyskać równowagę psychiczną.

Teraz znów nie mógł spać.

– To przez tę pieprzoną sprawę – szepnął, spoglądając za siebie. Fender też był bohaterem ostatnich koszmarów. – Miałeś mnie pilnować, a nie prześladować w nocy.

„Niczego ci nie obiecywałem" – zdawały się mówić oczy zwierzęcia.

– Zawarliśmy dorozumianą umowę – rzucił do psa.

Pies wyprzedził go o kilka kroków.

– Co dostałeś z cywila? – zawołał za nim Kroon.

Zwierzak nie odpowiedział.

– I tak to jest z tobą gadać. Znowu mnie zlewasz.

Dotarli do Jelitkowa.

– Dalej nie idziemy. Obiecałem Partycji, że zaraz wrócę.

W tym miejscu plażę przedzielało szerokie, choć płytkie koryto Potoku Oliwskiego.

– Stary, nie ma takiej opcji – bąknął, widząc, jak Fender zapuszcza się dalej w stronę Sopotu.

Usiadł na piasku.

– Poczekam, aż ci się znudzi.

Walka na charaktery. Ostatnio husky coraz częściej testował jego silną wolę.

– Lepszych kozaków od ciebie przerabiałem – mruknął prokurator.

Kawałek dalej, po drugiej stronie rzeki, siedziała jakaś młoda dziewczyna. Czytała książkę.

– No chodź tu! – Konrad podniósł głos.

Fender spojrzał w jego stronę, a później podbiegł do nieznajomej.

– Co za osioł skończony – mruknął Kroon, ruszając za zwierzęciem.

PATRYCJA RADKE

Wciąż dopiero się uczyli siebie nawzajem, a mimo to wiedziała, że coś jest nie tak. Wrócił do domu dobrą godzinę później, w dodatku był podenerwowany.

– Mieliście wyskoczyć tylko na chwilkę.

– Czasem to życie za nas decyduje – uciął krótko, ściągając espadryle i otrzepując stopy z drobin piasku.

– Czy wyczuwam pretensje?

– Niby o co?

Wszedł do łazienki, by opłukać stopy.

– Nie wiem. Ale widzę, że chodzisz cały podkurwiony.

– To przez tę sprawę.

Kroon zniknął w łazience. Ostatnio ciągle zamykał się w jaskini własnych myśli.

– Srawę… – prychnęła z pogardą.

Wyciągnęła telefon i walnęła się na kanapie. Portale społecznościowe pochłaniały większość jej wolnego czasu. Radke nosiła się z zamiarem odinstalowania Facebooka. Coraz więcej jej znajomych decydowało się na ten krok. Patrycję kusiło funkcjonowanie bez tej całej wirtualnej bańki, cyfrowego substytutu rzeczywistego kontaktu z drugim człowiekiem.

– Dalej ciśniesz Pudelka? – spytał Konrad, wchodząc do salonu. – Książkę byś poczytała.

– No wiem. Muszę sobie zrobić detoks.

– Te ekrany rozpierdalają nam mózgi – podsumował, rzucając się na sofę.

Posłusznie odłożyła telefon.

– Skalski o ciebie pytał.

Konrad wpatrywał się w morze.

– Co chciał?

– Wiedzieć, jak ci idzie.

– Ma mój numer – odparł prokurator.

– Ludzie się ciebie boją. Zresztą nic dziwnego. Strasznie jesteś arogancki.

– Zawsze taki byłem.

– Serio? Od dziecka?

– Od dziecka.

Fender rzucił im ukradkowe spojrzenie, po czym uciekł na taras. Nie lubił uczestniczyć w ich kłótniach.

– Nie kumam, o co ci chodzi. Przecież kazałeś dać mu twój numer. Liczyłeś na pomoc.

– Sam nie wiem, na co liczyłem.

Patrycja czuła, że dziś nie pogadają. Czyżby ich miesiąc miodowy dobiegał właśnie końca?

– Przecież pomógł ci z tym Piątym Graczem – przypomniała.

– Podał mi jego adres i nazwisko. Jeszcze nie wiem, czy mi się to do czegokolwiek przyda.

– Byłeś zajarany.

– Taki ogień się szybko wypala. Zwłaszcza jak mordują ci kluczowe źródło dowodowe.

– Myślisz, że Walberga zamordowano?

Kroon w dalszym ciągu wpatrywał się w morze. Nie odpowiedział.

– Co tam, do cholery, jest takiego ciekawego?! – uniosła się. – Mógłbyś chociaż od czasu do czasu spojrzeć mi w oczy!

Powoli obrócił się w jej stronę.

– Oczywiście, że go zamordowano. To nie było samobójstwo.

– Skąd wiesz?

– Po prostu wiem.

Radke odruchowo podniosła telefon. Zamierzała odpalić ulubioną aplikację.

„Cholera! Znowu to zrobiłam!" – pomyślała. „Jestem uzależniona, ja pierdolę".

Odłożyła komórkę, po czym przysunęła się w stronę Konrada. Zaczęła go gładzić po karku, tak jak najbardziej lubił.

Mogłaby przysiąc, że przez mikrosekundę Kroon się wzdrygnął. Zupełnie jakby uciekał przed jej dotykiem.

„Wariujesz, dziewczyno" – stwierdziła w myślach.

– To co mam napisać Skalskiemu? – spytała po dłuższej chwili.

– Żeby przestał drążyć. Ta pieprzona gra robi się zbyt niebezpieczna.

Rana uda okazała się nie tak poważna, jak początkowo sądzono. Pocisk drasnął mu skórę, jedynie powierzchownie naruszając strukturę mięśni. Filip wyszedł ze szpitala o własnych siłach; na dobrą sprawę nawet nie potrzebował kuli.

– Mogłem wrócić taksówką – bąknął pacjent.

– Zajebali cię przeze mnie. Chociaż tyle mogę zrobić.

– To jakiś pieprzony dług wdzięczności? – spytał kolega.

– Nie bądźmy tacy kategoryczni – zażartował Skalski. – Po prostu odwożę cię na chatę.

– A od kiedy ty masz samochód?

– Od nigdy. Wynająłem traficara.

– Na bogato – ocenił Filip.

– A jak!

Wsiedli do srebrno-fioletowego renault.

– Nigdy u ciebie nie byłem. Ty gdzieś w Oliwie mieszkasz? – Patryk odpalił nawigację.

– Możesz wyrzucić mnie koło AWF-u.

– To nie autobus, ziom. Mogę podjechać gdziekolwiek.

– Zatrzymasz się koło Shella i wrócisz do siebie.

Patryk płynnie włączył się do ruchu.

– Stary, wziąłem tę furę specjalnie, żeby odwieźć cię na kwadrat. Nie każ się prosić. Co mam wpisać w GPS-a?

– Nie musisz nic wpisywać. Ja cię poprowadzę – odparł Filip.

– Ale dokąd?

– Na Tatrzańską.

– Czyli do Oliwy?

– Jedź na Grunwaldzką. Koło Shella skręcisz w Opacką.

– Spoko – powiedział Patryk.

Wypożyczony samochód pomknął w stronę Strzyży, błękitnym wiaduktem przeskoczył nad torami, później odbił w kierunku Sopotu. Na wysokości Biblioteki Głównej Uniwersytetu Gdańskiego auto stanęło w korku.

– Jeszcze więcej tych biurowców mogli tu nawciskać – prychnął Skalski.

– Miasto się musi rozwijać.

– Serio? Ty to mówisz? Gedanista?

– W tym miejscu nigdy nie było historycznej zabudowy – wyjaśnił Filip. – Jedynie łąki. Jeśli coś mnie boli, to tylko ten kutas. – Wskazał w kierunku najwyższego z wieżowców. – Za to, jak zniszczył panoramę Starej Oliwy.

Przejazd przez tę część miasta zajął im nadprogramowy kwadrans. W końcu jednak dojechali do miejsca, w którym tramwaj zakręcał w kierunku morza.

– Te nowe bloczki? To tu? – spytał Patryk.

– No co ty. Taki gedanista jak ja i nowe bloczki? – parsknął Roj. – Dajesz w stronę lasu.

Tym sposobem zajechali na Tatrzańską. Geografia Oliwy kojarzyła się z południową częścią kraju: wielkie trawiaste doliny, rwące potoki i wysokie, zalesione wzgórza. Wędrując pośród tutejszych lasów, Patryk nieraz czuł się, jakby przemierzał szlaki Doliny Kościeliskiej. Nazwy ulic: Podhalańska, Tatrzańska, Karpacka dodatkowo akcentowały ów osobliwy związek wybrzeża Bałtyku z przedprożem gór.

Samochód zatrzymał się przed starą kamienicą.

– Jesteśmy.

– Dzięki. Skoro już byłeś taki uparty, żeby tu mnie dowieźć, może spijemy po browarku?

– Luźno.

Weszli do mieszkania.

– To wszystko twoje? – zdziwił się Skalski.
– Tak. Po babci.
– O kurwa! Nieźle! Trzy pokoje?
– No trzy. Pięćdziesiąt osiem metrów.
– I weź tu nie wierz w dziedziczenie bogactwa.
– Jeśli nadmiar peerelowskich mebli to jest bogactwo – powiedział Filip, kierując gościa do zagraconego salonu – wtedy rzeczywiście jestem zajebistym krezusem.
Pokój zajmowały głównie książki: stare i nowe, polskie i niemieckie, cudze i własne.
– Nie wiedziałem, że tak bardzo lubisz czytać.
– Lubię. Ale to właśnie moje odziedziczone bogactwo. Czyli browarek?
– Browarek – odparł Patryk.
Gospodarz pokuśtykał do kuchni. Skalski zaczął rozglądać się po pokoju.
– Dalej działasz w tym towarzystwie historycznym? – zawołał, przeglądając jakieś przedwojenne dokumenty.
– Od czasu do czasu! – krzyknął Filip. Próbował właśnie wydobyć z pojemnika kostki własnoręcznie przygotowanego lodu.
Uwagę Patryka przykuła stara wojskowa mapa, na której czerwonym kółkiem zakreślono jeden punkt.
– Niestety mam tylko ciepłe. Zapomniałem wstawić do lodówki – powiedział Roj. – Wrzucić ci do tego lodu?
– Nie trzeba – odpowiedział Skalski.
Jakiś cichy głos z tyłu głowy mówił mu, że oznaczona niemieckim gotykiem mapa musi mieć jakiś związek z Wolnym Miastem. Filip zapłacił wysoką cenę za ciekawość Patryka. Kazał mu przestać drążyć. Ale Patryk nie potrafił odpuszczać.
Wyciągnął telefon i szybko zrobił zdjęcie mapy.

Siedziała na sądowym korytarzu, czekając na rozprawę. Opóźnienie dobijało do drugiej godziny.

– Powinni zaorać ten cały wymiar sprawiedliwości – fuknął jej klient. – Tyle to reformowali, a działa gorzej niż przedtem.

– Bo to nie była żadna reforma – odparła Patrycja.

– A pani mecenas to już jest nowe pokolenie. Cały czas w tym telefonie!

Zawstydziła się. Kliknęła w ikonkę Facebooka i przytrzymała dłużej palcem. „Muszę się w końcu od tego uwolnić!" – pomyślała.

W tym momencie na ekranie mignęła wiadomość od Patryka.

„Hejo! Gadałaś może z mężem?"

„Nie jest moim mężem" – wystukała.

„*Nevermind.* Mam dla niego nowe info".

„Daruj sobie. Konrad nie jest zainteresowany".

„To go zainteresuje".

„Prosił przekazać, żebyś przestał go cisnąć. Sprawa robi się niebezpieczna".

„Zdaję sobie z tego sprawę. Zwłaszcza jak sprzątnęli Walberga. Ale chciałbym pogadać z twoim starym".

Zdenerwowała się. Nie była asystentką Kroona. Działała na własną rękę, miała własne sprawy, własnych klientów.

„To do niego zadzwoń".

„Nie odbiera ode mnie" – wyjaśnił dziennikarz.

„Widocznie ma dobry powód".

„Słuchaj, niedługo będę coś więcej wiedział, to ci napiszę. W kontakcie".

– Pani mecenas, a to oni nie nas wołali? – spytał staruszek.

Na korytarzu stała sekretarz sędziego. Wyglądała na zdenerwowaną.

– Mecenas nie wchodzi? – rzuciła chłodnym głosem kobieta. – Dwa razy już wywoływaliśmy.

„Ja pierdolę, jestem uzależniona!" – zaklęła w myślach.

– Tak, już idę. Przepraszam najmocniej.

Pospiesznie wstała z ławki i poprawiła togę. Tuż przed wejściem na salę rozpraw po raz ostatni spojrzała w telefon. Kliknęła w ikonkę Facebooka i ją usunęła. Co z oczu, to z serca.

ROZDZIAŁ 16 | **WRZESIEŃ**

KONRAD KROON

Wokół ciała zgromadziło się kilkunastu turystów.

– Myślałem, że po prostu sobie śpi – powiedział młody chłopak ubrany w sportowy strój. – Biegłem z Brzeźna do Gdyni, a ona tu leżała. Dopiero kiedy wracałem, skumałem, że coś jest nie tak.

Policjant z patrolu pilnował, by nikt nie dotykał zwłok. Raz jeszcze spojrzał na martwą kobietę.

Denatka dryfowała w wodzie, uwięziona w dziwnym zapętleniu. Wody Potoku Oliwskiego wypychały ją do morza, fale Bałtyku odbijały w kierunku lądu. Przekleństwo wiecznego powrotu.

– Na pewno jej pan nie dotykał?

– Nie! – zapewnił biegacz. – Od razu zadzwoniłem na policję.

Drugi z funkcjonariuszy wisiał na łączach z przełożonym.

– Czyli nie dzwonimy po pogotowie? – spytał.

– Tylko zatrą ślady. Bo jest zimna? – upewnił się dyżurny.

– Jak sam skurwysyn.

Sztywne ciało z krwawym śladem biegnącym wokół szyi. Kobieta została uduszona, w jej usta wepchnięto martwą rybę.

– Dzwonimy do wojewódzkiej. To może być kolejna ofiara Wilka. Widziałeś gdzieś tam jakąś liczbę?

– Nie. Mamy poszukać?

Dyżurny się namyślił.

– Lepiej nie. Niczego nie dotykajcie. Rozstawcie na plaży parawan i czekajcie na techników.

– Dzwonisz po jakiegoś prokuratora?

– Nie po jakiegoś. Dzwonię po Kroona.

*

Lidia Węgorzewska, rocznik 1961. Uzależniona od alkoholu, ostatni raz widziano ją pośród bloków Żabianki. Na szyi krwawe podbiegnięcie świadczące o sposobie zadania śmierci. Hiszpańska *garrote*, po polsku garota.

– Udusili ją. Tylko na chuj ta ryba? – mruknął Kieltrowski.

Przyjechali we dwójkę, oględzinowali wspólnie. W końcu decyzją Prokurator Regionalnej tworzyli zespół śledczy.

– Żeby przekazać nam wiadomość – stwierdził Kroon.

Spojrzał w stronę miejsca, gdzie potok wpadał do morza. Codziennie wieczorem zachodził tu z Fenderem.

– Przecież to wszystko nie ma żadnego sensu. Gdzie wilk, a gdzie ryby?

– Liczba się zgadza.

– W91 – powiedział Krzysiek, spoglądając na zdjęcie w telefonie.

Oryginał dokumentu niezwłocznie posłano do badań. Czekali na opinię.

– Nic mi się tu nie zgadza. Od samego początku.

– Wilki, ryby, lwy i ludzie. Pieprzony folwark zwierzęcy.

Konrad kucnął. Zgarnął dłonią garść piasku, pozwolił, by ziarenka przesypywały mu się przez palce. Miliony drobnych kamyczków, z których samodzielnie żaden nic nie znaczył.

Do dwójki prokuratorów podszedł Jan Lewnau, funkcjonariusz Centralnego Biura Śledczego Policji. Barczysty, ogolony na zero, z twarzą pooraną bruzdami. Brudny Harry mógłby wiązać mu sznurówki.

– Dostaliśmy sprawdzenie z AFIS-u – zakomunikował. – Na dokumencie są odciski palców Kacpra Walberga.

– Przecież on nie żyje! – krzyknął Kieltrowski.

– Wyniki są raczej kategoryczne – odparł policjant.

– Co to znaczy „raczej"?

Niepowtarzalność, nieusuwalność, niezmienność. Trzy podstawowe zasady dotyczące linii papilarnych. Podstawa daktyloskopii.

– Mieliśmy jeden dobrze odciśnięty ślad i sześć nieco gorszych. Wszystkie pasują do Walberga.

– Niezmienność linii papilarnych została dowiedziona naukowo – zauważył Kroon. – Niepowtarzalność jest jedynie założeniem teoretycznym.

– Myślisz, że Walberg miał brata?

– Myślę, że nie zmartwychwstał. Tylko jednej osobie w historii się to udało.

– O ile wierzyć Biblii – dodał Lewnau.

– W coś trzeba wierzyć – rzucił Konrad. – Czekamy na biologię oraz opinię z badania pisma. I ogarnijcie mi ten cholerny monitoring z deptaka!

PATRYK

Filip kazał mu odpuścić. Kroon, za pośrednictwem Patrycji, dał do zrozumienia, że to koniec ich krótkiej współpracy. Sprawa robiła się niebezpieczna. Członkowie Wolnego Miasta nie zamierzali grać czysto.

Skalski porównywał zdjęcie niemieckiej mapy z aktualnymi planami Gdańska. Przeczuwał, że dokument musiał mieć jakiś związek z tajną organizacją narodowców.

„Odpłacę im za Filipa" – pomyślał.

Od czasu zakończenia wojny miasto przeszło sporą transformację. Stare drzewa wykarczowano, na dawnych łąkach wzniesiono betonowe wieżowce. Jedyną stałą wydawała się linia kolei kokoszkowskiej, na której śladzie pociągnięto tory PKM-ki.

– Robię to dla ciebie, wiesz? – powiedział chłopak, spoglądając na czarno-białą fotografię ustawioną na jego biurku.

Dziadek Patryka służył w Szarych Szeregach, walczył z nazistami, w czasach peerelu został korespondentem Radia Wolna Europa.

– Żeby faszyści zadomowili się w naszym mieście...

Skalski pracował w lokalnym portalu informacyjnym, tworzył płytkie artykuły z chwytliwymi nagłówkami. Zawsze marzył o tym, żeby dokonać czegoś wielkiego. Zresztą któż z nas nie pragnie czasem zostać bohaterem? Niedawna rocznica wybuchu powstania warszawskiego znów przypomniała mu, jak bardzo różniło się życie dziadka od jego życia. W jak Warszawa, W jak Wolność.

– Dorwę ich. Zapłacą za Filipa, za trójkę tych dzieciaków z dziewiątki. Zapłacą za każdą z ofiar.

Podobnie jak prokurator Kroon, Patryk nie znał klucza, według którego działali sprawcy. Był jednak przekonany, że litera „W" musi mieć związek nie tyle z Kacprem Walbergiem, co właśnie z Wolnym Miastem.

Infiltracja grupy byłaby najlepszym rozwiązaniem, aktualnie jednak przekraczała jego możliwości. Od pobicia Filipa również Skalskiemu wręczono wilczy *nomen omen* bilet na spotkania w oliwskich lasach.

Dziennikarz zakładał, że gdzieś pośród porośniętych drzewami morenowych wzgórz musi kryć się siedziba tajnego stowarzyszenia. Postanowił ją odnaleźć.

– Stare ruiny – szepnął, przewijając dokument w PDF-ie. – Idealny spot na warownię dla nazistów.

Patryk ustalił, że zaznaczone na mapie miejsce było w przeszłości zakładem brętowskiej cegielni.

– Klimatycznie. Brakuje tylko wilczego pyska.

Dampfziegelei und Kalksandsteinfabrik Brentau bei Danzig – głosił podpis pod załączoną do pochodzącego z 1924 roku informatora o Gdańsku fotografią. Zakład powstał pod koniec XIX wieku i mieścił się gdzieś w okolicach dzisiejszej ulicy Herlinga-Grudzińskiego.

– Będę musiał wybrać się na wycieczkę.

MAJA

Obserwowała mistrza przy pracy. Jan Lewnau był starszym funkcjonariuszem, członkiem specjalnej grupy o kryptonimie ŁOWCZY.

– Przecież to jest kopalnia złota, dziewczyno – powiedział, spoglądając na Majkę. – Miałaś zajebistego nosa.

– To Kroon kazał mi go sprawdzić.

– Ładna, mądra, do tego skromna – zawyrokował mężczyzna. – Zrobisz niezłą karierę w tej firmie. Tylko nie baw się w politykę.

– Nie zamierzam.

– No i nie chwal się za bardzo swoją orientacją.

Maja spłonęła rumieńcem. Nigdy nie rozmawiała z kolegami z pracy na tematy osobiste.

– W sensie?

– Dziecino, ja tam nic do takich tęczowych jak ty nie mam. Ale mówię ci, ktoś cię kiedyś za to dojedzie. Ludzie to mendy.

Skąd mógł wiedzieć? Maja nigdzie nie chwaliła się życiem prywatnym, nie prowadziła publicznych profili na portalach społecznościowych. Jej partnerka Natasza ani razu nie wrzuciła do sieci wspólnego zdjęcia czy relacji.

– Co jesteś taka zdziwiona? Lubię wiedzieć, z kim pracuję.
– Jakie to ma znaczenie? – zagadnęła.
– Dla mnie żadne.
– To po co o tym mówisz? Ja się nie pytam, z kim sypiasz.
Starszy policjant wyszczerzył kły.
– Kocham takie drapieżne osy. Niby cicha, spokojna dziewczyna, a umie dopierdolić. Jak się rzuci komuś do gardła…
Maja zręcznie zmieniła temat.
– Czy możemy wrócić do przesłuchiwania Zeikego?
– Oczywiście, kwiatuszku. Nie spinaj się tak.
– Nie spinam się. Po prostu nie lubię, jak ktoś mi zagląda do łóżka.
Próbował być życzliwy. Na swój seksistowski sposób.
– Daję ci dobre rady, powinnaś podziękować. Mówię, żebyś się nie obnosiła ze swoim lesbijstwem. Ja mam to w dupie. Ale jak ktoś kiedyś będzie chciał mieć na ciebie haka, to wyciągnie to przy pierwszej lepszej okazji.
– A co to za hak?
Machnął ręką.
– Wy to, kuźwa, jesteście jednak inne pokolenie. Wyszczekane, wszystko wiecie najlepiej. Ale mówię ci: słuchaj się starszych, to dalej zajedziesz.
– Z nikim nie gadam na te tematy.
– I bardzo dobrze. Pamiętaj, że tęcza na Placu Zbawiciela się w końcu spaliła. Najlepiej rób tak jak amerykańcy żołnierze: *don't tell, don't ask*.
– Z nikim nie gadam, ale może powinnam zacząć – odgryzła się Majka. – Żeby w końcu takie betonowe cepy jak ty zaczęły coś kumać.
Lewnau mógł się obrazić, mógł podpierdolić ją naczelnikowi. W końcu miał niezłe wtyki. Zamiast tego po prostu wybuchnął śmiechem.
– Czego się dowiedziałaś od Zeikego?

– Jeszcze niczego – odpowiedziała.
– To patrz, jak to robią takie betonowe cepy jak ja.

*

Jaromir Zeike siedział skuty kajdankami w ciemnej piwnicy. Nie pozwalali mu spać, nie pozwalali jeść, nie dawali nic do picia. Trzymali go już tak drugą dobę.
– Mówią na ciebie Piąty Gracz. Wiesz o tym? – spytał Lewnau.
Zatrzymany nie odpowiedział.
– Grałeś kiedyś w pokera na pięć kart?
Zeike w dalszym ciągu milczał.
– Hardy jesteś – przyznał funkcjonariusz. – Myślisz, że jak przyszedłem do ciebie w towarzystwie damy, to zachowam się jak dżentelmen? Pieprzony angielski lord?
W pokoju poza podejrzewanym siedzieli tylko Lewnau i Majka.
– A może myślisz, że i tak cię będziemy musieli puścić?
– Minęły czterdzieści dwie godziny. Za sześć powiecie mi „do widzenia". A ja złożę na was skargę za bezprawne zatrzymanie.
To były pierwsze słowa, jakie wypowiedział od początku przesłuchania. Zachowywał się jak rasowy żołnierz. Chłodny, opanowany, niezłomny.
– Myślisz, że my się tu bawimy w procedury?
– Myślę, że gówno na mnie macie. I kończy się wam czas.
– To prawda – przyznał Lewnau.
Zeike spojrzał mu w oczy.
– Dlatego przysłali tu ciebie, żebym zaczął się bać – kontynuował narodowiec. – Dobra policjantka i zły policjant.
– Naprawdę bystry z ciebie chłop.
Zatrzymany od długiego czasu nie czuł dłoni. Spięte z tyłu kajdanki wpijały mu się w skórę, blokowały dopływ krwi. Ale był

gotowy na ten ból. *Kość do kości. Krew do krwi. Ciało do ciała. Jakby były sklejone.*

– Spokojnie wytrzymam te sześć godzin.

– Kto powiedział, że sześć? – spytał Lewnau.

– Lubię liczyć. Od dziecka. Jeden, dziewięć, trzy, osiem.

Majka włączyła się do gry.

– Ty to pisałeś?

– Spierdalaj – prychnął.

– Nieładnie odzywać się tak do damy – przypomniał Lewnau. – Język ci zwiędnie.

– Jest zwykłą kurwą. Tak samo zresztą jak ty.

Policjant udał zasmuconego.

– Och, jak ty niczego nie rozumiesz, dzieciak. Ale ja za stary wróbel jestem, żeby mnie na końskim gównie sadzać. Myślisz, że znasz nasze zasady?

– Myślę, że zaraz będziesz mnie musiał wypuścić, wróblu. Niczego nie zrobiłem.

– Pozwól, że przedstawię ci więc swoją prywatną zawodową pragmatykę. Bo ona się trochę różni od tego, czego uczą nas w szkole.

Funkcjonariusz wyciągnął paralizator. Majka sądziła, że będzie chciał jedynie postraszyć Zeikego. Ale w głowie Lewnaua zrodził się inny pomysł.

Przyłożył zatrzymanemu urządzenie do krocza i nacisnął przycisk. Zeike zawył z bólu.

– Zasada pierwsza: jesteś zjebanym gównem.

Ponowił strzał z wiązki prądu.

– Zasada druga: jesteś zjebanym gównem.

Ustawił się do podejrzanego bokiem i kopnął go z całej siły w głowę. Mężczyzna razem z krzesłem poleciał na ziemię. Lewnau dopadł do niego, następnie znów zaatakował paralizatorem.

– Zasada trzecia: jesteś zjebanym gównem.

Majka nie wiedziała, jak ma zareagować. Policjant łamał wszystkie możliwe procedury, dopuszczał się jawnych tortur. Za coś takiego należał mu się kryminał. Z drugiej strony czytała o dylemacie *ticking bomb scenario*[25]. Na ulicy ginęli ludzie, a oni negocjowali z terrorystą. Nie było czasu na demokrację.

Jaromir Zeike z pełną świadomością przystąpił do Wolnego Miasta. Znał ludzi, którzy odpowiadali za podpalenie meczetu, a prawdopodobnie i samego Wilka. Człowieka, który chodził po ulicach Gdańska, mordując niewinnych ludzi.

– Zasada czwarta – wydarł się Lewnau. – Jesteś zjebanym gównem!

– Kurwa, przestań... – wyjęczał zatrzymany. – Powiem ci, co wiem, tylko, kurwa, przestań!

Policjant przyłożył mu do krocza pistolet.

– Na razie przeszła mi ochota na rozmowę. Jak mi się odwidzi, to może cię poinformuję. A teraz wróćmy do lekcji numer pięć. – Wycelował w niego paralizatorem. – Jesteś zjebanym gównem!

FLARA

Choć formalnie postępowania w sprawie Wilka z Wybrzeża i przestępczej działalności Wolnego Miasta prowadzono pod osobnymi sygnaturami, to w gruncie rzeczy uważano, że śledztwa są ze sobą ściśle powiązane. Ostatnio podkomisarz Flarkowska niemal codziennie rozmawiała z funkcjonariuszami z wydziału do spraw zwalczania przestępczości pseudokibiców. No i z Kroonem.

---

25 *Ticking bomb scenario* (ang.) – scenariusz tykającej bomby. Eksperyment myślowy z zakresu etyki rozważający problematykę możliwości zgodnego z prawem stosowania tortur.

– W91. Ostatnia liczba z Listy Dawida. Myśli pan, że to koniec? – spytała Flara.
– Nie wiem, Justyna – odpowiedział Konrad.
– Majka przesłuchuje naszego Piątego Gracza. Podobno chłopak zaczął się łamać.
– Tylko żeby nie złamał się za bardzo. Aktualnie nie możemy mu dowalić nawet grupy. Dzieciak jest czysty.
Policjantka pokiwała ze zrozumieniem głową.
– Głupio skasować kolesia, którego się puści wolno – przyznała.
Kroon odświeżył ikonkę poczty przychodzącej. Czekał na opinie z genetyki i badania pisma. Ta druga miała pojawić się lada moment.
– Wolę nie wiedzieć, co wy tam robicie, żeby podnieść skuteczność. Zeike to trochę strzał w ciemno.
– Podobno takie strzały są najlepsze.
– Najlepsze są złote strzały. Nie miałaś zajęć z toksykologii?
– Miałam – przyznała. – Ale nigdy nie kręciły mnie narkotyki.
– Musisz kiedyś spróbować.
Spojrzała na prokuratora. Sardoniczne poczucie humoru nie raz zaprowadziło go na dywanik przełożonych. A jednak Kroon rzadko kiedy potrafił się powstrzymać.
– W1938 powtórzyło się trzy razy. Jako jedyna z liczb.
– I jak myślisz, co to oznacza? – spytał mężczyzna.
– Że jest najważniejsza?
– Serio tak sądzisz?
– Nie wiem.
– Zastanów się, Flara.
– Pisano ją na maszynie. – Justyna zagryzła wargę. – Żeby coś podkreślić?
– To ci podpowiada intuicja czy fakty?
– Fakty podpowiadają mi, że mamy dwóch sprawców. Ale to by było zbyt oczywiste.

– Brzytwa Ockhama – skwitował prokurator. – Najprostsze rozwiązania są zazwyczaj tymi prawdziwymi.

– Zatem dwóch sprawców związanych z Wolnym Miastem. Walberg i nasz X. Nasza niewiadoma.

– To najbardziej prawdopodobna opcja.

– Tylko dlaczego W91 pojawiło się już po śmierci Walberga? W dodatku z jego odciskami palców.

– Znajdź mi maszynę do pisania, to dam ci odpowiedź.

W tym momencie w skrzynce poczty przychodzącej pojawiły się dwie nowe wiadomości. Nadano je w odstępie piętnastu minut, ale serwer często płatał takie niespodzianki.

Kroon nachylił się nad ekranem. Później skinął na Justynę.

– Podejdź i przeczytaj.

Policjantka podeszła do biurka.

– Biologia i badanie pisma.

– Czytaj wnioski – powiedział Konrad, scrollując oba dokumenty w dół.

Opinie zawsze czytało się od końca.

Justyna nie mogła uwierzyć swoim oczom. Badanie biegłych potwierdziło informacje z daktyloskopii.

– Walberg napisał tę liczbę.

– Myślałem, że tylko koty mają dziewięć żyć – mruknął Kroon. – Wychodzi na to, że wilki też...

MAJA

Wstyd pomyśleć, ale ciągle mieszkał z matką. Renta schorowanej kobiety oraz zasiłek opiekuńczy na niepełnosprawnego brata stanowiły jego główne źródło dochodu.

Jaromir Zeike nie był takim twardzielem, za jakiego chciał uchodzić. Wysypał się koncertowo. Powiedział wszystko o Wotanie, Walbergu, podpaleniu meczetu, dalszych planach Wolnego Miasta. A co najważniejsze, zdradził tożsamość Wilka z Wybrzeża.

„Walberg realizował własną wizję. Pochwalił się nią Imielczykowi. A ten dołączył do polowania".

„Czy Wotan o tym wiedział?"

„Musiał wiedzieć. Ale to nie był jego pomysł. Pozwalał swoim ludziom wyprawiać się na samodzielne łowy".

„Jaki był związek między Kacprem Walbergiem a Robertem Imielczykiem?"

„Obaj należeli do Wolnego Miasta" – wyjaśnił Zeike. „Ale Walberg był tylko płotką, szeregowym członkiem. Imielczyk wchodził w skład Dzieci Wotana".

„Czym są Dzieci Wotana?"

„To grupa szesnastu. Wewnętrzny krąg organizacji. Najbardziej oddani ludzie naszego szefa".

Robert Imielczyk. Czterdziestoletni pracownik sklepu z elektroniką, bezdzietny rozwodnik. Po rozstaniu z żoną przeprowadził się do matki.

„Czy wszyscy pseudomaczo mieszkają zawsze ze starymi?" – pomyślała Maja.

Dziewczyna poprawiła kamizelkę. Za chwilę miało się zacząć.

Specjalnie przygotowana grupa uderzeniowa siedziała w trzech nieoznakowanych samochodach zaparkowanych pod blokiem podejrzanego na gdańskim Brętowie. Zatrzymanie domniemanego seryjnego mordercy powierzono funkcjonariuszom z Samodzielnego Pododdziału Kontrterrorystycznego Policji w Gdańsku.

– Tylko, dziewczyny, pamiętajcie, chcemy go mieć żywego! – krzyknął Lewnau, zwracając się do zamaskowanych kolegów.

– Spokojnie, dziadku – odparł dowódca grupy. – Włos mu z głowy nie spadnie.

Elektroniczny wyświetlacz wskazywał czwartą pięćdziesiąt dziewięć. Słońce czekało za widnokręgiem, mieszkańcy bloku wciąż smacznie spali w swych łóżkach.

Policjanci nie chcieli ryzykować, że Imielczyk im się wymknie albo co gorsza, że zacznie stawiać opór.

– Piąta. Działajcie – polecił Lewnau.

To była szybka akcja. Antyterroryści wyskoczyli z samochodu i otoczyli budynek. Główny trzon grupy ruszył na klatkę schodową. Stanęli pod drzwiami mieszkania.

– Zaraz się zacznie – szepnęła siedząca z Lewnauem w samochodzie Majka.

Nieraz samodzielnie przeprowadzała zatrzymania i gdzieś tam po cichu liczyła, że przełożeni pozwolą jej wziąć udział i w tej akcji.

„Możesz z nimi jechać, ale wejdziesz, jak będzie po wszystkim" – stwierdził kategorycznie szef.

– *Uwielbiam zapach napalmu o poranku* – szepnął Lewnau.

Sekundę później policjanci przystąpili do ataku.

Stojący na zewnątrz funkcjonariusze wybili szyby, by wrzucić przez nie granaty dymne. W tym czasie druga ekipa taranowała drzwi.

– POLICJA!

– NA ZIEMIĘ!

– POLICJA!

Uzbrojeni w długą broń, odziani w maski, hełmy i kamizelki. Byli bezwzględni i opanowani. Doskonale wiedzieli, co muszą zrobić.

Zaskoczyli go.

– POLICJA! NIE RUSZAJ SIĘ!

– RĘCE ZA GŁOWĘ, RĘCE ZA GŁOWĘ!

Robert Imielczyk zerwał się z łóżka, próbował chwycić za broń.

– STÓJ, BO STRZELAM!

Nie zdążył nic zrobić.

W ciągu niecałej minuty Wilk z Wybrzeża leżał skuty na ziemi, z obitą twarzą, ubrany w samą podkoszulkę i wyciągnięte slipy.

– A taki byłeś groźny...

W pomieszczeniu wciąż unosił się ciężki, gryzący dym.

– Otwórzcie okna, niech się tu trochę przewietrzy – rzucił dowódca grupy.

Majka z Lewnauem poczekali, aż będzie można spokojnie wejść i przeprowadzić oględziny. Jeśli Imielczyk zrobił to wszystko, o co oskarżył go Zeike, powinien mieć w domu sporo dowodów zbrodni.

– To co, dziecino, dajemy? – spytał stary policjant.

– Dajemy, dziadku.

Weszli do mieszkania. Podejrzany w dalszym ciągu leżał na ziemi.

– Niczego nie rozumiecie – warknął Imielczyk.

Lewnau przygniótł butem jego głowę do podłogi.

– MORDA, WILCZKU!

– Znaleźliśmy broń – powiedział jeden z antyterrorystów. – Niezła kolekcja.

Majka rzuciła okiem na zabezpieczone karabiny. Z pewnością przedstawiały sporą wartość dowodową, ale dziewczyna szukała czegoś zupełnie innego.

Skierowała się do najmniejszego z pokoi.

– Bingo! – zawołała, nieświadomie powtarzając zwrot, który stale serwował jej Kroon, kiedy coś mu się udało.

Podeszła do biurka.

– Co tam masz, skarbie? – zawołał Lewnau.

– Coś, co bardzo ucieszy prokuratora – odparła, spoglądając na starą niemiecką maszynę do pisania marki Adler Standard.

Wilk z Wybrzeża został złapany. Przesłuchanie Jaromira Zeikego doprowadziło do ustalenia tajemniczego zabójcy, nadto dostarczyło masy dowodów potrzebnych do rozbicia grupy pseudokibiców z Wolnego Miasta.

– Klęska urodzaju – mruknął Kieltrowski. – Teraz codziennie będziemy kogoś zatrzymywać.

Według zeznań Zeikego Imielczyk jako pierwszy zorientował się, że Kacper Walberg popełnia przestępstwa. To było tuż po tym, jak zabito lwa z gdańskiego zoo.

„Walberg mu poważnie zaimponował" – powiedział Zeike. „Wydawał się szeregowym członkiem, a tu taka akcja. Trochę bez sensu nakręcił trójkę tych dzieciaków, żeby się targnęli na linę, ale później? Zajebanie tego menela z Zaspy, zamordowanie lwa... Imielczyk był od Walberga dobre dwadzieścia lat starszy. Zrozumiał, że Walberg zrobił coś, o czym Robert zawsze marzył. Zaczęli ze sobą więcej gadać".

„Walberg kazał mu to zrobić?"

„Walberg nie mógł nikomu niczego kazać. Był za cienki w uszach. Ale Imielczyk się zainspirował. Dziewiętnastoletni gówniarz miał jaja".

„Tylko dlaczego to zrobili? Jeden i drugi? Jaki mieli motyw?"

Zeike wzruszył ramionami.

„Czyścili miasto ze śmieci".

Kroon wciąż analizował w myślach słowa Zeikego. Facet powiedział im o wiele więcej, niż się spodziewali. Ale Konradowi wciąż coś nie pasowało.

– Przekonuje cię to, co usłyszałeś od Zeikego? – spytał Krzyśka. – Co do motywacji?

– Trudno zrozumieć nazistowskie pobudki.

– Nie o to mi chodzi. Imielski wybrał sobie ofiary, które nie wpisywały się w jego narodowe wzorce: bezdomny, imigrant, homoseksualista. Przy wszystkich zostawił kartkę z numerem.

– W1938 – wyrecytował Kieltrowski.

Zabezpieczoną w mieszkaniu Roberta Imielskiego maszynę marki Adler Standard niezwłocznie oddano do badań. Wciąż znajdowała się w niej taśma z tuszem i odciśniętym negatywem wybijanych znaków.

Według wstępnej opinii biegłego to na tej maszynie zapisano tekstem trzy kartki pozostawione na miejscach zbrodni: w tramwaju, na stoczniowym wiadukcie i wrzeszczańskim placu.

– W1938 – powtórzył Kroon. – *Kristallnacht.*

Noc kryształowa. Nazistowski pogrom na ludności żydowskiej, do którego doszło w nocy z 9 na 10 listopada 1938 roku.

– Piękna symbolika. Piękna dowodowo symbolika – poprawił się Kieltrowski, szybko zdając sobie sprawę z niefortunności użytego sformułowania. – To który z nas go przesłuchuje? Ciągniemy losy?

Konrad trzymał w dłoniach wilczą maskę zabezpieczoną w mieszkaniu Imielczyka. W odróżnieniu od maski Walberga ta była wykonana w całości z kauczuku.

– Niczego nie musimy ciągnąć. Zrobię to sam.

– Mieliśmy pracować w zespole – przypomniał Krzysiek. – Poza tym jestem twoim szefem.

– Już nie jesteś. Razem z awansem straciłeś stołek.

Były naczelnik przejął od niego maskę.

– Tak się zawsze wychodzi na interesach z tą firmą – mruknął.

Powoli mijało czterdzieści osiem godzin. Nie liczyli, że Imielski powie im wiele więcej od Zeikego. W tak hermetycznych środowiskach przestępczych cudem zdarzało się pozyskać choćby jednego wylewnego świadka. Zazwyczaj nikt nie chciał być szmatą. Nikt nie chciał kapować.

– Za chwilę będę zaczynać. Ale myślę, że to nie potrwa długo.
– Przyznał się kryminalnym. Mamy z tego notatkę.
– I bez notatki wiedziałbym, że się przyznał – odparł Kroon.
– Hę? – charknął Kieltrowski.
– Popatrz, jak go obili. Wygląda jak śliwka.
– Podobno rzucał się przy zatrzymaniu.
– O piątej nad ranem w łóżku. Pewnie kopał przez sen kołdrę.
– Mógł spać w śpiworku.

Konrad oczyścił blat biurka ze wszystkich szpargałów. Nie chciał, żeby cokolwiek rozpraszało jego uwagę.

– Wiesz, że to nie koniec? – spytał Kieltrowskiego.

– Wiem. Niedługo będziemy musieli wprosić się na chatę Wotana. I do wszystkich jego czternastu pozostałych dziatek.

– Nie, Krzysiek – powiedział Kroon. – Będziemy musieli znaleźć drugiego Walberga. Tego, który zabił tamtą biedaczkę w Jelitkowie i wepchnął w jej usta martwą rybę.

– Może Imielczyk się do tego przypucuje – westchnął kolega.

Kroon miał przed sobą idealnie czysty blat. Jedynym przedmiotem, jaki pozostawił na biurku, była dwunastościenna kość.

– W91 to wiadomość od Walberga, a nie Imielczyka.

– Wiadomość z zaświatów – zaśmiał się Krzysiek.

Konrad wziął do ręki kostkę. Na marmurowej powierzchni zatańczyły promienie wpadającego do pokoju słońca.

– W91 to znak, że gdzieś tam czeka jeszcze jedna lista. I że będą kolejne ofiary.

PATRYK

Od kilku dni niemal codziennie zakradał się do ruin starej cegielni i czatował. Z ogromnym rozczarowaniem przyjął fakt, że w budynku nie znajdowało się żadne sekretne pomieszczenie – tajny magazyn czy ukryta piwnica. Mimo to się nie poddawał.

Okryty folią termiczną leżał pośród gęstej kępy krzaków, czekając niespodziewanego. Od kumpla z redakcji pożyczył profesjonalny sprzęt do nagrywania w kiepskim świetle – aparat o tak czułej matrycy, że mógłby nagrywać w samej czarnej dziurze.

Kość do kości. Krew do krwi. Ciało do ciała. Jakby były sklejone.

Skalski nie wiedział niczego o Dzieciach Wotana. Nie przypuszczał, że jądro Wolnego Miasta przypomina sektę; owładniętą pogańskimi przesądami grupę wyznającą triumf siły i wiarę w dziką, pierwotną energię. Moralność zwycięzcy.

Kość do kości. Krew do krwi. Ciało do ciała. Jakby były sklejone.

Patryk nie słyszał o zaklęciu merseburskim, mrocznych siłach straszniejszych niż sam szatan.

Kość do kości. Krew do krwi. Ciało do ciała. Jakby były sklejone.

Wszystko, co widział przez całe swoje życie, przez nie tak znowu długie trzydzieści jeden lat, czego doświadczył jako mężczyzna, syn, chłopak i singiel, nie dało mu siły, by stawić czoła tej śmierci, tym ośmiu odebranym życiom, tym ośmiu skrzywdzonym przez diabła duszom. Wszystko, co dotychczas widział Patryk Skalski, przypominało ledwie wstęp do krwawej lekcji o prawdziwej naturze zgubionego człowieka, psychopatycznego umysłu, zbrodniczego serca. Które ciągle krzyczy, nigdy nie wybacza i za nic w świecie nie pozwala uciec.

W oddali pojawił się samochód. Kierowca zaparkował na pustej ulicy, wyłączył silnik.

– Mam cię – szepnął dziennikarz.

Po niecałej minucie z pojazdu wyszedł człowiek. Wyciągnął torbę, po czym ruszył w stronę ruin cegielni.

„No i co tam szykujesz, ptaszku?" – pomyślał Patryk, naciskając spust migawki.

Ciemna sylwetka odcinała się od łuny miasta, elektrycznej zorzy, ledowego blasku cywilizacji. Twarz nieznajomego nie przypominała ludzkiej głowy. *Homo homini lupus est*[26].

„Wilcza maska. Jak w mordę strzelił" – ocenił Skalski.

Morderca zostawił torbę i wrócił po coś do auta.

„To moja szansa" – stwierdził Patryk. Opuścił kryjówkę i cichutko zakradł się do ruin dawnego zakładu Dampfziegelei und Kalksandsteinfabrik Brentau bei Danzig.

Przykucnął za kamieniem. Rozejrzał się dookoła. Wilk szukał czegoś w bagażniku.

„Droga wolna".

Dziennikarz zakradł się do pozostawionej przez podejrzanego sakwy. Wewnątrz leżały zwinięte w szpule cienkie, nylonowe linki.

„Ryby będzie łowić?" – pomyślał, spoglądając w stronę samochodu.

Wilk w dalszym ciągu stał przy pojeździe. A przynajmniej tak się wtedy Patrykowi wydawało.

Czasem lepiej nie ufać własnym zmysłom.

„No co tam jeszcze masz, koleżko?"

Skalski delikatnie zajrzał do wnętrza torby. „O kurwa. Bingo!"

W sakwie znajdowała się kolejna Lista Dawida. Spisany ręcznym charakterem pisma dokument zawierający długi ciąg liczb. W6, W33, W46, W84, W91, W106, W117, W189, W215.

Dziewięć zbrodni. Pięć dokonanych, cztery zaplanowane.

Patryk wyciągnął telefon i zrobił zdjęcie. Nacisnął znaczek udostępniania, w pośpiechu kliknął w pierwszą ikonkę, która wyświetliła mu się na ekranie.

„Muszę powiadomić Kroona" – pomyślał. Sekundę później na ekranie smartfona pojawiły się kawałki jego mózgu i wielka plama krwi.

Ktoś strzelił mu w głowę.

---

26 Człowiek człowiekowi jest wilkiem (łac.).

CZĘŚĆ PIĄTA

LISTA DAWIDA

ROZDZIAŁ 17 | **WRZESIEŃ**

PATRYCJA RADKE

Niebo wcale nie płakało. Nie wydawało się smutne, nie uroniło ani jednej łzy. Zupełnie jakby świat za nic miał jego śmierć.

– Dooobry Jeeezu, a nasz Paaanie – zawodził ksiądz maszerujący na czele konduktu.

– Daaaj mu wieeeczne spooczyyywaaanieee – wtórowali żałobnicy.

Zwłoki Skalskiego ujawnił przypadkowy przechodzień. Leżały w rowie, pozbawione ubrania. Nietrudno było się domyślić, że chłopaka zamordowano.

Prokurator zarządził przeprowadzenie sekcji. Ciało otwarto i pokrojono na drobne kawałki. Później postarano się wszystko zszyć, ale prawdę powiedziawszy, robota nie wyszła najlepiej. Najtrudniejsza do zamaskowania okazała się ogromna dziura tkwiąca w samym środku czoła denata.

Rodzina podjęła decyzję o kremacji.

– Nienawidzę pogrzebów – szepnęła Patrycja.

– A ktokolwiek je lubi? – spytał retorycznie Gracjan.

Poznali się z Patrykiem w czasie studiów. Radke czuła silną potrzebę, by uczestniczyć w uroczystości, nie miała z kim iść. Gracjan zaoferował, że z nią pójdzie. Znał zmarłego jedynie przelotnie, gadali ze sobą raptem parę razy. Po prostu go kojarzył.

– Konrad – odpowiedziała po dłuższej chwili. – Konrad lubi pogrzeby.

– Serio?

– Serio. Powiedział mi kiedyś, że czuje ulgę, kiedy ciało ląduje w grobie.

– Dziwny typ – podsumował kolega.

Kondukt wędrował drogą prowadzącą z kaplicy do kolumbarium. Słońce świeciło nadzwyczaj mocno, jego złociste promienie przebijały zza koron drzew srebrzyskiego cmentarza. Zamierzali pochować Skalskiego w najładniejszej nekropolii Gdańska.

– Mają jakieś podejrzenie, kto to zrobił? – spytał Gracjan.

– Mają.

– Patryk pisał o Wilku z Wybrzeża. Jako pierwszy poinformował czytelników o trójce powieszonych dzieciaków z dziewiątki, później regularnie update'ował sytuację. Myślę, że to zemsta.

– Nie pytaj mnie o to – odpowiedziała bardziej z rozsądku niż przekonania. Czuła ogromną potrzebę, by się przed kimś wygadać.

– Czyli Konrad coś ci mówił?

– Nie powinien nic mi mówić.

– Ale powiedział – domyślił się kolega.

– W naszym domu jest tylko jeden temat.

– Nie dziwię się. Tym śledztwem żyje cała Polska. Nie było takiej sprawy od... cholera, chyba nigdy nie wydarzyło się coś podobnego.

Trębacz wygrywał *Dziwny jest ten świat* Niemena. Skalski nigdy nie słuchał Niemena, ale teraz nikt nie pytał go o zdanie. Tak zadecydowała ciotka, która wzięła na siebie ciężar dopełnienia wszelkich urzędowych formalności.

– Boże, który zawsze się litujesz i przebaczasz, pokornie Cię błagamy, nie oddawaj w moc nieprzyjaciela i nie zapominaj na wieki duszy Twojego sługi Patryka, któremu kazałeś odejść z tego świata, lecz rozkaż świętym Aniołom wprowadzić go do niebieskiej ojczyzny, a ponieważ Tobie wierzył i ufał, niech nie ponosi kar piekielnych, lecz posiądzie szczęście wieczne – wołał ksiądz.

To było wyjątkowo osobliwe pożegnanie. Patryk nigdy nie wierzył w Boga, a on zdawał się nie wierzyć w niego.

– Zmiłuj się, Panie, nad duszą Twojego sługi Patryka, za którego się modlimy, pokornie błagając Twego miłosierdzia, aby oczyszczony osiągnął odpoczynek wieczny.

Obecność księdza wywalczyła ciotka Skalskiego, której serdeczna znajoma pracowała w kurii.

– Przyjmij, Panie, nasze modlitwy za duszę Twojego sługi Patryka – kontynuował kapłan. – Jeżeli pozostała w nim jeszcze zmaza popełnionych na ziemi grzechów, niech ją łaskawie zgładzi Twoje miłosierdzie. Przez Chrystusa, Pana naszego. Amen.

– AMEN! – odpowiedzieli żałobnicy.

Patrycja jedynie połowicznie rejestrowała przebieg ceremonii. Jej myśli błądziły wokół wielu innych spraw; szaleńczy pęd strumienia świadomości podsuwał jej coraz to nowsze obrazy.

– Chcesz zejść złożyć kondolencje? – spytał Gracjan.

Tkwiła w transie. Dziwnym znieczuleniu, przytłumieniu zmysłów, zapętleniu emocji. Strach, smutek i złość przeplatały się w gęstym warkoczu uczuć.

– Idziesz się pożegnać? – powtórzył kolega.

– Nie… – odparła po kilku długich sekundach. – Chyba nie mam siły.

– To chodź do mnie. Mieszkam niedaleko.

Spacerując pomiędzy drzewami, minęli grobowiec rodziny Walewskich. Konrad przychodził tu tylko z Zuzą, Patrycja nawet nie wiedziała, że właśnie na tym cmentarzu pochowano matkę Kroona. Nigdy jej o tym nie powiedział.

– Muszę się chyba napić – powiedziała Radke.
– To świetnie się składa. Bo mam pełną lodówkę alko.

WOTAN

Wrześniowy nocny las pachniał zemstą. Wotan stracił ostatnio dwóch bliskich sobie ludzi – jeden go zdradził, drugi został zdradzony przez pierwszego. Zeike i Imielczyk. Obaj należeli do grona szesnastu. Wypowiedzieli słowa zaklęcia merseburskiego, ślubowali wierność na krew własnych ojców.

Kość do kości, krew do krwi, ciało do ciała.

Wotan szedł pośród skąpanych w mroku buków i sosen. Zatrzymał się na wzgórzu leżącym gdzieś pomiędzy Strzyżą a VII Dworem. Osiemdziesiąt pięć lat temu planowano wznieść tu Heereskriegsschule – Szkołę Wojenną Wojsk Lądowych, zwaną też Zamkiem Wehrmachtu. I właśnie na tej zmęczonej niewolniczą pracą ziemi Wotan musztrował co noc swoich wiernych szesnastu. To tu przygotowywał ich do wypełnienia zadania.

Na całym świecie skrajna prawica rosła w siłę. Ruchy narodowe podejmowały walkę o dawno zapomniane ideały. Wotan chciał być gotowy. Czekał na odpowiedni moment, przygotowywał armię, która stanie na czele powstania.

Ktoś powiedziałby, że jego plany to ledwie sen szaleńca, a wizja rządów siły i pięści nie może się ziścić. Nie w demokratycznej Europie, nie w wolnej Polsce. Ale Wotan wiedział, że każdy czas potrzebuje swoich bohaterów, a to, co nierealne dwadzieścia lat temu, jutro okaże się faktem.

Za zachodnią granicą nacjonalistyczna AFD stała się trzecią najważniejszą siłą w niemieckim parlamencie. Na wschodzie wydarzyła się straszliwa wojna. Nieuchronnie zbliżał się okres burzy i naporu. Czas przedefiniowania wartości. A w takich chwilach zawsze zwyciężali najsilniejsi.

Kość do kości, krew do krwi, ciało do ciała.

Pseudokibice, narkotyki, handel bronią – stanowiły wyłącznie środek do osiągnięcia celu. Potrzebował pieniędzy i wiernych ludzi. Żołnierzy, których sprawdzi w boju. Spośród setki średnio rozgarniętych dryblasów, którzy regularnie umawiali się na ustawki, wybrał piętnastu. Starannie ich sprawdził, zawzięcie testował. A jednak jeden z nich obdarzył go pocałunkiem godnym Judasza.

Kość do kości, krew do krwi, ciało do ciała.

Musiał ich trzymać w nieustannej gotowości. Nie mógł dać im zgnuśnieć, musiał stale zapewniać, że wielka wojna wydarzy się lada moment.

To dlatego zdecydował o podpaleniu meczetu. Potrzebował wygranych bitew. Rozpuszczona armia nie przedstawia żadnej wartości.

Kość do kości, krew do krwi, ciało do ciała.

Mimo dotkliwych strat zadanych niewiernością musiał zdobyć się na kolejny wielki krok. O przywództwo należy ciągle walczyć. Po zdradzie Zeikego i aresztowaniu Imielczyka jego ludzie zaczynali powoli wątpić. A Wotan nie mógł sobie pozwolić na zwątpienie.

Przysiadł na omszałym kamieniu i spojrzał w stronę świetlistej panoramy śpiącego miasta. Wciąż miał w rękawie jeszcze jednego asa. Bo przecież nie przetrwałby tylu lat, gdyby nie pomoc po drugiej stronie. Wotan miał swoich agentów. Odziane w owcze skóry wilcze dzieci.

– Kość do kości, krew do krwi, ciało do ciała – zaintonował. – Jakby były sklejone.

– Wystawił mi Zeikego. Naszego Piątego Gracza. – Kroon oglądał w internecie zdjęcia z pogrzebu dziennikarza. Logo portalu Trójmiasto zdobiła czarna żałobna wstęga. – A teraz Skalski nie żyje.

– A teraz nie żyje – powtórzył z zadumą Kieltrowski.

Konrad zamknął okno przeglądarki. Na monitorze pojawił się zawalony folderami pulpit. Bałagan na tapecie, bałagan w śledztwie.

– Ktoś czyści nam świadków. Najpierw Walberg, potem Skalski...

– W tym mieście jest zajebiście duszno.

Wcale nie było duszno. Po lipcowych upałach nie został żaden ślad. Zupełnie jakby tamto lato nigdy się nie wydarzyło. Wrzesień przyniósł ze sobą nie tylko orzeźwienie, ale przede wszystkim zapowiedź chłodniejszych miesięcy. Powoli zbliżała się jesień.

– Krzysiek, to się wszystko pierdoli – westchnął Kroon. – Robimy, co w naszej mocy, ale ktoś cały czas kopie pod nami dołki. Jakbyśmy mieli pieprzonego kreta.

– Zeike jest dobrze ukryty. Ma policyjną ochronę.

– Ale Imielczyk siedzi na Kurkowej. A tam nikomu nie można ufać.

– Imielczyka przeniesiemy do innego aresztu – postanowił Kieltrowski. – Wyciągniemy konsekwencje.

– Podobnie jak udało się wyciągnąć konsekwencje po śmierci Walberga? W tym jebanym pierdlu panuje zmowa milczenia.

– Tak było, jest i będzie. Bądź co bądź... chłopak zapłacił życiem za życie, które odebrał. Prawo talionu. Sprawiedliwość została wymierzona.

– Nie o taką sprawiedliwość mi chodzi – mruknął Konrad.

– Mnie też nie. Ale winny został ukarany. I jebie mnie, kto wymierzył sprawiedliwość.

Kroon podszedł do okna. Spojrzał w stronę fortów.

– Zawsze byłeś taki bezwzględny?

– Przyszło mi to z czasem – przyznał poważnie kolega.

„Kto walczy z potworami, ten niechaj baczy, by sam przytem nie stał się potworem” – przypomniał sobie Konrad. *„Zaś gdy długo spoglądasz w bezdeń, spogląda bezdeń także w ciebie”*[27].

Dlaczego właśnie ten cytat? Czy Kieltrowskiego gnębiły takie same demony jak Kroona? Znali się dobre piętnaście lat. Albo i lepiej. Nigdy nie wychodzili razem na browara, Krzysiek nigdy nie zaprosił go do siebie do domu. Właściwie nic o sobie nie wiedzieli.

– Co się dzieje w sprawie Dzieci Wotana? – spytał Konrad, jakby od niechcenia zmieniając temat.

– Cisną podsłuchy. Kompletują materiał dowodowy na zarzuty.

– Mamy na nich coś jeszcze poza zeznaniami Zeikego?

– Telefony. Po zatrzymaniu Imielczyka doszło do małego buntu na pokładzie – wyjaśnił Kieltrowski. – Ludzie Wotana stają się niespokojni. Dużo gadają, ciągle do siebie dzwonią. Bywają nieostrożni.

– A nasi niebiescy przyjaciele tę nieostrożność wykorzystują.

– Dokładnie.

„Skąd wziął się, do cholery, ten cały Wotan?” – pomyślał Konrad. „Jak zdołał stworzyć tak skomplikowaną strukturę przestępczą w środku milionowej metropolii? Czy to możliwe, żeby przez tyle czasu nikt nie był w stanie zinfiltrować jego środowiska?”

– Jak długo prowadziłeś tamto śledztwo w sprawie Wolnego Miasta? – zagaił Kroon.

Kieltrowski wzruszył ramionami.

– A bo ja wiem?

W prokuraturach okręgowych większość spraw toczyła się przez bardzo długi czas. Nikogo nie dziwiły śledztwa dobijające do roku czy kilku lat. Konrad miał jednak wrażenie, że wiele z postępowań

27 F. Nietzsche, *Poza dobrem i złem*, tłum. S. Wyrzykowski, Warszawa 1912.

można by skończyć znacznie szybciej. Gdyby komukolwiek się chciało. Gdyby komukolwiek zależało.

– Miałeś wyjście na sprawców?

– Sprawców to ja miałem zawsze.

– Ale zamierzałeś komuś postawić zarzuty?

W prokuraturze okręgowej Kieltrowski pełnił funkcję naczelnika wydziału śledczego. Praktycznie nikt mu nie patrzył na ręce.

– Pewnie kiedyś tak.

– Poważne zarzuty? Kierowanie grupą? Przestępstwa z nienawiści? – Kroon nie dawał za wygraną.

– Kurwa, nie wiem, misiek. O co ci chodzi?

O co mu chodziło? Konrad nie znał odpowiedzi na to pytanie. Po prostu gdzieś pod skórą czuł, że coś jest nie tak.

Walberg był trupem, a jednak w jakiś sposób zdołał popełnić przestępstwo zza grobu. Czy uciekł się do sztuki czarnoksięskiej? Zapomnianego zaklęcia przywołującego moc dawnych pogańskich bóstw? A może najzwyczajniej w świecie ktoś mataczył w śledztwie?

– Chodzi o to... – Kroon starannie dobierał słowa. – Jestem cholernie zmęczony. Muszę iść się położyć.

– Leć na chatę, misiu. Ja się wszystkim zajmę.

– Nie wątpię, przyjacielu. Nie wątpię.

PATRYCJA RADKE

Zdziwiła się, gdy w korytarzu zastała jego buty. Ostatnimi czasy rzadko kiedy wracał do domu wcześniej niż ona.

– Konrad? – zawołała.

Nikt nie odpowiedział.

– Jesteś tu?

Zsunęła szpilki, po czym weszła do salonu.

– Konrad? – powtórzyła.

Zajrzała do sypialni. Kroon leżał na łóżku i ciężko oddychał.

– Śpisz? – szepnęła.

Podeszła do niego. Miał rozpalone czoło.

– Wraghlamsan – wybełkotał mężczyzna.

Ostatnimi czasy Konrad kiepsko sypiał. Ciągle mówił coś przez sen, budził się w środku nocy, spacerował po mieszkaniu, wychodził na balkon i patrzył w gwiazdy.

– Zhuldano… – zamruczał.

W zeszłym tygodniu kilka razy powtórzył jej imię. Imię Zuzy.

Radke starała się nie robić z tego jakiejś wielkiej sprawy. Nie odpowiadamy za swoje myśli, nie mamy wpływu na sny. Liczą się wyłącznie czyny.

Wiedziała, że Konrad jej nigdy nie zdradzi. To nie leżało w jego naturze. Jeśli przestanie ją kochać… po prostu powie to w cztery oczy. Albo napisze list.

Czy zamierzał wrócić do Zuzy? Chyba nie. Chociaż… Nie. Na pewno nie. Zerwali definitywnie. Po prostu trudno uwolnić się od kogoś, z kim dzieliło się tak wielki fragment życia. Trudno przegnać go ze swoich snów.

Śledztwo w sprawie Wilka z Wybrzeża nie dawało Kroonowi spokoju. Było jak narkotyk: wyposażało w nadludzkie siły, jednocześnie odbierając resztki zdrowia. Omamiało jaźń, zatruwało serce.

„A mogłam się związać z jakimś architektem" – pomyślała. „Albo informatykiem".

Delikatnie przymknęła drzwi i wyszła do salonu. Położyła się na kanapie, włączyła telewizor.

Na kanałach informacyjnych mówili o tajemniczej sprawie z Gdańska.

POLICJA ZATRZYMAŁA KOLEJNĄ OSOBĘ. CZY TO KONIEC SERYJNYCH MORDERSTW?!

– Ja pierdolę… – fuknęła pod nosem. – Znowu ten Walberg…

Przełączyła na kanał lifestylowy. Dziesięciu chłopaków i jedna dziewczyna. Kogo wybierze?

– KOGO WYBIERZE SAMANTA? – spytał narrator.

– Pewnie tego z największym kutasem – prychnęła Patrycja. Wyłączyła telewizor.

Z balkonu przyczłapał Fender. Aż dziwne, że nie zareagował, kiedy weszła do mieszkania.

– Jesteś tak samo nienormalny jak twój pan. Wiesz? – rzuciła.

Pies usiadł pod drzwiami sypialni, zupełnie ignorując Patrycję.

– Mógłbyś się chociaż przywitać.

Zwierzak zwiesił pysk. Zamknął oczy.

– Jasne. Śpij sobie. Nie krępuj się. Kroon już gdzieś tam na ciebie czeka.

Nie wiedziała, o czym śnił właśnie Konrad. Nie wiedziała, że most Weisera płonął, a po torach kolei kokoszkowskiej pędziły ogniste wagony pełne wilczych czaszek.

Wyciągnęła telefon, przejrzała ostatnio odwiedzane aplikacje. Wyborcza, Rzepa, Interia…

– Nie no, nie mogę czytać wiadomości. Potrzebuję się odmóżdżyć!

Wszystkie portale trąbiły o zatrzymaniu tajemniczego mężczyzny związanego ze środowiskiem pseudokibiców. Patrycja nie chciała o tym czytać.

„Z chęcią poscrollowałabym Facebooka" – pomyślała.

– Raz kozie śmierć – mruknęła. – W końcu i tak miałam niezły detoks od portali społecznościowych.

Kliknęła w znaczek App Store, ściągnęła kilka dawno nieużywanych aplikacji. Facebook, Messenger, Instagram i TikTok. Wielka Czwórka pożeraczy czasu.

„Mam sporo do nadrobienia".

Na ekranie pojawiły się cztery nowe ikonki. Zaczęła od niebieskiego kwadracika z białą literką „F".

„O kurde. Sporo tego" – pomyślała.

Ktoś mądry napisał kiedyś, że deinstalacja social mediów przypomina dziewiętnastowieczną instytucję śmierci cywilnej. Nie istniejesz w sieci, nie istniejesz w życiu.

– Dwadzieścia nieodczytanych wiadomości. Naaajs. Jednak ktoś mnie kocha.

Śmieszny filmik od Gracjana, propozycja wspólnego piwa od koleżanek ze studiów. A przecież pisała na wallu, że będzie offline przez jakiś czas. „Jak coś, to tel".

Skalski.

– Patryk – szepnęła.

Przebiegły ją dreszcze. Wiadomość zza grobu. Kilka dni temu uczestniczyła w jego pogrzebie.

Kliknęła.

Na ekranie pojawiło się pojedyncze, dość niewyraźne zdjęcie. Lista Dawida. Pożółkła kartka zawierająca ciąg dziewięciu liczb.

W6, W33, W46, W84, W91, W106, W117, W189, W215.

Spojrzała na datę. Wysłał to tego samego dnia, którego go zamordowali. Policji nie udało się znaleźć jego rzeczy osobistych, nagie ciało leżało na brzegu Strzyży nieopodal wiaduktu kolejowego. Wiadomość zza grobu. To mogło być ważne.

– KONRAD! – krzyknęła, gwałtownie podrywając się z kanapy. – KONRAD!!!

Wbiegła do sypialni.

– Co jest? – spytał, wciąż nie do końca obudzony.

Podała mu telefon.

– Musisz to zobaczyć!

Od dziecka emocjonowały go insekty. Kiedy był małym chłopcem, budował z piasku więzienia dla motyli. Małe ciemnice, w których piękne uskrzydlone owady w męczarniach żegnały się ze światem. Niektóre przeżywały w takich warunkach nawet kilka dni. Fascynujące, jak bardzo nie chcemy rozstawać się z życiem.

Pewnego dnia wpadł na pomysł, by zacząć kolekcjonować osy. Nikt nie lubi os: nie dają miodu, nie giną po użądleniu, ich istnienie zdaje się nie mieć żadnego sensu. Niespełna dziesięcioletni Krzysiu zbierał osy, pozbawiał je skrzydeł i zamykał w dużym słoiku. Później wrzucał im gąsienicę i patrzył, jak ją mordują.

Fascynacja owadami przerodziła się w miłość do zwierząt. Dziadek Krzysia należał do lokalnego koła łowieckiego. Kiedy babcia nie patrzyła, strzelali razem do kaczek.

Chłopiec uwielbiał wiejską sielankę. Podpatrywał ciotkę, która – chcąc ugotować rosół – własnoręcznie odrąbywała kurze łeb; z chęcią pomagał wujowi w odzieraniu ze skóry hodowanych w klatce królików.

Po rozpoczęciu asesury młody Kieltrowski z łatwością uzyskał pozwolenie na broń. Oprócz strzelb i pistoletów mógł się pochwalić sporą kolekcją noży, mieczy, rapierów i szabel oraz całej maści egzotycznego oręża. Młody prokurator nigdy się nią nikomu nie chwalił.

Kiedy zadzwonił do niego telefon, czyścił właśnie jeden ze swoich ulubionych sztyletów. Cienkie ostrze było brudne od krwi. Jego własnej krwi.

– No co tam, Konradku? – rzucił do słuchawki, nawet się nie krzywiąc.

– Siedzisz? Jak nie siedzisz, to usiądź – polecił Kroon.

– Nie mogę. Skaleczyłem się w rękę. Nie chcę ubabrać fotela.

– To nieważne. Słuchaj. Pamiętasz tego zamordowanego dziennikarza? Skalskiego?

– Oczywiście, że pamiętam – odparł Kieltrowski.
– Chwilę przed śmiercią wysłał Patrycji zdjęcie.
– Twojej Patrycji?
– No mojej – wyjaśnił Konrad. – Znali się ze studiów.
Kieltrowski spojrzał na prowizoryczny opatrunek. Jak wróci na górę, będzie musiał porządnie zdezynfekować ranę.
– I co to za zdjęcie?
– Lista. Lista Dawida.
Krzysiek odłożył nóż.
– Ta sama co poprzednio?
– Nie. Znacznie dłuższa. Liczy sobie dziewięć pozycji. Pięć starych i cztery nowe.
– O kurwa.
– No właśnie – westchnął Kroon.
– A czemu wysłał to właśnie jej?
– Cholera wie. Pewnie żeby mi ją przekazała.
Wiadomość zza grobu. Gdyby sprawca chciał pochwalić się ową wersją listy, pewnie już dawno by to zrobił. Tymczasem on jedynie czekał. Warował w swojej wilczej jamie.
Ktoś właśnie pokrzyżował mu plany.
– I co to znaczy? Co z tym robimy?
– Nie wiem, brachu. Będą kolejne zbrodnie. To pewne.
„Oczywiście, że będą" – pomyślał Krzysiek. „W życiu prokuratora zawsze są jakieś zbrodnie".

KONRAD KROON

Ostatnio coraz częściej pracował w soboty, dziś pierwszy raz został w robocie także w niedzielę. Siedział zaczytany w aktach, wertując po raz któryś te same, porządnie sczytane karty protokołów.

„Czegoś ciągle mi tu brakuje" – pomyślał.

Sprawa Roberta Imielskiego zbliżała się do zamknięcia. Podejrzanemu przypisano popełnienie trzech zabójstw, wszystkich oznaczonych datą nocy kryształowej. W1938. Imielczyk okazał się naśladowcą Kacpra Walberga. Dziewiętnastolatek zainspirował starszego mężczyznę do popełnienia trzech makabrycznych zbrodni.

– Ale Imielczyk nigdy nie był częścią planu – szepnął Kroon.

Obok niego na podłodze leżał Fender. Od czasu awansu do Prokuratury Regionalnej Konrad był zmuszony zostawiać go w domu. Prokurator Regionalna nie tolerowała zabierania do pracy zwierząt. Dziś jednak siedział w „Białym Domku" kompletnie sam.

– Imielczyk wtrącił się w schemat. Zaburzył go.

– I Walberg nie był z tego powodu zadowolony – odparła Zuza.

Zdziwiła go jej obecność.

– Co tu robisz? – spytał dość obcesowo.

– Nie wiem. Zapytaj samego siebie.

Już dawno jej nie widział. Przestała go prześladować, odkąd odwiedził ją w lipcu zeszłego roku i zrozumiał, że to koniec. Pogrzebał Zuzę pośród licznych demonów przeszłości. Ale jego upiory nigdy nie miały zamiaru na dobre odejść. Wróciły razem z nią.

– Nie mam teraz czasu na ciebie.

– Myślę, że nie chodzi tu o nas. Tylko o tę sprawę – zauważyło widmo kobiety.

Niegdyś często rozmawiał z nią o prowadzonych postępowaniach. Zuza nie znała się na prawie, ale w trudny do wytłumaczenia sposób zawsze potrafiła zainspirować Kroona do wyjścia poza schemat, znalezienia ukrytej drogi, odkrycia zaginionych przesłanek.

– Zatem co masz mi do powiedzenia?

– To samo, co zawsze.

– Żebym głębiej drążył?

Zuza podeszła do Fendera. Podrapała psa po pysku. Wydawała się taka realna.

– Na przykład.

– Tyle wiem i bez ciebie – parsknął. – Możesz dać mi spokój.

– Nie chcesz, żebym dała ci spokój. Z jakiegoś powodu znowu tu jestem.

– Z powodu mojego przemęczenia.

Zuza usiadła na szafie. Regał miał ponad dwa metry wysokości, ale jej to nie przeszkadzało. W końcu była duchem.

– Ciągle myślisz o tamtej dziewczynie z plaży.

– Zwariowałaś – prychnął.

– Jeśli ktoś tu zwariował, to wyłącznie ty – skonstatowała kobieta. – Ja jestem tylko wyobrażeniem. Emanacją twoich pokręconych myśli.

Wiedział, że to prawda. Od tamtego przypadkowego spotkania na brzegu Potoku Oliwskiego jego z trudem wywalczony spokój ducha definitywnie pożeglował w niebyt.

– Co mam zrobić? – spytał, bezradnie rozkładając ręce. Naprawdę liczył na jej pomoc.

– Wrócić do początku – odparła Zuza.

– Do jakiego początku?

– Tam, gdzie wszystko się zaczęło. Nasza historia przypomina pętlę Uroborosa. Węża, który połyka własny ogon.

Pogańskie bóstwa. Świat nigdy nie przestanie istnieć, będzie trwał w wiecznym łańcuchu destrukcji i odradzania.

Kroon całe życie szukał Boga. Ale jego demony były znacznie potężniejsze niż tamten starotestamentowy władca.

– Mam zacząć od początku?

– Zacznij od trójki powieszonych dzieciaków.

– Przecież zrobiłem wszystko, co mogłem. Przesłuchałem świadków, zbadałem ich komputery, ustaliłem powiązania z Walbergiem i Piątym Graczem.

Zuza zanurzyła się w drzwi. Połowa jej głowy pozostała w pokoju, większa część tułowia i lewa noga stały już w korytarzu.

– Nie przesłuchałeś kluczowego świadka. Tego, który da ci odpowiedź.

Otworzył akta podręczne z własnymi wytycznymi. Wszystkie czynności, które zostały wykonane, odznaczał niewielkim haczykiem.

– Ksiądz... Flara nie przesłuchała księdza, bo ten zasłonił się tajemnicą spowiedzi. Czy o to chodzi?

Zuza zanurzyła się głębiej w drzwi.

– Skąd mam wiedzieć? Jestem jedynie twoim wyobrażeniem.

*

Stał w nawie głównej kościoła zmartwychwstańców. Nabożeństwo zakończyło się dobry kwadrans temu, ale podwójne drzwi świątyni wciąż pozostawały otwarte.

Konrad usiadł w ostatniej ławce. Figura Chrystusa zdawała się lewitować. Zbawiciel odłączył się od krzyża i w niewytłumaczalny sposób sunął w stronę wielkich organów.

Prokurator i skazany na śmierć. Kroon siedział w pustym kościele, przez wielkie szyby wpadały snopy światła, naprzeciwko niego wisiał Zmartwychwstały.

Kroon złożył dłonie jak do modlitwy.

– *Deum de Deo, Lumen de Lumine, Deum verum de Deo vero*[28] – wyszeptał, po czym wstał z ławy.

Przeżegnał się i ruszył w stronę ołtarza. Tuż przed schodami skręcił w lewo, by podreptać do zakrystii.

Nie spodziewał się, że go tu zastanie.

---

28 Bóg z Boga, Światłość ze Światłości, Bóg prawdziwy z Boga prawdziwego (łac.).

Proboszcz Trybkowski siedział na miękkim krześle, śmiejąc się dobrotliwie do starszego mężczyzny w rogowych okularach.

– *Laudetur Iesus Christus* – przywitał się Kroon.

– *In saecula saeculorum* – odparli obaj duchowni.

Gospodarz świątyni spojrzał na gościa.

– W czym mogę pomóc? – spytał.

– Nie wywołuj wilka z lasu, powiadają – rzekł mężczyzna w okularach. – Widać nie wykazaliśmy się wystarczająco dużą rozwagą. Mówiliśmy o zbłąkanych duszach. I oto jesteś.

– Jestem – rzekł niemal niesłyszalnie prokurator.

– Czy wy się znacie? – zagadnął proboszcz.

Mężczyzna w okularach pogładził swą kozią bródkę.

– Konrad jest synem mojej tragicznie zmarłej siostry. I moją osobistą porażką wychowawczą.

Duchowny wstał z krzesła.

– Trybkowski. – Wyciągnął rękę na powitanie. – Bardzo mi miło.

– Kroon. Konrad Kroon.

– Nie widziałem cię na mszy, mój drogi – wytknął mężczyzna w okularach.

Konrad poczuł delikatne mrowienie. Wujek jezuita od zawsze budził w nim lęk. Choć nosił koloratkę, zaliczał się z pewnością do grona demonów.

– Bo na niej nie byłem – odparł krótko.

– Gdzieżby na mszy. W niedzielę? – Wuj zwrócił się bezpośrednio do proboszcza. – Mojemu siostrzeńcowi od dawna nie jest po drodze ze Zmartwychwstałym.

– Mamy trudną relację – wyjaśnił Kroon.

– Niezbadane są ścieżki Pana – zawyrokował Trybkowski.

Konrad rozejrzał się po pokoju. Z trudem przełknął ślinę.

– Przyszedłem tu w sprawach zawodowych.

– Och tak – wtrącił wujek. – Zapomniałem ci powiedzieć. Mój siostrzeniec pełni służbę prokuratorską. Podobnie jak Piłat.

Na twarzy proboszcza pojawił się dziwny grymas.

– Potrzebuję porozmawiać. O sprawie trójki uczniów z dziewiątego liceum.

– Tragiczne wydarzenie.

Kroon próbował zebrać myśli.

– Była już u księdza w tej sprawie moja policjantka.

– Ach tak.

– Ale nie dowiedziała się zbyt wiele.

Trybkowski złożył ręce na brzuchu.

– *Sigillum sacramentale* – rzekł w zadumie duchowny.

– Tajemnica spowiedzi – wyjaśnił Kroon. – Jan, rozdział dwudziesty, werset dwudziesty trzeci. *Którym odpuścicie grzechy, są im odpuszczone, a którym zatrzymacie, są im zatrzymane.*

– W istocie.

– Nie zamierzam występować przeciwko prawom boskim. Ani, na dobrą sprawę, ludzkim. Chciałbym tylko wiedzieć, czy Norbert, Sara lub Tomek mówili coś o Liście Dawida?

Wujek Walewski zaśmiał się rechotliwie.

– *Dawid, Dawidek, Weiser jest Żydek!*[29] – powiedział jezuita.

– Co proszę? – spytał Kroon.

Proboszcz wydał się zmieszany.

– Antysemityzm jest mi całkowicie obcy – zapewnił Trybkowski.

– Och, wszak to był cytat.

– Cytat? – powtórzył Konrad, który gdzieś pośród murów tego kościoła odkrył właśnie zaginioną przesłankę.

– Cytat z książki. Powinieneś wiedzieć. Swoją drogą, w tym miejscu aż się prosi o takie nawiązania.

---

29 P. Huelle, *Weiser Dawidek*, Wydawnictwo Morskie, Gdańsk 1987.

Kroon wyszedł z zakrystii. Bez słowa opuścił budynek kościoła.
– A tego co strzeliło? – spytał proboszcz.
– Nigdy za nim nie nadążysz – odparł wujek. – Ma poważne problemy. Od dziecka.
Konrad stanął na przyświątynnym wzgórzu. Spojrzał na tory kolei i nowoczesny wiadukt wniesiony w miejscu starego mostu Weisera. Gabinet dyrektora, lotnisko na Zaspie, lew w zoo.
– Przecież to niemożliwe – wyszeptał.
– A jednak – powiedziała Zuza. – Odnalazłeś klucz.
– Więc te wszystkie liczby…
– To strony książki, którą dobrze znasz. I wskazówka, gdzie pojawi się kolejna ofiara.

ROZDZIAŁ 18 | **WRZESIEŃ**

KONRAD KROON

Gnał przez miasto, łamiąc wszelkie zasady ruchu. Czarne audi TT nie zatrzymywało się na światłach, ignorowało ograniczenia prędkości, lawirowało między progami zwalniającymi.

Wjechał do hali, wyskoczył z fury, pobiegł od razu na schody.

– Co się stało? Zamordowali kogoś? – Patrycja zdała sobie sprawę, że jej żart paradoksalnie mógł okazać się prawdą.

– Jeszcze nie – odparł Konrad, dopadając regału z książkami.

Radke zainteresowała owa niecodzienna scenka.

– Czego szukasz?

– Weisera. Widziałaś go gdzieś?

– Kogo? – spytała zdziwiona.

Kroon nie przestawał wertować długiego rzędu półek.

– *Weiser Dawidek*. Pożyczałem ci go w zeszłym roku.

– Aaa, pamiętam już. W końcu jej nie przeczytałam.

Konrad próbował zarazić Patrycję miłością do literatury. Ale dziewczyna nigdy tego nie czuła.

– Pomożesz mi szukać?

– Spoko.

Podeszła do niego. Przyłączyła się do kwerendy.

– Żółto-czarna okładka. Krakowskie wydawnictwo.

– Kojarzę – odpowiedziała.

Książki nie mieściły się na regale. Ułożone w dwóch rzędach, a czasem wciśnięte na siłę w trzeci.

– Twarda oprawa.

– To ten gdański pisarz?

– Huelle. Paweł Huelle – wyjaśnił Konrad.

Wyciągali po kolei każdą z książek, by dostać się do tych ukrytych głębiej.

– A właściwie po co ci ona? Dostałeś karę w bibliotece?

– Klucz – rzucił enigmatycznie.

– Co klucz?

– W tej książce jest klucz.

W dalszym ciągu nie rozumiała.

– Ukryłeś w niej klucze?

– Nie ja...

Konrada w dalszym ciągu zaprzątały własne myśli.

– Stary, nie kumam. – Patrycja się zaśmiała. – To jakiś prank?

– Wygląda na prank. Ale to coś więcej. To czyste szaleństwo.

Odsunęła się od regału. Skrzyżowała ręce, zamknięta na jego dziwactwa. Ostatnimi czasy stawał się coraz bardziej nieznośny.

– Powiesz po prostu, o co chodzi?

– Jeszcze nie wiem, o co chodzi. Muszę się upewnić.

Machnęła ręką.

– Jak tam chcesz.

W końcu ją znalazł. Niespełna trzysta stron, żółto-czarna okładka, na pierwszej stronie zdjęcie dziecka biegnącego przez tunel w kierunku światłości.

– Mam!

Dopadł do stołu, wyciągnął telefon, zaczął wertować karty książki.

– Brawo...

Obrócił się w jej stronę.

– Ta książka to klucz. Klucz do Listy Dawida!

Wzruszyła ramionami.

– W sensie że takie same imiona?

– W sensie że wszystko jest takie samo. Sens sam jest taki sam.

– Coś zakręciłeś się w tym zdaniu. – Delikatnie uniosła kąciki ust. Usiadła obok niego.

Konrad pokazał jej książkę.

– Poszedłem przesłuchać proboszcza zmartwychwstańców...

– Z parafii obok tamtego liceum?

– Tak. Z parafii Brylczyka, Kostrzewskiej i Jonki. I wtedy mnie olśniło.

Widziała jego płonące oczy, delikatny grymas zdobiący wysokie czoło. Zawsze tak wyglądał, gdy łapał trop.

– Co cię olśniło?

– Czym jest Lista Dawida. To lista scen z książki.

– Serio?

Wydumana kryminalistyka. Prezentowana wersja śledcza nie wydawała się jej prawdopodobna. Ale to Konrad był tu prokuratorem. Do tego najlepszym, jakiego znała.

– Książka zaczyna się na Strzyży, w tej samej szkole. Czwórkę uczniów przesłuchują w gabinecie dyrektora.

– Ty miałeś trzech uczniów – zauważyła Radke.

– Walberg był czwarty. Trzech chłopaków i dziewczyna. Tak samo jak w tamtej książce.

– Ale Walberg się nie powiesił.

– W końcu się powiesił.

Patrycja uniosła wysoko brwi.

– Czyli wykluczasz wersję o zabójstwie w areszcie?

– To by wiele tłumaczyło – wyjaśnił Konrad. – Na przykład dlaczego nie udało się pociągnąć do odpowiedzialności żadnego ze strażników więziennych.

– Naciągana koncepcja. Masz pierwszą śmierć w budynku liceum, to się zgadza z książką. Masz czwórkę uczniów. No a reszta?

– Jest Lista Dawida. Dawid Weiser był głównym bohaterem powieści. Magicznym chłopcem.

– Psychopatą?

– Cholera… – Kroon zagryzł wargę. – Miał w sobie coś z psychopaty.

– Okeeej – rzuciła.

– Potem jest zabójstwo na wiadukcie. Książkowi Weiser i Elka chodzili tam obserwować samoloty.

Nie wiedziała, czy żartuje czy mówi serio. Historia nie trzymała się kupy.

– Następnie mamy scenę w zoo – kontynuował prokurator.

– Chodzi o tego lwa – przypomniała Patrycja. – W książce też zamordowali lwa?

– Nie pamiętam, o co chodziło z zoo. Zaraz to sprawdzę.

Radke przejęła od niego książkę. Gdyby ją wtedy przeczytała, może mogłaby pomóc. Ale ze wszystkich kobiet życia Kroona jedynie Zuza kochała książki.

– Jedziesz dalej – rzuciła.

– Później są niewybuchy w Brętowie. Weiser nieustannie detonował stare poniemieckie ładunki.

– A zwłoki w Potoku Oliwskim?

– Bohaterowie powieści jeździli do Jelitkowa. Słuchaj… czytałem to cholernie dawno temu. Ale zaraz ci udowodnię, że mam rację.

Włączył na telefonie zdjęcie nowej listy. Fotografię wysłaną Patrycji przez Skalskiego. Kompletną listę przeszłych i przyszłych zbrodni. W jak Wilk. W jak Weiser.

W6, W33, W46, W84, W91, W106, W117, W189, W215.

– No i co? Książka zaczyna się od siódmej strony – wytknęła dziewczyna.

Konrad podrapał się po głowie.

– Faktycznie. – Pospiesznie przewertował kilka kart, by jak najszybciej dotrzeć na stronę trzydziestą trzecią.

Radke czytała mu przez ramię.

– Dopiero tu masz scenę z gabinetu. Ale według twojego klucza to powinna być W33, czyli morderstwo na Zaspie.

– Szlag! – warknął Konrad.

Przez chwilę wydawało mu się, że znalazł rozwiązanie. Że odkrył tajemny sens kryjący się za sekretną listą.

W jak Weiser. Ale Weiser nie chciał być znaleziony.

– No i jedziemy ze stroną czterdziestą szóstą – kontynuowała Patrycja. – Dobra. Scena z Zaspy. Tylko dalej nie pasuje ci to do klucza, bo powinieneś mieć teraz lwa.

Konrad czuł, jak buzuje mu krew. Gdzieś tam kryła się jeszcze jakaś zaginiona przesłanka. Ciągle nie odkrył wszystkich wskazówek.

– Myślisz, że to naciągana koncepcja?

– Brzmi ciekawie. Ale chyba za bardzo cię poniosło. – Ucałowała go w czoło. – Idź sobie trochę pobiegaj. A potem prześpij się trochę.

Kroon nie dawał za wygraną. W dalszym ciągu przeglądał kolejne karty książki.

– Kuźwa...

W84. Scena z niewybuchami. Usiłowanie zabójstwa na gdańskim Niedźwiedniku. Ale historia z książki nie pasowała do schematu z listy. Tę stronę zajmowały luźne przemyślenia narratora.

– Idź trochę odpocznij – poleciła Patrycja. – Plącze ci się w głowie od tego wszystkiego.

Rzeczywiście ocierał się o szaleństwo. Ale jeśli chciał dorwać psychopatycznego mordercę, musiał zatracić się równie mocno jak on.

– Znajdę go. Znajdę klucz.

– Takich jak ty już nie robią... – mruknęła, otwierając lodówkę.

– Co powiedziałaś?

– Że jesteś stary model. Przedwojenne rzemiosło. Trudno trafić na takiego drugiego.

Kroonowi znów zaświeciły się oczy.

– Ja pierdolę, dziewczyno! Dziękuję!

– Nie ma za co – odparła, krojąc cytrynę. Cytryna, mięta, łyżeczka miodu. – U mnie zawsze możesz liczyć na dobre słowo.

– A na stare słowo? – zawołał, biegnąc do przedpokoju. Chwycił kluczyki, pospiesznie wciągnął buty.

– CO? Gdzie lecisz?

– Stare słowo – powtórzył. – Mam w domu złe wydanie. Druk z dwa tysiące czternastego. Pierwsza wersja książki pochodzi z lat osiemdziesiątych!

Ciężko westchnęła.

– Czyli dalej nie dajesz za wygraną?

– Ja nigdy nie daję za wygraną.

GRACJAN

W ten weekend dzieci stacjonowały u Jacka. Walczył jak lew o współdzieloną opiekę, a kiedy przyszło co do czego, czuł, że strasznie mu zawadzają.

– Nudzi mi się! – zawołał Staszek.

Wybrali się na wycieczkę. On i dwójka niepotrzebnych nikomu brzdąców. Dzieci miały scementować ich związek. Ale dzieci to zajebiście kiepska zaprawa. Jeśli coś ma się rozpaść, to i tak się rozpadnie.

– Tato, robimy postój? – spytała Natalka. – Nóżki mnie bolą.

– Dobrze. Zróbmy.

Zatrzymali się nieopodal ruin dawnej cegielni. Jacek zszedł z roweru, przysiadł na jakimś kamieniu, wyciągnął telefon.

– Nie szarp mnie! – krzyknął Staś.

– To ty mnie szarpiesz!

– Pierwsza zaczęłaś!

– Wcale że nieprawda!

– Prawda!

– Nieprawda!

„Podwiążę się. Zamrożę trochę nasienia, a potem się podwiążę" – pomyślał, scrollując Instagrama.

– Tato! On mi dokucza!

– Nie dokuczam! Natalka pierwsza zaczęła!

– To on zaczął!

– A nie, bo ona!

– Właśnie że nie!

– Właśnie że tak!

Złapał się za głowę. Nie miał siły na to wszystko. Na pracę od dziewiątej do siedemnastej, dwie godziny dojazdów, stale rosnącą ratę, wieczny brak spokoju. Jakby ktoś magiczną gąbką ścierał cały kolor z jego życia, czekając, aż wszystko zaleje czerń. Dorosłość potrafi smakować gorzko, zwłaszcza kiedy wcześniej dokona się kilku niewłaściwych wyborów.

– Idźcie się bawić!

– Ale gdzie? Tu nie ma placu zabaw!

Wskazał na zarośnięte krzakami ruiny.

– Poszukajcie jakichś duchów.

– Tato, duchy nie istnieją! – Natalka tupnęła swoim czerwonym butkiem.

– Wkręca nas – dodał Staś.

– Jak nie sprawdzicie, to się nie dowiecie.

Dzieci spojrzały na siebie i pobiegły w kierunku gruzowiska. Jacek wrócił do przeglądania Instagrama. Natasza Keyserlingk wrzuciła właśnie nowe zdjęcie. Wystudiowana poza, drogie ubrania, starannie zaplanowana niedbałość.

„Zajebista typiara. Z taką mógłbym być" – pomyślał, zostawiając pod fotą serduszko.

– Tato, tam naprawdę jest duch! – krzyknęła Natalka.

„Bosz… czy one nie mogą choć przez chwilę być cicho? Zaraz zawiozę je do matki. Niech mi dopierdolą alimenty, żebym tylko miał chwilę spokoju".

– DUCH, DUCH, DUCH! – wrzeszczał Staś.

– Czy wy nie możecie trochę się sobą zająć? – stęknął zmęczony ojciec.

– Ale tam jest taki pan! On lata!

– To bawcie się gdzie indziej.

Ziewnął. Najchętniej po prostu położyłby się do łóżka, nakrył głowę poduszką i zniknął.

– Czy on jest duchem? Prawdziwym duchem? – dopytywała Natalka.

– Jaki znowu on? – jęknął ojciec.

– No tam jest taki pan! – wystrzelił Staś. – I ten pan lata!

– I NIE MA UBRANIA! – wtrąciła wyraźnie uradowana córeczka.

„Zboczeniec jakiś!" – pomyślał Jacek.

Wstał z kamienia, ruszył w stronę ruin cegielni.

– Zostańcie tu!

Z budynku nie zostało zbyt wiele. Niewielki zagajnik krył obrys fundamentów oraz szczątki komina; wszystko solidnie porośnięte przez krzaki.

„Ekshibicjonista albo napruty menel" – gdybał Jacek, powoli przedzierając się przez zarośla.

– JA PIERDOLĘ – wydusił z siebie.

Przez chwilę myślał, że to tylko kukła. Makabryczna instalacja artystyczna, spóźniona dekoracja na Halloween.

– Kurwa mać…

Nad ziemią unosił się nagi mężczyzna. Jego ciało, utrzymywane dobre trzydzieści, czterdzieści centymetrów ponad podłożem, przypominało trochę dalekowschodniego maga zanurzonego w głębokiej medytacji. Wyglądało, jakby nieznajomy naprawdę dokądś leciał.

Jacek zorientował się, że ciało powieszono na cieniutkich nylonowych linkach. Dziesiątki żyłek utrzymywały je w tej fantastycznej pozycji zbliżonej do lewitacji. Ale mężczyzna nigdzie nie leciał. Bo przecież żeby latać, nie można być martwym. A powieszony wśród ruin cegielni człowiek z całą pewnością już dawno pożegnał się z życiem.

KONRAD KROON

W niedzielę wszystkie biblioteki w mieście były zamknięte na cztery spusty. Konrad musiał skorzystać z prywatnego księgozbioru.

– Dzień dobry. Czy zastałem profesora? – spytał małą, na oko sześcioletnią dziewczynkę, która otworzyła mu drzwi.

– Dziadek pracuje w gabinecie.

– Rozumiem. Możesz go poprosić?

– Dziadkowi nie wolno przeszkadzać, gdy pracuje.

Konrad uśmiechnął się do niej serdecznie.

– Niestety to bardzo pilna sprawa. Okropnie mi się spieszy.

– Dziadek mówi, że pośpiech upokarza.

– Trudno się z tym nie zgodzić – odparł poważnie. – A czy poza dziadkiem ktoś dorosły jest w domu?

– Mama wyszła z nowym chłopakiem. Ma randkę z Tindera.

– *Wszystko w życiu sprowadza się do miłości. Albo do jej braku* – zacytował z głowy Kroon. Nie pamiętał, kto pierwszy to napisał.

Dziewczynka wspięła się na palce, by sięgnąć na półkę. Ściągnęła z niej jarzębinowe korale.

– Proszę. Nie wypada, żeby odchodził pan z gołymi rękami.

– Bardzo jesteś uprzejma – odpowiedział Konrad, przyjmując podarunek. – A czy mogłabyś teraz pójść po dziadka?

– To oznacza kłopoty.

– Czasem każdy musi trochę nabroić.

Analizowała wszystko starannie w myślach.

– A co, jeśli będę miała przez pana problemy?

– Wyciągnę cię z tego. Jestem prokuratorem.

– Jak Piłat – rzuciła bez chwili wahania. – Piłat także był prokuratorem.

– Ostatnio często to słyszę. Zbyt często.

– Może to prawda?

– To prawda – przyznał mężczyzna.

– Dziadek mówi, że prawda jest droga.

Konrad zaczął się śmiać. W tym momencie z wnętrza domu dobiegł go niski, potężny głos:

– *Amicus Plato, amicus Socrates, sed magis amica veritas* – rzekł profesor Dalidonowicz. Objął wnuczkę, po czym naprędce przetłumaczył jej swą maksymę: – Drogi mi Platon, drogi Sokrates, ale jeszcze droższa mi prawda.

– *Falsum etiam est verum, quod constituit superior* – odpowiedział celnie Kroon i także wysilił się na polski przekład: – Fałsz jest również prawdą, którą ustanowił potężniejszy. *Salve magister.*

– *Imo corde te saluto* – odparł właściciel domu. – Cóż sprowadza cię do mnie, Conradusie, w ten piękny niedzielny wieczór?

– Potrzebuję skorzystać z pańskiego księgozbioru.

– Ach! Jak mawiał Cyceron, do szczęścia człowiekowi potrzeba ogrodu i biblioteki.

– Niestety nie dysponuję ani jednym, ani drugim – powiedział ze smutkiem Konrad.

Profesor gestem zaprosił go do środka.

– W tym domu znajdziesz oba.

Przeszli do sieni. Dalidonowicz mieszkał w zabytkowej willi w samym sercu Starej Oliwy. Jeszcze całkiem niedawno po sąsiedzku stał dom rodzinny Kroona.

– Szukam książki. *Weiser Dawidek.*

– Tak to jest, kiedy przyszpili człowieka chęć dobrej lektury.

– To coś więcej niż zwykła potrzeba bibliofila. To sprawa życia i śmierci.

Profesor zdjął wnuczkę z ramion.

– Idź się pobaw do ogrodu. Za chwilę do ciebie dołączymy.

– Dobrze, dziadku – pisnęła sześciolatka, po czym skocznym krokiem podreptała w stronę drzwi tarasowych.

Dalidonowicz objął gościa i skierował do pobliskiego pokoju. Biblioteka przedstawiała się naprawdę imponująco. Na trzech ścianach od podłogi aż po sufit rozciągały się półki z książkami. Pod oknem ustawiono mahoniowy stolik i dwa zielone chesterfieldy.

– Literka H, na tamtym regale – oznajmił profesor.

Kroon podszedł do półki i zaczął szukać.

– Hemar, Hemingway, Herbert... Hrabal... Huelle!

Książka wyglądała cokolwiek licho. Inaczej ją zapamiętał. Cieniutka pożółkła obwoluta, niewyraźne kolory. Pretensjonalny niemiecki gotyk, którym zapisano tytuł. Na okładce fotografia zburzonego przed dekadą mostu.

– Biały kruk – zawyrokował Dalidonowicz. – Czy byłbyś tak łaskaw, by zaspokoić moją ciekawość? Jaki jest prawdziwy powód owej konkwisty?

– Pamięta profesor moje śledztwo? Hebrajska litera „waw" i kolejne liczby pozostawiane na miejscach przestępstw? Ta książka zawiera klucz, według którego popełniane są zbrodnie.

Kroon położył na blacie pierwsze wydanie *Weisera* i wyciągnął telefon. Odpalił zdjęcie przesłane tuż przed śmiercią przez Skalskiego.

– Brzmi interesująco.

Konrad gorąco wierzył, że w końcu udało mu się odkryć zaginioną przesłankę.

W6, W33, W46, W84, W91, W106, W117, W189, W215. Czuł delikatne mrowienie, kiedy przewracał sklejone kartki na szóstą stronę. Zaczął czytać na głos:

– *Każdy z was mówi zupełnie co innego – krzyczał dyrektor. – I nigdy dwa razy to samo, więc jak to jest, że nie możecie ustalić jednej wspólnej wersji?*[30]

– Ciężko ustalić jedną wspólną wersję – mruknął profesor.

Kroon kartkował dalej. Pierwsza scena pokrywała się z zapisem Listy Dawida.

– *Elka i Weiser minęli tory tramwajowe obok pętli dwunastki, udając się ulicą Pilotów w stronę wiaduktu, łączącego Górny Wrzeszcz z Zaspą ponad torami kolejowymi, z którego schodziło się na przystanek*[31]. – Konrad wyszczerzył zęby. – W33, czyli wiadukt. Bingo, profesorku!

Dalidonowicz nic z tego nie rozumiał.

– Trzecia zbrodnia. Numerek W46 – oznajmił Kroon. – Lecimy z koksem... – Otworzył książkę na odpowiedniej stronie. – *Pantera szalała przy kracie, biła łapą w cementową podłogę, opuszczała, to znów wznosiła pysk, a wreszcie podnosiła swoje cielsko jak pionową belkę, wspierając się przednimi łapami o pręty i widzieliśmy, jak wysuwały się grube i zakrzywione pazury. Lecz to nie było wszystko.*

30 Tamże, s. 6.
31 Tamże, s. 33.

Weiser przesadził barierkę oddzielającą go od klatki i stanął teraz tak blisko jej żelaznych prętów, że mógłby pochyliwszy się zaledwie o krok, dotknąć czołem pazurów kota. Pantera znieruchomiała[32].

Konrad poczuł lekkie rozczarowanie. Jego klucz znów mijał się z tekstem.

– Ale dlaczego pantera? – spytał na głos.

– Jak to dlaczego pantera? – powtórzył profesor, którego owa scena niezwykle ciekawiła.

– Do cholery, powinien być lew, a nie pantera! – wykrzyknął Kroon, rąbiąc pięścią w stół.

Dalidonowicz poprawił okulary.

– Conradusie, a jak się nazywa lew afrykański po łacinie?

– Czort jeden wie. *Leo*? – strzelił.

Profesor pokręcił z rozczarowaniem głową.

– Tyle lat nauki i wszystko jak krew w piach. – Splótł palce, by dotknąć nimi koniuszka brody. – Lew afrykański, czyli łacińska *panthera leo*.

FLARA

Przybyła na miejsce zdarzenia chwilę przed Kroonem. Z Biskupiej Górki pędził już zespół techników kryminalistyki.

– Widziała pani kiedyś coś takiego? – spytał policjant z patrolu.

Flara spojrzała przed siebie. Zwłoki mężczyzny przypominały lewitującego człowieka. Uniesione jakieś trzydzieści, czterdzieści centymetrów nad ziemią ciało miało otwarte oczy i było kompletnie nagie.

– Nie widziałam – odparła poważnie.

---

32 Tamże, s. 46.

– To Wilk? Wilk z Wybrzeża?

Wzruszyła ramionami.

– Nie mam pojęcia.

– Podobno go złapaliście. Ale chyba nie złapaliście, skoro...

– Proszę zabezpieczyć teren. Do czasu przyjazdu techników. Nie chcę, żeby mi się tu kręcili postronni ludzie. – Klęknęła nad wypaloną prawie do końca świeczką, która stała niecały metr od ciała.

– Jasne. To niby spokojna dzielnica. A teraz dwa trupy z rzędu.

– Dwa trupy? – zdziwiła się.

– No kawałek dalej, tam koło Strzyży, ujawniliśmy ciało tego dziennikarza, co pisał o Wilku. Też nie miał ubrań.

Flarkowska wyciągnęła telefon. Włączyła Google Maps.

– W którym miejscu?

Policjant dotknął palcem ekranu.

– Gdzieś tu. W okolicy wału PKM-ki.

Patryk Skalski niewątpliwie zginął. Ale czy także był jedną z ofiar Wilka? Przy jego ciele nie znaleziono żadnej wiadomości. Żadnej sekretnej liczby. Skalski nie pasował do klucza.

– Gdzie jest ten mężczyzna, który ujawnił zwłoki? – spytała.

– Pojechał odwieźć dzieci do byłej żony, a później miał się stawić na komisariacie złożyć zeznania.

– Bardzo dobrze. Niczego nie dotykali?

Funkcjonariusz poprawił czapkę.

– Cholera wie. To dzieciaki pierwsze znalazły naszego supermana.

– Supermana?

Mężczyzna zrobił głupią minę.

– No on tak wygląda trochę, jakby chciał polecieć. Tam wokół pasa ma okręconą stalową linkę. Podwiesili go pod drzewo. No a te plastikowe żyłki to kurna po to, żeby go jakoś tak uformować. – Splunął na ziemię. – Ja się na tym nie znam, ale na moje to miało wyglądać, jakby latał. I w lewej łapie na pewno coś trzyma.

Flara podeszła bliżej. Faktycznie. W zaciśniętej dłoni denata znajdowała się jakaś kartka.

– Oglądałeś to?

– Nie no, nie chciałem niczego komta... kotna... no nie chciałem nanieść swoich śladów.

Justyna spojrzała na lewą rękę wisielca. Lewitujący mężczyzna ściskał kawałek kancelaryjnego papieru. Przezroczysta żyłka, okręcona wokół jego palców, gwarantowała, że nigdy nic zwolni uchwytu.

– Jak myślisz, co to może być?

Policjant splunął na ziemię.

– Nie wiem. List jakiś.

– I co w nim napisał?

Wzruszył ramionami.

– Ostatnie życzenie? Nie wiem. A pani wie?

Justyna spojrzała na zdjęcie w telefonie. Lista Dawida. Długi ciąg znaków, każdy zaczynający się od litery W.

– Myślę, że wiem.

KONRAD KROON

To była największa narada z dotychczasowych. Gabinet Prokurator Regionalnej oprócz prokuratorów wypełniało grono wysoko postawionych funkcjonariuszy policji.

– W oliwskim zoo nie było zwykłej pantery. Wybrał więc najlepszy możliwy substytut – tłumaczył Kroon.

– *Panthera leo* – rzekł z powątpiewaniem Kieltrowski. Spośród zgromadzonych w pokoju wydawał się najbardziej sceptyczny wobec wersji prezentowanej przez Konrada. – Mocno naciągana koncepcja. Jakbyś na siłę próbował znaleźć klucz.

– Póki co wszystko się zgadza – odparł Kroon.

– W twojej głowie.

Prokurator Regionalna zachowywała zwyczajowe milczenie. Po prostu przysłuchiwała się dyskusji dwójki śledczych.

– „Waw" to hebrajska litera alfabetu. A Dawid Weiser był Żydem.

– No i samo imię Dawid pasuje ci do listy – rzucił naczelnik dochodzeniówki, Piotr Więckowski.

– Pasuje. Mamy Dawida, mamy Weisera – kontynuował Kroon. – A co najważniejsze, mamy zbrodnie, które nawiązują do książki.

– W6, a więc Weiser numer sześć. Scena ze szkoły i samobójstwo w budynku szkoły.

– Tej samej szkoły – podkreślił Konrad.

– Szkoła jak szkoła – mruknął Kieltrowski. – W powieści, o której mówisz, to była podstawówka, teraz jest tam liceum.

– Ale budynek pozostaje ten sam.

Regionalna spojrzała na Konrada. Nikt nie wiedział, czy kupuje wersję prezentowaną przez Kroona.

– Proszę kontynuować – poleciła.

– W33, czyli wiadukt na Zaspie.

– I tylko tyle – zaprotestował Krzysiek. – Nie zgadza ci się liczba osób ani cel. Weiser z Elką oglądali samoloty, tutaj koleś po prostu zglebił się na tory.

– Jest miejsce i strona w książce. To dużo.

– Robisz to na siłę.

Regionalna chciała jednak słuchać. Kroon mówił dalej.

– Potem wspomniana strona czterdziesta szósta, scena z panterą.

– Pantero-lwem – ściął go Kieltrowski.

Owa uwaga nie wybiła Konrada z rytmu.

– W84. Detonacja niewybuchów.

– Powiedzmy...

Kroon otworzył książkę.

– Następnie pojawia się Jelitkowo.

– Ustalono, że kobietę porwano z Żabianki – wtrącił naczelnik kryminalnych. – To tam doszło do zabójstwa. Później wilk spławił ją na desce SUP Potokiem Oliwskim aż do morza. Ułożył jej ciało na mieliźnie jelitkowskiej plaży i zaaranżował scenkę…

– …ze strony dziewięćdziesiątej pierwszej.

– Proszę przeczytać – poleciła Regionalna.

– *Któregoś dnia pojechaliśmy do Jelitkowa zbadać stan rybnej zupy i to co ujrzeliśmy, przechodziło wszelkie najczarniejsze oczekiwania. Bo oto oprócz kolek, w stojącej bez ruchu wodzie zalegały setki śniętych węgorzy, flądér, śledzi i innych ryb, których nazw nie znam do dzisiaj. Wszystko to na pół przegniłe i strasznie cuchnące ruszało się w drgawkach.* – Kroon odchrząknął. – *Szczególnie węgorze, najsilniejsze ze wszystkich ryb, umierały długo, ich wijące się ciała pamiętam do dzisiaj, niczym symbol tamtego lata*[33].

Naczelnik Więckowski skierował wzrok na Regionalną. Od dawna próbował złapać z nią lepszy kontakt.

– Ta babeczka nazywała się Węgorzewska. Lidia Węgorzewska.

– Przypadek – uciął Kieltrowski.

W całej sprawie starał się odgrywać rolę adwokata diabła. Zupełnie jakby chciał na siłę udowodnić Kroonowi, że ten się myli. A może chodziło o coś zgoła innego?

– Nie wierzę w przypadki.

– Nie mieliśmy w Polsce takiego seryjnego zabójcy – przypomniał naczelnik kryminalnych. – Konsultowaliśmy się jednak z przyjaciółmi z Quantico. Przekonuje ich wersja o schemacie.

Regionalna obejrzała się na Więckowskiego.

– Dzwoniliście do FBI?

– Konsultacje odbywały się na poziomie Komendy Głównej…

– Bez mojej zgody?

– Pani wybaczy, ale takie śledztwo… Cała Polska tym żyje.

---

33 Tamże, s. 91.

Na twarzy kobiety pojawił się grymas wściekłości. Nie lubiła tracić kontroli, nienawidziła, gdy coś się działo za jej plecami. O sprawie Wilka z Wybrzeża rozmawiała codziennie z Prokuratorem Krajowym, którego naciskali ludzie z ministerstwa. Oczekiwano wyników.

– I co wam dały te tajne narady? Macie sprawcę? – rzuciła, wyraźnie poirytowana.

– Jesteśmy coraz bliżej – odparł Więckowski.

– To Konrad jest bliżej. A nie wy. – Obróciła się do swojego podwładnego. – Mów dalej.

Kroon znajdował się w samym oku cyklonu. Paradoksalnie tam zawsze jest najciszej.

– Strona sto szósta stanowi przełomowy moment powieści. Tytułowy bohater lewituje.

– Jak ten skubaniec powieszony na linkach – wtrącił Więckowski, chcąc załagodzić jakoś swoją scysję z Regionalną. – Zupełnie jakby latał.

– *Weiser stanął na obu stopach, rozłożył ręce jak do lotu i stał wpatrzony w płomień świecy bardzo długo. Nie wiem, w którym momencie, po jakim czasie zauważyłem, że jego nogi nie dotykają już klepiska. Z początku wziąłem to za przywidzenie, ale stopy Weisera coraz wyraźniej unosiły się nad podłogą.* – Konrad zwiesił na chwilę głos. Spojrzał Regionalnej prosto w oczy. – *Tak, całe jego ciało wisiało trzydzieści, może czterdzieści centymetrów nad ziemią i powoli unosiło się jeszcze wyżej, kołysane niewidzialnym ramieniem*[34].

– Lista Dawida jak w mordę strzelił – mruknął Więckowski.

– Chyba raczej Lista Konrada – prychnął Kieltrowski.

Regionalna nie spuszczała Kroona z oczu.

– Gdzie wydarzy się kolejna zbrodnia? – spytała.

– Na stronie sto siedemnastej – odparł Konrad, po czym zaczął czytać na głos.

---

34 Tamże, s. 106.

ROZDZIAŁ 19 | **MAJ**

WALBERG

Poznali się jakieś dwa lata temu na jednym ze spotkań Wolnego Miasta. I niemal od razu pokochali miłością braterską.

Naprawdę nie miał na imię Dawid, ale kazał tak na siebie mówić. Był od Kacpra o wiele starszy, bardziej doświadczony. Nie mieli równorzędnej relacji, to Dawid nadawał wszystkiemu ton. Walberg po prostu go słuchał.

– Myślisz, że są gotowi? – spytał Dawid.

– Są gotowi.

– Na pewno? Wiesz, że to nie zabawa. Chcę, żeby odebrali sobie życie.

– I zrobią to – zapewnił Walberg.

Kacper i Dawid byli do siebie poniekąd podobni. Obu cechował dziwny zwierzęcy magnetyzm; niewytłumaczalna zdolność do ciągnięcia za sobą innych. Ale to Dawid był bez wątpienia mistrzem, a Walberg ledwie jego uczniem.

– Ty też będziesz musiał to zrobić. Prędzej czy później.

Tegoroczny maturzysta się zaśmiał. Był dojrzały ponad swój wiek.

– Przecież wiem o tym.

– Kiedy staną na schodach szkoły, nie będzie odwrotu.

– Oczywiście, że nie.

Dawid podał mu karabin.

– Ukryjesz się naprzeciwko, w tamtym opuszczonym mieszkaniu, które ci pokazałem. Jeśli stchórzą, dokończysz za nich to zadanie.

– Nie stchórzą. Żadne z nas nie stchórzy.

Uformowanie Norberta, Sary i Tomka stanowiło ostateczny test, jakiemu Dawid poddał Kacpra. Od początku ich osobliwej przyjaźni Walberg zapewniał o swej wierności. Ale nic tak nie weryfikuje obietnic jak czyny.

– Nagrasz tę śmierć. Nadasz jej nowy sens. Napiszesz pierwszy rozdział naszej wspólnej powieści.

– Tak jak postanowiliśmy.

– Pamiętasz wybrane liczby?

– Oczywiście, że tak – zapewnił Kacper.

Dawid podał mu kartkę.

– Napisz je tutaj.

– Po co?

– To będzie twój testament.

Walberg przejął od mężczyzny długopis. Z pamięci zaczął kreślić kolejne znaki. Każdy z wersów rozpoczynała hebrajska litera „waw", kończyła zaś cyfra.

W6, W33, W46, W84, W91, W106, W117, W189, W215.

Młodzieniec skończył pisać. Wtedy Dawid podał mu dziewięć kartek.

– Napisz je jeszcze raz – polecił. – Po jednej liczbie na każdym arkuszu.

Kacper posłusznie wykonał polecenie. Chciał oddać mężczyźnie długopis, ale się zawahał.

– Brakuje jeszcze jednej rzeczy – powiedział Walberg.

– Jakiej?

– Tytułu. – Przejął od Dawida dokument zawierający wszystkie dziewięć liczb. – Jak mam go nazwać?

– Spisem rozdziałów? – zaproponował mężczyzna.

Kacper pokręcił głową.

– W *Weiserze* nie ma rozdziałów. Książkę napisano ciągiem.

– A więc jak?

– Niech to będzie twoja lista.

Mistrz się uśmiechnął.

– Dobrze.

Walberg sięgnął po dokument i skreślił jeszcze dwa wyrazy. LISTA DAWIDA.

ROZDZIAŁ 20 | **WRZESIEŃ**

PATRYCJA RADKE

Jej świat się załamał. Najpierw Skalski, ale Skalskiego znała kiepsko. Nie płakała tak bardzo, choć była to trudna śmierć.

Teraz do listy ofiar dołączył Gracjan. Najbliższy przyjaciel, powiernik tajemnic, brat łata. Zawsze mogła na niego liczyć, zawsze był pod ręką, nigdy nie mówił, że nie ma czasu.

Miała wrażenie, że wokół niej zaciska się jakaś pętla.

– NIE ROZUMIESZ TEGO?! – krzyczała przez łzy. – Ty będziesz następny!

– Dlaczego ja?

– Bo jesteś blisko mnie!

Konrada nie przekonywał jej tok rozumowania.

– To zwykły zbieg okoliczności.

– Jak tamte liczby? To także jest zbieg okoliczności?!

Musiał chwilę pomyśleć.

– Skalski drążył w sprawie Wilka, badał temat Wolnego Miasta. Ale Gracjan nie miał z tym nic wspólnego. Trafiło na niego zupełnym przypadkiem.

– Trafiło przeze mnie albo... Boże, Konrad! Teraz mnie zamordują!

Nigdy nie lękał się o siebie. Bliskich, poza Zuzą, właściwie nie miał. Ale teraz miejsce Zuzy zajęła Patrycja.

– Poproszę o ochronę.

– Nie. Musisz zostawić tę sprawę.

– Nie mogę zostawić sprawy. – Zaśmiał się histerycznie. – Jak ty to sobie wyobrażasz?

– Powiesz, że nie dasz rady.

– I kto ma to niby za mnie wziąć?

Była mocno roztrzęsiona. Nie panowała nad ruchem rąk, z jej oczu cały czas kapały łzy.

– Gówno mnie to obchodzi. Niech Kieltrowski sam w tym dłubie.

– Krzysiek sobie z tym nie poradzi.

Miała ochotę go uderzyć, tłuc pięściami z całej siły, żeby w końcu się obudził. Żeby w końcu zrozumiał.

– JASNE! – wrzasnęła. – Bo tylko ty jeden na całym świecie jesteś sobie w stanie z tym poradzić!

– Powoli zbliżam się do prawdy. Odkryłem klucz, wiem, gdzie zostanie popełniona kolejna zbrodnia.

– A ILE JESZCZE OSÓB ZGINIE W MIĘDZYCZASIE?!

Gnębiło go głębokie poczucie winy. Gdyby szybciej rozwiązał tamtą zagadkę, Gracjan by żył. Powinien domyślić się już dawno temu.

– Nikt więcej nie zginie – zapewnił. – Policja obstawi całe Brętowo. Złapiemy skurwiela.

Ujęła jego dłonie.

– Konrad... proszę cię.

– Nie mogę – wyszeptał.

– Zrób to dla nas.

– To nie takie proste.

– Wiem, że to nie jest proste – powtórzyła. – Wiem, że cholernie ci zależy, żeby się wykazać.

Nigdy nie chodziło mu o to, żeby się wykazać. Po prostu w końcu przestał uciekać. Obiecał sobie, że już nigdy nie spojrzy wstecz. Świat by mu tego nie wybaczył.

– Zależy mi na tym, żeby rozwiązać tamtą sprawę.

– Więc nie rób tego dla siebie. Konrad... – Ściszyła głos. – Tę jedną rzecz zrób nie dla siebie. Zrób ją dla nas.

Spojrzał na nią smutnymi oczyma. Rozumiał jej ból. Ale wiedział, jak musi postąpić.

– Wybacz. Nie mogę.

Znów zalała się łzami.

– Naprawdę? Naprawdę to kurewskie śledztwo jest dla ciebie takie ważne? Ważniejsze niż ja?

– Nie jest ważniejsze – zapewnił.

– TO JE ZOSTAW W CHOLERĘ. Albo... albo mnie zostaw.

Konrad podszedł do drzwi.

– Muszę wracać do pracy. Prześpij się.

WOTAN

Czas bywa naprawdę zwodniczym partnerem. Nieubłaganie pędzi do przodu, nie daje się przyspieszyć ani co gorsza – cofnąć.

Wotan wiedział, że jeszcze nie jest gotowy. Potrzebował kilku lat, odpowiedniej fali, która poniesie go ku zwycięstwu, fali, która dopiero miała nadejść. Widział ją gdzieś tam daleko na horyzoncie, jej wyobrażenie dodawało mu sił.

– Kość do kości, krew do krwi, ciało do ciała – szepnął, otwierając pierwszy z kartonów.

Zaczynał od ustawek po meczach, tam poznał odpowiednich ludzi. Na początku lat dziewięćdziesiątych wkręcił się do grupy wymuszającej haracze, ale to dopiero handel narkotykami okazał się prawdziwą żyłą złota.

Lubił swoje życie. Z wiekiem, gdy sztubacka butność traciła na hardości i zaczął pokornieć, Wotan zwrócił swe zainteresowania ku książkom i historii. Nie uczyli go tego w komunistycznej szkole, zresztą wtedy nie w głowie mu była nauka. Teraz czytał o Wielkiej Polsce, początkach ruchu narodowego, prawdziwych ideach faszyzmu. Zainspirował się.

Sport i narkotyki pozostały jego źródłem dochodu, nie były już jednak celem samym w sobie. Wewnątrz grupy pseudokibiców Wotan zaczął tworzyć swoją prywatną armię, złożoną z ludzi rozumiejących sprawę, chcących odzyskać Gdańsk, oczyścić go z ludzkich śmieci. Tak powstało Wolne Miasto.

– Jakby były sklejone – dodał, zabierając się do następnej paczki.

Wolne Miasto stanowiło podstawę organizacji. Każda grupa potrzebuje jednak elity; wiernych pretorianów, którzy oddadzą za wodza życie, nigdy nie zdradzą, powiodą innych do zwycięstwa. Wybrał piętnastu, stanął na ich czele i obwołał swoimi dziećmi. Ale jedno z dzieci go właśnie zdradziło.

– Zgadza się, szefie. Dwadzieścia kilo.

– Zróbcie mi z tego sześćdziesiąt – polecił.

Jego magazyn mieścił się na Leszczynkach, nieco zapomnianej dzielnicy Gdyni, położonej w niewielkiej odległości od terminala kontenerowego. Nadmorskie miasto stanowiło jego okno na świat; zwłaszcza na ten nowy, południowoamerykański ląd, gdzie liście kokainy zamieniały się w cudowny biały proszek, sypkie bogactwo, diamenty dwudziestego pierwszego wieku.

– Sześćdziesiąt? Zawsze robiliśmy pięćdziesiąt.

– Czasy się zmieniają – odparł. – Niestety na gorsze.

– Jak tam szef chce.

Kiedy trzasnęły szyby, wiedział, że już jest za późno. Najpierw przez okna wleciały granaty dymne.

– PSY! – wrzasnął jeden z jego ludzi.

– PAŁY JEBANE!

Wotan jak zwykle zachował zimną krew.

– Zakładać maski – rozkazał.

Nie miał zamiaru się poddawać. Wyciągnął pistolet.

– Otoczyli nas! – wrzasnął stojący na rampie ochroniarz.

– Macie ich zajebać – powiedział chłodno, po czym oddał kilka pierwszych strzałów.

Rzucił się w stronę przeciwległej ściany. Raz, dwa, trzy... dobiegł. Zza okien posypała się salwa z karabinu. Antyterroryści wiedzieli, że przestępcy nie cofną się przed niczym. W tej grze stawką było życie.

Ochroniarz ostatni raz spojrzał za okno.

– Kurwa, pełno psiarni!

Musieli uciec, a później się rozproszyć.

– Napierdalajcie w nich tak, żeby nie podeszli do budynku!

Został zdradzony. Przepuszczony przez policyjny magiel Jaromir Zeike zaczął sypać. Teraz siedział ukryty cholera wie gdzie, porządnie chroniony, z nadzieją na odpuszczenie popełnionych grzechów. Świadek koronny.

Podobno wszystko zaczęło się przez Imielczyka i Walberga. Gdyby nie oni, psiarnia jeszcze długo dawałaby im spokój. Wotan domyślał się, co robią, ale nie reagował. Trudno zapanować nad stadem wilków, zabronić polowań. Czy popełnił błąd? W tej chwili wiedział, że tak. Za bardzo rozpuścił swoją watahę.

– KURWA, ZNOWU LECĄ! – wrzasnął jeden z ochroniarzy.

Przez okno wpadła kolejna tura granatów. Pomieszczenie wypełnił gęsty, gryzący dym.

– Strzelajcie! Strzelajcie jak do kaczek! – zarządził, po czym rzucił się przed siebie.

Biegł między skrzyniami na drugą stronę magazynu.

– BOGDAN DOSTAŁ!

Pewnie, że dostał. Mogli się poddać albo mogli walczyć. Lecz wilki zawsze walczą do ostatniej kropli krwi.

– Strzelać! – krzyknął.

Dobiegł do ciemnozielonej skrzyni. Naparł na nią z całej siły, by odsłonić niewielki właz. Podniósł klapę i wskoczył do tunelu.

„Będą następni. Wychowam kolejne pokolenie. Na razie nie mogę dać się złapać w sidła".

Biegł przed siebie bez latarki czy jakiegokolwiek innego źródła światła, ale mimo ciemności nie potknął się ani razu. W końcu dotarł do ściany. Pordzewiała drabinka wyprowadziła go na zewnątrz.

– Kość do kości, krew do krwi, ciało do ciała – wyrecytował słowa modlitwy.

Od dawna interesował się kulturą dawnych pogan. Zaklęcie merseburskie było najstarszym znanym tekstem starogermańskich wojowników. Wotan nie wierzył w Boga, lecz w dziką, pierwotną siłę. To ona prowadziła go do zwycięstwa.

Znalazł się w niewielkiej budce. Sprawdził liczbę naboi i ostrożnie wyszedł na zewnątrz.

– Jakby były sklejone – dopowiedział.

Kawałek dalej znajdował się parking. Ostrożnie wszedł na rampę i przyklejony do ściany magazynu podążył na drugą stronę placu.

– STÓJ, POLICJA!

Musieli to powiedzieć. Nie mogli strzelać bez ostrzeżenia, nawet jeśli ryzykowali spłoszenie poszukiwanego.

Wotan rzucił się przed siebie.

– STÓJ, BO STRZELAM! – zawołał ponownie antyterrorysta.

Ale to Wotan strzelił pierwszy.

– Kość do kości, krew do krwi, ciało do ciała – powtarzał, ostrożnie wypuszczając kolejne pociski.

Pierwsza kula rzuciła go na kolana. Wotan nienawidził klękać. Przed sobą widział dwóch uzbrojonych w karabiny zamaskowanych policjantów. Mierzyli do niego z długiej broni.

– NA ZIEMIĘ!

– GLEBA!

Wotan ponownie strzelił. Chwilę później jego twarz zalała się krwią.

– Jakby były sklejone… – wyszeptał z trudem.

Umarł tak, jak giną prawdziwi wojownicy. Dołączył do uczty dawnych bogów.

KONRAD KROON

Przyjechał na miejsce zdarzenia wściekły jak nigdy. Miał ochotę chwycić pierwszą lepszą napotkaną osobę, złapać ją za koszulę, rozerwać jej skórę i wypruć serce.

– MIELIŚCIE, KURWA, TEGO PILNOWAĆ!

– Panie prokuratorze…

– PILNOWAĆ, KURWA, MIELIŚCIE! ŻEBY NIKT WIĘCEJ NIE ZGINĄŁ!

Podbiegł do niego naczelnik Więckowski.

– Brętowo to jest ogromny obszar – zaczął policjant.

– KURWA, KOŚCIÓŁ W BRĘTOWIE!!! ILE TU MACIE KOŚCIOŁÓW I CMENTARZY?

Naczelnik tarł nerwowo dłonią twarz.

– Obstawiliśmy głównie Srebrzysko. Tam jest większy cmentarz. Tu mamy ledwie kilka grobów.

– I TYCH, KURWA, GROBÓW MIELIŚCIE PILNOWAĆ! – grzmiał Konrad.

Nikt nigdy nie widział go w takiej furii. Był czerwony na twarzy, oddychał ciężko.

– Przeczesujemy las. Puściliśmy psy…

– W którą, kurwa, stronę?! Ten jebany las jest większy niż całe Trójmiasto! Łatwiej wam biegać w nocy po lesie niż przypilnować czterech grobów?!

– Trochę daliśmy ciała, fakt…

– TROCHĘ?! – Kroon chwycił Więckowskiego za chabety. Był solidnie zbudowany, od dzieciaka trenował różne sporty. – SPIERDOLILIŚCIE NA CAŁEJ LINII.

– No może i tak… – mruknął policjant, próbując oswobodzić się z uścisku prokuratora.

– Banda debili. DO KTÓREJ BRAMKI GRACIE?! – wrzasnął Konrad, ciskając naczelnikiem w krzaki.

Mężczyzna zatoczył się i upadł w zarośla. Kilku funkcjonariuszy w mundurach zastanawiało się, jak ma zareagować. Więckowski był jednym z wyżej postawionych policjantów. Kroon wydawał się jednak od niego ważniejszy.

– Prokuratorze…

Konrad spojrzał za siebie. Majka wyrosła jak spod ziemi.

– Czego chcesz? – rzucił oschle.

– Fotopułapka uchwyciła wizerunek sprawcy. Bez maski.

– Bez maski? – powtórzył prokurator. – I co to niby znaczy?

– Że w końcu wiemy, jak wygląda.

FLARA

Całe popołudnie spędziła nad książką. Po naradzie u Prokurator Regionalnej Kroon wydał dokładne wytyczne policji. Wiedział, gdzie dojdzie do popełnienia kolejnej zbrodni. Kazał obstawić teren.

„Stary cmentarz w Brętowie. Cmentarz, kościół i zakrystia".

Tak wyglądało jego polecenie. Ale naczelnik wątpił, by sprawca uderzył w tym właśnie rejonie. Rozproszył swoje siły na całej dzielnicy. I zwalił.

– *Być może o to chodziło Żółtoskrzydłemu – wywabić ich z domu i zwrócić na siebie uwagę – bo odczekał, aż tamci podbiegną bardzo blisko, po czym wypuścił z rąk sznury i dał susa w pobliskie chaszcze, umykając w stronę Brętowa*[35].

Flara po raz kolejny wertowała stronę sto siedemnastą. Zgodnie z odkrytym przez Kroona kluczem do kolejnego zabójstwa doszło na starym, poniemieckim cmentarzu.

– *Teraz, rzecz jasna, nie mogliśmy się wycofać. Trzeba było doczekać końca tej historii i chociaż Żółtoskrzydły był nam właściwie obojętny, byliśmy ciekawi, jak skończy się obława* – przeczytała policjantka.

Kroon również zarządził obławę. Lista Dawida zawierała jasną wskazówkę, gdzie znów pojawi się sprawca. Brakowało im jedynie daty.

Obstawienie policyjnymi siłami tak wielkiej dzielnicy, jaką było Brętowo, nastręczyło nie lada trudności.

„Pojawi się na cmentarzu lub pod kościołem" – powiedział prokurator. „Macie tam być".

Naczelnik rozstawił swych ludzi w najważniejszych punktach, ściągnął dodatkowe posiłki z innych formacji. Policjanci mieli wartować przez całą dobę, od zmierzchu od świtu, od brzasku do zachodu słońca. Siedem dni w tygodniu, o każdej sekundzie, minucie, godzinie.

– *Ruszyliśmy śladem kościelnego ledwie widzialną ścieżką, która gubiła się wśród rozrośniętych pokrzyw i paproci.* – Flara czytała to zdanie chyba dwudziesty raz. W pogoni za wilkiem również poruszali się wąskimi ścieżkami, co rusz gubiąc ślad. – *Skakał od kępy do kępy, chował między nagrobkami, a kiedy myśleliśmy, że zniknął w jednym z nich, wyskakiwał nagle jak spod ziemi i rwał do przodu.*

---

35 Tamże, s. 117.

To była chyba najbardziej brutalna zbrodnia z dotychczasowych. Pokrzywdzonym okazał się młody chłopak, który wracał do domu z imprezy.

Sprawca musiał zajść go od tyłu, zarzucić na szyję garotę i sprawnie udusić. Następnie przystąpił do oznaczenia ofiary.

– *Wreszcie dotarł na skraj cmentarza, stanął na pękniętej płycie i krzyknął w stronę pościgu* (...).

Zwłoki ujawniono na jednej z nagrobnych płyt. Były rozebrane do naga. Na plecach, tuż za łopatkami, zabójca wykonał dwa precyzyjne cięcia, przez powstałe otwory wyciągnął zaś na zewnątrz płuca.

Denat wyglądał, jakby naprawdę wyrosły mu zaczątki skrzydeł. W splecionych na brzuchu dłoniach dzierżył kartkę z napisem.

– W117 – powtórzyła Flarkowska.

KONRAD KROON

Więckowski nie ważył się mu pokazać na oczy. Wtopa z cmentarzem nieomal zakończyła się degradacją. Ale nie takie rzeczy chrzanili ważni ludzie policji i nikomu włos z głowy nigdy nie spadł.

– Dzień dobry, prokuratorze – powiedziała Majka, wchodząc do gabinetu.

Naczelnik przysłał ją na wabia, nie chciał znów zarobić od wnerwionego prokuratora.

– Dobre dni skończyły się w zeszłym miesiącu – odparł Kroon.

– Kto wie, może jeszcze wrócą. Mamy wyjście na sprawcę.

Kryminalna przysiadła się do biurka. Wyciągnęła z teczki plik kartek. Dokumenty zawierały wydruki z bazy PESEL oraz policyjne notatki.

– Powiedziałbym, że macie całą masę wyjść – rzucił gorzko Konrad, przeglądając listę kilkudziesięciu osób.

Po morderstwie na brętowskim cmentarzu sprawca uciekł w kierunku linii drzew. Tuż za kościołem ciągnęła się linia dawnej kolei kokoszkowskiej, po której teraz pędziły nowoczesne składy PKM-ki. Za wałem zaczynał się las.

– No właśnie... dlatego przyszłam.

– Przyszłaś, bo Więckowski nie miał jaj pokazać mi swojej zakłamanej mordy.

– To też – przyznała bez ogródek.

Konrad podniósł z biurka dwunastościenną kostkę. Popatrzył na tańczące po jej powierzchni promyki światła, po czym rzucił nią z całej siły na drugą stronę pokoju. Kostka odbiła się od ściany i wpadła do śmietnika.

– Rzut za trzy.

– Wolałbym rzut za sto siedemnaście.

– Może w końcu uda się trafić – powiedziała Majka. – W lesie na wysokości Alei Brzozowej fotopułapka uchwyciła mężczyznę, który szedł od strony Brętowa. Nie miał maski.

– Pewnie dużo ludzi spaceruje po lasach.

Policjantka dotknęła palcem nadruku na fotografii, wskazującego godzinę zrobienia zdjęcia.

– Nie o drugiej trzydzieści pięć.

– Fakt.

– Zgadza nam się czas i kierunek. Nasi chłopcy w Warszawie przepuścili to zdjęcie przez swoje nowoczesne zabawki.

– Masz na myśli ten izraelski szajs? – spytał Kroon.

– Między innymi. Wynik nie był jednoznaczny. Do zapytania pasowało około pięćdziesięciu twarzy, na podstawie billingów i rozpytań wykluczyliśmy trzydzieści z nich.

Konrad wstał od biurka, spojrzał na zegarek. Wybiła dziesiąta trzydzieści. Kieltrowski nie pokazał się jeszcze w pracy.

– Zostało wam dwadzieścia osób.

– Tak. Chcielibyśmy je wszystkie przeszukać.

– Dwadzieścia różnych, niepowiązanych ze sobą osób?

Maja spłonęła rumieńcem.

– Dokładnie. Moglibyśmy wprawdzie dalej bawić się w podsłuchy, żeby zrobić lepsze rozpoznanie…

– Nie ma czasu na zabawę w podsłuchy. Nie kiedy na ulicy giną ludzie. Na co jeszcze czekacie?

– Na pańskie błogosławieństwo. Potrzebujemy nakazów – wyjaśniła dziewczyna. – Dziewiętnaście z tych osób jest bogu ducha winnych. Mogą nam grozić pozwem, żądać odszkodowań.

Konrad wyciągnął ze śmietnika kostkę.

– Wjedziecie do każdego z tych mieszkań. I dorwiecie tego skurwiela.

MAJA

Ulica Tatrzańska zaczynała się nieopodal przeciętego Potokiem Oliwskim parczku, kończyła zaś tuż pod samym lasem. Była to cicha, kameralna uliczka, której mieszkańcy znali się od pokoleń, a przynajmniej od zakończenia wojny. Stanowili niewielką, acz zżytą wspólnotę. Nie mieli przed sobą większych tajemnic: ich zwyczaje i dziwactwa, nawyki i rutyny, słowem wszystko, co dobrzy sąsiedzi winni wiedzieć o sobie nawzajem, stanowiło wiedzę dość powszechną i łatwą do zgłębienia. I tylko jeden z nich krył w sercu sekret tak mroczny, że aż niemożliwy do pojęcia.

– Nikogo nie ma – powiedział antyterrorysta. – Wchodzimy do pustego?

– Musimy przeszukać wszystkie naraz – wyjaśniła Majka.

– Nawet puste?

– Tym bardziej puste.

Była szósta rano. Do przeprowadzenia przeszukań powołano dwadzieścia specjalnych ekip. W każdej z nich znajdowali się kryminalni i funkcjonariusze z Samodzielnego Pododdziału Kontrterrorystycznego Policji w Gdańsku.

Tak szeroko zakrojonej akcji z równie ogromnym marginesem błędu w powojennej, a na dobrą sprawę w żadnej innej Polsce jeszcze nie zorganizowano. Działano nietypowo, wychodząc poza schemat, ustalając nowe procedury, często też zupełnie je łamiąc. Rodzima kryminalistyka nigdy nie mogła pochwalić się równie niebezpiecznym seryjnym mordercą co Wilk z Wybrzeża. Ginęli ludzie. Kolejna zbrodnia mogła wydarzyć się choćby i jutro.

– Jesteśmy gotowi jakby co – zakomunikował funkcjonariusz.

Z uwagi na niedokładne rozpoznanie nie mogli używać granatów dymnych. Musieli działać nad wyraz ostrożnie, by uniknąć przypadkowych ofiar, a jednocześnie samemu nie stać się jedną z nich.

– Dajecie – poleciła Majka.

Dwóch policjantów wyważyło taranem drzwi. Do mieszkania wsypali się wyposażeni w długą broń antyterroryści.

– POLICJA!

– POLICJA, NA ZIEMIĘ!

Funkcjonariusze sprawnie przeszukiwali każde pomieszczenie, otwierali szafy, penetrowali schowki. Liczyli się z tym, że gdzieś tam kryje się uzbrojony i niebezpieczny psychopatyczny morderca.

– Czysto!

– Czysto!

– U mnie też!

Pięćdziesiąt osiem metrów, trzy pokoje, łazienka i kuchnia. Czas w mieszkaniu zatrzymał się na roku osiemdziesiątym dziewiątym. peerelowskie meble, drewniana boazeria, firanki, tureckie dywany.

– Wygląda, jakby tu mieszkała jakaś stara kobieta – rzucił antyterrorysta, opuszczając karabin.

– Połowa mieszkań w Polce tak wygląda – stwierdził jego kolega.

– A on tu mieszka z kimś?

Majka weszła do salonu. Jej uwagę zwróciła pokaźna kolekcja porządnie sczytanych książek.

„Ciekawe czy ma *Weisera*?" – pomyślała.

– Widzę tylko jedną szczoteczkę – obwieścił antyterrorysta. – I męski dezodorant.

– Majka, co to za jeden?

– Dziennikarz. Filip Roj. Kręcił się wokół Wolnego Miasta.

Obok niej pojawił się kumpel z KR-ów. To on osobiście dokonywał sprawdzenia właściciela mieszkania.

– Niczego nie widzę – powiedział. – Żadnej broni, żadnych wilczych masek. Zresztą od początku nic mi na niego nie wychodziło z rozpoznania i podsłuchów. Po prostu był nieco podobny do kolesia ze zdjęcia.

– Może być jednym z naszych ślepych strzałów – rzuciła lekko zrezygnowana.

Po cichu liczyła, że to jej ekipa trafi do mieszkania prawdziwego Wilka.

– Będziemy musieli zapłacić mu za te rozpierdolone drzwi...

– Ty, świeżak, zostaniesz i poczekasz ładnie na właściciela. – Jeden z antyterrorystów zarechotał. – Żeby nas w prasie nie obsmarował. Jak to dziennikarz.

Majka zaczęła się rozglądać po rzeczach osobistych Filipa. Z ostrożności założyła gumowe rękawiczki.

– Szukasz tej książki? – spytał kolega.

– Tak. Pomożesz mi?

– A jak ona wygląda?

Maja wyciągnęła telefon. Pokazała mu zdjęcie okładki. Pożółkły papier, gotycka czcionka, zdjęcie betonowego mostu przerzuconego nad niewielkim wąwozem.

– Jesteś pewna?
– Jestem pewna. Chłopaki! Musimy mu trochę przetrzepać chatę!
Do policjantki podszedł antyterrorysta.
– Będziemy ci jeszcze potrzebni?
– Nie wiem.
– Spytamy dowódcy...
– Spytajcie.
Majka przeglądała po kolei każdą z książek. Otwierała okładkę, upewniała się, czy pod obwolutą nie kryje się inne dzieło. Sprawdzenie pokaźnej biblioteczki zajęło jej dobre pół godziny.
– Dowódca każe nam wracać.
– Jak chcecie. My tu z Jackiem i Maćkiem zostaniemy.
Kolega zrobił skwaszoną minę. Też z chęcią zawinąłby na komendę.
– Serio, Majka?
– Serio.
Antyterrorysta spojrzał ostatni raz na pokój. Uczestniczył w zatrzymaniach wielu niebezpiecznych przestępców. Żaden z przeszukiwanych lokali nie przypominał tego zatęchłego, babcinego mieszkanka Filipa Roja.
– To nara!
– Nara...
Zostali tu tylko we trójkę. Majka zawzięcie penetrowała każdą szafkę, szufladę, każdy najmniejszy schowek. Po kolejnej godzinie jej koledzy wydawali się wyraźnie znudzeni.
– Może byśmy już tak odpuścili? Niczego tu nie znajdziemy.
– Jeszcze chwilę...
Wszystkie znaki na niebie i ziemi podpowiadały jej, że powinna dać sobie spokój. Nie odkryła ani jednego egzemplarza *Weisera*, nie znalazła broni, amunicji czy też wilczej maski. Nie znalazła absolutnie niczego. A mimo to szukała dalej.

– Dobra, dziewczyno, on zaraz wróci na chatę – jęknął Maciek. – Piętnasta się zbliża.

– Tym lepiej...

– Po prostu spytasz go, czy jest mordercą – prychnął Jacek, wyciągając się na kanapie.

Maja przeglądała szufladę biurka. Niewysłany list do dziewczyny, stare pocztówki, kalendarz z zeszłego roku. W środku ani jednego wpisu.

Zadzwonił telefon.

– Co tam, szefie?

– Znalazłaś coś?

– Nie. Ale szukam dalej.

– Wiem, że szukasz dalej – powiedział do słuchawki naczelnik. – Od Jacka.

– Szpicel...

– Słuchaj, Gan, to nie to mieszkanie. Zatrzymaliśmy kolesia, który miał na chacie nielegalną broń. Za chwilę będziemy go przesłuchiwać.

Dziewczyna nie wierzyła własnych uszom. To gorzkie rozczarowanie wydawało się straszliwie nierealne. Zatrzymali kogo innego.

– Jak to przesłuchiwać?

– Na dziewięćdziesiąt procent mamy naszego Wilka. Złapała go ekipa, która pojechała do Pruszcza. Koleś robił kiedyś interesy z Wotanem.

Od początku tego śledztwa Maja sądziła, że to ona osobiście dokona zatrzymania mordercy. Teraz jej sen właśnie dobiegał końca.

– Serio?

– Serio. Wracajcie do domu. Akcja skończona. Maciek zostanie i poczeka grzecznie na właściciela.

– Jeszcze trochę poszperam...

– To koniec, Gan! Zrozumiałaś? To koniec! – Rozłączył się.

Do pokoju wszedł Jacek. Wziął ją pod ramię i skierował w stronę wyjścia.

– Maciuś zabezpieczy teren, a ja cię podrzucę na chatkę.

– Jak to na chatkę?

– W Sopocie mieszkasz, nie? No to cię podrzucę. Jadę do Wejherowa.

Wyszli z mieszkania, wsiedli do samochodu. Maja tęsknym wzrokiem spojrzała na kamienicę przy Tatrzańskiej.

– Co masz taką minę, jakbym ci ojca harmonią zamordował? – spytał Jacek.

– A jakoś tak...

Zatrzymali się przy skrzyżowaniu z Grunwaldzką. Kolega włączył lewy kierunkowskaz.

– Możemy też KFC opierdolić. Jakiś kubełek...

Policjantce zawibrował telefon. Spojrzała na ekran. Kroon.

– Tak, panie prokuratorze?

– Znalazłaś coś?

– Nie – odparła ze wstydem. – Pudło.

Konrad liczył na inną odpowiedź.

– A co znalazłaś?

– Nic. Totalnie nic.

– Coś musiałaś znaleźć. – Mężczyzna nie dawał za wygraną.

Oczywiście, że musiała. Tyle że nie znalazła.

– Siedziałam tam do szesnastej. To nie on.

– *Weiser*?

– Nie – mruknęła krótko.

– Jakieś notatki, listy, plany?

Przytrzymała ramieniem telefon, żeby zawiązać lepiej but.

– Absolutnie nic interesującego. Tylko list do dziewczyny.

– Jakiej dziewczyny?

– Chyba do jego dziewczyny. Albo laski kumpla. Nie wiem.

– Jak miała na imię? – spytał Kroon.

Wzruszyła ramionami. Nie uważała tego za istotne, ale zapamiętała.

– Julia.

Prokurator zaniemówił.

– Halo? – powiedziała Majka, sądząc, że doszło do przerwania połączenia. Ostatnio jej smartfon coraz gorzej działał. Zupełnie jakby wraz z uaktualnianiem oprogramowania producent celowo pogarszał działanie nie tak starego przecież sprzętu.

– Co było w tym liście? – wydusił po dłuższej chwili mężczyzna.

– Nic takiego. Że ją kocha, cieszy się, że się poznali, że napisze dla niej jakąś piękną powieść. Typowy *bullshit* zakochanych.

Kroon przełknął ślinę.

– Wracacie do tego mieszkania i kontynuujecie przeszukanie. To może być on.

KONRAD KROON

Sportowe audi TT wlokło się powoli przez brukowaną uliczkę. Kierowca nie chciał uszkodzić zawieszenia. Dojechał pod właściwy numer i zgasił silnik.

– Zgodnie z poleceniem szukaliśmy dalej – obwieścił kryminalny, zaciągając się papierosem. – Ale tam nic nie ma.

Z samochodu wyszedł Kroon.

– Widocznie źle szukaliście.

Prokurator wszedł do mieszkania.

– Dzień dobry, panie… – zaczął podkomisarz Broszczuk.

– Gdzie Majka?

– W kuchni.

Skręcił do sąsiedniego pomieszczenia.

– Pokaż mi ten list – rozkazał.

Dziewczyna zaprowadziła go do sypialni, wskazała na lewą szufladę biurka. Kroon wciągnął rękawiczki. Chwycił zapisaną ręcznym pismem kartkę. Uniósł ją delikatnie do twarzy.

List pachniał damskimi perfumami.

Droga Julio

Zrobię to, o czym rozmawialiśmy. To, o co mnie prosiłaś. Napiszę najpiękniejszą powieść, jaką może stworzyć człowiek. Tak jak i inni wielcy, stanę na barkach tytanów. Pragnę...

Konrad przeczytał list kilkanaście razy. Starannie analizował każde słowo, wers i akapit. Czy to możliwe, aby to była ta sama dziewczyna?

Spojrzał na zdezorientowaną Majkę.

– Znaleźliście broń? – rzucił, w dalszym ciągu nie wypuszczając z rąk wiadomości adresowanej do tajemniczej Julii.

– No nie... mówiłam, że niczego nie znaleźliśmy...

Podał jej list.

– Zabezpiecz to. Zbadamy biologię. Tylko załóż rękawiczkę.

Policjantka przejęła od niego zapisaną ręcznym charakterem pisma kartkę.

– Wezwać techników?

– Poczekaj jeszcze...

Kroon wyszedł na klatkę schodową. Zadzwonił pod sąsiedni numer.

Diiiiinggg doooong!

Wścibska starsza pani, która z przyklejonym do judasza okiem starała się cokolwiek dojrzeć, aż podskoczyła. Czekała na ten kontakt. Już rano zorientowała się, że w mieszkaniu obok kręci się policja. Cholernie zależało jej, aby dowiedzieć się czegoś więcej.

– Dzień dobry… – zaczęła siwa babuleńka, udając oderwaną od ważnych domowych obowiązków.

Konrad od razu wyciągnął legitymację.

– Prokurator. Czy mógłbym rzucić okiem na państwa mieszkanie?

– Coś się stało?

– Chodzi o waszego sąsiada. Potrzebuję sprawdzić jedną rzecz.

Kobieta zaprosiła go do środka, delikatnie zginając się w ukłonie. Szacunek do władzy wpojono jej jeszcze za Gomułki.

– Proszę, proszę. Nie mamy nic do ukrycia.

Kroon skorzystał z gościnności, szybkim krokiem wszedł do salonu.

– Co jest za tą ścianą? – wypalił.

– No mieszkanie po pani Lubińskiej. Mieszka tam teraz Filipek, jej wnuk…

– Pytam, jakie dokładnie pomieszczenie tam się znajduje?

Sąsiadka poczuła irracjonalny strach. Nigdy wcześniej nie poznała żadnego prokuratora. Mężczyzna wydawał jej się kimś wyjątkowo groźnym.

– Kuchnię tam mają – odpowiedziała, wspierając się o szafkę. Osiemdziesiąt sześć lat, problemy z krzyżem. – Kiedyś to było jedno duże mieszkanie, ale po upadku komuny wstawiliśmy ściankę… Wie pan, tak żyć na jednej kupie. To nawet najlepsi przyjaciele by się pokłócili. A co dopiero obcy ludzie. Pani Lubińska była dobra kobieta, chociaż strasznie uparta. No i prawdę powiedziawszy, partyjna…

Prokurator pospiesznie opuścił lokal, wyszedł do ogrodu. Przez okno dojrzał Majkę.

– Coś pan znalazł? – spytała policjantka.

– Tam jest jeszcze jeden pokój, Majka. Gdzieś za tą ścianą.

*

Drewniana boazeria stanowiła szyk mody lat osiemdziesiątych. Pociągnięte lakierem deski koloru jasnego orzecha sprawiały, że kuchnia przypominała szkolny piórnik rodem z *Plastusiowego pamiętnika*.

Według zeznań sąsiadki świętej pamięci mąż pani Lubińskiej, zawodowy marynarz, za komuny sprowadzał na wpół legalną kontrabandę. „Zawsze mieli tyle amerykańskiego sprzętu, jakby Pewex obrabowali!" Po upadku komuny przerzucił się na szmuglowanie znacznie mniej bezpiecznego towaru. Proces sądowy przerwała jego niespodziewana śmierć.

– Kurwa, skrytka! – zawołał kryminalny Jacek Broszczuk.

Po odsunięciu wielkiej drewnianej ławy zauważyli, że boazeria kryje niewielkie wgłębienie. Idealne, by wsadzić w nie dłoń i…

– …pociągnąć! Trzeba to mocno pociągnąć! – poleciła Majka.

Kroon stał za nimi i obserwował. Światło kuchni wpadło do powstałej wnęki, rzucając blask na sekretne pomieszczenie.

– Ja pierdolę! Co to jest?! – wykrzyknął Broszczuk.

– Wilcza jama – wyjaśnił Konrad. – Dzwońcie po techników.

Zaświecili latarkami.

– Wchodzimy? – spytała Maja.

– Sam wejdę – zdecydował Kroon, zaglądając do wnętrza skrytki.

Pokoik miał wymiar trzy metry na półtora. Stanowił pustą przestrzeń pomiędzy dawnym mieszkaniem pani Lubińskiej a sąsiednim, podzielonym pod koniec lat osiemdziesiątych lokalem.

Maja zerknęła Konradowi przez ramię.

– No to mamy go – oceniła.

W środku znajdował się prawdziwy arsenał. Karabiny, noże, broń krótka i długa… do tego mnóstwo amunicji.

– Brakuje wilczej maski – stwierdził Broszczuk.

– Nasz łowca dalej poluje – rzekł Kroon, podchodząc do niewielkiego stolika.

Założył nową rękawiczkę i podniósł kartkę zapisaną ciągiem liczb. Każdą z linijek rozpoczynała hebrajska litera „waw", kończyła zaś cyfra.

W6, W33, W46, W84, W91, W106, W117, W189, W215.

– No to mamy naszego wilka – podsumowała Maja. – To Filip Roj.

– Nie – sprzeciwił się Kroon.

– Co nie? – zdziwiła się dziewczyna.

Konrad przeniósł wzrok na leżącą na biurku książkę. Cieniutka pożółkła obwoluta, niewyraźne kolory. Na okładce fotografia zburzonego przed dekadą mostu. Pretensjonalny niemiecki gotyk, którym zapisano tytuł.

– Filip Roj nigdy nie był wilkiem.

– Jak to nie? – zdziwił się Broszczuk.

Kroon spojrzał na Majkę. Dziewczyna zdawała się rozumieć.

– Od zawsze był Dawidem.

ROZDZIAŁ 21 | **WRZESIEŃ**

FLARA

Ujawnienie „wilczej jamy" w kamienicy przy Tatrzańskiej pozwoliło nie tylko na ustalenie tożsamości głównego sprawcy, ale ponadto na poznanie jego *modus operandi* i motywu. Na zabezpieczonym komputerze Filipa Roja odszyfrowano wiadomości, które w nieodwracalny sposób usunięto z dysków Kacpra Walberga. Tym sposobem opowieść stawała się kompletna.

Mężczyźni poznali się w Wolnym Mieście jakieś dwa lata temu. Korespondencja z tamtego okresu dotyczyła głównie tematów związanych z organizacją narodowców, później jednak zaczęły pojawiać się wątki związane z czymś, co początkowo nazywali „planem". Zapiski pozwoliły prześledzić, jak w umyśle Filipa Roja zrodził się pomysł na stworzenie własnego manifestu, żywej opowieści, której akapity zamiast z atramentu, utkane byłyby z prawdziwej krwi.

– Walberg był nawiedzony – osądziła Maja. – Ziarno trafiło na podatny grunt.

– Rzadko się zdarza, żeby doszło do spotkania dwójki tak wielkich psycholi.

– Mówisz to z własnego doświadczenia?

Flara spojrzała z ukosa na młodszą koleżankę.

– Nikt w Polsce nie ma takich doświadczeń. Nie było takiej sprawy. Nigdy w historii.

– Czyli tak ci się wydaje.

– Wiem, co widzę – odpowiedziała Justyna.

Kryminalna ugryzła jabłko. Od jakiegoś czasu Natasza pakowała jej codziennie do plecaka świeże owoce. *An apple a day keeps the doctor away.*

– Czyli nie było nikogo więcej? – drążyła Maja.

– Wychodzi na to, że nie. Walberg i Roj tworzyli tandem.

– A Imielczyk?

Flarkowska zerknęła w stronę rozrysowanej na ścianie wielkiej mapy wzajemnych powiązań członków Wolnego Miasta.

– Co Imielczyk?

– Czy Imielczyk też był wilkiem? – spytała Maja.

– Samotnym wilkiem. Działał niezależnie od Walberga i Roja, nie znał szczegółów ich planu. – Justyna podeszła do rozwieszonego wydruku analizy kryminalistycznej. – Wiedział, że planują mordować odmieńców. To go zainspirowało, żeby wyczyścić miasto z mętów. Ale nigdy nie czytał *Weisera*.

Kryminalnej nie zadowoliła ta odpowiedź.

– Coś zgubiłaś.

– Co niby? Powiązanie Imielczyka z Walbergiem i Rojem?

Maja pokręciła głową.

– Roj pisze o jakiejś dziewczynie.

Flara westchnęła ciężko. Już drugi raz w jej karierze w prowadzonym postępowaniu przewijała się tajemnicza nieznajoma. I drugi raz miała na imię Julia.

– Pisze, że się zakochał.

– Moim zdaniem to jej dedykował tę zbrodnię – oceniła Maja.

– Jak go zawiniesz, spytaj, proszę, kim, do kurwy nędzy, jest Julia. Bo to musi być zajebiście ciekawa osoba – fuknęła Flarkowska.

Młodą policjantkę zdziwił ów nagły przypływ irytacji.

– Nadepnęłam ci kiedyś na odcisk?

– Słyszałaś kiedyś o sprawie Zatorskiej? Weroniki Zatorskiej?

Maja wzięła kolejny kęs jabłka.

– Kilka lat temu zaginęła młoda dziewczyna, później znaleziono jej zwłoki – kontynuowała Flarkowska. – Prowadziliśmy to z Kroonem.

– Chodziło o Walberga? Albo Roja?

Flara zaprzeczyła.

– O żadnego z nich. Te sprawy nie mają absolutnie żadnego związku. Chcę ci tylko wytłumaczyć, dlaczego irytują mnie tajemnicze dziewczyny, o których mówią świadkowie.

– Zamieniam się w słuch.

– Przylazł do nas taki jeden student prawa, Gustaw Kolasa, i mówił, że wszystko musi mieć związek z jego byłą laską. Podobno była odklejona, ciągle nawijała o śmierci. Miała na imię Julia. Zbadaliśmy wszystkie wątki, pozyskaliśmy opinię, typiary nie udało się namierzyć. Umorzyliśmy to w cholerę.

Maja domyślała się finału tej historii.

– A później okazało się, że to ona?

Flarkowska się uśmiechnęła. Choć kąciki jej ust rozchyliły się na boki, w oczach policjantki widać było smutek.

– Nie. Okazało się, że dziewczynę zamordował syn Krukowskiego. Tego biznesmena...

– Aaaa, teraz kojarzę. Koledzy z Wrzeszcza mi o tym opowiadali. – Majka momentalnie się rozemocjonowała. – No, ale co wyszło z tą Julią?

Justyna spoglądała na połączone kreskami nazwiska członków organizacji.

– Nic nie wyszło. To była chora fiksacja Kolasy.

Młoda policjantka poczuła się skonfundowana.

– To dlaczego mi o tym opowiadasz?

Flara wzruszyła ramionami.

– A bo ja wiem? Po prostu to imię budzi we mnie jakiś niewytłumaczalny... niepokój.

KONRAD KROON

Za Filipem Rojem wydano list gończy, opublikowano jego wizerunek. Telewizje informacyjne co kilkanaście minut pokazywały zdjęcie trzydziestoletniego dziennikarza, to samo, które królowało na czołówkach wszystkich ważniejszych portali internetowych i pierwszych stronach papierowej prasy.

W gabinecie Prokurator Regionalnej trwała właśnie kolejna z serii ważnych narad.

– *Wtedy stało się to, czego nikt nie mógł się spodziewać. Asystentka zgasiła płomienie szybkim poruszeniem obręczy i odwracając się tyłem do zwierząt, ruszyła po następny rekwizyt. Miała to być huśtawka z deseczką, oczekująca na swoją kolej przy prętach klatki. Kobieta zrobiła dwa, może trzy kroki i potknęła się o zagłębienie w piasku.* – Konrad zawiesił na chwilę głos. Studia, aplikacja, asesura i kilkanaście lat prokuratorskiej służby przyzwyczaiły go do publicznych występów. Instynktownie każdy odczyt lub przemowę okraszał odrobiną teatralnej dramaturgii. – *Wystarczyło to panterze na błyskawiczny skok w jej kierunku i na arenę upadły prawie równocześnie najpierw żona domptera, a za nią, uderzając przednią łapą w jej głowę, czarna kocica. Zabrzmiało to niesamowicie podwójne: „klap, klap" i krótki gardłowy okrzyk kobiety, a później absolutna cisza. Nikt z publiczności nie poruszył się nawet z miejsca, wszyscy zamarli w głuchym, tępym oczekiwaniu*[36].

———

188–189.

– Zrozumieliśmy przekaz – stwierdził Kieltrowski. – Nasz sprawca uderzy teraz w cyrku.

– Tego nie powiedziałem – odparł Kroon.

– Ale przeczytałeś. Scena z cyrku.

Do głosu doszedł naczelnik Więckowski.

– Sprawdziliśmy plan wszystkich cyrków w najbliższej okolicy. Pod koniec października w Gdańsku pojawią się Sky Dancers.

– Tam nie występują żadne zwierzęta, tylko akrobaci – uciął krótko Krzysiek.

Policjant popatrzył na niego wyraźnie zdziwiony.

– Widzę, że mamy znawcę cyrków...

– W Elblągu będzie cyrk – wspomniała Regionalna. – Taki prawdziwy. Ze zwierzętami.

– To musi być Gdańsk – sprzeciwił się Konrad.

– Niby dlaczego? – spytał Krzysiek.

– Bo to gdańska opowieść. Nie ma bardziej gdańskiej książki.

– Podmienił panterę na lwa, to może i podmienić Gdańsk na Elbląg – wtrącił Więckowski.

– Nie przenoście nam stolicy do Elbląga... – zażartował Krzysiek.

Kroon ponownie otworzył *Weisera*.

– *Ale pantera zamiast odwrócić się w stronę zydli, szarpnęła ciałem kobiety gdzieś na wysokości łopatki, jakby szantażowała tresera, mówiąc: „nie rusz, to moje!"*.

– Chcesz powiedzieć, że to musi być to samo zwierzę, co w zoo? – spytała Regionalna.

– Skąd, do kurwy nędzy, wytrzaśnie drugiego lwa? Albo lwicę? – uniósł się Więckowski.

Konrad wrócił do lektury. Wolał, żeby to narrator tłumaczył swój zamysł.

– *Zza kulis wyszli dwaj pomocnicy z gaśnicą, ale dompter wstrzymał ich ruchem dłoni, bo właśnie w tej samej chwili kobieta poruszyła się, a Sylwia parsknęła gniewnie i uderzyła swoją panią w okolice krzyża, zdzierając kostium pazurami. Na piasek spadły lśniące cekiny, a z obnażonego pośladka czerwonymi bruzdami popłynęła krew.*

– To by wskazywało na lwicę. Albo panterzycę – dodał Więckowski. – Tylko dalej nie wiem, gdzie ją znaleźć. We Wrocławiu u Gucwińskich?

– Do tej pory Dawid niezwykle twórczo interpretował tekst – powiedział Kroon.

– Dawid, czyli Filip Roj – poprawił go Krzysiek.

– Dawid, czyli Weiser. Nasze magiczne dziecko.

Regionalna przejęła książkę. Zaczęła czytać.

– *Sylwia jednak nie zamierzała rezygnować ze zdobyczy, z jej gardła dobiegł głęboki pomruk i ostrzegawczo podniosła łapę do uderzenia.* – Spojrzała na zebranych. – Może sprawcą pośrednim będzie jakaś Sylwia? Albo w ogóle kobieta?

– Ofiarą będzie kobieta. Artystka.

– Zabezpieczymy filharmonię i szkołę baletową – postanowił Więckowski.

– Ani w filharmonii, ani w balecie nie występują w cekinach – zauważył Kieltrowski. – A w książce ofiara straciła cekiny.

– Matka Walberga tańczyła w balecie – przypomniał Konrad.

– Walberg nie żyje – stwierdził sucho Krzysiek.

Kroon wyciągnął z akt fotokopię zabezpieczonych w mieszkaniu na Tatrzańskiej dwóch pojedynczych kartek z numerami stron. W189 i W215.

– Przed śmiercią Kacper Walberg własnoręcznie skreślił te liczby, a później zostawił je Dawidowi. Walberg dalej jest istotny. Zabija zza grobu.

– Jak narrator... – szepnęła Regionalna.

– Cholernie dużo tu niewiadomych – westchnął naczelnik.

– Jakbyście nie dali dupy na brętowskim cmentarzu, to byłoby po sprawie – zgasił go Konrad.

Myśli Kroona były zaprzątnięte dziesiątkami możliwych rozwiązań. W normalnych okolicznościach analizowałby je wszystkie w samotności, osobiście odpowiadając za ewentualny błąd w rozumowaniu. Sprawa Wilka z Wybrzeża była jednak zbyt poważna, by powierzyć jej losy wyłącznie jednemu człowiekowi.

– Jakby babcia miała wąsy... – mruknął Więckowski. Wiedział, że tamta pomyłka będzie się za nim ciągnąć jeszcze przez długie lata.

– To przedostatnia zbrodnia – rzekł Konrad. – Dawid musi zrobić coś spektakularnego.

– Niby dlaczego? – spytał Kieltrowski.

– Bo z każdym kolejnym ruchem podnosi dramatyzm scen. To klucz do zrozumienia jego opowieści.

– No to pierdolnie nam bombą w środku Złotej Bramy. Tam są lwy. I kobiety na dobrą sprawę też.

– Bomba już była – powiedział naczelnik, czując, jak coś wibruje mu w spodniach.

– Z tego, co czytał Konrad, Weiser ciągle odpalał jakieś ładunki – zauważył Krzysiek. – Pieprzony piroman.

Prokurator Regionalna przypomniała sobie, że w mieszkaniu na Tatrzańskiej zabezpieczono kilka detonatorów.

– Kieltrowski może mieć rację – powiedziała. – Filip Roj zabrał z mieszkania ładunki.

– Skąd ta pewność? – spytał Więckowski, w dalszym ciągu siłujący się z ciasną kieszenią jeansów.

– Skoro są detonatory, to gdzie ładunek wybuchowy? Chryste Panie! – zawołała. – On pewnie zaminował mi miasto!

Konrad z uwagą przysłuchiwał się dalszemu biegowi rozmowy. Podobało mu się, jak inni próbują zweryfikować jego koncepcje.

– Tu już chyba ponosi was fantazja – powiedział Krzysiek, bacząc, by nie urazić swojej szefowej. – Nie będzie żadnych wybuchów.
Naczelnikowi w końcu udało się wyciągnąć telefon. Na ekranie wyciszonego urządzenia miał kilkanaście nieodebranych połączeń i jedną nową wiadomość. Kliknął w ikonkę listu.
– Słuchajcie... – zaczął.
– Tego mi jeszcze brakuje, żeby przez Gdańsk przeszła seria eksplozji! Na pewno zacznie od starówki!
– Gdańsk nie ma starówki – mruknął Kieltrowski.
Więckowski próbował dobić się do głosu.
– Słuchajcie...
– Rozwali Neptuna, Żurawia, Ratusz – wyliczała Regionalna, którą właśnie ogarnęła panika. – Polecą za to głowy. Krajowy już jest wściekły...
– SŁUCHAJCIE – krzyknął naczelnik. – Mamy go!

MAJA

Maja siedziała w radiowozie i obserwowała stację benzynową wciśniętą pomiędzy dwie ulice nazywane zwyczajowo starą i nową Słowackiego. Policja wyłączyła z ruchu obie wspomniane drogi, zabezpieczyła fragment terenu ciągnący się aż od kościoła, wzdłuż wału PKM-ki, zbiornika retencyjnego i cmentarza.
– Skurwysyn może mieć materiały wybuchowe – obwieścił Więckowski.
Maja spojrzała na zdjęcie podejrzanego. Na upublicznionym w mediach wizerunku prezentowano brodatego mężczyznę po trzydziestce. „Aż dziwne, że go rozpoznali" – pomyślała.
Około jedenastej Filip Roj podjechał kradzionym samochodem na stację benzynową. Był gładko ogolony, od prawego kącika ust

aż do ucha biegła długa, źle zrośnięta blizna. Zapłacił za paliwo, w drzwiach minął policjantkę z pionu prewencji. Cholerny zbieg okoliczności. Filip zawahał się tylko przez chwilę. Nie mogła go poznać. Ale po cholerę prosiła o dokumenty?

W prawym bucie nosił długi sztylet. Jednym sprawnym ruchem podciął jej gardło i rzucił się do ucieczki. Wtedy siedzący w radiowozie partner zamordowanej policjantki zaczął strzelać. Filip zabarykadował się w budynku stacji, wziął zakładników.

– Taki był z niego śliczny chłopaczek – powiedziała Flara, przeglądając zdjęcia Filipa z czasów, kiedy jeszcze nie nosił brody. – Tylko właściwie jaką mamy pewność, że to ta sama osoba, która siedzi w środku?

– Chłopaki z WTO włamali się do serwera stacji i ściągnęli zapis monitoringu – wyjaśniła Maja.

– Myślałam, że rozwalił monitoring.

– Rozwalił. Mamy zapis dysku z czterdziestu ośmiu godzin przed rozwaleniem kamer.

– A więc to Filip Roj – podsumowała Flarkowska.

– Tak. Nasz Dawid.

Okolice stacji otaczał gęsty kordon policji. Tuż za nim zgromadziły się media i masa gapiów, setki okolicznych mieszkańców, którzy porzucili swoje dotychczasowe zajęcia, by obserwować polowanie na najgroźniejszego seryjnego mordercę w historii kraju.

– PROSIMY SIĘ ROZEJŚĆ! PRZEBYWANIE NA TYM TERENIE GROZI NIEBEZPIECZEŃSTWEM! – informował policyjny komunikat.

Naturalnie gawiedź nie reagowała. Saperzy obliczyli, że w wypadku ewentualnego wybuchu wytyczona linia powinna zapewnić względne bezpieczeństwo zgromadzonym. Ale i tak proszono ich o zachowanie rozsądku i powrót do domów.

– PROSZĘ NIE TWORZYĆ ZBIEGOWISKA. PROSZĘ SIĘ ROZEJŚĆ!

Na pobliskim wieżowcu ustawiły się kamery najważniejszych ogólnopolskich telewizji. Najchętniej nagraliby wszystko z drona, ale nad obserwowanym obiektem ustanowiono zakaz lotów.

– A więc tak, proszę państwa! – krzyczał podekscytowany dziennikarz. – Wszystko wskazuje na to, że po długich trzech miesiącach poszukiwań policji udało się w końcu złapać seryjnego mordercę zwanego Wilkiem z Wybrzeża…

– …jak donoszą nasi informatorzy, całej akcji nadano kryptonim „Dawid" – mówiła do mikrofonu redaktorka innej znanej stacji.

– Mężczyzna miał zostać rozpoznany podczas tankowania samochodu, kiedy, wyczuwając oddech wymiaru sprawiedliwości, szykował się do ucieczki z miasta – dodał sprawozdawca.

– W otoczonym budynku ma się znajdować co najmniej dwójka zakładników – tłumaczył komentator. – Są to pracownik i pracownica stacji. Tu z góry, z naszego punktu obserwacyjnego, widać też ciało, które leży przed samym wejściem do obiektu. Z uwagi na drastyczność sceny nie pokażemy państwu tego obrazu. Jak mówią nasi rozmówcy, należy ono do policjantki, która rozpoznała w kliencie stacji Filipa Roja zwanego Wilkiem z Wybrzeża, lub też od niedawna Dawidem.

Maja śledziła w telefonie relację live z akcji. Pracowała w wydziale kryminalnym, ale to nie ona miała dokonać zatrzymania podejrzanego. Zadanie powierzono antyterrorystom.

– Już coś wiemy, jak to zrobią? – spytała Flara.

– Chyba nie.

– Właściwie to jest w sytuacji bez wyjścia. Nie może się poddać, ale wie też, że nikt mu nie da uciec.

– Ale ma dwójkę zakładników – przypomniała kryminalna. – Jeśli zadziałają za szybko, Dawid może ich zabić.

Flarkowska zerknęła w stronę stacji.
– Dowódcy trzęsą dupami. Właściwie każda decyzja, jaką podejmą, okaże się zła.
Maja zagryzła wargę.
– Dlatego jej nie podejmą. Poczekają, aż zrobi to ktoś inny.

KONRAD KROON

Czarne audi TT z trudem przebijało się przez zakorkowane miasto.
– Powinniśmy mieć koguta! – warknął Kieltrowski.
– I gwiazdy szeryfa... – mruknął Kroon.
Samochód skręcił z Partyzantów w nową Słowackiego. Dziś ten odcinek nazywano Aleją Żołnierzy Wyklętych. Z pobliskiego muralu wyglądały sylwetki skrytych pomiędzy drzewami wilków.
Po ulicy kręciło się pełno ludzi. Konrad użył klaksonu. Nikt nie zareagował.
– Do kurwy nędzy, to jest droga, a nie jebane Krupówki! – wrzasnął Krzysiek. – Wypierdalać mi stąd!
– Spokojnie, brachu – polecił kierowca.
Zjechał do autobusowej zatoczki i wyłączył silnik.
– To już?
– Przejdziemy się kawałek – postanowił Kroon.
Wysiedli z auta. Dotarcie do policyjnego kordonu wymagało sporo zawzięcia. Gapie otoczyli teren zwartym tłumem, żądną sensacji kolorową masą kurtek, sukienek i koszul, ciałem przyklejonym do ciała, ekscytacją przytuloną do zdenerwowania.
Byli tam ludzie wszystkich stanów – młodzi i starzy, bogaci i biedni, wysocy i niscy – zgromadzeni niczym widzowie w antycznym teatrze, choć różni od siebie na co dzień, to przecież na końcu tak samo równi wobec tego, co ostateczne. Była tam więc też Edyta

Volker, ta, która jako pierwsza dostrzegła znaki nadchodzącego zła i która na własne oczy miała zobaczyć, jak owo zło wydaje z siebie przedśmiertne, najbardziej diabelskie tchnienie.

– Jakby, kurwa, Beyoncé przyjechała... – westchnął Krzysiek.

– Jakby Beyoncé przyjechała, mielibyśmy mniej problemów – odparł Kroon.

W końcu udało im się dojść do taśmy.

– A wy dokąd? Tu nie wolno przechodzić!

Kiedyś machanie szmatą cholernie go jarało. Teraz po prostu wyciągnął legitymację, różowy kawałek plastiku przypominający nieco dowód osobisty, i rzucił od niechcenia:

– Prokurator.

Sezamie, otwórz się. Nikt nie wie, po kiego grzyba był tu komu potrzebny prokurator. Na dobrą sprawę nie wiedzieli tego sami Kieltrowski i Kroon. Ale obaj czuli, że po prostu muszą się tu zjawić.

– Oczywiście! – odparł policjant z prewencji, unosząc taśmę.

– Panie przodem – zażartował Krzysiek.

Kroon nie miał nastroju, by się z nim droczyć. Zresztą zwykle to on górował nad porywczym kolegą.

Kroczyli pustą, dwujezdniową drogą prowadzącą na gdańskie lotnisko. Przed sobą widzieli potężny wiadukt kolei, kawałek dalej za nim las. Tę okolicę zwykło się nazywać Brętowem, choć technicznie rzecz biorąc, stanowiła sam kraniec Wrzeszcza.

Z naprzeciwka nadszedł jakiś policjant.

– Panowie do kogo?

– Do misia, kurwa, gogo – odburknął Kieltrowski.

Konrad po prostu znów sięgnął po legitymację.

– Nadzorujemy to śledztwo. Prowadź nas do dowódcy akcji.

Nie wiedzieć czemu funkcjonariusz zasalutował. Później obrócił się na obcasie i ruszył w stronę jednego z radiowozów.

W samochodzie siedzieli Więckowski i kilku starszych policjantów.

– Panie prokuratorze…

– Mówcie, na czym stoimy – wypalił Krzysiek, który jeszcze całkiem niedawno pełnił funkcję naczelnika. Lubił dowodzić.

Funkcjonariusze spojrzeli po sobie.

– Jesteśmy w kropce – zaczął Więckowski. – Jeżeli podejdziemy zbyt blisko, Dawid zajebie świadków. Poza tym może mieć przy sobie ładunki.

– To go musicie sprzątnąć z odległości – rzucił Kieltrowski.

– Jakby to było takie proste…

– Nie mamy wglądu w sytuację na stacji. Pozastawiał okna kartonami, rozwalił kamery – wyjaśnił inny z policjantów. – Przypuszczamy, że podpiął ładunki do zakładników.

– Gdy spróbujemy zaatakować, wysadzi wszystko w powietrze – dokończył Więckowski.

Kieltrowski zrobił marsową minę.

– Macie go po prostu ująć. Przecież to wasza praca, tego was uczą.

– Cały czas główkujemy, jak to mądrze zrobić. Mamy negocjatora, ale…

– On nie będzie chciał negocjować – fuknął Krzysiek.

Policjanci spojrzeli po sobie.

– Tego się właśnie obawiamy.

– Czas gra na naszą niekorzyść – nalegał Kieltrowski. – Dawid będzie się tylko coraz bardziej irytował.

– Staramy się go namierzyć. Nasi snajperzy cały czas przyglądają się stacji.

– Ryzyko jest jednak zbyt wielkie… – przypomniał Więckowski.

Krzysiek postanowił grać twardziela. Ta chwila miała zadecydować o jego osobistej opowieści, o tym, czy zapisze się w historii polskiej kryminalistyki jako ten, który kazał odstrzelić „Dawida".

W gruncie rzeczy nie posiadał takich kompetencji. Wiedział jednak, że w Polsce wszyscy od wieków pierdolą procedury. Zamierzał wywalczyć sobie to przywództwo.

– Jak zdetonuje ładunki, to chuj będzie po waszej ostrożności – zrugał ich.

Kroon milczał. Siedział w rogu radiowozu zatopiony we własnych myślach.

– Nie mamy pewności, że to zrobi nicsprowokowany – odpowiedział szef antyterrorystów.

– Zegar tyka. A on nie ma czasu. W końcu puszczą mu nerwy.

– Do tej pory nie przejawiał skłonności autodestrukcyjnych – wtrącił Więckowski. – Mimo wszystko wierzę, że Roj chce żyć.

– Zobaczycie. On się zaraz wysadzi. – Kieltrowski starał się coraz mocniej akcentować wyrazy.

– To nie ten numer – szepnął Kroon.

– Co?

– To nie ten numer. Nie wysadzi się, bo nie skończy opowieści. Ale zostały jeszcze dwa.

– No dwa, ale…

W tym momencie w słuchawce dowódcy pojawiła się dawno pożądana informacja.

– Podszedł do okna! – powtórzył na głos policjant.

– No to, kurwa, strzelajcie! – zawołał Kieltrowski.

– Został jeszcze ostatni numer – mruknął Kroon wychodząc z auta.

– A ty dokąd? – rzucił przez ramię Krzysiek.

– Muszę jeszcze coś sprawdzić…

Dowódca antyterrorystów przycisnął do ucha słuchawkę.

– Roj chodzi od okna do okna.

– To go rozpierdolcie! – wrzasnął Krzysiek.

– Od szyby odbija się światło. Czekamy na dobry moment.

*

Konrad niepostrzeżenie przeszedł na drugą stronę ulicy. Maszerował wzdłuż zbiornika retencyjnego „Srebrniki". Po drodze zaczepił go jakiś funkcjonariusz, ale Kroon jedynie pomachał mu szmatą.

– Prokurator – powiedział.

– Oczywiście – odparł policjant. Puścił go wolno.

Kroon był zupełnie nieobecny. Jego myśli plątały się po dziwnych zakamarkach, łączyły ostatnie wydarzenia z dawno ostudzonymi emocjami. Tajemniczy ciąg liczb wpisywał się w jego sny, przypadkowe spotkania zdawały prowadzić na skraj szaleństwa. A jednak w dalszym ciągu nie oszalał.

Skręcił w lewo, tak jak prowadziła ścieżka. Doszedł do rzeki. Kilka metrów dalej Strzyża przecinała ścianę kolejowego nasypu, by ciemnym tunelem wpłynąć do Wrzeszcza. Konrad wskoczył do wody. Chwilę później zniknął w podwodnym przejściu.

Po drugiej stronie, na samym skraju rzeki, klęczała młoda dziewczyna. Miała ciemne, duże oczy i delikatny uśmiech, który mimo trawiącego ją smutku nie potrafił przeminąć. Przypominała piękny polny kwiat, nawet w deszczu czarujący wszystkich swą niewytłumaczalną niewinnością.

Konrad zatrzymał się niespełna dwa metry od niej. Gdzieś tam w głębi serca czuł, że tak skończy się ta historia. Po prostu, mimo tych trzech długich lat, dalej nie potrafił uwierzyć.

– Jednak mnie znalazłeś – powiedziała, w dalszym ciągu nie podnosząc wzroku.

Spojrzał na nią, a ona spojrzała na niego, kolejny raz niepostrzeżenie kradnąc mu serce. Mokre włosy opadały na nagie ramiona, sine z zimna palce grzebały w wodzie. Z daleka poczuł zapach jej perfum.

– Julia, to ty? – wyszeptał.

CZĘŚĆ SZÓSTA

WSZYSTKO, CO WIDZIAŁEŚ

ROZDZIAŁ 22 | **PAŹDZIERNIK,** DWA LATA WCZEŚNIEJ

GUSTAW

Na Wydziale Historycznym trwała właśnie konferencja współorganizowana przez Gdańskie Towarzystwo Historyczne. Sala auli dosłownie pękała w szwach; starosta roku dostał informację od samego dziekana, że podczas wykładów może pojawić się „lista" o kluczowym znaczeniu podczas najbliższej sesji. Obecność pierwszoroczniaków była mile widziana.

Nic tak nie motywuje do dobrowolności jak przymus.

– Potomkami Liwii byli wszyscy cesarze dynastii julijsko-klaudyjskiej – perorował profesor Dalidonowicz, specjalista od antyku, uczelniany celebryta.

– A ona sama dbała o to, by tron nigdy nie opuścił jej rodziny – dodał prelegent, bacząc, by swym rozumieniem tematu nadto nie speszyć naukowca.

– Naturalnie. Zresztą Liwię wielokrotnie oskarżano o zbrodnicze pozbywanie się kolejnych pretendentów do przejęcia schedy po Auguście. Ostatecznie za jej przyczyną August przysposobił Tyberiusza i namaścił na swojego spadkobiercę. Kiedy zmarł, Liwii nadano tytuł augusty i włączono do rodu *Gens Julia.*

– A ją samą zaczęto nazywać odtąd Julią – wskazał prelegent. – Julią Augustą.

Gustaw momentalnie poczuł, jak po jego plecach przebiegły ciarki. Dopiero stawał na nogi. Jeszcze rok temu o tej porze był studentem prawa. Za sprawą obsesji na punkcie tajemniczej Julii runęło jego dotychczasowe życie; nie podszedł do sesji, trafił na leczenie do szpitala psychiatrycznego. Od tego roku zapisał się na historię.

– Ej, idziemy na browara, jak on skończy – zaproponował kolega z grupy.

– Ja chyba odpuszczę – mruknął Gustaw.

Tę linię obrony wypracował jeszcze w liceum. Uciekaj przed życiem, to nic ci się nie stanie. Bezpieczny dom, znajome cztery ściany.

– No co ty, będzie fajnie!

Półtora roku temu dał się namówić. Też nie miał ochoty na imprezę, a jednak wyszedł ze swojej strefy komfortu, pozwolił Ładze się zaciągnąć na Elektryków. I poznał Ją.

– Nie ma mowy.

– Słuchaj, ale tam idą chłopaki z GTH-u – wyjaśnił kolega. – Chciałbym się do nich zapisać, a u nich można tylko z polecenia.

– Z Gdańskiego Towarzystwa Historycznego?

– No tak. I wiesz, jak się dobrze zagada, to jakoś uda się wkręcić. Bo oni ogólnie nie przyjmują nowych osób. A zwłaszcza takich pierwszorocznych bambików jak my.

Gustawa szczerze interesowała historia, a o działalności Towarzystwa słyszał wiele dobrego.

– Spoko. Ale tylko na jedno piwko.

– Mordo... nigdy nie kończy się na jednym piwku.

*

Siedzieli w Ygreku, ciasnym piwnicznym klubie zorganizowanym w niebiesko-białym czteropiętrowym akademiku.

– No i czego możemy sobie życzyć? – powiedział prezes Gdańskiego Towarzystwa Historycznego. – Czego możemy sobie życzyć, jeśli nie takich pięknych, wspaniałych niewiast, o których się dziś nasłuchaliśmy na konferencji!

Wzniesiono kufle.

– Takie kobiety nie istnieją – mruknął jeden z członków stowarzyszenia. Był brodatym mężczyzną koło trzydziestki.

– Myślę, że istnieją – wtrącił Gustaw, który siedział obok niego.

– Liwię po śmierci włączono w poczet bogów – wytłumaczył nieznajomy. – A jej wnuk Klaudiusz nazwał babkę Odyseuszem w niewieściej sukni.

Gustaw znów cofnął się myślami do zeszłorocznych wakacji. Odys próbował wrócić do domu, ale utknął na tajemniczej wyspie zwanej Ogygia. Podobnie jak Gustaw, zatracił się w wiecznej uczcie za sprawą niebezpiecznej, czarodziejskiej kobiety.

– Znałem kiedyś jedną dziewczynę, która była taką Liwią. Bezwzględna i piękna. Magiczna i trująca – powiedział młody Kolasa. – I też nazywałem ją Julią.

– To nie mógł być przypadek – osądził rozmówca. – Jak masz w ogóle na imię?

– Gustaw.

Mężczyzna wyciągnął prawą dłoń.

– Filip jestem. Filip Roj.

JULIA

Zegarki wskazywały godzinę siódmą rano. Słońce właśnie wynurzało się z wody. Julia pływała w morzu, była całkiem naga. Wyszła na brzeg, jej ciało momentalnie pokryła gęsia skórka. Nie czuła zimna. Albo czuła i chciała się nim cieszyć. Przeszywający chłód, drobne szklane igły wbijane głęboko w skórę. Październikowy Bałtyk należy do świata Północy, zimnych krain, do których niechętnie kupujemy bilety.

Tak dziś, jak i wtedy usiadła na ręczniku, spojrzała na Zatokę. Po drugiej stronie dało się dostrzec niewielki zarys Półwyspu Helskiego. Wszystko wyglądało podobnie. A jednak... świat się zmienił, choć nie odpuścił dawnych win. Świat nigdy nie wybacza i nigdy nie pozwala uciec.

Bała się wrócić do Trójmiasta. Lękała gniewu Szymona i Elizy, ich szaleństwa i okrucieństwa. A mimo to nie mogła o nich zapomnieć.

Tak jak przed trzynastu laty Anita, jej matka, tak dzisiaj ona znów zawędrowała nad to chłodne morze. Spoglądała na obmywające jej bose stopy fale, próbując zrozumieć, za czym stale goni.

Od dziecka była inna. Podobnie jak jej ojciec potrafiła ciągnąć za sobą ludzi, trafiać do ich serc, omamiać umysły. Widziała więcej niż pozostali, jej oczy nieustannie spoglądały w stronę cienkiej linii oddzielającej jawę od snu.

Na szyi Julii wisiał pozłacany naszyjnik z zielonym agatem. Dostała go kiedyś od Alexa, po tym, jak dowiedziała się, kim naprawdę jest.

Nie rozumiała, dlaczego tu wróciła. Bo nie dla Wiktora ani dla Gustawa. Oni umarli wraz z tamtymi wakacjami.

Spojrzała na ramię, które zdobił elegancki tatuaż. KRZYCZ, JEŚLI ŻYJESZ. Historia nieuchronnie zmierzała ku swemu końcowi. A ona miała skreślić ostatnie zdanie.

ROZDZIAŁ 23 | **GRUDZIEŃ,** DWA LATA WCZEŚNIEJ

FILIP

W sylwestra o dwunastej nikt nie chce być sam. Niby wszystko jest tylko umowne, granica między starym i nowym wytyczona półprzezroczystym szlaczkiem, niedbałą linią sympatycznego atramentu. Wszak jutrzejszy dzień należy do tego samego wiecznego cyklu co wczoraj, czas przypomina koło.

A jednak dzielimy go na kawałki. I ciągle szukamy. Nowy, dwa tysiące dwudziesty trzeci rok miał się wkrótce rozpocząć.

Filip podążał przez zatłoczony klub, by zdążyć wyjść na zewnątrz. Obok niego przemknęła właśnie grupka pięciu ubranych w hawajskie koszule osób: dwie parki i jeden nabuzowany dwudziestolatek, który zaczepiał wszystkich wokół.

– Zajebiste pantery! – krzyknęła jakaś laska. – A ciebie w ogóle to oglądam na Insta. Mogę sobie z tobą cyknąć zdjęcie?

– Spoko – odpowiedziała Lelcia. – Piotrek, zrobisz nam?

Narzeczony przejął od influencerki telefon.

– A to Shiny Syl! Z tobą też chcę!

Cyryl przesunął się kilka kroków do tyłu, żeby wyjść z kadru. Przez przypadek zahaczył łokciem o idącego przez dyskotekę dziennikarza.

– Weź uważaj – rzucił Filip, nieco wnerwiony, że ktoś znów tarasuje mu drogę.

– Więcej luzu, maluszku! – krzyknął chłopak z ekipy.

Filip nienawidził ludzi. Nienawidził tego motłochu, który snuł się bezmyślnie po ulicach, niczego nie rozumiał, przemierzał życie bez jakiegokolwiek celu, stale ciągnięty najniższymi żądzami, jak zwierzęta.

On od zawsze był sam. Niby miał znajomych, potrafił funkcjonować w społeczeństwie, a jednak zdawał sobie sprawę, że nie pasuje. Jeszcze jako dzieciak zrozumiał, jak bardzo jest inny.

– Nie strzelają!

– Nie strzelają?! – wrzeszczały rozhisteryzowane dzieciaki.

– No nie strzelają. Odliczanie jest w B90, pod dachem.

– Bez sensu.

Organizatorzy sylwestra na Elektryków w trosce o czworonogi celowo zrezygnowali z pokazu sztucznych ogni. Ale Filip w dupie miał zwierzęta. Chciał popatrzeć na fajerwerki.

Wyszedł przed klub. Z poziomu ulicy widok nieba był mocno ograniczony.

– Sorry, ziom! – Ktoś szturchnął go z bara.

„Nie jestem twoim ziomkiem" – pomyślał Filip. „I nigdy nie będę".

Miotał się. Trzy dychy na karku to najlepszy wiek, by dokonać czegoś wielkiego. Iść i nauczać. Albo biec i mordować.

Filip stale poszukiwał. Grzebał w przeszłości, swojej i cudzej. Fascynacja historią zaprowadziła go na spotkania Gdańskiego Towarzystwa Historycznego, tam przez przypadek trafił na kumpla, który pokazał mu Wolne Miasto. Organizację outsiderów, którzy podobnie jak Roj chcieli obalić zastany porządek.

Początkowo zafascynował go Wotan. Podstarzały gangster, który wierzył w pierwotną siłę dawnych pogańskich bóstw. *Kość do kości, krew do krwi, ciało do ciała. Jakby były sklejone.* Wotan wydawał się nadczłowiekiem. Świadomą istotą samodzielnie decydującą o własnym losie.

Filip nigdy nie stał się ważnym członkiem organizacji. Początkowo marzył, by dołączyć do grona szesnastu zwanych Dziećmi Wotana. Szybko jednak się zorientował, że narodowcy są równie mocno ograniczeni umysłowo, jak reszta społeczeństwa. Byli zwykłym motłochem, zakochaną w chuligance bandą tępych troglodytów żywiących się bezrozumną nienawiścią.

Nienawiść Filipa miała głębszy cel. Kłopot w tym, że wciąż nie potrafił go odnaleźć.

– Ej, masz może ognia? – spytała go sympatyczna, wyraźnie pijana blondynka.

Spojrzał na nastolatkę.

– Ognia? – powtórzył jej pytanie.

– Kurwa, która godzina? Zabierzesz mnie stąd?

Mógł ją stąd zabrać. Zrobić z nią wszystko. W tej krótkiej chwili wystawiła się na jego łaskę.

– Mam ogień – odpowiedział. – Noszę w sobie wyłącznie ogień.

Oczywiście nie zrozumiała.

– Masz?

Nienawiść Filipa była gotowa, by podpalić cały świat. Mógł ją zabrać do siebie do domu, uwięzić w tajnej skrytce, którą lata temu w mieszkaniu na Tatrzańskiej urządził dziadek. Tylko po co?

– Jedynie byś się poparzyła – odparł, ruszając przed siebie.

Tej nocy los okazał się dla niej łaskawy. Filip Roj jeszcze nie dorósł, by stawić czoła przeznaczeniu. Potrzebował katalizatora. Muzy, która natchnie go do stworzenia wiekopomnego dzieła.

Podszedł do płotu, chwycił się przęsła i jednym sprawnym ruchem przeskoczył na drugą stronę. Był wyjątkowo wysportowany. Nie szanował ludzi, którzy nie dbali o własne ciało.

„Jeszcze dziesięć! Dajesz, gówniarzu!”

Momentalnie powrócił do przeszłości. Stoczniowe hale stały się teraz drzewami oliwskiego lasu, industrialna przestrzeń Ulicy Elektryków cichą, krągłą polaną.

„Trzydziestu pompek nie umiesz trzasnąć?"

Ojciec Filipa zawsze kazał mu ćwiczyć. Chciał zrobić z syna prawdziwego mężczyznę.

„Jak ty to trzymasz? Jak pizda. Jak tak będziesz trzymał karabin, to odrzut pierdolnie ci w twarz".

Przemysław Roj był emerytowanym żołnierzem. Brał udział w misji na Wzgórzach Golan, w domu trzymał żelazną dyscyplinę.

„Zawsze chciałem mieć syna. A mam, kurwa, córkę".

Wtedy Filip go nienawidził. Dopiero po latach zrozumiał, jak cenne odebrał wychowanie.

„Ale ja dopnę swego. Staniesz się facetem albo staniesz się martwy".

Pewnego razu wybrali się razem do lasu.

„Nauczę cię życia".

Męska wyprawa. Postrzyżyny. Przemysław Roj zamierzał uczynić ze swojego dzieciaka prawdziwego mężczyznę.

„Matka mówiła, żebym dał ci spokój. Skarżyłeś jej?"

„Nie, tato".

„Kłamiesz. Czuję, że kłamiesz, mały gnojku".

„Naprawdę!" – zapewnił Filipek.

Ojciec nie uwierzył. Nigdy nikomu nie wierzył.

„To wszystko jest nieistotne. Odtąd nie będziesz jej słuchał. Nikogo nie będziesz słuchał".

Ta noc zmieniła wszystko. Kiedy zagłębili się lesie, mężczyzna wręczył chłopcu nóż.

„To twoja przewaga nad całym światem. Nad wszystkimi tymi, którzy będą ci chcieli uczynić krzywdę".

„Co mam zrobić?" – spytał chłopiec.

„Przetrwać" – odpowiedział ojciec. A potem zniknął.

Chłopiec obserwował ciemność lasu. Powinien był się rozpłakać. Ale Filip różnił się od swoich rówieśników. Nie był taki jak inni. Nie potrafił się wzruszać.

Najpierw rozpalił ogień. Usiadł nad paleniskiem i walczył ze sobą, by nie zasnąć. Aż do świtu nie zmrużył oka.

O wschodzie słońca zaczął wędrować na południe. Gdzieś tam krył się jego dom. Okoliczne lasy przecinało mnóstwo dróg, wystarczyło dotrzeć do jakiejkolwiek z nich.

Kiedy przebiegał przez obwodnicę, doskonale wiedział, dokąd ma się kierować. Niestety zrobiło się już późno. Znów rozpalił ogień. Pilnował się, by nie odpłynąć w objęcia Morfeusza. Sen oznaczał niebezpieczeństwo. Ale on był tylko jedenastoletnim chłopcem. Powieki po prostu same mu się zamknęły.

Nagle zaczął się dusić.

Kiedy otworzył oczy, ojciec nachylał się nad nim i ściskał mu szyję.

„Miałeś przetrwać. A nie dać się zaskoczyć!"

Filip nie zdołał odpowiedzieć. Ręka mężczyzny naciskała na krtań, blokowała dopływ krwi i powietrza.

„No i co teraz zrobisz? Dasz się zabić?"

Wtedy przypomniał sobie o nożu. Wymacał placami jego rękojeść, spróbował zadać cios.

„Przetrwa silniejszy. Zawsze przetrwa silniejszy!" – krzyknął ojciec, wyrywając mu broń. „Zapamiętaj tę lekcję".

Przemysław Roj dotknął czubkiem ostrza policzka chłopaka. Delikatnie nacisnął na skórę. Potem wytyczył długą linię od kącika ust aż do ucha.

„Mogłem poderżnąć ci gardło. Mogłem cię zabić" – obwieścił oprawca. „Ale jestem twoim ojcem. Więc dam ci tylko tę lekcję. Nigdy nie przestawaj czuwać. Możesz być wilkiem albo zwierzyną łowną. Nie ma innego wyboru".

Filip odruchowo złapał się za brodę. Kiedy tylko zaczęły rosnąć mu pierwsze włosy na twarzy, skrył tamtą szramę pod gęstym zarostem.

Spojrzał przed siebie. Znów był trzydziestoletnim kawalerem, zagubionym pośród gęstwiny własnych myśli. Oliwski las na powrót stał się zimną przestrzenią Młodego Miasta.

Ruszył naprzód.

Ciemne sylwetki dźwigów KONE delikatnie odcinały się od neonowej łuny Gdańska. Ich smukłe kształty skłaniały do zadumy. Były istotami nie-z-tego-świata, wyrwanymi z książek Lema i Asimova, gigantycznymi robotami, śpiącymi rycerzami, gotowymi w każdej chwili stanąć do obrony swego miasta.

Filip dotknął metalowych szczebelków. Kilka sekund później rozpoczął długą wędrówkę na szczyt.

W powietrzu unosił się silny aromat damskich perfum. Nie spodziewał się, że kogokolwiek tu zastanie. Żadne z nich się nie spodziewało.

Na szczycie żurawia siedziała samotna dziewczyna. Filip nigdy w życiu nie spotkał kogoś równie pięknego. Za jej plecami jaśniały fajerwerki wypuszczane niemal z każdego miejsca w Trójmieście. Właśnie wybiła północ.

– Przyszedłeś mnie pocałować? – spytała Julia.

ROZDZIAŁ 24 | **KWIECIEŃ,** PÓŁTORA ROKU WCZEŚNIEJ

FILIP

Trudno powiedzieć, dlaczego wciąż przychodził na spotkania Wolnego Miasta. Jako dziennikarz mógł się pochwalić doskonałym alibi – tworzył reportaż, którego niezbędnym narzędziem była infiltracja. To też zawdzięczał ojcu. Zawsze miał plan B.

Kacper Walberg wydawał się najbardziej rozgarniętym członkiem organizacji.

– Wotan ciągle gada, że wydarzy się coś wielkiego – powiedział licealista. – Jak myślisz, co planuje?

Filip spojrzał na niego z zadumą.

– Szczerze?

– No szczerze…

Trzydziestoletni dziennikarz się zamyślił. Od dłuższego czasu wiedział, że Wolne Miasto nie ma przed sobą przyszłości.

– Zrobią jakąś ustawkę, zbiją kilku ciapatych.

– Czyli to, co zawsze – odparł Kacper. Targały nim te same wątpliwości, które męczyły Filipa. W gruncie rzeczy byli do siebie dość podobni.

Roj podał mu karabin.

– Pamiętaj, żeby chwilę przed strzałem wstrzymać oddech.

– Jasne.

Walberg położył się na ziemi i wycelował. Dziki stanowiły stosunkowo łatwy cel: duże, skupione w grupie, ufne wobec ludzi. Mieszkańcy okolicznych osiedli regularnie dokarmiali zwierzęta, nie bacząc na konsekwencje własnych działań. Potem dzwonili z pretensjami do miasta, by poskarżyć się na ich obecność wśród ulic i blokowisk. Nikt nie zapłacze po osieroconym dziczku.

Kacper wystrzelił. Sekundę później pokryta grubą szczeciną świnka padła bez życia na ziemię.

– *Touché!* – pochwalił go kolega.

Od dłuższego czasu chodzili do lasu strzelać do zwierząt. Złośliwy nazwałby to kłusownictwem. Ale Filip chciał po prostu przekazać Walbergowi wszystko to, czego nauczył go ojciec.

– Uwielbiam to. Uwielbiam uczucie władzy, którą mam nad innymi.

Połączyło ich coś na kształt osobliwej przyjaźni. Psychopatycznego braterstwa siły.

– Władza stanowi narzędzie. Ale nic więcej – osądził Filip.

– A co jest celem?

Roj przeładował karabin. Zamyślił się.

– Co jest celem? – powtórzył swe pytanie Kacper.

– Nie wiem jeszcze. Ale czuję, że nigdy wcześniej nie byłem bliżej prawdy niż teraz.

Walberg spojrzał na starszego kolegę. Filip był jego mentorem.

– Chcesz odejść, prawda?

– Odejść skąd?

– Z Wolnego Miasta.

Roj wzruszył ramionami.

– Wolne Miasto nie ma dla mnie absolutnie żadnego znaczenia.

– Chcesz założyć coś swojego?

Zastanawiał się nad tym. Ale Filip nie potrafił działać w stadzie. Był samotnym wilkiem.

– Raczej nie...

– Widzę, że coś ci chodzi po głowie. Planujesz coś wielkiego. Większego niż sen Wotana.

– Być może.

Kacper położył mu dłoń na ramieniu.

– Chcę być tego częścią. Cokolwiek postanowisz, chcę pójść razem z tobą.

– Ale ja nie wiem, czy dokądkolwiek się wybieram – odparł Roj. – Po prostu... czuję, że coś powinienem zrobić. Coś wspaniałego. Coś, co pozostawi trwały ślad, nie pozwoli mi umrzeć...

W Walbergu płonął ten sam ogień, który trawił wnętrze Filipa.

– Jesteś jedynym prawdziwym człowiekiem, jakiego spotkałem w całym swoim życiu.

JULIA

Odziedziczyła po ojcu niezwykłą umiejętność rozpływania się w tłumie. Od jej powrotu do Trójmiasta minęło dobre pół roku, a ona wciąż nie posiadała własnego adresu.

Spotykali się zazwyczaj w opuszczonym mieszkaniu na Wilka--Krzyżanowskiego. Filip nigdy nie zaprosił jej do siebie. Miał w sobie tę samą tajemnicę i mrok, który wypełniał serce Szymona. A jednak wydawał się banalnie zwyczajny.

Spacerowali, kochali się, rozmawiali i czytali książki.

Cóż było niezwykłego w trzydziestoletnim dziennikarzu? Trudno powiedzieć.

Filip nie był zblazowanym bananem jak Wiktor ani nieśmiałym romantykiem jak Gustaw. Nie był jak żaden z jej dotychczasowych kochanków.

Jako jedyny człowiek potrafił ją onieśmielić. Spuentować celnie wypowiedź, odebrać prawo do riposty.

Przypominał nieco wilka. Samotny, zagłębiony we własnych myślach, stale kontestujący rzeczywistość.

Wydawał się cholernie podobny do Alexa. Oczywiście nie fizycznie. Po prostu miał w sobie coś takiego...

– ...nieznośnego – rzucił niby od niechcenia Filip. – Jest we mnie coś nieznośnego.

– Dlaczego to powiedziałeś?

– Widzę, jak na mnie patrzysz. Zastanawiasz, co we mnie widzisz. A to coś, co mam w środku, jest po prostu nieznośne.

– Nieznośnie lekkie? – spytała.

Filip dotknął pozłacanego naszyjnika z zielonym agatem, który wisiał na jej nagim ciele.

– Nie. Wręcz przeciwnie.

Nie potrafiła nazwać uczucia, które żywiła względem Filipa. Czy była to miłość? Julia nigdy nie szukała miłości. Bo czymże w gruncie rzeczy jest prawdziwa miłość?

Przeczytała gdzieś, że każda historia to tak naprawdę opowieść o miłości. Ale Julia nie kochała tak jak inni ludzie. A Filip? To nie była miłość, lecz raczej...

– ...fascynacja – dokończył mężczyzna. – Pożera cię fascynacja, ale nie wiesz, co z nią zrobić.

Położyła się na nim. Dotknęła językiem umięśnionego brzucha, później ugryzła w wystające spod skóry żebro.

– Wiem dobrze, co mam zrobić.

Znów zaczęli się kochać. Filip Roj przypominał jej nieco Szymona Krukowskiego. *Jam jest częścią tej siły, która wiecznie dobra pragnąc, wiecznie czyni zło.*

Dlaczego ciągnęło ją wyłącznie do takich facetów?

Filip podobnie jak Julia potrafił uwodzić ludzi. Manipulować nimi, zmuszać do robienia podłych rzeczy. Ale w odróżnieniu od dziewczyny rzadko kiedy korzystał z owej mocy.

– Jesteś gwiazdą – powiedział, kiedy skończyli.

– W sensie że spadłam z nieba? – Zaśmiała się.

– Nigdy bym tego nie powiedział. Nie znoszę banałów.

– Zauważyłam.

Usiadł na łóżku i wyciągnął fajki.

– Kryjesz w sobie apoliński gen gwiazdy. Wyziera zza twoich oczu.

– To po ojcu.

– A kim był twój ojciec? – spytał.

Trudno jednym zdaniem odpowiedzieć na tak postawione pytanie. Alex wymykał się pochopnym ocenom. Nie pasował do żadnego katalogu.

– Artystą.

Filip zaciągnął się papierosem. Mógłby nigdy nie przestawać palić. Julia patrzyła, jak nikotynowy dym seksownie opuszcza jego usta, chwilę wisi w przestrzeni pokoju, by później po prostu zniknąć.

– Wyglądasz na córkę artysty.

Julia podeszła do okna.

– Znasz *Weisera*? – spytała.

– Tę książkę?

– Tak.

– Znam. Znaczy słyszałem o niej.

Obróciła się w jego stronę. Filip podziwiał nagie, perfekcyjnie proporcjonalne ciało. Julia musiała być tworem artysty, choć równie dobrze mogła być przecież dziełem samych bogów.

– Jeśli nie czytałeś, to nie znasz.

– To książka o Gdańsku – odpowiedział.

– To książka o magicznym chłopcu. I pożegnaniu z niewinnością. – Wskazała w stronę gmachu dziewiątego liceum. – Zaczyna się tu, w tej szkole.

– A gdzie się kończy?

– Kończy się zagadką. I niewiadomą.

– Wszystkie dobre opowieści wieńczy znak zapytania.

– A jak się skończy nasza historia? – spytała.

– Tragicznie. Jak wszystkie dobre opowieści.

Julia poczuła niewytłumaczalny smutek.

– Może jednak uda się skreślić happy end – powiedziała. – Chociaż prawdę powiedziawszy, nigdy nie byłam dobra w happy endach.

Filip podszedł do okna. Objął ją i pocałował. Zaczął dominować w ich relacji.

– Szukałem kogoś takiego jak ty.

– Takiego jak ja? – Zaśmiała się. – Co to znaczy?

– Kogoś, kto wskaże mi drogę. Trzydzieści lat zastanawiałem się, co mam z sobą zrobić.

– I teraz już wiesz?

– Jeszcze nie – odpowiedział. – Ale jestem blisko.

Pocałowała go. Instynktownie, bezwiednie, drapieżnie. Stali nadzy w świetle okna, spojeni dziwnym uczuciem tak bardzo podobnym do miłości.

– Musisz przeczytać tę książkę – stwierdziła nie wiedzieć czemu.

– Czy wtedy zrozumiem, co mam zrobić? – spytał całkiem poważnie.

Pogładziła Filipa po brodzie. Nie pasował mu ten zarost, a jednak nie dawał się namówić, by go zgolić. Nosił go jak maskę – przed światem, przed przeszłością, przed sobą samym.

– W literaturze nie chodzi o to, żeby rozumieć. Nie o to chodzi w sztuce.

– To o co chodzi w sztuce?

Odpowiedź przyszła jej sama. Lata temu w Paryżu to właśnie powiedział jej ojciec.

– Żeby poruszać. Wyzwalać i hipnotyzować. Żeby prowadzić za sobą tłumy. Kraść serca. Wzniecać zamieszki.

– Więc to właśnie będę robić – odparł Filip. – Dziękuję za radę.

PATRYK

Uciął sobie krótką popołudniową drzemkę, zapomniał nastawić budzik. Czy była to jego nieuwaga czy zwykłe zrządzenie losu? Dość powiedzieć, że z łóżka wyrwał go dopiero telefon.

– No gdzie ty, kuźwa, jesteś?

– Jak to gdzie... Ja pierdolę, która godzina?

– Szesnasta piętnaście! O czwartej miałeś odebrać matkę ze szpitala!

– Sekunda i jestem!

– Jaka sekunda? To gdzie ty teraz...

– Muszę kończyć! Pa!

Skalski wciągnął ciuchy i szybko wyskoczył z domu. Zbiegł schodami na dół, po drodze odpalił aplikację Traficara. Wolny samochód był zaparkowany pod spożywczakiem na Abrahama.

– O dzień dobry, Patryczku, jak tam mamusia się czuje? – spytała sąsiadka z bloku.

– Bardzo dobrze, pani Lenko. Właśnie po nią jadę!

– Och, to zdrówka dużo! Zdrówko jest najważniejsze.

Na Paneckiego skręcił od razu w prawo. Wyłożona płytami jomb droga wyglądała, jakby zaraz miała się zapaść do wnętrza Ziemi.

„Od starych nie da się uwolnić. Ten teraz jakiejś szajby dostaje" – pomyślał, widząc na ekranie ikonkę kolejnego połączenia. Znowu ojciec.

Wyciszył dzwonek, wsunął telefon do kieszeni. Przebiegł na drugą stronę ulicy i stanął pod meczetem.

– Filip? – spytał zdziwiony, jakby właśnie zobaczył ducha.

Kolega z redakcji wydawał się nie mniej wytrącony z równowagi co on.

– Cześć – mruknął Roj.

Uwagę Skalskiego przykuła piękna dziewczyna, która towarzyszyła spotkanemu kumplowi. Miała biały top i jasne, szerokie spodnie. Długie brązowe włosy opadały na nagie ramiona.

Patryk mógł przysiąc, że dziewczyna emanuje delikatnym blaskiem. Otaczała ją jakaś niezwykła łuna, świetlista poświata. Do takich kobiet wzdychali poeci. W takiej jak ona mógłby się z łatwością zakochać.

Stali chwilę bez słowa. Niezręczną ciszę przerwał dopiero Filip.

– To jest Julka, a to... Patryk. Pracujemy razem w redakcji.

– Jesteś dziennikarzem? – spytała nieznajoma.

– Chciałbym kiedyś zostać dziennikarzem – odparł z głupia frant. – Póki co głównie wymyślam clickbaity.

Dziewczyna spojrzała mu głęboko w oczy. Skalski poczuł się jakoś nieswojo. Miał wrażenie, że Julia zagląda znacznie głębiej, niż powinna. Że przedziera się przez zasłonę prywatności, spogląda w jego najbardziej skrywane sekrety, oddziela umysł od serca, penetruje myśli. Nic nie miało przed nią tajemnic.

Patryk zorientował się, że znów zaniemówił.

– To my już będziemy iść – rzucił Filip. – Widzimy się w robocie.

– Ja... jasne...

Ponownie spojrzał na Julię.

– Miło było poznać – oświadczyła całkiem niewinnie.

– Ciebie również. Jakbyś kiedyś miała jakiś ciekawy temat... znaczy dziennikarski, no wiesz, *hot news*... to pisz... – wydukał, besztając się w myślach za ten miałki, cringe'owy tekst.

– Nie omieszkam napisać – odparła dziewczyna.

ROZDZIAŁ 25 | **KWIECIEŃ,**
PÓŁ ROKU WCZEŚNIEJ

JULIA

Spotykali się ze sobą od ponad roku, a dalej nie wiedziała, gdzie mieszka. Filip był dla niej przede wszystkim zagadką.

Lecz czy utrzymałby ją tak długo przy sobie, gdyby od razu wyłożył wszystkie karty na stół?

– Czwórka trefl – powiedział Filip.

Siedzieli w chłodnym budynku dawnej zajezdni tramwajów konnych i grali w pokera.

– Pas.

– Coś ci dzisiaj nie idzie.

– Masz rację – odparła. – Ostatnio w ogóle mi nie idzie.

Znów dopadła ją melancholia. Na początku zatraciła się w nim bez pamięci. Spędzali razem każdą wolną chwilę. Przypominał narkotyk: oferował wiele, lecz zabierał znacznie więcej.

Teraz czuła się pusta, wypruta z emocji, jak ususzony kwiat, któremu nigdy nie dane było zwiędnąć.

– Zaraziłaś się ode mnie smutkiem – osądził.

– To chyba ta zima. Po prostu potrzebuję lata.

– Potrzebujesz celu. Podobnie jak ja.

– Jakiego znowu celu? – spytała półprzytomna.

Filip czerpał z niej pełnymi garściami. Była jego muzą, jego żywicielką. Wysysał z Julii magię i tajemniczość, by ową energią napędzać mrok własnych myśli.

– Napiszę ci powieść.

– W sensie że książkę?

– Słyszałaś o potrzebie transcendencji?

– Pozostawienia czegoś po sobie – wytłumaczyła. – Jak u Ericha Fromma.

– Tak.

Wzruszyła ramionami. Czuła się okropnie zmęczona.

– Dlaczego o to pytasz?

– Bo już wiem, czemu cię spotkałem.

Julia słyszała stukot skręcającego w Pomorską tramwaju. Sądziła, że Filip będzie tym, dzięki któremu jej życie w końcu nabierze sensu. Ale on uwięził ją przy sobie i nie pozwolił rosnąć. Dusiła się, lecz nie potrafiła uciec.

– Co ty mi zrobiłeś? – spytała, czując napływające do jej oczu łzy.

– Dałem się zaczarować. Nic więcej.

Początkowo Filip przypominał jej nieco Szymona. Teraz rozumiała, jak bardzo się wtedy pomyliła. Szymon Krukowski nie dorastał Filipowi do pięt.

– Pozwól mi odejść.

– Przecież ja cię nigdzie nie trzymam. Możesz zrobić, cokolwiek zechcesz.

Kajdan, które założył jej Filip, nie wykonano z metalu.

– Ja nie mogę tak dalej.

– Piszemy razem ostatni akt. Zniknę na jakiś czas. Dam ci chwilę spokoju. Ale będzie o mnie głośno.

Przeczuwała, że stanie się coś złego. Wszystko, co widziała do tej pory, wszystkie opowieści, spotkania, przypadki były niczym w porównaniu z tym, co miał pokazać jej Filip Roj. Co miał pokazać jej Dawid.

– Nie rób tego – załkała.

– Napiszę powieść, o której usłyszy cały świat. A potem znów po ciebie wrócę.

ROZDZIAŁ 26 | **CZERWIEC,** TRZY MIESIĄCE WCZEŚNIEJ

NORBERT

Norbert, Sara i Tomek. Trzy skrzywdzone ptaki, których życie mogło wyglądać zupełnie inaczej. Prowadzić przez długie szczęśliwe lata, zarażać uśmiechem, wzruszać smutkiem, obdarzać szansami i rozczarowaniami.

Według zakodowanego w DNA planu ich nastoletniość miała zamienić się w dorosłość, niepostrzeżenie ustępując miejsca starości. Ale w powieści Filipa zwanego Dawidem życie Norberta, Sary i Tomka dobiegało tragicznego kresu za mniej niż dwadzieścia cztery godziny.

Trzy śmierci skreślone już na stronie szóstej.

Właściwie jak to się stało, jak do tego doszło, że staliśmy w trójkę w gabinecie dyrektora szkoły, mając uszy pełne złowrogich słów: „protokół", „przesłuchanie", „przysięga", jak to się mogło stać, że tak po prostu i zwyczajnie z normalnych uczniów i dzieci staliśmy się oto po raz pierwszy oskarżonymi, jakim cudem nałożono na nas tę dorosłość – tego nie wiem do dzisiaj[37].

---

37 Tamże, s. 6.

Norbert Brylczyk, Sara Kostrzewska i Tomasz Jonka. Minęli sekretariat, by zgodnie z planem wejść do gabinetu Kowalczyka. Pokój dyrektora wyścielał bordowy dywan, przez zasunięte firanki przebijały się promienie czerwcowego słońca.

– Słuchajcie, nie mam teraz czasu... O co chodzi? – spytał mężczyzna, wyglądając zza zawalonego dokumentami biurka.

Stanęli tak, jak przykazał im Walberg. Tak, jak to zapisano w planie Dawida.

– Coś chcecie? – ponowił pytanie dyrektor.

Uczniowie milczeli. Norbert powtarzał w myślach słowa powieści. *To jest za poważna sprawa na żarty, żarty się skończyły wczoraj, a dzisiaj trzeba całą nagą prawdę na stół!*[38]

Postąpił krok naprzód.

– Przyszliśmy to skończyć – wymamrotał Norbert.

Czuł, jak zasycha mu ślina, jak język odmawia posłuszeństwa. A jednak musiał znaleźć w sobie odwagę.

– Przyszliśmy skończyć to, co z nami było – wtrąciła Sara. – I przynieść nową prawdę. Wyłożyć ją na stół.

– Jaką prawdę? Jaki stół?

Dyrektor odbył przed chwilą trudną rozmowę z nauczycielką francuskiego, Natalią Rosik. Dziewczyna zastanawiała się, czy nie zrezygnować z pracy. Problemy licealnej młodzieży ją przerastały. Tylko cudem Kowalczyk przekonał ją, by została.

– No o co wam chodzi?

Zaczęli mówić, wszyscy jednocześnie. Każdy z uczniów wypowiadał jakieś wyrwane z kontekstu, pozbawione głębszego sensu zdania. A przynajmniej Kowalczyk owego sensu nie dostrzegł.

– Nie wszyscy naraz! Nie jeden przez drugiego! – wrzasnął poirytowany mężczyzna.

---

38 Tamże.

Tomek przypomniał sobie właściwy fragment.

Każdy z was mówi zupełnie co innego – krzyczał dyrektor. – I nigdy dwa razy to samo, więc jak to jest, że nie możecie ustalić wspólnej wersji?[39]

Przysunął się bliżej biurka. Skupił na sobie uwagę dyrektora.

– No co jest, Jonka?

Norbert wyciągnął spinacz i delikatnie zaczął rzeźbić w powierzchni biurka. W6. Akt pierwszy dramatu.

– Ja w ogóle nie wiem, co wy mówicie! – zawołał Kowalczyk.

– Każdy z nas mówi zupełnie co innego – powiedział Jonka.

Sara zerknęła na Brylczyka. Chłopak kończył nanosić napis.

Norbert obrócił się na pięcie, po czym szybko wybiegł z gabinetu. Norbert, Sara, za nimi Tomek.

Wątpliwości miały ich męczyć przez całą kolejną dobę. Aż do następnego poranka.

Czuliśmy doskonale, że na pytania, które nam zadają, nie ma prawdziwych odpowiedzi, a nawet gdyby okazało się po jakimś czasie, że jednak są, to i tak to, co zdarzyło się tamtego sierpniowego popołudnia, pozostanie dla nich całkiem niewytłumaczalne i niezrozumiałe. Podobnie jak dla nas równania z dwiema niewiadomymi[40].

Prawie wszystko się zgadzało. Wprawdzie czerwiec nie był sierpniem, a liczba niewiadomych wynosiła znacznie więcej niż dwa, ale… w zbrodniczym planie Filipa Roja zwanego Dawidem wszystko zostało ujęte.

Tak jak w tamtej przeklętej książce.

---

39 Tamże.

40 Tamże.

Kacper Walberg był czwartym bohaterem powieści pisanej przez Filipa Roja. To on prowadził narrację, najlepiej ze wszystkich znał zamysły Dawida. Zamierzał utrwalić jego dziedzictwo, zapewnić realizację planu.

Opuszczone mieszkanie na Wilka-Krzyżanowskiego stanowiło tymczasową kryjówkę, myśliwski Wilczy Szaniec.

Zgodnie z poleceniem ustawił kamerę i włączył nagrywanie. Norbert, Sara i Tomek mieli samodzielnie odebrać sobie życie. Gorąco wierzył, że dadzą radę.

Dawid polecił mu starannie wybrać ofiary. Walberg obserwował ich od początku liceum, badał ich zainteresowania, śledził historię. Każde z nich cierpiało na poważne problemy ze zdrowiem psychicznym. Każde z nich należało podejść nieco inaczej.

Załadował karabin.

– Jesteście dość silni, by to zrobić.

Nadeszli od strony tramwaju. Trójka uczniów pierwszej klasy. Trójka wybrańców.

– *Właściwie jak to się stało, jak do tego doszło, że staliśmy w trójkę…* – wyrecytował Kacper.

Weszli na schody. Przyczepili liny do zamontowanej w szkolnej bramie kraty, wspięli się na przęsło, zacisnęli na szyjach uprzednio zawiązane pętle.

– No dalej – polecił Walberg, gotowy, by w każdej chwili oddać strzał.

Tego czerwcowego ranka tak czy inaczej musieli ponieść śmierć.

Norbert, Sara i Tomek spojrzeli w jego stronę. Czy była to chwila wahania? Noc ciemna ducha, szaleńczy kryzys wiary?

Kacper skinął im porozumiewawczo głową.

– Już…

Skoczyli. Jak na komendę, w jednym tempie, tak jak wymyślił to Dawid. Zupełnie jakby ktoś ich zahipnotyzował.

Tomasz Jonka od razu przełamał rdzeń kręgowy. Zginął niemal bezboleśnie.

Twarz Norberta zsiniała. Chłopak stracił przytomność, lecz w dalszym ciągu żył. Minie od kilku do kilkunastu minut, zanim na dobre umrze.

Najwięcej pecha miała Sara. Dziewczyna zachowała świadomość. Rozpaczliwie wierzgała nogami, wiła się na linie, próbowała chwycić przęsła bramy.

– Mogę ci pomóc – szepnął Walberg. – Zawsze mogę ci pomóc.

W ostateczności po prostu by ją zastrzelił. Na razie karmił się jednak jej bólem. Chciał widzieć mękę. Owo niewinne cierpienie podnosiło wartość całego dzieła. Wielkiej epopei zbrodni napisanej wspólnie przez niego i Dawida.

Dziewczyna chciała krzyknąć. Z jej ust leciała piana, oczy miały nienaturalnie duży rozmiar. Na przemian ściskała i rozluźniała palce.

„Za chwilę pęknie jej twarz" – pomyślał Kacper. „Wybuchnie jak balon".

Kostrzewska nie wytrzymała. Podobnie jak Norbert straciła przytomność.

– *Mane, tekel, fares*. Wszystko zostało policzone.

Kacper wyciągnął rysik i wyrył na framudze okna pierwszy ze znaków.

JULIA

Po raz kolejny oglądała wideo, które wysłał jej Filip. Od razu rozpoznała tamto mieszkanie na Wilka-Krzyżanowskiego. To ona je odkryła. Odkryła, a później pokazała Rojowi. Wtedy właśnie wspomniała mu o *Weiserze*.

Siedziała w porzuconej pracowni malarskiej, co jakiś czas zerkając za okno. Stoczniowe żurawie odcinały się od intensywnego szafranu nieba, pustynny piasek barwił powietrze drobinami złotego pyłu. Zdawało się, że posępne dźwigi płoną neonowym ogniem, demonicznym żarem saharyjskiego brzasku.

Aż do tej pory, aż do tego momentu, łudziła się, że to wszystko nieprawda. Że Filip Roj nie jest taki, jaki się zdaje. Że jest inny niż wszyscy, nieco szalony, ale nie tak... zniszczony złem.

Przewinęła nagranie do samego początku. Raz jeszcze wcisnęła „play".

Trójka nastolatków, trzy odebrane życia.

Przez chwilę czuła, że zaczyna się dusić. Znów wpadła w tę samą pułapkę... Nie. „Wpadła" to kiepskie określenie. Znów wpędziła się, bo przecież zrobiła to sama, dobrowolnie i świadomie, w sytuację bez wyjścia. Tak jak trzy lata temu, tak i dziś zakochała się w psychopacie i popchnęła go do popełnienia zbrodni.

– Co jest ze mną nie tak... – wychlipała.

*

Odkąd przestała widywać Filipa, odzyskała część dawnej mocy, potrafiła w miarę normalnie funkcjonować, choć wciąż pragnęła go równie mocno, jak tamtej sylwestrowej nocy. Mimo to wiedziała, że musi naprawić to, co zepsuła, zakończyć ową szaleńczą eskapadę, zanim Roj rozpęta prawdziwe piekło.

Wbrew pozorom Julia nigdy nie była odważna. Uciekła przed Szymonem, nie zdołała zapobiec porwaniu Weroniki. Myślała wtedy wyłącznie o sobie: by uciec, zniknąć, przetrwać.

Teraz też nie czuła się gotowa na konfrontację z Filipem. Był od niej o wiele silniejszy, tak ciałem, jak i duchem.

Szukała sprzymierzeńców. Potrzebowała ich.

– To musisz być ty – powiedziała, znów zasiadając do komputera.

*

Patryk Skalski prowadził swoje własne dziennikarskie śledztwo. Stał pod kioskiem z gazetami nieopodal przystanku tramwajowego, czekając na informatora. Chłopaka lub dziewczynę. Nieznajomą osobę o trudnej do ustalenia tożsamości, która napisała do niego maila. „Wiem coś o sprawie, postaram ci się pomóc. Siedemnasta na Strzyży, koło kwiaciarni, bądź sam". No więc przyszedł.

– Siemasz, byku! – zawołał ktoś z oddali.

Spojrzał za siebie.

Od strony Garnizonu szedł niewysoki chłopak z wytatuowaną twarzą. Na palcach kilka złotych sygnetów, w lewym uchu diamentowy kolczyk. Modna fryzura, markowy welurowy dres.

– Velos, elo, mordo! – odpowiedział Patryk. – Co tam słychać?

Stali, gadając o niczym. Tymczasem wskazówka zegara wybiła właśnie kwadrans po piątej.

„Miał przyjść sam" – pomyślała Julia, mimowolnie dotykając pozłacanego wisiorka z zielonym agatem. Skryła się na klatce schodowej pobliskiej kamienicy. Była jak ścigana zwierzyna, która za wszelką cenę starała się zapobiec tragedii.

Na pierwszy rzut oka Patryk wydawał się godny zaufania. Ale liczą się gesty, nie słowa. Miał przyjść sam. Bez świadków, bez wścibskich par ciekawskich oczu.

Julia znała Velosa. Velos był kumplem jej dawnego chłopaka, Wiktora Duchnowskiego. Wiktora, który jako pierwszy zaprowadził ją do Willi Monberga, Wiktora, który poznał ją z Szymonem Krukowskim, jej nemezis.

Od strony lasu nadchodziła właśnie zgraja ubranych na czarno mężczyzn. Julia ich znała. Kojarzyła twarze członków Wolnego Miasta – organizacji, do której należeli także Filip i Kacper Walberg. Czy Skalski był jednym z nich?

Julia czuła zaciskającą się wokół niej pętlę.

„Nie mogę tak ryzykować".

ROZDZIAŁ 27 | **LIPIEC,** DWA MIESIĄCE WCZEŚNIEJ

WALBERG

Lipcowy las pachniał zbrodnią. Kacper i Filip spotykali się pośród pokrytych bukami i sosnami morenowych wzgórz, licząc na anonimowość. A przecież nawet dziecko wie, że drzewa mają oczy.

– Ścigają cię. I są coraz bliżej – ostrzegł go Roj.

– Niech próbują. O to w tym w końcu chodzi. O polowanie.

Panowała straszliwa duchota. Gęste, ciemne chmury od kilku dni zasnuwały niebo, ale nie obrodziły w ani jedną kroplę deszczu.

– Chodzi o to, by zapisać każdy rozdział. A później skreślić epilog.

– Zrobimy to – zapewnił Walberg.

Filip podał mu torbę.

– Tu masz ładunki.

Kacper zajrzał do środka.

– Tak mało? Nie starczy tego, żeby wysadzić wiadukt i wał.

– Nie masz wysadzać wiaduktu ani wału.

– Ale przecież…

Roj przykazał nastolatkowi, by ten zamilkł.

– To jeszcze nie finał. Jeśli dotrwamy razem do tamtego momentu, pozwolę ci wysadzić i wiadukt. Na razie jednak dajemy im dopiero znak.

– W84 – wyszeptał Walberg.

Obaj pamiętali tamten fragment.

Nie wiem do dzisiaj, dlaczego Weiser robił te eksplozje, do czego mu były potrzebne, ale kiedy zobaczyłem tryskającą w niebo niebieską fontannę pyłu, już wtedy przeczuwałem, że tu nie chodzi o żadną wojnę[41].

– Jeśli dotrwamy razem do końca, zdobędę więcej ładunków.

– Nieważne, czy dotrwam do końca – zapewnił Walberg. – To i tak będzie zawsze nasze wspólne dzieło.

Filip położył mu dłoń na ramieniu.

– To prawda, Szymku.

Walberg poczuł symbolikę chwili. Odgrywał rolę Szymona, pierwszoosobowego narratora *Weisera*.

– Strzelnica na Niedźwiedniku. Jutro z rana.

– Tak... – Roj zawiesił głos. – Mogą cię złapać. W końcu może im się to udać.

– Liczę się z tym.

– Pamiętaj, że nie wolno ci niczego zdradzić. Złapany w sidła wilk prędzej odgryzie sobie łapę, niż da się na dobre schwytać.

Kacper skinął poważnie głową.

– Jeśli mnie złapią, tak czy inaczej im ucieknę. Choćby przez śmierć. Niczego się nie dowiedzą.

---

41 Tamże, s. 84.

ROZDZIAŁ 28 | **SIERPIEŃ,** MIESIĄC WCZEŚNIEJ

JULIA

Filip wciąż był dla niej zagadką. Nie wiedziała o nim praktycznie nic ponad to, co sam zechciał jej powiedzieć. Nie umiała odgadnąć, gdzie ten podziewa się całymi dniami, nie potrafiła go odszukać, nie znała jego adresu.

A może tak naprawdę wcale nie chciała go znaleźć? Może lękała się tego, co może jej uczynić?

Trzy lata wcześniej zbiegła z Trójmiasta w obawie przed zemstą Szymona Krukowskiego. Wróciła do Gdańska dopiero, gdy dowiedziała się o śmierci chłopaka.

„Zawsze przed wszystkim uciekam" – pomyślała.

Do tej pory nie potrafiła znaleźć w sobie odwagi potrzebnej do konfrontacji z Filipem. Samobójstwo Walberga wyzwoliło w niej jednak nowe pokłady siły i wyrzutów sumienia. Julia czuła się winna przemiany Roja w psychopatycznego Dawida.

Musiała go znaleźć. Musiała go powstrzymać.

Jaromira Zeike wytropiła z właściwą sobie łatwością. Piąty Gracz był członkiem Wolnego Miasta, normalnym, słabym człowiekiem.

Spacerował po torach kolejowych w stronę dawnego mostu Weisera. Na jego wysokości odbił w las.

Wyszła z cienia. Porzuciła swój niewidzialny płaszcz, stąpała mocniej, oddychała głośniej. Chciała zostać zauważona.

Zeike spojrzał przez ramię. Widok samotnej, pięknej dziewczyny przyprawił go o mimowolny uśmiech.

„To mój szczęśliwy dzień" – pomyślał.

– Ty jesteś kolegą Filipa – obwieściła Julia. – Opowiadał mi o tobie.

Zeikego zdziwiła jej bezpośredniość.

– No tak. Skąd go znasz?

– Po prostu znam. I mam ogromną prośbę…

FILIP

Niebo nie miało ani krzty litości, nieustępliwe i harde w swym zamiarze. Najpierw saharyjski piasek, później niekończące się deszcze. Znów zaczęło padać.

Siąpiło delikatnie, lecz nieprzerwanie.

– Nigdy ci nie mówiłem, gdzie mieszkam. Jak mnie odnalazłaś?

– Zostawiasz pełno śladów.

Weszła do środka. Filip zamknął za nią drzwi. Wydawał się zaskoczony wizytą. Na kuchennym blacie Julia dostrzegła pistolet.

– Zostawiam nie tylko ślady. Piszę im wiadomości, a oni i tak nie potrafią niczego wytropić.

Zaprosił ją do salonu. Panował w nim niezły rozgardiasz. Stół zaścielały stare poniemieckie mapy.

– To twoja kryjówka? – spytała, wskazując na zaznaczony czerwonym kółeczkiem obrys.

– Dawna cegielnia. Pamiętasz?

– Pamiętam.

Filip usiadł na parapecie i zaczął recytować.

– *Weiser stanął na obu stopach, rozłożył ręce jak do lotu i stał wpatrzony w płomień świecy bardzo długo. Nie wiem, w którym momencie, po jakim czasie zauważyłem, że jego nogi nie dotykają już klepiska. Z początku wziąłem to za przywidzenie, ale stopy Weisera coraz wyraźniej unosiły się nad podłogą.* – Roj spojrzał na Julię. – *Tak, całe jego ciało wisiało trzydzieści, może czterdzieści centymetrów nad ziemią i powoli unosiło się jeszcze wyżej, kołysane niewidzialnym ramieniem*[42].

– Dlaczego to robisz?

Mężczyzna odłożył książkę.

– Dla ciebie.

– Nie chcę tego. Nigdy nie chciałam.

– Nie zdawałaś sobie sprawy, czego pragniesz, czego potrzebujesz, za czym stale gonisz. Podobnie zresztą jak ja.

– Nasze rozmowy dotyczyły zupełnie czego innego – sprzeciwiła się.

– Sam nie wiem, czego dotyczyły. Ale otworzyły mi oczy. Trzecie oko, którym nigdy nie potrafiłem spojrzeć.

Siedział taki spokojny, zwyczajny. Nie wyglądał na niebezpiecznego. Niepozorny, szczupły chłopak.

Julia wiedziała, że to jedynie maska.

– Musisz to skończyć.

Zaśmiał się.

– Oczywiście, że skończę. Doprowadzę do końca.

– Nie. Musisz przestać.

Spojrzał na nią rozbawiony.

– Niby dlaczego?

---

42 Tamże, s. 106.

Jak miała odpowiedzieć mu na to pytanie? Jakie prawo zakazywało silnym brania tego, na co mieli ochotę? Roj nie wierzył w żadną moralność poza swoją własną.

– Bo cię o to proszę – wyszeptała. – Bo tego nie chcę.

– Nie, Julia. To nieprawda, że tego nie chcesz. Ty się po prostu boisz.

Od zawsze fascynowała ją śmierć. Doskonale o tym wiedział.

– Filip...

– Nie jestem już Filipem. Jestem Dawidem.

Rozejrzała się po pokoju. Na szafce nad telewizorem leżał stary zestaw do golenia, należący niegdyś do dziadka.

– Nigdy nie miałeś być Dawidem.

– Ale się nim stałem.

Julia przesunęła się w stronę szafki. Gdyby wtedy, trzy lata temu, powstrzymała Szymona...

– To nie będzie piękne dziedzictwo – powiedziała.

– Dlaczego nie?

Musiała pokonać go jego własną bronią. A jeśli to się nie uda... Znów wykonała parę kroków w kierunku szafki z przyrządami do golenia.

– Skończysz jak Herostrates – osądziła.

– Ten idiota, który podpalił świątynię Artemidy w Efezie?

– Głupiec, który zapragnął wiecznej sławy.

Filip się zaśmiał.

– Oj nie. Wierz mi, że o mojej zbrodni będzie mówić cały świat.

Dotarła do szafki. Mogła chwycić za brzytwę, mogła go zabić.

– Uznają cię za durnia. Odmieńca – powiedziała, naiwnie sądząc, że da się go jeszcze jakoś przekonać.

– Za odmieńca tak. Ale nie za durnia.

– Uwierzyłeś we własną wyjątkowość. Świat cię jednak takim nie zobaczy.

– Świat uwielbia dewiantów – rzekł całkiem poważnie Roj. Widział jej dłoń, która chwytała rękojeść brzytwy. – Spójrz na te wszystkie książki i filmy o seryjnych mordercach, koszulki z twarzami zbrodniarzy. Zło przyciąga człowieka mocniej niż jakikolwiek inny pierwiastek. Hipnotyzuje, uwodzi.

– Zło nie jest pierwiastkiem – odparła, chowając za plecami brzytwę.

– Zło jest najsilniejszym z pierwiastków.

W tym momencie skoczyła na niego, ale Filip okazał się szybszy. Wykręcił jej rękę i wyrwał brzytwę.

– FILIP!!!

– Naprawdę myślisz, że lękam się śmierci?

Zbliżył brzytwę do jej szyi. Przez sekundę myślała, że oto żegna się z życiem. Ale zamiast zabić, po prostu ją odepchnął.

Przyłożył ostrze do swojej twarzy, przejechał po zaroście. Kawałki brody upadły na podłogę, odsłaniając długą starą bliznę.

– Zostałem wychowany przez wilki. Strach to ostatnia rzecz, jakiej mnie nauczono.

Julia czuła swą porażkę. Powinna była uciec. Zostawić Filipa i jego psychotyczne fantazje, uciec z tego miasta, rozpłynąć się, zniknąć i nigdy nie wrócić. A jednak gdzieś pod skórą czuła, że to ona musi skreślić ostatnie słowo.

Chwyciła ze stołu wazon i uderzyła nim z całej siły chłopaka w twarz.

– KURWA!!!

Rzuciła się do ucieczki. Biegnąc w stronę korytarza, przypomniała sobie o kuchni. Złapała pistolet.

– Stój! – krzyknęła.

Filip stanął naprzeciwko niej. Widziała jego pospiesznie ogoloną twarz, kryjącą przed światem mroczną tajemnicę dzieciństwa.

– Oboje wiemy, że tego nie uczynisz – obwieścił lodowatym głosem.

– Pierwszy raz w życiu zrobię to, co powinnam.

Miał takie złe oczy.

– Nie potrafisz zabijać. Nie potrafiłaś trzy lata temu w lesie z Gustawem ani później, w Willi Monberga. Nie zrobisz tego i teraz.

Musiała to zakończyć.

– Zadzwonię na policję. Powiem im o tobie.

– I znów kłamstwo. Nienawidzisz policji, boisz się jej podobnie jak twoja matka.

Czytał z niej jak z otwartej księgi.

– Czas przełamać strach…

– U ciebie to nie strach. Po prostu musisz stale uciekać.

W tym momencie Filip rzucił się na nią. Julia strzeliła.

– AAAAA!

Roj padł na ziemię, chwycił się za nogę. Julia stała nad nim z pistoletem.

– Przepraszam… – wyszeptała.

– Pomóż mi! Daj tamtą szmatę!

Powinna była to skończyć. Ale nie potrafiła. W tej jednej rzeczy Filip miał rację. Julia umiała jedynie uciekać.

KONRAD KROON

Gdyby nie ten deszcz, przez plażę nie dałoby się przejść. Na szczęście pogoda odstraszyła turystów: najpierw ulewa i powódź, później regularna siąpawica. Witaj, sierpniu nad Bałtykiem.

Szedł wzdłuż brzegu. Fale obmywały jego bose stopy, piasek delikatnie masował palce.

– Fender! Chodź tu! – Skinął na psa. Husky biegł kilkanaście metrów za nim.

Lubił takie samotne przechadzki. Zawsze najlepiej mu się myślało podczas spacerów. A miał o czym myśleć.

Przez całe życie ciągle ktoś go ścigał. Cichy głos z tyłu głowy, uśpione demony odziedziczonego po ojcu szaleństwa. Odkąd poznał Zuzę, jego dawni prześladowcy dali mu spokój. Potem przyszło trudne i bolesne rozstanie; dopiero Patrycja pozwoliła mu odzyskać równowagę psychiczną.

Teraz znów nie mógł spać.

– To przez tę pieprzoną sprawę – szepnął, spoglądając za siebie. Fender też był bohaterem ostatnich koszmarów. – Miałeś mnie pilnować, a nie prześladować w nocy.

„Niczego ci nie obiecywałem" – zdawały się mówić oczy zwierzęcia.

– Zawarliśmy dorozumianą umowę – rzucił do psa.

Pies wyprzedził go o kilka kroków.

– Co dostałeś z cywila? – zawołał za nim Kroon.

Zwierzak nie odpowiedział.

– I tak to jest z tobą gadać. Znowu mnie zlewasz.

Dotarli do Jelitkowa.

– Dalej nie idziemy. Obiecałem Partycji, że zaraz wrócę.

W tym miejscu plażę przedzielało szerokie, choć płytkie koryto Potoku Oliwskiego.

– Stary, nie ma takiej opcji – bąknął, widząc, jak Fender zapuszcza się dalej w stronę Sopotu.

Usiadł na piasku.

– Poczekam, aż ci się znudzi.

Walka na charaktery. Ostatnio husky coraz częściej testował jego silną wolę.

– Lepszych kozaków od ciebie przerabiałem – mruknął prokurator.

Kawałek dalej, po drugiej stronie rzeki, siedziała jakaś młoda dziewczyna. Czytała książkę.

– No chodź tu! – Konrad podniósł głos.

Fender spojrzał w jego kierunku, później podbiegł do nieznajomej.

– Co za osioł skończony – mruknął Kroon, ruszając za zwierzęciem. Przeciął Potok Oliwski i podszedł do psa. – On nic nie zrobi. Przepraszam za niego.

Dziewczyna uniosła dłoń i podrapała zwierzę pod pyskiem.

– Fajny wilczek.

– To nie wilk... chociaż. Cholera wie. Idziemy stąd!

Pies zupełnie go zignorował. Położył się na kocu obok plażowiczki.

– On się chyba nigdzie nie wybiera.

– Jeszcze raz sorry – powiedział Konrad. – Jest strasznie niewychowany.

– Po prostu robi to, co czuje – wyjaśniła dziewczyna.

Konrad od razu zwrócił uwagę na jej niezwykłą urodę. Była wyjątkowo piękna.

– Też bym tak czasem chciał – palnął bez zastanowienia.

– A co cię ogranicza?

Wzruszył ramionami.

– Dorosłość.

– Dorosłość jest przereklamowana.

Zaśmiał się w duchu. Całe życie uciekał przed poważnym życiem, aż w końcu wpadł w jego sidła.

– No chodź już, idziemy! – polecił.

Fender kolejny raz go zignorował.

– Widać zostaje ze mną.

Piętnaście lat temu Konrad po prostu przysiadłby koło niej na kocu i spytał, co robi wieczorem. Ale nie był już tamtym człowiekiem.

– Najwidoczniej – mruknął.

– Jeszcze nie wiem, co robię wieczorem. Pewnie gonię duchy. Ale możesz tu usiąść – rzuciła nie wiedzieć czemu. Zupełnie jakby czytała mu w myślach.

Konrad przycupnął niepewnie na skraju czarno-białego pledu.

– Często to robisz?

– Czy często przychodzę na plażę?

– Czy często wkradasz się ludziom w myśli? – sprostował.

Dziewczyna przytaknęła.

– Nie umiem inaczej.

Miała ciemne, duże oczy i delikatny uśmiech, który mimo trawiącego ją smutku nie potrafił przeminąć. Przypominała piękny polny kwiat, nawet w deszczu czarujący wszystkich swą niewytłumaczalną niewinnością.

– Konrad jestem. Ale to pewnie już wiesz.

– Imiona nie mają dla mnie większego znaczenia – wyjaśniła.

– A co ma dla ciebie znaczenie?

– Historie. Emocje. Przeżycia.

– Lubimy nazywać rzeczy, które poznajemy.

Mógłby przysiąc, że mrugnęła.

– Zbyt często nazywamy rzeczy, których nie znamy.

– To fakt.

Jej uroda kryła w sobie coś z nieskończoności. To, jak mówiła, delikatnie wciągała powietrze, jak pozwalała wyrazom opuszczać jej usta, przypominało bardziej recytację czy śpiew niż zwykłą rozmowę. Tak właśnie musiały porozumiewać się syreny. A przecież nie gadali o niczym niezwykłym. Ot, szelest piasku, szum morza.

– Widzę, że chcesz się dowiedzieć.

– Czego?

– Jak mam na imię.

Zostawiła na twarzy Kroona odbicie swojego spojrzenia, cień tego ulotnego uśmiechu znanego z płócien dawnych portrecistów. Czuł na sobie jej zapach, a przecież nawet nie pozwoliła mu się dotknąć.

– Lubię imiona.

– Ja wolę książki.

Zerknął na starą pożółkłą okładkę. Pierwsze wydanie *Weisera Dawidka*.

– Czytałem ją wiele razy.

– Ja też. Ale dalej nie wiem, co się stanie.

– Nikt się nigdy nie dowiedział, co się stało – przypomniał Kroon. – Zakończenie pozostaje otwarte.

– Najbardziej lubię takie właśnie zakończenia. Dają duży potencjał.

– I nadzieję.

– Nie ma dla nas żadnej nadziei – rzekła ze smutkiem.

Spojrzał wtedy w jej oczy, myśląc, co może się stać. W jej ciemnych tęczówkach kryły się wszystkie szanse i możliwości, jakie kiedykolwiek był zdolny sobie wyobrazić; wiedział, że za kasztanowym woalem oczu czekają odpowiedzi na każde z pytań, które zadawał sobie przez ostatnich czterdzieści pięć lat.

– Jak masz na imię? – spytał prosto z mostu.

– Julia.

Żałował tego, że dziś ją spotkał. Żałował tego, że nie może pójść z nią razem dalej.

– To piękne imię.

– To smutne imię.

On też odczuwał tęsknotę. Ale nie mógł tego zrobić Patrycji. Nie po tym, co wydarzyło się z Zuzą.

– Muszę przyznać ci rację – powiedział.

Odnosił dziwne wrażenie, że ich konwersacja toczy się równolegle na kilku płaszczyznach. Julia doskonale poruszała się w skomplikowanej konstrukcji sugestii i niedomówień. To nie był język zwykłych ludzi. Ich rozmowa przypominała bardziej wiersz, kunsztowny trzynastozgłoskowy sonet.

– Spotkaliśmy się już kiedyś? – spytała.

– Zapamiętałbym.

Julia spojrzała w morze.

– A jednak mam wrażenie, że skądś cię znam.

Konrad miał nieodpartą ochotę zostać. Porzucić całe dotychczasowe życie i zgubić się z nią pośród milionów anonimowych twarzy. Zacząć wszystko od nowa.

– Ja też mam takie wrażenie. Że znam cię całe życie.

Zagalopował się. Jedno zdanie za dużo. Jeden nieostrożny krok.

– Myślisz, że można poznać kogoś tak naprawdę?

Wstał z koca. Chwycił Fendera za futro, przestraszony tym, co za chwilę może nastąpić.

– Jeśli kiedyś się dowiem... dam ci znać – rzucił, ruszając w stronę domu.

PATRYCJA RADKE

Wciąż się dopiero uczyli siebie nawzajem, a mimo to wiedziała, że coś jest nie tak. Wrócił do mieszkania dobrą godzinę spóźniony, w dodatku był podenerwowany.

– Mieliście wyskoczyć tylko na chwilkę.

– Czasem to życie za nas decyduje – uciął krótko, ściągając espadryle i otrzepując stopy z drobin piasku.

– Czy wyczuwam pretensje?

– Niby o co?

Wszedł do łazienki, by opłukać stopy.

– Nie wiem. Ale widzę, że chodzisz cały podkurwiony.

– To przez tę sprawę.

Kroon zniknął w łazience. Ostatnio ciągle zamykał się w jaskini własnych myśli.

– Srawę... – prychnęła z pogardą.

Wyciągnęła telefon i walnęła się na kanapie.

– Dalej ciśniesz Pudelka? – spytał Konrad, wchodząc do salonu. – Książkę byś poczytała.

– No wiem. Muszę sobie zrobić detoks.

– Te ekrany rozpierdalają nam mózgi – podsumował, rzucając się na sofę.

Posłusznie odłożyła telefon.

– Skalski o ciebie pytał.

Konrad wpatrywał się w morze.

– Co chciał?

Nie szła im ta rozmowa.

– Myślisz, że Walberga zamordowano?

Kroon w dalszym ciągu wpatrywał się w morze. Nie odpowiedział.

– Co tam, do cholery, jest takiego ciekawego?! – uniosła się. – Mógłbyś chociaż od czasu do czasu spojrzeć mi w oczy!

Powoli obrócił się w jej stronę.

– Oczywiście, że go zamordowano. To nie było samobójstwo.

– Skąd wiesz?

– Po prostu wiem.

Radke odruchowo podniosła telefon. Zamierzała odpalić ulubioną aplikację.

„Cholera! Znowu to zrobiłam!" – pomyślała. „Jestem uzależniona, ja pierdolę".

Odłożyła komórkę, po czym przysunęła się w stronę Konrada. Zaczęła go gładzić po karku, tak jak lubił najbardziej.

Mogłaby przysiąc, że przez mikrosekundę Kroon się wzdrygnął. Zupełnie jakby uciekał przed jej dotykiem.

„Wariujesz, dziewczyno" – stwierdziła w myślach.

– To co mam napisać Skalskiemu? – spytała po dłuższej chwili.

– Żeby przestał drążyć. Ta pieprzona gra robi się zbyt niebezpieczna.

JULIA

Już raz próbowała się z nim skontaktować. Wtedy na Strzyży zamierzała powiedzieć mu wszystko, co wie. Zrejterowała w ostatniej chwili, bojąc się dekonspiracji.

Julia nie ufała ludziom. Zbyt wiele razy ją zraniono, zbyt wiele razy ją ścigano.

Normalny człowiek po prostu poszedłby na policję. Ale Julia, podobnie jak jej matka Anita, nigdy nie wierzyła psom. A przynajmniej nie takim w mundurach.

Zalogowała się na internetowy komunikator. Chińska strona w darknecie, kilka przekierowań VPN-u; praktycznie niemożliwy do wykrycia. Wpisała w odpowiednie pole maila Patryka Skalskiego.

„Sprawdź mapy Filipa. Tam znajdziesz odpowiedź".

Zastanawiała się, czy napisać mu całą prawdę. Bała się jednak, że jedno nieostrożne słowo wystawi ją na pościg. Albo na gniew Filipa.

– Jeśli Skalski nie da rady – westchnęła. Brakło jej odwagi, by gdybać, co będzie dalej. – Musi dać radę.

Patryk był jej jedyną nadzieją.

PATRYK

Zajechali na Tatrzańską, samochód zatrzymał się przed starą kamienicą.

Weszli do mieszkania.

– To wszystko twoje? – zdziwił się Skalski.

– Tak. Po babci.

Pokój zajmowały głównie książki: stare i nowe, polskie i niemieckie, cudze i własne.

– Nie wiedziałem, że tak bardzo lubisz czytać.

– Lubię. Ale to właśnie moje odziedziczone bogactwo. Czyli browarek?

– Browarek – odparł Patryk.

Gospodarz pokuśtykał do kuchni. Skalski zaczął rozglądać się po pokoju.

– Dalej działasz w tym towarzystwie historycznym? – zawołał, przeglądając jakieś przedwojenne dokumenty.

– Od czasu do czasu – krzyknął Filip. Próbował właśnie wydobyć z pojemnika kostki własnoręcznie przygotowanego lodu.

Uwagę Patryka przykuła stara wojskowa mapa, na której czerwonym kółkiem zakreślono jeden punkt. Zupełnie jak w tajemniczej wiadomości, którą dostał kilka dni temu.

– Niestety mam tylko ciepłe. Zapomniałem wstawić do lodówki – powiedział Roj. – Wrzucić ci do tego lodu?

– Nie trzeba – odpowiedział Skalski.

Jakiś cichy głos z tyłu głowy mówił mu, że oznaczona niemieckim gotykiem rycina musi mieć jakiś związek ze sprawą.

Wyciągnął telefon i szybko zrobił zdjęcie mapy.

ROZDZIAŁ 29 | **WRZESIEŃ**

KONRAD KROON

Filip Roj zabarykadował się w budynku stacji benzynowej. To on okazał się Wilkiem z Wybrzeża, tajemniczym Dawidem, który sprowadził na Gdańsk długie pasmo zbrodni. Policja zabezpieczyła teren, antyterroryści przygotowywali się do uderzenia i odbicia jeńców.

Konrad odkrył tożsamość psychopatycznego zabójcy. Historia dobiegała końca, morderca nie miał dokąd zbiec. Ale Kroonowi w dalszym ciągu coś nie dawało spokoju.

Przed sobą widział potężny wiadukt kolei, kawałek dalej za nim las. Tę okolicę zwykło nazywać się Brętowem, choć technicznie rzecz biorąc, stanowiła sam kraniec Wrzeszcza.

Kroon siedział w rogu radiowozu, zatopiony we własnych myślach.

– Nie mamy pewności, że zrobi to niesprowokowany – odpowiedział szef antyterrorystów.

– Zegar tyka. A on nie ma czasu. W końcu puszczą mu nerwy.

– Do tej pory nie przejawiał skłonności autodestrukcyjnych – wtrącił Więckowski. – Mimo wszystko wierzę, że Roj chce żyć.

– Zobaczycie. On się zaraz wysadzi. – Kieltrowski starał się coraz mocniej akcentować wyrazy.

– To nie ten numer – szepnął Kroon.

– Co?

– To nie ten numer. Nie wysadzi się, bo nie skończy opowieści. Zostały jeszcze dwa.

– No dwa, ale…

Konrad opuścił radiowóz. Nikt nie zwrócił na niego uwagi. Maszerował wzdłuż zbiornika retencyjnego „Srebrniki". Po drodze zaczepił go jakiś funkcjonariusz, lecz Kroon jedynie pomachał mu szmatą.

– Prokurator – powiedział.

– Oczywiście – odparł policjant. Puścił go wolno.

Kroon był zupełnie nieobecny. Jego myśli plątały się po dziwnych zakamarkach, łączyły ostatnie wydarzenia z dawno ostudzonymi emocjami. Tajemniczy ciąg liczb wpisywał się w jego sny, przypadkowe spotkania zdawały prowadzić na skraj szaleństwa. A jednak w dalszym ciągu nie oszalał.

Skręcił w lewo, tak jak prowadziła ścieżka. Doszedł do rzeki. Kilka metrów dalej Strzyża przecinała ścianę kolejowego nasypu, by ciemnym tunelem wpłynąć do Wrzeszcza. Konrad wskoczył do wody. Chwilę później zniknął w podwodnym przejściu.

*

Szukał jej nie dlatego, że wierzył, iż uda mu się ją odnaleźć, ale dlatego, że nie potrafił zrezygnować z szansy, jaką dawało mu błąkanie się po przypadkowych miejscach milionowej metropolii. Szukał jej nieustannie od tamtego przypadkowego spotkania na jelitkowskiej plaży, szukał jej przez chwilę trzy lata temu, kiedy poznał Gustawa, kiedy zginęła Weronika Zatorska.

– Jednak mnie znalazłeś – powiedziała, w dalszym ciągu nie podnosząc wzroku.

Spojrzał na nią, a ona spojrzała na niego, kolejny raz niepostrzeżenie kradnąc mu serce. Mokre włosy opadały na nagie ramiona, sine z zimna palce grzebały w wodzie. Z daleka poczuł zapach jej perfum.

– Julia, to ty? – wyszeptał.

Klęczała na samym skraju rzeki, tam gdzie Strzyża przecinała ścianę kolejowego nasypu, by ciemnym tunelem wpłynąć do Wrzeszcza.

Konrad zatrzymał się niespełna dwa metry od niej. Gdzieś tam w głębi serca czuł, że tak skończy się ta historia. Po prostu, mimo tych trzech długich lat, dalej nie potrafił uwierzyć.

– Od samego początku, od tamtego lata, to zawsze byłaś ty?

Miała podwinięte rękawy. Kątem oka dostrzegł na jej ramieniu znajomy tatuaż.

KRZYCZ, JEŚLI ŻYJESZ.

– To zawsze byłam ja.

– Ty jesteś Dawidem – stwierdził. – Prawdziwym Dawidem.

– Nie – odpowiedziała, w dalszym ciągu nie przestając czegoś szukać w wodzie.

– Znałaś Filipa Roja. Zakochał się w tobie.

– Wszyscy się zawsze we mnie zakochują.

Dziesiątki pytań szturmowały myśli Konrada.

– Czy Weronika Zatorska... Czy Szymon Krukowski również był twoim kochankiem?

W oczach Julii tańczyły łzy.

– Szymon Krukowski był potworem. Uciekłam od niego. Uciekłam przed nim.

– A Filip Roj?

Dziewczyna zapłakała.

– Jest jeszcze gorszy.

Kroon zawsze wiedział, czy ktoś go kituje. Odróżniał fakty od kłamstwa, wyłapywał nieszczerość intencji sprawniej niż najlepszy wariograf. Julia mówiła prawdę.

– Wiedziałaś o wszystkim. Czytałaś tę książkę.

– Wiedziałam. To ja mu ją pokazałam.

– I nic nie zrobiłaś – rzucił oskarżycielsko Konrad.

Julię niszczyło poczucie winy. Gdyby nie spotkała Roja, nie dzieliła z nim przemyśleń, nie oddała części swojego czaru, Filip nigdy nie zmieniłby się w Dawida.

– Próbowałam go powstrzymać – powiedziała ze łzami w oczach.

– Wystarczyło mi powiedzieć. Komukolwiek powiedzieć.

– Próbowałam. Ale sprowadzam na innych wyłącznie nieszczęście. Słyszałeś o Skalskim?

Oczywiście, że słyszał.

– Tym dziennikarzu?

– Pisałam do niego. Pchnęłam w objęcia Roja.

Julia wiedziała, że zrobiła za mało. Zrejterowała w ostatnim możliwym momencie. Ciężar zadania okazał się jednak zbyt wielki.

– Mogłaś napisać do mnie.

– Nie znałam cię.

– A wtedy na plaży? Czemu tam byłaś?

Nikt nie wie, czemu spotkali się u ujścia Potoku Oliwskiego, na samym skraju Bałtyku. Jaki przewrotny bóg popchnął ich wtedy ku sobie?

– Po prostu tam byłam.

– Od tamtej chwili… ciągle o tobie myślę. Nie dałaś mi spokoju.

Wskazała palcem w stronę stacji paliw.

– Tak jak i jemu – podsumowała dziewczyna.

– Wiesz, co planuje?

– Doprowadzić opowieść do końca – odparła Julia.

Lista Dawida. Spisany ręcznym charakterem pisma dokument zawierający długi ciąg liczb. W6, W33, W46, W84, W91, W106, W117, W189, W215.

Dziewięć zbrodni; siedem dokonanych.

– Pozostały jeszcze dwie. Wiesz, o co chodzi?
– Nigdy mi nie powiedział.
– Szukałaś ich w książce.
– Scena z cyrku i scena z niewybuchami – wyjaśniła. – Scena, w której ginie Dawid.
Konrad zaczynał rozumieć.
– Ja…
W tym momencie na niebie pojawił się słup ognia, po nim nastąpił wielki huk. Fala uderzeniowa zachwiała wiaduktem, wywróciła drzewa, potłukła szyby okolicznych domów.
Konrad i Julia upadli na ziemię. Gdyby nie kolejowy nasyp, fala zmiotłaby ich z powierzchni ziemi.
– JULIA!!! – zawołał Kroon. Najbardziej obawiał się właśnie o nią.
Pierwszy raz usłyszał o tajemniczej dziewczynie, która bawiła się cudzym życiem, trzy lata temu, od opętanego szaleństwem Gustawa Kolasy, studenta prawa odbywającego staż u Kroona. Nie uwierzył w jego opowieść.
Teraz w sierpniu spotkał na plaży najbardziej fascynującą istotę, jaką stworzył Wszechświat. Piękniejszą niż wszystko, co dotąd widział.
– Tak? – spytała, podnosząc się z wody.
– Boże… nic ci nie jest?
Była cała mokra, brudna od mułu. Konrad dopiero teraz zauważył, że nie nosiła makijażu. Na szyi dziewczyny wisiał pozłacany naszyjnik z zielonym agatem.
– Nie, nic. Zostały jeszcze dwie – wyszeptała.
– Opowieść skończona. Roj wysadził wszystko w powietrze. Nie będzie więcej zbrodni.
– Niczego nie rozumiesz. On musiał zostawić tu gdzieś ładunek. To tu zginął Dawid…

Konrad czuł dziwny niepokój. Pragnął wziąć ją w ramiona, zabrać do domu, uciec na sam skraj świata.

– To koniec, Julka. Możemy wracać.

– Nie...

– Dawid nie żyje. Jeśli Filip Roj rzeczywiście był Dawidem...

Po twarzy dwudziestolatki znów spłynęły łzy.

– To ja całe życie byłam dla wszystkich pieprzonym Dawidem. Magicznym dzieckiem, które detonowało niewybuchy. Wszędzie, gdzie szłam, ciągnęłam za sobą śmierć.

– Byłaś jego muzą...

– Widział we mnie kogoś, kim nigdy nie byłam! – wykrzyknęła. – Oni wszyscy widzieli! Wiesz, jakie to cholernie trudne?!

– Chodźmy stąd...

Staniesz nad umykającą wodą potoku, gdzie wpada do nisko sklepionej niszy tunelu. Wejdziesz do zimnej wody i staniesz u samego wylotu, dłonie opierając o wilgotny beton. Nabierzesz tchu w płuca i jak w górach zakrzykniesz: „Weiser"[43].

– On tu musiał coś ukryć – powiedziała Julia.

– Co ukryć?

– Ostatnią liczbę. Ostatnią stronę.

Echo odpowie ci stłumionymi sylabami, ale tylko ono, nic więcej. Ta sama woda co przed laty będzie huczała na cementowych progach i gdyby nie zachmurzone niebo, pomyślałbyś, że teraz jest wtedy.

– Zostaw to – polecił Kroon, idąc z wolna w jej stronę.

– Będzie przynajmniej jeszcze jeden. Każda opowieść musi mieć swój epilog.

– Wezwiemy saperów.

Głowę wsadzisz w ciemny otwór i coraz bardziej zanurzając się w wodzie, posuwać się będziesz na kolanach pośród szlamu,

---

43 Tamże, s. 215.

oślizłych badyli i kamieni w kierunku jaśniejącego punktu po drugiej stronie.

– Muszę to zrobić sama – rzekła dziewczyna. – Muszę naprawić to, co zniszczyłam.

Chciał złapać ją za rękę. Zabrać stąd. Uciec. Ocalić.

– Niczego nie musisz – powiedział najspokojniej, jak umiał.

Nigdy nie udało mu się nikogo ocalić. Również siebie samego.

– Mam!

Dudniący pogłos przetoczy się nad tobą, jakby w górze nasypu bił werbel lokomotywy, ale nikt nie odpowie na twoje wołanie[44].

– Zostaw to! – krzyknął Kroon.

I zamiast mówić cokolwiek, zamiast złorzeczyć i przeklinać, pomyślisz, że wszystko, co oglądały twoje oczy, i wszystko, czego dotykały twoje ręce, dawno już rozsypało się w proch.

– Chwila…

– ZOSTAW TO!

Patrzeć będziesz przed siebie tępym, nieruchomym spojrzeniem, nie słysząc już wody ani wiatru, który targać będzie twoje zlepione włosy.

– ZOSTAW!!!

Sekundę później nastąpił wybuch. Julia zniknęła pod wodą.

---

44 Tamże, s. 216.

EPILOG

Choć odebrali mu tamto śledztwo, nikt nie mógł odebrać mu jego zasług. To Konrad Kroon odkrył, kim był Wilk z Wybrzeża, tajemniczy Dawid, który znaczył Gdańsk krwawym śladem zbrodni.

Sprawca zmarł, lecz postępowanie trwało nadal. Nowy referent kompletował dalszy materiał dowodowy, analizował szczątki śladów, które udało się wydobyć z miejsca wybuchu.

Kiedy antyterroryści przystąpili do akcji odbijania zakładników, Filip Roj wysadził się w powietrze.

Z chwilą śmierci Dawida doszło do uruchomienia kolejnego zapalnika. Dziewiętnaście precyzyjnie umieszczonych ładunków doprowadziło do zburzenia wiaduktu, symbolicznej „bramy Wrzeszcza" oraz sporej części wału. W wyniku wybuchu zginęło kilkanaście osób, kilkadziesiąt dalszych zostało rannych.

O śledztwie mówiły media z najdalszych zakątków globu. Sprawa nie była już tylko krajowym newsem, lecz jednym z najważniejszych rozdziałów w historii światowej kryminalistyki. Zafascynowanego literaturą seryjnego mordercę, obsesyjnie odtwarzającego kolejne sceny z książki, poznał cały świat.

*

Konrad Kroon spoglądał na czubki swoich butów. Siedział w przestronnym gabinecie, przesłuchiwany przez prokuratorkę z Wydziału Spraw Wewnętrznych.

– Będziemy kontynuować odbieranie od pana dalszych zeznań – powiedziała kobieta. – Gdyby w którymś momencie źle się pan poczuł...

– Nic mi nie jest – uciął krótko. Oczywiście kłamał.

Choć nikt tego od niego nie wymagał, założył świeży garnitur. Na jego tułowiu wisiał temblak. Poza złamanym ramieniem wyszedł z tamtego zdarzenia praktycznie bez szwanku. Przynajmniej fizycznie.

– Ruszyliście z prokuratorem Kieltrowskim na miejsce policyjnej akcji.

Wciąż szumiało mu w uszach.

– Panie prokuratorze? – upomniała go kobieta.

– Tak.

– Czy wszystko w porządku?

Nic nie było w porządku.

– Ruszyliśmy.

Teoretycznie wolno mu było nie odpowiadać na niektóre z pytań. Przy prowadzeniu śledztwa złamali z Krzyśkiem wszystkie możliwe procedury. Konrad mógł dostać za to zarzuty.

– Kto wam pozwolił wejść na zabezpieczony teren?

– Sami sobie pozwoliliśmy.

Kobieta zerknęła w akta. Kartkowała grube tomy zgromadzonej dokumentacji. Łatwo oceniać wszystko po fakcie, trudniej wziąć sprawy w swoje ręce i samemu złapać sprawcę.

– Podobno wydawaliście z Kieltrowskim rozkazy policjantom. Mówiliście, co mają robić.

Krzysiek zawsze lubił się rządzić. Brakowało mu tylko kapelusza i gwiazdy szeryfa.

– Nie pamiętam, co wtedy robiliśmy – zablefował.

– Panie prokuratorze Kroon – powiedziała twardo urzędniczka. – Kierowanie akcją antyterrorystów, wydawanie w tym zakresie poleceń służbowych nigdy nie leżało w waszej kompetencji.

– W naszej kompetencji leżało schwytanie Dawida.

– Czyli Filipa Roja – uściśliła kobieta. – Zwanego początkowo Wilkiem z Wybrzeża.

– Różnie go nazywaliśmy – odparł po dłuższej chwili.

Prokuratorka znów zagłębiła się w dokumentacji.

– Ale to nie był wasz pierwszy trop. Zaczęliście od niejakiego…

– Kacpra Walberga – dokończył Kroon.

Przytaknęła.

– Zgadza się. Chodził do tej samej szkoły co tamta trójka. Ci… jak im tam…

– Norbert Brylczyk, Sara Kostrzewska i Tomasz Jonka.

Konrad znał każdy szczegół sprawy. Pamiętał każdą kartę akt, najmniejszy, pozornie nieistotny ślad. Kobieta, która miała posłać go na dno, kiepsko orientowała się w materiale dowodowym.

– Walberg dokonywał przestępstw na polecenie Filipa Roja, nazywającego samego siebie Dawidem – uściśliła kobieta. – Z góry zaplanował je wszystkie.

– Po prostu odtwarzał strony książki.

Znów spojrzała w dokumenty.

– Ale trzy spośród zbrodni nie pasowały do schematu.

Tłumaczył jej już to tyle razy. Kobieta była zupełnie nieprzygotowana.

– Chodzi o Roberta Imielczyka. Naszego samotnego wilka.

– Czyli jednak wilka…

– Imielczyk był wyłącznie naśladowcą. Nie realizował planu Roja i Walberga, nie znał porządku Listy Dawida.

Prokuratorka scrollowała ekran. Próbowała wrócić do wcześniejszego fragmentu przesłuchania.

– A tak. Mam. Mówiliśmy już o tym…

– O wielu rzeczach mówiliśmy. Gadamy w kółko o tym samym.

Kobieta gwałtownie spąsowiała. Karierę w krajówce zawdzięczała przede wszystkim łatwości, z jaką ganiła innych.

– Panie prokuratorze Kroon, owa uwaga jest cokolwiek nie na miejscu. Proszę pamiętać, w jakim charakterze pan się tu dziś znajduje.

– W charakterze kozła ofiarnego.

Wyprowadził ją z równowagi.

– Pan chyba w dalszym ciągu nie rozumie, jak poważna jest pańska sytuacja. A ja próbuję tylko panu pomóc.

Oczywiście, że nie starała się mu pomóc. Myślała wyłącznie o własnym tyłku.

– Złapaliśmy Dawida…

– A PROKURATOR KIELTROWSKI STRACIŁ ŻYCIE!

Konrad poczuł mocne ukłucie. Nie miał z tym nic wspólnego. Kiedy ruszył na poszukiwanie ostatniego znaku, Krzysiek samowolnie wypuścił się w stronę stacji. Zginął w wybuchu.

Przełożeni czuli, że muszą wyciągnąć wobec kogoś konsekwencje. Martwy Kieltrowski nie za bardzo pasował na ofiarę.

– Krzysiek był moim przyjacielem – wyszeptał.

Prokuratorka wzięła głębszy wdech.

– Wróćmy jeszcze raz do początku. Po co poszedł pan w stronę wiaduktu?

Po cholerę tam lazł? Mówił wszystkim, że szuka znaku, ale tak naprawdę… szukał jej.

– Chodziło o ostatnią z liczb. Strona dwieście piętnasta.

– I spotkał pan tam tę dziewczynę.

TĘ DZIEWCZYNĘ.

Powiedziała to tak lekko, jakby jej imię było jednym spośród tysięcy. A przecież to była Julia. TA JULIA. Jego Julia. Ta, której całe życie szukał.

– Czy wiadomo coś nowego? – spytał z lekkim drżeniem w głosie. – Udało się coś ustalić?

Przytomność odzyskał na chwilę w karetce, ale podali mu morfinę i odleciał. Później obudził się dopiero w szpitalu. Widział wiele rzeczy. Nie wszystkie z nich musiały być prawdą.

– Przeprowadzono dokładne przeszukanie. Nikogo nie znaleziono.

Konrada od dziecka męczyły niespokojne myśli, czasami błądził, śnił o wydarzeniach, które nigdy nie miały miejsca.

– Czyli nie zginęła – rzekł z nadzieją.

– Panie prokuratorze... – Kobieta zwiesiła głos.

Wydawało mu się, że trzymał w dłoni jej pozłacany naszyjnik z zielonym agatem.

– Nie ujawniliście ciała – powiedział twardo, tak jakby słowa mogły kształtować rzeczywistość.

– Nie ujawniliśmy ciała żadnej dwudziestoletniej dziewczyny.

– Na pewno?

– Na pewno.

Odetchnął z ulgą. A więc żyła.

– Prokuratorze Kroon... ta część pańskiego zeznania budzi moje największe wątpliwości.

– Która część? – spytał, nie rozumiejąc.

Kobieta wzięła do ręki plik dokumentów.

– Dotycząca kilku minut poprzedzających wybuch.

Detonacje były dwie. Najpierw stacja, później wiadukt.

– Pierwszy czy drugi wybuch?

– Właściwie to oba.

Kroon czuł, że kobieta go obserwuje. Spogląda na niego z nieufnością.

– Co niby się nie zgadza?

– Proszę powiedzieć jeszcze raz wszystko od początku.

Badała go tak samo, jak on badał swoich podejrzanych. Konrad znał wszystkie te sztuczki.

– Przecież mówiłem to wiele razy.

– Dlaczego poszedł pan pod tamten wiadukt?

Chciała złapać go na kłamstwie.

– Szukałem ostatniej liczby. Ostatniej zbrodni.

– A ta dziewczyna? – Zwiesiła głos. – Jak ona miała na imię?

– Julia.

Spotkał ją raptem dwa razy, a miał wrażenie, że znali się od zawsze.

– Co tam robiła?

Cholera wie, co tam robiła. Chyba to samo co on.

– Przypuszczam, że szukała ładunków wybuchowych. Wiedziała, że Roj wysadzi wszystko w ostatnim akcie.

– Skąd to niby wiedziała?

– No jak to skąd? Z książki...

Prokuratorka podniosła najnowsze wydanie *Weisera*.

– Tej książki?

– Tak.

Otworzyła stronę dwieście piętnastą. Zaczęła czytać.

– *Wszystko to, co widziały wtedy moje oczy i czego dotykały moje ręce, wszystko to zawiera się przecież w tej bliźnie...*[3] – Spojrzała poważnie na Kroona. – Tu nie ma niczego o wybuchach.

Nie potrafiła zrozumieć nawet tak prostej rzeczy.

– To nie to wydanie – rzucił krótko.

– Jak nie to wydanie? Co pan przez to rozumie?

– Nie to wydanie książki. Nie ten rocznik – wyjaśnił Kroon. – Filip Roj planował zbrodnie na podstawie pierwodruku. Dlatego nie zgadzają się pani numery stron. Też popełniłem początkowo podobną omyłkę. Zresztą... wszystko jest w aktach.

---

3 P. Huelle, *Weiser Dawidek*, Znak, Kraków 2014, s. 215.

Zabolała ją ta personalna uwaga. Nikt nie lubi, kiedy wytyka się mu błędy.

– Ach tak.

– Co z Julią? – powtórzył, gotowy wyrwać teczkę z dowodami, by samodzielnie poszukać jakiegokolwiek jej śladu.

Za cios najlepiej odpłacić ciosem.

– Panie prokuratorze, nie było żadnej Julii.

– Nie znaleźliście jej?

– Nie znaleźliśmy.

Nadzieja. Nadzieja, że jeszcze kiedyś ją spotka. Że jeszcze kiedyś spojrzy w te ciemne, lekko skośne oczy, kryjące całą zagadkę wszechświata.

– To znaczy, że przeżyła.

Na twarzy kobiety pojawił się lekki uśmiech.

– Sprawdziliśmy nagrania z najbliższej okolicy. Na terenie jest sporo monitoringu, poza tym całość akcji rejestrowały policyjne kamery, w tym drony. Nie było na nich żadnej dziewczyny.

– Nie rozumiem…

– Ja też nie rozumiem. Nie rozumiem, czemu wciska mi pan ten kit.

– Że niby jej tam nie było? – spytał niepewnie.

– Nie było – odparła nad wyraz kategorycznie.

– Ale przecież…

W przeszłości często mu się to zdarzało. Zatracał się w koszmarnych majakach, mylił jawę ze snem. Lecz Julia… wydawała się tak realna.

– Kamery zarejestrowały, jak idzie pan w stronę wiaduktu. Samotnie. Bez żadnego towarzystwa.

– No a potem?

Głęboko westchnęła.

– Nie widzieliśmy, co działo się po tym, jak wszedł pan do tunelu.

– Przecież ona była właśnie w tunelu. Po drugiej stronie…

– Tak pan twierdzi – podsumowała prokuratorka. – Ale dowody tego nie potwierdzają.

– Niemożliwe.

Kobieta obróciła w jego stronę monitor. Poprosiła, by zapoznał się z zapisem z kamer.

– Sprawdziliśmy ostatnie czterdzieści osiem godzin. Nikt pasujący do podanego przez pana rysopisu nie pojawił się w tamtej okolicy. Nie nadszedł ani od strony Wrzeszcza, ani od strony Moreny czy Niedźwiednika.

– Mogła iść wałem.

– Tam też są kamery.

– No to nie wiem. Pewnie skradała się przez las.

Wiedział, że ją widział. Ta rozmowa była tak prawdziwa. Wciąż czuł zapach jej perfum.

– Oczywiście istnieje pewna hipotetyczna możliwość. Tylko co stało się z nią później? Dlaczego nie znaleźliśmy ciała?

– Może po prostu ją przeoczyliście… – Nie dawał za wygraną.

– Nie, panie Kroon. Po prostu nie było tam żadnej dziewczyny. Nigdy nie było żadnej Julii.

Miał wrażenie, że zatraca się w przeszłości. Trzy lata temu powiedział coś podobnego Gustawowi Kolasie. Jemu też wtedy nie uwierzył.

– No a list? List ujawniony w mieszkaniu Filipa Roja?

– Chodzi zapewne o nigdy niewysłaną miłosną wiadomość adresowaną do kogoś imieniem Julia.

Konrad zobaczył światełko w tunelu. Nie oszalał. Miał dowód! Realny, namacalny, niemożliwy do podważenia!

– Tak. Roj też znał Julię!

– Problem w tym, że mamy wyłącznie ten list. Nic więcej.

Jakby cofał się w czasie do tamtego śledztwa.

– Trudno ją było namierzyć. Zdaję sobie z tego sprawę...

– Żadnych wiadomości w komputerze, telefonie, żadnego numeru PESEL.

Już drugi raz w tej opowieści to Konrad zmieniał się w Gustawa, a nie odwrotnie. W naiwnego, zakochanego romantyka. Mickiewicz śmiał się w głos.

– Jest jednak list.

– Filip Roj nigdy nie wysłał tego listu. Uważamy, że była to raczej pewna metafora...

Jacy „my"? Dlaczego liczba mnoga? Kroon odniósł wrażenie, że oto walczy naraz z całym światem.

Nikt nie wierzył w jego opowieść.

– Stawia pani jakąś niepotwierdzoną hipotezę przeciwko twardym dowodom.

– Stawiam twarde dowody przeciwko pańskim urojeniom!

Pamiętał, że trzymał w dłoni pozłacany naszyjnik z zielonym agatem.

– Musicie jeszcze raz wszystko sprawdzić.

– Niczego nie musimy.

– Musicie ją odnaleźć.

Kobieta skrzyżowała ramiona. Zamierzała postawić sprawy jasno.

– Nie, panie Kroon. Niczego nie musimy. TO PAN MUSI odpowiedzieć za swoje czyny. Za tę lekkomyślność, która pozbawiła życia Krzysztofa Kieltrowskiego.

Julia. Znów stał w tamtym ciemnym tunelu, w korycie Strzyży, tak samo jak ona mokry od wody.

Chciał złapać ją za rękę. Zabrać stąd. Uciec. Ocalić.

„Niczego nie musisz" – powiedział najspokojniej, jak umiał.

Nigdy nie udało mu się nikogo ocalić. Również siebie samego.

„Mam!" – zawołała Julia.

Dudniący pogłos przetoczy się nad tobą, jakby w górze nasypu bił werbel lokomotywy, ale nikt nie odpowie na twoje wołanie[46].

„Zostaw to!" – krzyknął Kroon.

I zamiast mówić cokolwiek, zamiast złorzeczyć i przeklinać, pomyślisz, że wszystko, co oglądały twoje oczy, i wszystko, czego dotykały twoje ręce, dawno już rozsypało się w proch.

„Chwila..." – wyszeptała.

„ZOSTAW TO!"

Patrzeć będziesz przed siebie tępym, nieruchomym spojrzeniem, nie słysząc już wody ani wiatru, który targać będzie twoje zlepione włosy.

Po jego twarzy popłynęły łzy. Tak długo jej szukał. Czterdzieści pięć lat tułał się niczym Odys, próbując odnaleźć dom, bezpieczną przystań, która w końcu ocali go przed samym sobą.

– Panie Kroon? Czy wszystko w porządku? – spytała prokuratorka. – Czy potrzebuje pan przerwy?

Jego świat właśnie walił się w gruzy.

– Możemy wrócić do tej czynności, kiedy pan ochłonie.

Wciąż widział twarz Julii. Miała ciemne, duże oczy i delikatny uśmiech, który mimo trawiącego ją smutku nie potrafił przeminąć. Przypominała piękny polny kwiat, nawet w deszczu czarujący wszystkich swą niewytłumaczalną niewinnością.

– Panie Kroon? – powtórzyła kobieta.

Konrad był znów na tamtej jelitkowskiej plaży, zawstydzony, nieco zmieszany, rzucony przez los w sam środek tajfunu.

Uroda Julii kryła w sobie coś z nieskończoności. To, jak mówiła, delikatnie wciągała powietrze, jak pozwalała wyrazom opuszczać jej usta, przypominało bardziej recytację czy śpiew niż zwykłą rozmowę. Tak właśnie musiały porozumiewać się syreny. A przecież nie gadali o niczym niezwykłym. Ot, szelest piasku, szum morza.

---

46 P. Huelle, *Weiser Dawidek*, Wydawnictwo Morskie, Gdańsk 1987, s. 216.

– Czy mam wezwać pogotowie? – spytała prokuratorka.

Konrad nie odpowiedział. Siedział obok niej, na kocu. Niebo wcale nie było słoneczne, ptaki wcale nie śpiewały. A jednak było pięknie.

Zostawiła na twarzy Kroona odbicie swojego spojrzenia, cień tego ulotnego uśmiechu znanego z płócien dawnych portrecistów. Czuł na sobie jej zapach, a przecież nawet nie pozwoliła mu się dotknąć.

Zerknął na starą pożółkłą okładkę. Pierwsze wydanie *Weisera Dawidka.*

„Czytałem ją wiele razy" – powiedział wtedy do niej.

„Ja też. Ale dalej nie wiem, co się stanie" – odparła.

„Nikt się nigdy nie dowiedział, co się stało. Zakończenie pozostaje otwarte".

„Najbardziej lubię takie właśnie zakończenia" – powiedziała Julia. „Dają duży potencjał".

„I nadzieję".

„Nie ma dla nas żadnej nadziei" – rzekła ze smutkiem.

Spojrzał wtedy w jej oczy, myśląc, co może się stać. W jej ciemnych tęczówkach kryły się wszystkie szanse i możliwości, jakie kiedykolwiek był zdolny sobie wyobrazić; wiedział, że za kasztanowym woalem oczu czekają odpowiedzi na każde z pytań, które zadawał sobie przez ostatnich czterdzieści pięć lat.

– PANIE KROON! – krzyknęła prokuratorka, szarpiąc go za ramię.

Tak bardzo nie chciał wracać. A jednak… Julia niknęła gdzieś w oddali.

– Słucham?

– Czy dobrze się pan czuje? Czy mam wezwać karetkę?

Obraz blakł coraz bardziej.

– Nie, proszę niczego nie wzywać…

Zapach perfum rozwiewał dzisiejszy wiatr, tak bardzo zazdrosny o to, co było i nigdy nie wróci.

– Czy możemy kontynuować przesłuchanie? – spytała twardo kobieta.

Wszystko, co widział, wszystko, czego szukał, czego pragnął, okazało się jedynie jego szczenięcym marzeniem. Naiwną wiarą, że gdzieś tam ona na niego czeka. Bo przecież ktoś musi na nas w tym cholernym życiu czekać.

– Na pewno sprawdziliście wszystko dokładnie? – spytał po raz ostatni. – Nie znaleźliście jej ciała?

– Nie, panie Kroon. Nigdy nie było żadnej Julii.

KONIEC

POSŁOWIE

Kiedy skreśliłem ostatnie słowa tej powieści, poczułem trudny do nazwania smutek. Zupełnie jakbym pożegnał bliską mi osobę. I tak chyba było w istocie.

Konrad Kroon zabrał mnie w podróż, której nie planowałem, a która kompletnie wywróciła moje życie do góry nogami. Zaczynając pisać *Krzycz, jeśli żyjesz*, chciałem opowiedzieć historię młodych ludzi, którzy żegnają się z niewinnością. Musiała tam oczywiście pojawić się zbrodnia, bo tą zajmowałem się wówczas zawodowo od dobrych ośmiu lat. Przede wszystkim jednak musieli pojawić się w niej bohaterowie. Prawdziwi ludzie, z krwi i kości, ulepieni z problemów, trosk i cech wszystkich tych wspaniałych osób, które gdzieś tam kiedyś spotkałem na swojej drodze.

Nie wiedziałem, dlaczego to robię. Dlaczego w wolnym od pracy czasie siadam za klawiaturą, zarywam noce, produkując kolejne zdania w tak szaleńczym tempie, jakbym startował w jakichś zawodach. Pewien mądry człowiek powiedział, że pisarz pisze, bo zwyczajnie nie potrafi z tego zrezygnować. I nawet jeśli dusi w sobie to pragnienie, ono prędzej czy później dorwie się do głosu, by i tak zrobić swoje.

Wkroczenie na ścieżkę pisarstwa zajęło mi -dzieści długich lat. Czasami myślę, że mogłem zacząć wcześniej. Ale przecież wcześniej nie znałem Konrada. A on nie znał mnie.

Wszystko, co widziałeś od początku miało być powieścią totalną. Uważam ją za najlepszą ze wszystkich czterech części niniejszego cyklu i zarazem godne jego ukoronowanie. Książka jest klamrą łączącą poszczególne tomy serii, stanowi też hołd dla mojego miasta, pokolenia i moich literackich mistrzów. Liczyłem, że może kiedyś przeczyta ją sam Paweł Huelle. I wciąż liczę, że tak się stanie, choć z całą pewnością już nie na tym świecie.

Dziękuję wszystkim, którzy towarzyszyli mi w tej podróży, w szczególności rodzinie, przyjaciołom i ekipie Znaku Koncept. Dziękuję Rosie, mojej wielkiej miłości (niezorientowanym wyjaśniam, iż chodzi o Sylwię), za to, że cierpliwie ignorowała długie godziny, kiedy jak zahipnotyzowany wpatrywałem się w komputer i nie było ze mną kontaktu logicznego. Piętnaście lat temu nie wiedziałaś, na co się piszesz, a teraz zwyczajnie nie masz wyjścia. W ramach rekompensaty obiecuję lepiej udawać zainteresowanego, kiedy pokazujesz mi nowe torebki. I tak jak wtedy w Paryżu, gdy powiedziałaś „tak", obiecuję, że zestarzejemy się wspólnie, by kiedy przyjdzie czas, w tej samej chwili, trzymając się za ręce, w szczęściu i spełnieniu zgodnie zamknąć oczy.

Dziękuję Wam, Drodzy Czytelnicy – za to, że przyjęliście zaproszenie do mojego literackiego świata, uwierzyliście w tę opowieść i to pisarstwo, które (z czego dobrze sobie zdaję sprawę) nie do końca mieści się w ramach powieści gatunkowej, a do książek wielkich twórców kryminałów jedynie figlarnie puszcza oczko.

Tych wszystkich, którzy boją się, co będzie dalej, zapewniam, że nie zamierzam zwalniać tempa. Pisarstwo jest moją drogą i w końcu to zrozumiałem. Za zakrętem już czeka napisana kolejna powieść, pierwszy tom zupełnie nowego cyklu: bardziej kryminalnego, bardziej bezczelnego; z lepszymi dialogami i z szybszym tempem. Bo przecież każdy koniec stanowi zarazem początek nowej drogi. Nie wiem, co czai się u jej kresu, lecz... mam nadzieję, że odkryjemy to wspólnie.

Cyryl

SPIS TREŚCI

E-book dostępny na

woblink.com